KB176954

REVIEW

열일곱 살에, 학교 도서관에서 처음 캐드펠 수사 시리즈를 읽었는데 완전히 푹 빠지고 말았다. 어떻게 21세기 한국의 고등학생이 12세기 영국의 수도사에게 친밀감을 느낄 수 있었을까? 책을 펼치면 캐드펠 수사가 가꾸는 허브밭의 싱그러운 향이 미풍에 실려 오는 것만 같았고, 부지불식간에 이웃처럼 정이 든 마을 사람들이 삶의 우여곡절을 겪을 때는 함께 탄식했다. 그 생생한 경험을 통해 역사와 문학을 동시에 사랑하게 되었는지도 모르겠다.

서른다섯 살이 되어 캐드펠 시리즈를 다시 읽고 싶어졌는데, 혹시 두 번째로 읽었을 때의 감회가 예전만 못할까 걱정했었다. 기우 중의 기우였다. 열일곱 살에 발견하지 못했던 부분들을 잔뜩 발견하며 읽을 수 있었고, 역사추리소설을 추천하는 자리에서 매번 자신 있게 추천하곤 했다. 소박하고 담백하게 시작해 역사의 큰 톱니바퀴와 힘 있게 맞물려 들어가는 이 놀라운 이야기에 대해 말할 때 한없이 행복했다.

엘리스 피터스가 육십대 중반에 이처럼 대단한 시리즈를 시작했다는 것을 떠올리면 마음에 환한 빛이 든다. 먼 길을 다녀와 켜켜이 쌓인 지혜를 품고 유적지를 직접 걸으며 작품을 구상했을 작가를 상상하고 만다. 멋진 일은 언제든 시작될 수 있고, 심혈을 다해 빚은 이야기는 시간과 공간을 뛰어넘는다는 것을 이 보물 같은 작품들을 통해 믿게 되었다.

정세랑

소설가

REVIEW

엘리스 피터스는
가장 뛰어난 추리소설 작가다.

UMBERTO ECO
움베르트 에코

캐드펠 수사는 한 세기를
완벽하게 구가한 셜록 홈스에
비견되는 창조물이다.

LOS ANGELES TIMES
BOOK REVIEW
LA 타임스 북 리뷰

이보다 더 매력적이고 인상적인 탐정은
찾기 어려울 것이다.

SUNDAY TIMES
선데이 타임스

서스펜스와 역사소설이 혼합된
유쾌하고 독창적인 작품.

LONDON EVENING
STANDARD
런던 이브닝 스탠더드

시리즈가 추가될 때마다 기쁨을 느낀다.
연대기 시리즈가 계속 이어지기를 바란다.

USA TODAY
USA 투데이

캐드펠 수사는 분명 범죄소설의
컬트적 인물이 될 것이다.

FINANCIAL TIMES
파이낸셜 타임스

엘리스 피터스의 미스터리는 역사적 디테일,
마을과 수도원의 중세 생활상, 생생한
캐릭터 묘사, 우아하고 문학적인 문체 등
이야기 그 자체로 즐거움을 선사한다.

THE WASHINGTON POST
워싱턴 포스트

스타일과 격조를 갖춘 미스터리로
멋지게 포장된 뛰어난 역사소설.

THE CINCINNATI POST
신시내티 포스트

엘리스 피터스는 중세인들의 삶을 상세하고
설득력 있게 재현함으로써, 독자들을
강력하게 흡인하여 교묘하게 짜여진
중세의 어두운 미로 속으로 데려간다.

YORKSHIRE POST
요크셔 포스트

고전적인 의미의
선과 악이 격투를 벌이는 역작.

CHICAGO SUN-TIMES
시카고 선 타임스

시체 한 구가 더 있다

ONE CORPSE TOO MANY

시체 한 구가 더 있다

엘리스 피터스 장편소설

김훈 옮김

북하우스

CADFAEL

중세 웨일스
1 아를레흐웨드
2 아르본
3 흘레인
4 흐로스
5 디프린 클루이드
6 마일로르
7 컨흘라이스
8 펜흘린
9 메카인
10 아르수이스틀리
11 마일리에니드
12 엘바일
어니스
반고르
아베르
카르날리온
체스터
귀네드 이스 콘위
렉스함
귀네드 이흐 콘위
포위스 바도그
어니스 엔흘리
슈루즈베리
풀
포위스 웬윈윈
아버러스트위
룽 귀 아 하브론
케레디기온
헤러포드
어스트라드 투이
세인트다비드
더베드
브러카이니오그
스완지
모르가누그
카르디프

CADFAEL

슈롭셔와 웨일스 국경지대

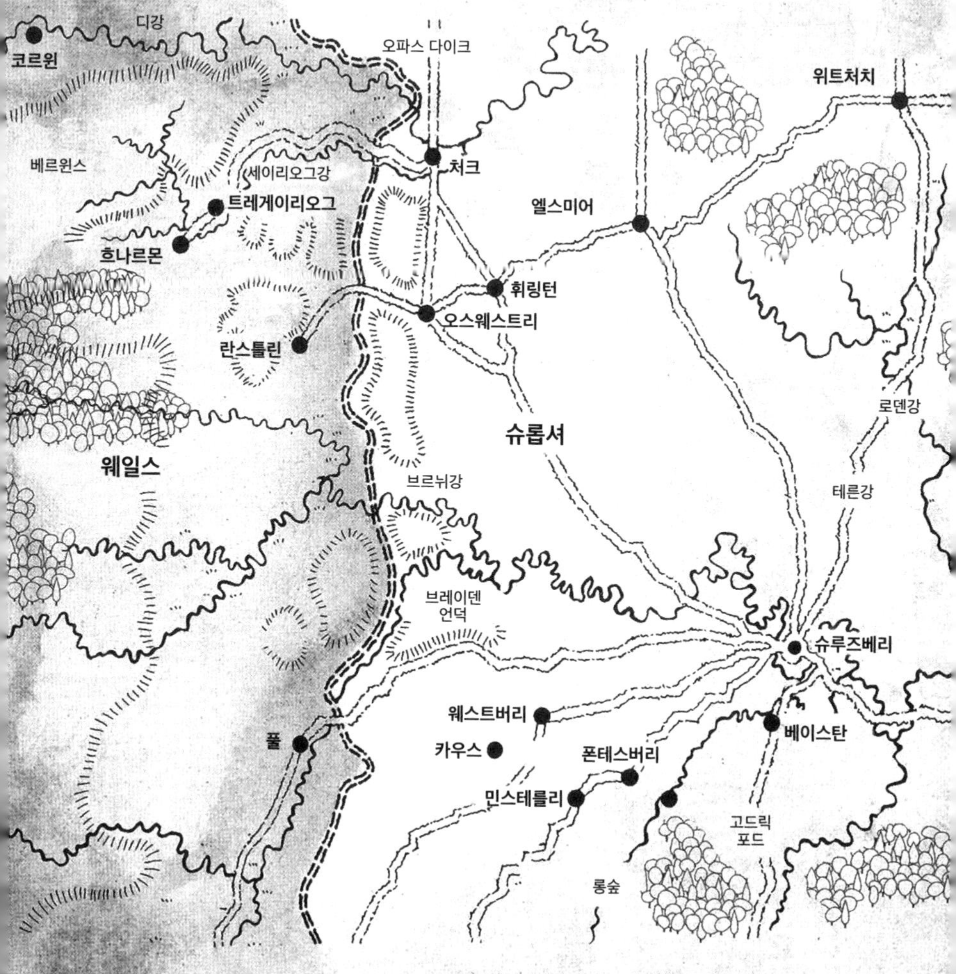

CADFAEL

슈롭셔주 슈루즈베리

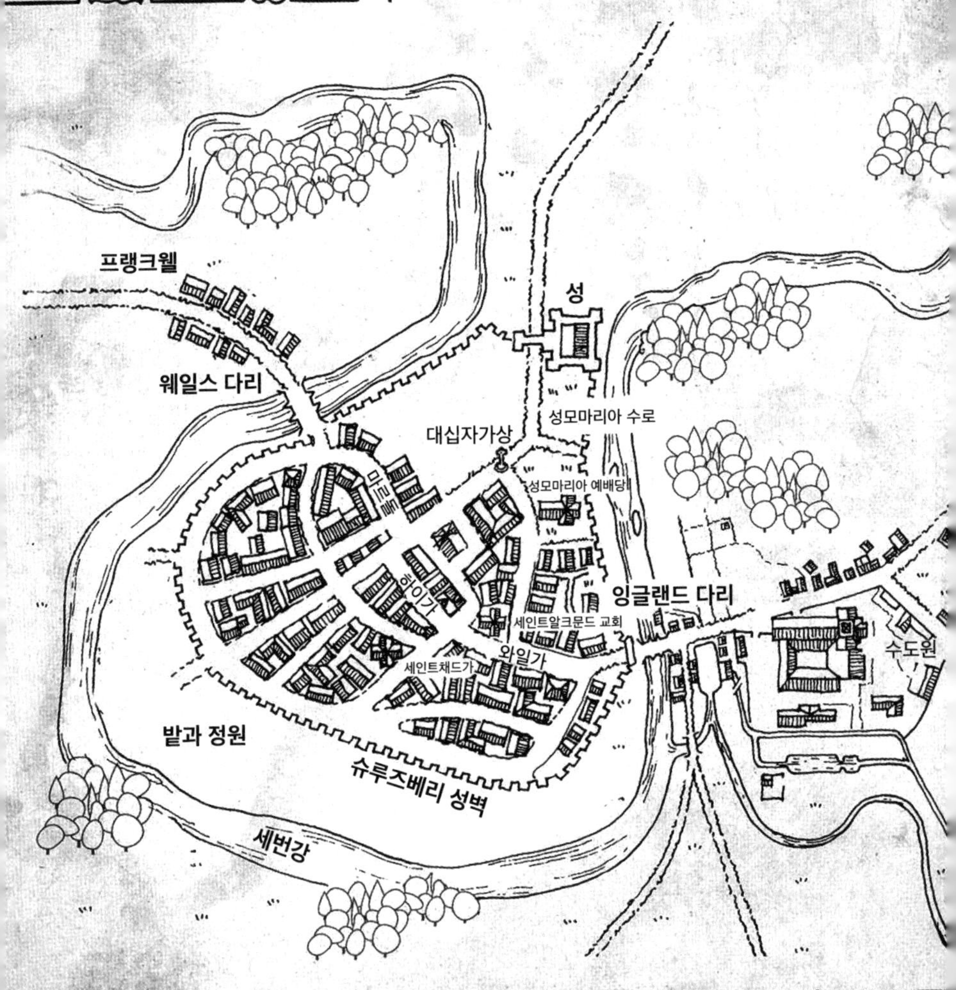
프랭크웰
성
웨일스 다리
성모마리아 수로
대십자가상
마르돌
성모마리아 예배당
하이가
잉글랜드 다리
세인트알크문드 교회
수도원
와일가
세인트채드가
밭과 정원
슈루즈베리 성벽
세번강

CADFAEL

슈루즈베리
성 베드로 성 바오로 수도원

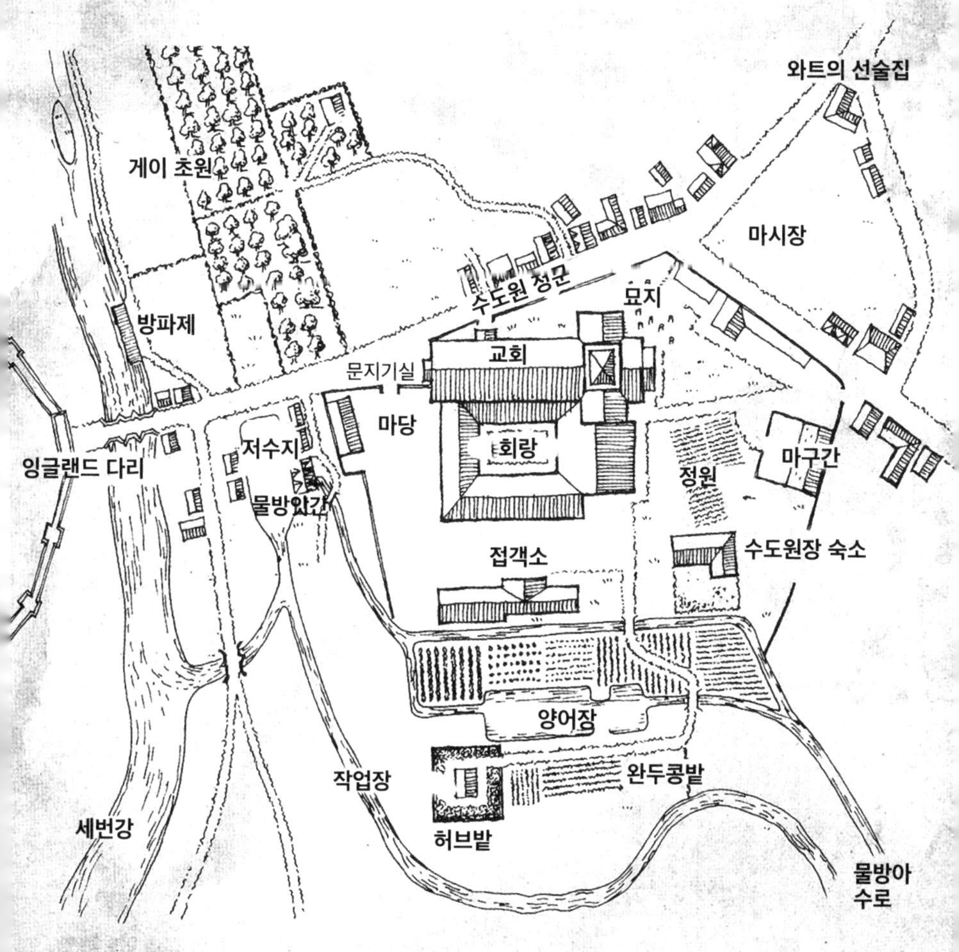

일러두기. 주석은 모두 한국어판 주다.

1

소년이 처음 왔을 때 캐드펠 수사는 연못 옆 작은 텃밭에서 일하고 있었다. 무더운 8월의 한낮, 일손을 돕는 이들이 있었더라도 뙤약볕에서 땀을 흘리기보다는 그늘 속에 들어가 낮잠이나 자고 싶어할 시간이었다. 그러나 아직 수련사 딱지를 떼지 못한 정식 조수들 중 하나는 휴가기간을 이용해 잉글랜드 왕권을 둘러싼 내전에서 스티븐 왕[1]의 편에 선 형에게 합류하러 떠나고 없었다. 또 다른 조수는 모드 황후[2] 편에 선 집안 출신이라 왕의 군대가 육박해오자 겁을 집어먹고서 체셔에 있는 영지로 피신해버렸다. 포위당한 슈루즈베리보다는 그곳이 더 안전하겠다고 여겼기 때문이다. 그런저런 이유로 캐드펠 수사는 모든 일을 혼자 할 수밖에 없는 처지였다. 그러나 이보다 더 뜨거운 햇살 아래서도 일한 날이 적지 않은 캐드펠 수사는 바깥세상이야 혼란에 빠지든 말든 자기가 맡은 땅만큼은 황폐해지게 내버려두지 않겠다는 결심을 다지고 있었다.

그해, 그러니까 1138년 초여름에 이르러서는 지난 2년에 걸쳐 산발적으로 진행되어온 골육상잔의 여파가 슈루즈베리 바로 코앞에까지 육박해 있었다. 전쟁의 위협이 죽음의 그림자처럼 성과 마을에 드리웠다. 하지만 그 모든 상황에도 불구하고 캐드펠 수사는 파멸과 전쟁보다는 삶과 생장 쪽에 마음을 쓰고 있었다. 얼마 지나지 않아 또 다른 방식의 살인, 이렇게 무질서한 시대에조차 허용되지 않는 은밀한 살인이 그가 선택한 삶의 평온을 깨뜨릴 줄은 전혀 예상하지 못한 터였다.

정상적인 상황이라면 8월은 농사일로 정신없이 바쁠 시기가 아니었으나, 지금처럼 혼자서 모든 일을 해야 하는 처지에서는 벅찰 정도로 일거리가 많았다. 수도원에서 캐드펠을 돕겠답시고 기껏 생각해낸 방법은 아타나시우스 수사를 붙여주겠다는 것이었다. 아타나시우스 수사는 귀머거리에 노망기가 든 데다가 허브[3]와 잡초도 제대로 분간하지 못하는 사람이어서 캐드펠 수사는 단호히 그 제안을 거절했다. 혼자 일하는 편이 차라리 나았다. 그는 밭 한 뙈기에 가을양배추를 옮겨 심고, 다른 밭에는 겨울을 날 봄양배추의 씨앗을 뿌리고, 완두콩을 수확하고, 시든 줄기들은 사료로 쓰거나 가축들의 잠자리에 넣기 위해 거둬들였다. 그의 특별한 자랑거리인 식물표본실의 나무 시렁에는 약초 대여섯 종류가 담긴 유리그릇과 조그만 절구들이 늘어서 있었다. 적어도 하루 한 차례는 그것들을 살펴봐야 했고, 잘 익어 거품을 내면서 발효되고 있는 허브주들도 들여다보아야 했다. 때는 바야흐로 허브 수확의 절정기였으니, 겨울에 쓸 온갖 약들이 그의 손길을 기다리고 있었다.

그러나 캐드펠 수사는 자신이 지배하는 왕국의 그 어떤 부분도 소홀히 할 사람이 아니었다. 수도원 담장 밖에서는 사촌 간인 스티븐 왕과 모드 황후가 잉글랜드의 왕권을 둘러싸고 수많은 인명과 재물을 희생시키며 일대 각축을 벌이고 있었지만 말이다. 양배추밭에 퇴비를 주다가 잠깐만 고개를 들어도 건물들의 지붕 너머로 수도원 밖 성과 마을에서 꾸물꾸물 피어오르는 연기가 보였고, 어제의 화재로 인한 매캐한 냄새를 맡을 수 있었다. 그 어두운 그림자와 역한 냄새는 근 한 달 내내 슈루즈베리의 하늘 위에, 마치 관을 덮는 장막처럼 음산하게 드리워 있었다. 그사이 성의 정문으로 통하는 다리를 빼앗지 못한 스티븐 왕은 성벽 너머 자신의 진영에서 격노해 발을 굴렀고, 성안에 있는 피챌린[4]은 점점 줄어가는 양식과 보급품을 걱정하면서도 용맹함을 분별 있게 다스리지 못해 항시 천방지축으로 날뛰는 자신의 외숙 헤스딘의 아눌프[5]에게 기습공격을 시켜가며 완강하게 버텼다. 슈루즈베리 주민들은 대문과 가게 문을 굳게 닫아건 채 숨을 죽이고 있거나, 상황이 허락하는 경우에는 서쪽으로 달아나 예전에는 적이었으나 지금은 스티븐 왕보다 덜 두렵고 그들에게 호의적인 웨일스로 들어갔다. 잉글랜드인들이 같은 잉글랜드인들을 두려워한다니(모드 황후나 스티븐 왕을 잉글랜드인으로 간주할 수 있다면 말이지만), 웨일스인에게 이는 두 손 들어 환영할 만한 일이었다. 잉글랜드인들이 자기네들끼리 치고받는 즐거운 사태가 계속되는 한 그들로서는 자신들의 땅으로 도망쳐 오는 부상자나 피난민을 돕지 않을 이유가 없었다.

캐드펠은 허리를 쭉 펴고서, 햇빛에 그을어 잘 익은 개암나무 열매 빛을 띠고 있는 삭발한 정수리에서 흘러내리는 땀을 닦아냈다. 그때 수도원으로 기부 물품을 관리하는 오즈월드 수사가 옷자락을 펄럭이며 부지런히 다가왔다. 오즈월드 수사는 열여섯 살쯤 되어 보이는 소년의 어깨를 떠밀다시피 하면서 오고 있었다. 소년은 올이 거친 기다란 갈색 상의에 그 지방 사람들이 즐겨 입는 짧은 여름 바지 차림이었다. 양말은 신지 않았으나 아주 맵시 있는 가죽신을 신어서, 전체적으로 특별한 행사를 위해 말끔히 차려입은 듯한 모습이었다. 소년은 불안한 듯 눈길을 떨군 채 잠자코 떠밀려 왔다. 어느 집안에서 두 당파의 압력이 미치지 않는 안전한 곳에 자기네 자식을 또 맡기려나 보다고 캐드펠 수사는 생각했다. 전쟁을 벌인 이들이 원망스러웠다.

"캐드펠 수사님, 형제에게 일손이 필요할 듯해 이 아이를 데려왔습니다. 힘든 일도 마다하지 않겠다는군요. 시내에 사는 한 선량한 여자가 문지기에게 데려와서 일꾼 삼아 받아들여달라고 부탁했답니다. 헨코트에서 온 조카인데, 부모가 모두 죽었대요. 아이에게 1년치 경비를 딸려 보냈습니다. 로버트 부수도원장[6]께서 받아들이겠다고 허락하시고 소년 숙사에 방을 배정해주셨습니다. 이 아이는 수련사들과 공부는 같이 할 테지만, 스스로 간절히 원하는 마음이 일기 전에는 수도서원은 하지 않겠다고 합니다. 어떻습니까, 아이를 맡아주시겠습니까?"

캐드펠은 소년을 유심히 살펴보고는 건강하고 의욕적인 젊은이를 받게 된 것에 기뻐하며 주저 없이 응낙했다. 몸집은 호리호리했으나 다리가 튼튼해 보였고 전신에 탄력이 넘쳐흘렀다. 소년은 가지런히 다듬어진 갈색 고수머리로 가린 눈을 조심스럽게 들어 캐드펠 수사를 올려다보았다. 긴 속눈썹에 짙푸른 빛을 띤 맑은 두 눈이 무척 영리해 보였다. 얌전하고 고분고분하지만 겁을 먹은 것 같지는 않았다.

"기꺼이 맡도록 하지. 네가 나와 함께 밭일을 할 생각이 있다면 말이지. 이름이 뭔가?"

"고드릭입니다." 소년도 캐드펠 못지않게 상대를 열심히 살펴보면서 거친 목소리로 낮게 대답했다.

"그렇다면 좋아. 고드릭, 잘 지내보자. 우선 나하고 같이 이 밭들을 돌아보면서 할 일이 뭔지 알아보는 게 좋겠지. 이곳의 분위기도 좀 느껴보고. 이상하게 들릴지 모르겠다만, 담 너머에 있는 시내보다는 이곳이 훨씬 안전하다는 것을 알게 될 게다. 선량한 아주머니께서 자넬 이리로 데려온 것도 그 때문이겠지."

소년은 빛나는 푸른 눈으로 캐드펠 수사를 힐끗 올려다보더니 이내 눈길을 떨구었다.

“캐드펠 수사님과 함께 저녁기도에 참석하렴.” 오즈월드 수사가 지시했다. “수련장이신 폴 수사님이 숙소를 안내해주고 저녁식사 후에 할 일에 대해 말씀해주실 게다. 캐드펠 수사님 말씀을 잘 듣도록 해라. 말씀하시는 대로 잘 따라야 해.”

“네, 잘 알겠습니다.” 소년이 절도 있게 대답했다. 그 고분고분한 말투 속에 실없이 터져 나오려는 웃음기가 살짝 배어 있는 듯했다. 소년은 서둘러 걸어가는 오즈월드 수사가 시야에서 사라질 때까지 지켜보다가 초롱초롱한 푸른 눈을 캐드펠 수사에게로 향했다. 달걀처럼 갸름하고 단아한 얼굴이었다. 꼭 다문 입술은 금방이라도 웃음을 터뜨릴 듯 움찔거렸으나 이내 엄숙한 표정으로 돌아갔다. 천성이 명랑한 사람에게조차 무거운 시절이었다.

“자, 이제 할 일을 알려주마.” 캐드펠 수사는 쾌활하게 말하며 소년에게 삽을 건넸다. 그런 뒤 담장 안의 밭을 돌아다니면서 온갖 채소들과 머리가 아찔할 만큼 진한 향내로 한낮의 대기를 가득 메운 허브들을 보여주고, 이어 연못으로, 그리고 개울까지 뻗어 있는 완두밭으로 안내했다. 일찍 무르익어 이미 수확을 끝낸 완두 줄기와 이파리들은 햇빛 아래 황갈색으로 바싹 말라 있었고, 늦게 파종한 것에도 다 익은 완두 꼬투리들이 주렁주렁 매달려 있었다.

“이것들은 오늘내일 중에 거둬들여야 한다. 이런 무더위 속에서는 하루만 지나도 늦거든. 수확을 끝낸 줄기들도 전부 잘라내야 돼. 나 대신 이 일부터 하려무나. 줄기를 뽑지 말고 낫으로 밑동을 잘라내라. 남은 뿌리는 그대로 갈아엎으면 좋은 거름이 되니까." 캐드펠은 소년이 갑작스러운 변화를 겪으며 느낄지도 모를 이질감과 개운치 못한 기분을 순탄하게 털어버릴 수 있도록 상냥하고 부드럽게 말했다. "올해 몇 살이냐, 고드릭?"

"열일곱 살입니다." 소년은 거친 목소리로 대답했다. 열일곱 살치고는 체구가 작았다. 캐드펠이 일하는 땅은 토질이 단단한 편이라 갈아엎기가 쉽지 않으니, 땅을 일구는 일은 나중에 시키는 편이 좋을 듯했다. "열심히 할게요." 마치 그의 마음을 들여다보기라도 한 것인 양 소년이 항의하듯 말했다. "아는 건 별로 없지만 시키시는 건 뭐든 다 할 수 있습니다."

"아무렴, 그렇겠지. 우선 완두밭부터 일을 시작하자. 마른 줄기들을 베어내서 한 켠에 쌓아라. 나중에 마구간이나 외양간 바닥에 깔릴 거야. 뿌리는 흙으로 되돌아가고."

"인간들이 그러하듯요." 고드릭이 불쑥 말했다.

"그래, 인간들이 그러하듯." 이 골육상잔으로 너무도 많은 이들이 때 이르게 흙으로 돌아가고 있었다. 캐드펠 수사는 자기도 모르게 고개를 돌려 소년을 바라보다가, 이내 수도원 건물의 지붕들 너머 솟아오르는 연기 사이 어렴풋이 보이는 무너진 성탑들로 시선을 돌렸다. "저곳에 네 친척들이 있느냐?" 그는 부드럽게 물었다.

"아뇨!" 소년은 황급히 대꾸했다. "하지만 성안 사람들에 대해 생각하지 않을 수가 없어요. 오래 버틸 수 없겠죠. 당장 내일 함락될지 모른다고도 하고요. 하지만 그들은 누구나 옳다고 생각하는 일을 하고 있는 겁니다! 헨리 왕[7]께서는 돌아가시기 전에 영주들을 불러 모아 모드 황후님을 당신의 후계자로 인정하게 하셨어요. 영주들은 하나같이 황후님께 충성을 맹세했고요. 황후님은 헨리 왕의 유일한 자손이시니 그분이 마땅히 이 나라의 여왕이 되셔야 했죠. 그런데 황후님의 사촌인 스티븐 백작이 왕권을 탈취하고 제 머리에 왕관을 얹자, 너무도 많은 영주들이 애초의 맹세를 잊은 채 그걸 순순히 받아들였어요. 옳지 못한 일이죠. 충직하게 황후님 편에 서는 건 절대 잘못이 아니에요. 변절한 사람들이 어떤 변명을 할 수 있죠? 스티븐 백작의 주장을 어떻게 정당화할 수 있어요?"

"정당화라는 말은 적절한 표현이 아닌 듯하구나. 영주들 중에는 너와 반대되는 견해를 가진 이들도 있어. 말하자면 군주로는 여자보다 남자가 낫다고 생각하는 이들이지. 그리고 남자로서는 스티븐이 왕권에 가장 가까이 있는 사람 아니겠느냐. 스티븐 백작도 모드 황후와 마찬가지로 윌리엄 왕의 자손이니까."

"하지만 헨리 왕의 아들은 아니죠. 따지고 보면 그 사람도 모드 황후님처럼 여자인 자기 어머니를 통해서 왕권과 연결되어 있지 않나요?" 이제껏 말소리를 죽이며 이야기하던 소년이 갑자기 또렷한 목소리로 단호하게 말을 이었다. "스티븐 백작과 모드 황후님의 진짜 차이는, 스티븐 백작이 노르망디에서 이 땅으로 쳐들어와 자기가 원하던 것을 차지한 반면에 황후님은 노르망디에 그대로 머무르시면서 그 어떤 악행도 하려 하시지 않았다는 점이에요. 영주들 절반이 애초의 맹세를 떠올리고 황후님 편에 서겠다고 선언했지만 이미 때는 늦었죠. 그래봤자 유혈사태와 떼죽음밖에 더 있겠어요? 여기 슈루즈베리에서는 그 참혹한 사태가 벌써 시작됐고요. 물론 여기만의 일로 끝나지는 않을 겁니다."

"너는 나를 전적으로 신뢰하고 있느냐?" 캐드펠은 온화하게 물었다.

말을 듣고 시험 삼아 한두 술기를 베어보던 소년이 고개를 돌리고는 아무 경계심도 품지 않은 푸른 눈을 커다랗게 뜨며 캐드펠을 바라보았다. "그럼요."

"그래, 그럴 수도 있겠지. 하지만 남들과 있을 때는 입을 다물도록 해라. 시내와 마찬가지로 여기도 전쟁터 한복판이나 다름없단다. 우리는 누구에게도 문을 닫아걸지 않거든. 이 안에는 별의별 사람들이 다 있어. 어떤 이들은 다른 사람의 환심을 사려고 말을 옮기기도 하지. 그런 말을 수집해서 일러바치는 것으로 먹고사는 이들도 있어. 생각을 머릿속에만 담아두면 안전할 테니 가급적 그렇게 하도록 해라."

소년은 움찔하더니 고개를 떨궜다. 꾸지람을 듣고 있다고 여기는 모양이었다. 그럴 작정은 아니었는데! "너의 신뢰에 신뢰로 보답하마." 캐드펠이 말했다. "사실 내게는 두 군주 중에서 누가 더 낫고 누가 더 못하다는 생각이 없어. 그러나 충성의 맹세를 지키는 것은 훌륭한 일이라 해야겠지. 자, 이제 일이나 열심히 하자. 난 양배추밭 일을 끝내고 난 뒤 이리 와서 널 도와주마."

그는 활기차게 일하는 소년을 지켜보았다. 소년의 몸은 무척 유연했으나 겉에 걸친 긴 옷이 헐렁해서 마치 한중간을 끝으로 묶은 천 뭉치를 보는 듯했다. 저 애보다 나이도 많고 체구도 훨씬 더 큰 친척이 입다가 물려준 것이리라. 저런, 이 무더위에 줄곧 그런 속도로 일할 수는 없을 텐데. 하긴 곧 알게 되겠지! 캐드펠은 생각했다.

캐드펠이 황갈색 줄기들이 서걱이는 완두밭으로 돌아왔을 때 소년은 빨갛게 달아오른 얼굴에 땀을 뻘뻘 흘리며 낫을 휘두르고 있었다. 그는 헉헉대면서도 잠시도 쉬지 않았다. 캐드펠은 베어 놓은 콩 줄기들을 한아름 안아 밭 가장자리로 옮기면서 걱정스럽게 말했다. "그렇게 고행할 필요는 없어. 옷을 허리께까지 벗어 내려도 괜찮아. 그럼 좀 편할 게다." 그러면서 캐드펠은 이미 무릎까지 걷어 올린 승복의 상의 부분을 허리까지 벗어 내렸다. 강건해 보이는 그의 갈색 어깨가 드러났다.

이를 본 소년은 복잡한 표정으로 망설이다가 잠시 낫질하는 속도를 늦추며 말했다. "지금 이대로도 괜찮습니다!" 그는 놀랄 만큼 침착하게, 그렇지만 갓 변성기에 이른 소년 특유의 낮고 쉰 듯한 음성보다 몇 톤 높은 목소리로 대답한 뒤 부지런히 두 손을 놀리며 일을 이어갔다. 발그레하게 상기된 기운이 옷깃 바로 위에서 가느다란 목을 타고 올라가 두 뺨으로 번져나갔다. 설마 그럴 리가. 소년이 나이를 속인 걸까? 아니면 이제 막 변성기에 접어든 탓에 목소리가 들쭉날쭉할 수도 있었다. 어쩌면 속에 아무것도 걸치지 않았는데 처음 만난 사람에게 제 가난이 드러나는 것이 창피해서 그럴 수도 있겠지. 아, 물론 확인할 방법은 있었다. 지금 바로 시도해보는 편이 나으리라. 만일 의심이 사실로 밝혀진다면, 이는 가벼이 생각하고 넘길 일이 아닐 테니까.

"저놈의 왜가리가 또 우리 치어들을 훔치는구먼!" 캐드펠 수사는 메올 시내 건너편을 가리키면서 불쑥 소리쳤다. 그곳에서는 영문도 모르는 왜가리가 큼직한 날개를 접고 시냇가를 걷고 있었다. "네가 나보다 가까우니, 저놈에게 돌 좀 던져보렴!" 왜가리는 물론 죄 없는 방문객이었다. 그러나 캐드펠의 판단이 옳다면 그 새는 어떤 피해도 입지 않을 터였다.

고드릭은 왜가리를 쳐다보더니 큼직한 돌멩이 하나를 집어 팔을 한껏 뒤로 젖혔다가 얼마 나가지도 않을 온몸의 무게를 실어 힘껏 내던졌다. 돌은 허공을 날아가 왜가리가 서 있는 곳에서 1~2미터쯤 떨어진 얕은 여울에 첨벙 하고 떨어졌다. 왜가리는 놀라 하늘로 날아올랐다.

"그러면 그렇지!" 캐드펠은 혼자 중얼거리고는 바닥에 주저앉아 그 문제에 대해 심사숙고하기 시작했다.

*

성의 정문은 슈루즈베리 성과 마을을 둥글게 휘감아 도는 세번강의 들목과 날목 사이 좁은 땅에 있었다. 스티븐 왕의 군대는 그 성으로 이어지는 땅 전역에 넓게 포진했다. 왕은 자기 진영에서 초조함을 이기지 못해 씨근대며, 자기를 돕겠다고 나선 소수의 충직한 슈루즈베리 주민들을 치하하고 환대하는 연회를 베푸는 한편 그 자리에 없는 상당수의 불충한 무리들을 응징할 방법을 구상하고 있었다.

스티븐은 체격 좋은 미남에, 말이 많고 단순한 사람이었다. 금발에 피부가 무척이나 희어 전체적인 인상은 무척 우아했다. 지금 이 순간 스티븐은 타고난 호인 기질과 모멸감에서 비롯한 쓰라린 심정 사이에서 갈팡질팡하고 있었다. 사실 그는 원래 우둔하고 굼뜨다는 평판을 듣던 인물이었다. 그러나 외삼촌인 헨리가 사망하고 그의 딸이자 유일한 후계자가 앙주 백작[8]과 재혼해 프랑스 땅 깊숙한 곳에 눌러앉는 불리한 처지에 놓여 있음을 깨닫자, 가신들이 선왕의 유언에 따라 이미 그녀를 여왕으로 받아들였다는 사실도 아랑곳 않고, 평생 처음으로 놀라우리만치 신속, 정확하게 움직였다. 그의 전격적인 공세에 얼이 빠진 영주들은 억지 충성 서약에 대한 고민은 고사하고 자기네의 이해관계를 차분히 따져볼 겨를도 없이 자신이 정당한 후계자라는 스티븐 왕의 주장을 그대로 받아들이고 말았다. 그렇게 대성공으로 끝난 정변

이 무슨 이유로 갑자기 뒤틀리게 되었을까? 그는 도무지 이해할 수 없었다. 어째서 영향력 있는 신하들 중 절반이 한동안 죽은 듯 꼼짝도 않다가 이제 와서 반란의 기치를 들고 나서게 되었을까? 양심 때문에? 마지못해 그의 왕권을 인정한 것이 마음에 들지 않아서? 죽은 헨리 왕에 대한 두려움 내지는 헨리 왕이 신도 움직일 수 있다는 미신적인 공포 때문에?

저항 세력들을 그대로 방치할 수 없기에 스티븐은 천성에 맞는 방식으로, 즉 무력에 의지해 필요할 때마다 강력한 공격을 가하면서도 회개하는 자들은 언제라도 들어올 수 있도록 문을 활짝 열어두었다. 그러나 그 결과는 어떠했는가? 자제하면서 인정을 베풀면 상대방은 그것을 이용해 이득을 취하며 그의 관대한 처사를 비웃을 뿐이었다. 반란자들의 성채를 공격하기 위해 북쪽으로 진군하면서 따끔한 맛을 보기 전에 순순히 복종하라고 권유했을 때도 영주들은 코웃음을 치면서 거들떠보지도 않았다. 어쨌든 간에 내일 새벽의 공격은 슈루즈베리 수비군의 운명을 결정할 것이고, 모든 영주들에게 좋은 본보기가 될 터였다. 이 중부지방 영주들이 그의 권유에 고분고분 응하지 않겠다면, 결국 쥐새끼들처럼 허겁지겁 달려와 목숨을 애걸하지 않을 수 없게 만들어주리라. 특히 헤스딘의 아눌프…… 그자에게는 슈루즈베리 성탑에서 온갖 상스럽고 추잡한 욕설을 퍼부어댄 것을 짧은 순간이나마 뼈저리게 후회하게 해주리라.

늦은 오후, 스티븐은 풀밭에 설치된 막사 안에서 수석 참모이

자 슈롭셔 행정 장관 내정자인 길버트 프레스코트, 플라망 출신 용병대장인 윌럼 텐 헤이트와 함께 회의를 하고 있었다. 캐드펠 수사와 고드릭이 저녁기도에 참석하기 전 손을 씻고 옷차림을 점검할 즈음이었다. 지방의 소영주들이 왕을 지원하겠다며 휘하의 병력을 이끌고 오는 경우가 드물었으므로 스티븐은 할 수 없이 플라망 용병들에게 많은 부분을 의지하고 있었다. 그러나 그들은 이방인들인 데다 무자비한 직업군인이라 많은 사람들의 증오를 사고 있었다. 그들에겐 한 마을을 불태우는 것이 술을 마시는 것만큼이나 쉬웠고, 그 두 가지를 동시에 하는 경우도 적지 않았다. 거대한 체구의 텐 헤이트는 붉은 기가 도는 금발에 긴 콧수염을 기른 잘생긴 사내로, 나이는 서른도 채 안 되었으나 전쟁에 이골이 난 사람이었다. 쉰을 넘긴 나이에 조용하고 과묵한 프레스코트는 노련하면서도 용맹스러운 기사였고, 극단으로 치우치지 않는 편이어서 조언을 할 때도 무척 신중했다. 하지만 그런 프레스코트조차도 이번에는 가혹한 조치를 취해야 한다고 주장하고 있었다.

“전하께서 아량을 베푸셨습니다만 수치를 모르는 뻔뻔스러운 자들이 이를 이용해 전하를 어려운 지경으로 몰아넣었습니다. 이제 그런 자들에게 두려움을 안겨주어야 할 때입니다.”

“우선은 성과 마을부터 점령해야 하오.” 스티븐은 건조하게 말했다.

“그것은 이미 이루어진 것이나 다름없습니다. 오늘 아침 모든 준비가 완료되었으니 곧 슈루즈베리에 입성하시게 될 것입니다. 피챌런과 애더니, 그리고 헤스딘이 우리의 공격을 받고도 살아남는다면 전하의 뜻대로 처리하십시오. 수비군에 가담한 평민들은 별 문젯거리가 되지 않습니다만, 그자들의 경우에도 본보기가 될 만한 조치를 취하시도록 적절한 조언을 해드리겠습니다."

이곳에서의 저항을 주도한 그 셋에게 보복하는 것만으로도 왕으로서는 충분히 만족할 만한 상황이었다. 윌리엄 피챌런은 그가 직접 슈롭셔 행정 장관으로 임명한 자였으나, 지금은 그의 경쟁자 편에 서서 성을 차지한 채 버티고 있었다. 피챌런의 가신들 가운데 가장 중요한 인물인 펄그 애디니는 피챌런의 배신을 묵인했을 뿐만 아니라 온 힘을 다해 제 상전을 돕고 있었다. 그리고 아눌프는 오만무례한 욕설들로 거듭 그를 모욕하고 모독했다. 그 나머지는 별로 중요하지 않은 소모품이나 인질들에 불과했다.

"시내에서 떠도는 소문에 따르면, 피챌런은 우리가 마을에서 북쪽으로 빠지는 길을 폐쇄하기 전에 이미 제 아내와 자식들을 밖으로 빼돌렸다고 합니다. 하지만 애더니의 딸은 아직 시내에 있다더군요. 다른 여자들은 진작에 마을 밖으로 내보냈고요." 프레스코트는 슈롭셔 출신이라 이 지방 영주들의 이름과 평판 정도는 훤히 꿰고 있었다. "애더니의 딸은 어렸을 때 이미 메이즈버리 출신인 로버트 베링어의 아들과 약혼한 사이입니다. 메이즈버리는 오즈워스트리 근처라 양쪽 집안의 영지가 바로 맞닿아 있지요. 제가 지금 이런 말씀을 드리는 건, 전하를 뵙겠다고 찾아온 사람이 바로 그 사람, 메이즈버리의 휴 베링어이기 때문입니다. 괜찮다는 판단이 서시면 그 사람을 이용하도록 하시지요. 그러나 바로 어제까지만 해도 그 사람은 피챌런 쪽 사람이었고 전하의 적이었다는 점을 말씀드리고 싶습니다. 그를 안으로 들여서 전하께서 직접 판단하십시오. 만일 그자가 정말로 마음을 바꾸었다면 휘하에 꽤 많은 병력이 있으니 유용하게 쓰실 수 있을 겁니다. 하지만 저로서는 그 사람을 쉽게 받아들이고 싶지 않군요."

한 근위대 장교가 대형 천막 안으로 들어와 대기하고 있었다. 서른 살의 유능한 장교이자 프레스코트의 가신들 중 그의 오른팔 격인 인물, 애덤 쿠셀이었다.

"방문객이 한 분 더 전하를 뵈러 왔습니다." 왕이 시선을 주자 장교가 입을 열었다. "숙녀분입니다. 그분을 먼저 만나보시겠습니까? 그분은 아직 이곳에 거처를 마련하지 못했고, 또 시간이 시간인지라…… 숙녀분의 이름은 얼라인 시워드로, 최근 사망한 부친이 늘 전하 편이었다고 합니다."

"시간 여유가 없으니 두 사람 모두 데려오되 여자부터 말하게 하라."

쿠셀이 숙녀의 손을 잡고 천막 안으로 들어와 왕 앞에 서게 하자 그녀는 더없는 존경과 복종의 예를 갖춰 절했다. 뭇 남자들의 시선을 끌 만큼 매혹적인 여자였다. 가냘픈 몸매에 나이는 열여덟이나 되었을까. 상중임을 알리는 수수한 옷차림이며 머리에 쓴 하얀 모자와 베일에서 금발 몇 가닥이 흘러내려 두 뺨 가장자리에 드리운 모습이 그녀를 더욱 어리고 아름다워 보이게 했다. 그녀에게서는 젊은 여성 특유의, 조심성과 자부심이 뒤섞인 의연함이 풍겨 나왔다. 그녀는 왕의 당당한 체구와 잘생긴 용모에 놀라 짙푸른 눈을 동그랗게 뜨며 존경의 예를 표했다.

"그대의 상실을 진심으로 애도하오." 왕이 여자를 향해 한 손을 뻗으며 말했다. "내가 어떤 식으로든 그대를 보호해줄 수 있다면 무엇이든 요구하시오."

"전하께서는 너무도 친절하십니다." 숙녀는 외경에 찬 부드러운 목소리로 말했다. "저는 지금 고아가 된 처지입니다. 저희 집안이 마땅히 바쳐야 할 존경과 충성의 서약을 전하께 전할 수 있는 유일한 사람이지요. 저는 지금 제 부친이 바라시던 바를 수행하고 있습니다. 부친이 병환으로 돌아가시지 않았더라면 당신이 직접 오셨거나 제가 좀 더 일찍 올 수 있었을 것입니다. 전하께서 친히 슈루즈베리까지 오신 지금에야 겨우 저희 성 두 곳의 열쇠를 전하께 바칠 기회를 얻게 되었습니다. 이제 그 열쇠들을 드리려 합니다!"

그녀보다 열 살쯤 더 들어 뵈는 침착한 젊은 하녀가 진작부터 들어와 뒤쪽에 서 있다가 그녀에게 열쇠 꾸러미를 건네주었다. 얼라인은 그것을 공손히 왕에게 바쳤다.

"저희는 전하를 위해 기사 다섯과 마흔 명 이상의 무장한 병력을 소집해드릴 수 있습니다. 지금 그들은 저희 성들을 지키고 있습니다. 전하께서 필요하시면 언제든 그들을 부리십시오." 그녀는 집안 소유의 영지들과 가신들의 이름을 열거하기 시작했다. 마치 어린아이가 열심히 암기한 학과 내용을 외우는 듯했으나 엄숙하고 위엄 있는 자세만큼은 전투장에 선 장군의 그것을 방불케 했다. "정직하게 말씀드려야 할 것이 한 가지 더 있습니다. 제게 큰 슬픔을 안겨준 속사정입니다. 제게는 오라비가 하나 있습니다. 저 대신 이 일을 해야 했던 사람이지요." 목소리가 조금 떨렸으나 그녀는 이내 침착한 자세를 되찾았다. "전하께서 왕위에 오르셨을 때 제 오라비 자일스는 모드 황후 편을 들었고, 그 바람에 부친과 한바탕 다툰 뒤 황후 편에 가담하겠다며 집을 떠났습니다. 지금 어디 있는지는 저도 모릅니다만 풍편에 듣자니 프랑스에 있는 황후에게 갔다고 합니다. 저희 집안에서 일어난 이 불상사를 전하께 숨길 수는 없었습니다. 그것은 제 마음을 슬프게 한 사건이었고, 전하께서도 같은 심정이시리라 믿습니다. 그러니 부디 제가 가져온 것을 거절하지 마시고 전하의 뜻대로 써주십시오. 제 부친의 뜻이 그러했고, 제 뜻 역시 그러합니다."

그녀는 큰 짐을 내려놓기라도 한 듯 깊은 한숨을 내쉬었다. 왕은 크게 감동하여 한 손으로 그녀를 잡아끌어 그녀의 뺨에 열렬히 키스했다. 곁에서 지켜보던 쿠셀의 얼굴에는 왕에게만 그런 기회가 온 것을 부러워하는 듯한 기색이 역력했다.

"내가 그대의 마음에 설령 모래알만큼이라도 슬픔을 보탠다거나 혹은 그대의 슬픔을 조금이라도 덜어주지 않는다면 하느님께서 나를 용서치 않으실 거요. 그대가 하는 충성의 맹세를 영주들의 그것에 못지않은 소중한 것으로 내 온 마음을 다해 받아들이겠소. 나를 돕기 위해 이런 수고를 마다하지 않은 것에 감사하오. 이제 내가 그대를 돕기 위해 무엇을 할 수 있는지 말해보오. 듣자하니 아직 숙소를 정하지 못했다던데, 이곳은 군인들이 묵는 야영지라 그대가 묵을 만한 곳이 없소. 곧 밤이 올 텐데."

"수도원의 접객소에 가면 방을 내어주리라 생각합니다." 그녀는 수줍게 말했다. "배를 한 척 구해 강을 건너갈 수 있다면요."

"그대를 강 건너까지 안전하게 호위해주고, 그대에게 훌륭한 가옥 한 채를 내주라고 수도원에 요청하겠소. 우리가 그대를 집까지 무사히 호위할 병력을 배정할 때까지 그대는 그곳에서 안심하고 편히 쉴 수 있을 거요." 왕은 그 일을 누구에게 맡길지 주위를 둘러보았고, 애덤 쿠셀의 이글거리는 시선을 지나치기란 힘들었다. 연갈색 머리와 눈을 가진 이 젊은이는 왕이 자신을 마음에 들어한다는 걸 잘 알고 있었다. "애덤, 그대가 시워드 양을 안내해서 안전하게 모셔다드리겠나?"

"기꺼이 그렇게 하겠습니다, 전하." 쿠셀은 열정적으로 대답하고는 여인을 향해 뜨겁게 달아오른 손을 내밀었다.

*

휴 베링어는 장교의 그을린 큰 손에 한 손을 얹고서 시선을 떨군 채 나오는 여자의 모습을 지켜보았다. 불균형하다 싶을 정도로 크고 우아한 눈썹 밑으로 보이는 그녀의 작고 품위 있는 얼굴은 할 일을 제대로 해낸 뒤에 오는 피로감과 허탈감에 젖어 있었다. 그는 왕의 천막 안에서 오간 대화들을 모두 엿들은 터였다. 그녀는 지금 시련을 겪은 어린 신부, 그러니까 집안의 부와 가문을 과시하느라 한껏 치장을 했다가 양가의 합의가 이루어진 뒤 방으로 쫓겨 가는 어린 신부처럼 당장이라도 울음을 터뜨릴 것 같은 표정이었다. 왕의 장교는 그녀 곁에서 마치 정복당한 지역의 영주처럼 더없이 조심스럽게 걷고 있었다. 그리 이상할 것 없는 광경이었다.

"전하께서 기다리고 계시오." 윌럼 텐 헤이트의 퉁명스러운 목소리가 들려왔다. 휴 베링어는 돌아서서 고개를 숙이고 천막의 차일 아래로 들어갔다. 갑자기 침침한 곳으로 들어선 탓에 그토록 당당한 체구와 하얀 피부를 가진 왕의 모습도 얼른 눈에 띄지 않았다.

"제가 왔습니다, 전하." 휴 베링어는 복종의 예를 갖추며 말했다. "메이즈버리의 휴 베링어, 제가 가진 모든 것을 전하의 처분에 맡깁니다. 제가 동원할 수 있는 인력은 기사 여섯 명과 쉰 명의 무장 병력에 지나지 않습니다만 그들 절반은 숙련된 궁사들입니다. 모두 전하의 것입니다."

"우리도 그대의 이름은 잘 알고 있네." 왕은 무뚝뚝하게 말했다. "그대 집안의 병력이 어떤지도 잘 알고 있고. 그런데 그 병력을 우리의 대의에 바치겠다는 말은 왠지 생소하게 들리는군. 들자 하니 그대는 최근까지도 우리의 배신자인 피첼런과 애더니와 한패였다던데. 그리고 이런 식의 심경 변화는 때늦은 감이 없지 않아. 이 일대에서 한 달이나 체류하는 동안 그대로부터 어떤 전언도 듣지 못했네."

"전하." 베링어는 냉담한 대접에 불쾌한 기색을 보인다거나 허둥지둥 자기 입장을 변명하려 하지 않고 차분하게 말을 이었다. "저는 어렸을 적부터 전하가 배신자라 부르시는 그 사람들을 제 동료나 친지로 여기면서 자랐습니다. 모두 우정을 나누기에 하등 부족함이 없는 사람들이었지요. 전하께서는 지극히 공정한 분이시니, 이제까지 그 누구에게도 충성의 맹세를 한 적 없는 저 같은 사람이 이런 순간에 어떤 길을 선택할지를 놓고 고심했다는 것을 용납해주시리라 믿습니다. 그런 맹세는 한 번으로 그쳐야 할 성질의 것이니까요. 헨리 왕의 딸에게 그 나름의 합당한 명분이 있다는 점에는 의문의 여지가 없는지라, 저로서는 그 명분을 선택한 자를 배신자라 부를 수 없습니다. 그러나 전하께 한 맹세를 어긴 사람을 비난할 수는 있겠지요. 저는 영지를 상속받은 지 몇 달 되지 않은 터라 이제까지 그 누구에게도 충성의 맹세를 한 적이 없습니다. 그리하여 어느 분을 섬길까 한참을 고심하다가 이제 이리로 왔습니다. 큰 고민 없이 전하께 몰려드는 이들은 하루아침에 간단히 등을 돌릴 수도 있는 법입니다."

"그대는 그러지 않겠다는 뜻인가?" 왕이 미덥지 않다는 듯 물었다. 그는 도도하게 달변을 늘어놓는 이 뱃심 좋은 젊은이를 비

판적인 눈으로 살펴보았다. 평균보다 약간 작고 좀 여윈 듯하나, 균형 잡힌 체격에 태도는 무척이나 자신만만했다. 체구와 키에서 부족한 점은 민첩한 동작과 잘 돌아가는 머리로 보완할 수 있으리라. 나이는 스물두셋쯤 되었을까. 거무스레한 피부와 이마를 가로지르는 숱 많은 검은 눈썹, 얼굴만 보아서는 깊은 두 눈 뒤로 어떤 생각을 하는지 도저히 짐작이 가지 않았다. 쉽게 마음을 놓을 수 없는 인물이었다. 그가 도도하게 늘어놓은 말들은 솔직한 심경에서 나온 것일 수도, 사전에 잘 계산해둔 것일 수도 있었다. 그는 자신의 군주를 저울질할 수 있을 만큼, 자신의 대담한 태도가 반드시 불쾌하게 비치지만은 않으리라 계산할 수 있을 만큼 머리가 잘 돌아가는 젊은이였다.

"저는 그러지 않을 것입니다." 베링어는 단호하게 말했다. "하지만 지금 당장 제 말씀을 믿어달라 하지는 않겠습니다. 두고 보시면 아실 테니까요, 저는 전하의 시험에 맡겨진 몸입니다."

"그대의 군사들은 함께 오지 않았나?"

"세 사람만 대동하고 왔습니다. 성을 비워두거나 충분치 못한 병력만 남겨두는 것은 어리석은 일이니까요. 게다가 아무런 준비 없이 쉰 사람 분의 양식을 전하께 청하는 결례를 범하고 싶지도 않았습니다. 전하께서는 그저 이들을 원하시는지 말씀해주시기만 하면 됩니다. 그러면 지체 없이 실행하겠습니다."

"서두를 것 없네." 스티븐은 말했다. "우리 측 사람들도 그대를 받아들이기 전에 생각할 시간이 필요하거든. 그대는 얼마 전까지만 해도 피챌런과 막역한 사이였으니 말이야."

"그랬지요. 지금도 제겐 그 사람을 비난할 이유가 없습니다. 선택한 길이 서로 다를 뿐입니다."

"내가 듣기로 그대는 펄크 애더니의 딸과 약혼한 사이라던데."

"그 점에 대해서는 뭐라 말씀드려야 좋을지 모르겠군요. 약혼한 사이인지, 아니면 약혼했던 사이인지! 시대의 흐름이 과거에 세웠던 수많은 계획들을 온통 뒤죽박죽으로 만들어놓았으니까요. 저뿐 아니라 누구라도 마찬가지입니다. 지금 저는 그 아가씨가 어디 있는지, 그쪽 집안과 맺은 서약이 여전히 유효한지 잘 모르겠습니다."

"소문에 의하면 성안에는 여자들이 남아 있지 않다고 하더군." 왕은 젊은이를 면밀히 관찰하며 말했다. "피챌런의 가족은 모조리 성을 빠져나가 지금쯤 이미 이 지방을 벗어났을 걸세. 하지만 애더니의 딸은 시내 어딘가에 은거해 있는 것 같아. 그렇게 쓸모 있는 아가씨를 수중에 넣는 것도 썩 괜찮은 일이겠지." 왕은 은근히 강조하면서 말을 이었다. "내 계획을 변경할 필요가 있을 경우에 말일세. 그대는 그 여자 아비와 한편이었으니 지금 그 여자가 어디 숨어 있을지 짐작하고 있겠지. 수소문을 해서 어느 정도 실마리가 잡히면, 다른 사람은 몰라도 그대는 그 여자를 찾아낼 수 있을 게야."

젊은이는 속내를 알 수 없는 모호한 표정으로 왕을 응시했다. 그 영리해 보이는 눈에 왕의 말뜻을 알아들은 듯한 빛이 어려 있기는 했으나 그 이상은 아니었다. 동의의 뜻도 반대의 뜻도 보이지 않았고, 잘만 하면 왕의 신임을 얻을 수 있는 중요한 임무를 부여받았다는 것을 깨달은 듯한 기미도 찾을 수 없었다. 베링어는 온화한 표정에 꾸밈없는 목소리로 말했다. "저도 그렇게 생각합니다, 전하. 메이즈버리에서 올 때 그런 점도 염두에 두었습니다."

스티븐은 아직 상대를 완전히 믿을 수는 없었으나 어느 정도 만족했다. "여기 남아서 마을을 함락시킬 때 우리를 도울 수도 있겠지만 지금 당장은 그대에게 맡길 일이 없네. 그대가 필요한 일이 있을 때 어디로 연락하면 되겠나?"

"수도원 접객소에 방이 있다면 거기 머물러 있겠습니다."

베링어가 답했다.

*

저녁기도 시간, 고드릭은 학생과 수련사 무리의 맨 뒤편, 수도원과 세번 강둑 사이에 거주하는 덕에 이 피난처로 올 수 있었던 평신도들과 함께 서 있었다. 캐드펠 수사는 고개를 돌려 소년을 찾았다. 자그마하고 의지할 데 없는 외로운 아이가 눈에 들어왔다. 밭에서는 활달하고 거침이 없었으나 이곳 교회 안에서는 표정이 어두웠다. 어둠이 내리고 있으니 곧 이곳에서의 첫날밤이 시작되리라. 다행히도 상황은 소년의 예상보다 한층 순탄하게 풀려나가고 있었다. 소년은 앞으로 닥쳐올지도 모를 위기를 무사히 넘기고자 마음을 단단히 먹었다. 잘하면 굳이 위기를 겪지 않고도 넘어갈 수 있을 터였다. 특히 오늘 밤에는. 소년 말고도 보살펴야 할 아이들이 있는 수련장 폴 수사가 기꺼이 그를 다른 사람 손에 넘겨주었으니 말이다.

캐드펠은 저녁 식사 후에 소년을 다시 찾았다. 식사 때 고드릭이 맛있게 먹는 모습을 보고 기뻤다. 소년은 자신을 사로잡는 두려움이나 불안과 맞서 싸울 수 있는 기개가 있어 보였고, 영혼의 투쟁을 수행하기 위해서는 육체를 단련시켜 스스로를 강화할 필요가 있다는 것은 알 정도의 사려분별도 갖춘 듯했다. 게다가 나란히 식당을 나오면서 그가 어깨에 한 손을 얹었을 때 소년이 보낸 고마움과 안도 어린 눈빛은 캐드펠의 마음을 한층 든든하게 해주었다.

"마지막 기도 전까지 시간이 좀 있어. 그리고 정원은 서늘하지. 네가 원하지 않는다면 굳이 이 안에 있지 않아도 된다."

그곳을 벗어나 여름밤의 어둠 속으로 도피할 수 있게 되자 고드릭은 마음이 놓이는 듯했다. 그들은 연못과 허브밭 쪽으로 한가롭게 걸어갔다. 소년은 캐드펠 옆에서 깡충거리며 뛰어가다 느닷없이 휘파람을 불었다.

"수련장님이 저녁 식사 후에 절 부르시겠다고 했는데요. 제가 이렇게 수사님하고 같이 가도 정말 괜찮을까요?"

"모두가 찬성하고 축복한 일이니 걱정할 필요 없다. 폴 수사에게 말해서 허락을 얻었어. 너는 내 밑에 있게 되었고, 이제는 내가 널 책임질 거야." 담장에 둘러싸인 허브밭으로 들어서자 낮 동안 햇빛을 듬뿍 받은 로즈메리[9], 타임[10], 회향[11], 딜[12], 세이지[13], 라벤더[14] 따위의 알싸한 향내가 한꺼번에 덮쳐왔다. 제 나름의 은밀한 향을 지닌 수많은 허브들의 세계. 서늘한 저녁나절에도 그곳에는 어지러울 만큼 진한 향기와 함께 태양의 열기가 여전히 떠돌았다. 머리 위에서는 칼새들이 즐거운 비명을 내지르면서 허공을 맴돌고 있었다.

그들은 기름 먹인 목재들이 부드러운 빛을 내는 오두막 앞에 이르렀다. 캐드펠 수사가 오두막 문을 열었다. "여기가 네 잠자리란다, 고드릭."

오두막 구석에는 낮은 침대 겸 의자가 깨끗하게 정돈된 채 놓여 있었다. 잠자코 그것을 바라보는 소년의 어깨가 캐드펠의 손 아래서 떨리고 있었다.

"여기서 나는 여러 허브들을 발효시키는데, 그중 몇 종류는 정기적으로 돌봐주어야 하지. 어떤 것들은 너무 빨리 발효하기 때문에 자칫 소홀하면 상해버리고 말아. 네가 할 일들을 자세히 알려주마. 뭐, 그렇게 어렵지는 않아. 이건 네 침대고. 신선한 공기를 마시고 싶으면 저 쇠살 창문을 열면 된단다." 소년의 떨림이 멈췄다. 그는 짙푸른 눈을 커다랗게 뜨고 탐색하는 듯한 시선으로 캐드펠을 뚫어지게 쳐다보았다. 금방이라도 미소를 지을 것 같기는 했으나, 그 눈에는 어딘지 방어의 기색이 어려 있었다. 캐드펠은 문 쪽으로 돌아서서 육중한 빗장을 가리켰다. 안에서 잠그게 되어 있는 빗장으로, 일단 그걸 걸어놓으면 밖에서는 절대 열 수 없었다. "네가 나올 준비가 되기 전까지 세상과 나를 차단할 수 있단다."

고드릭은 이제 노골적인 비난의 눈빛으로 캐드펠을 쏘아보았다. 한편으로는 불쾌해 보였지만 한편으로는 오히려 홀가분한 기분을 느끼는 듯했다.

"어떻게 아셨죠?" 소녀는 턱을 치켜들며 따지듯 물었다.

"기숙사의 공동 침실에서 어떻게 해나갈 작정이었니?" 캐드펠 수사는 부드럽게 반문했다.

"잘해냈을 거예요. 남자애들은 그렇게 영리하지 않으니 당연히 속여 넘길 수 있죠. 이런 옷을 입고 있으면요." 소녀는 풍성한 겉옷을 두 손으로 잡아당기며 말을 이었다. "아래위가 다 밋밋해 보이거든요. 게다가 남자들은 원래 무심하고 멍청하잖아요." 그러나 캐드펠이 뛰어난 관찰력을 가진 사람이라는 사실을 떠올리며 소녀는 풀썩 웃음을 터뜨렸다. 그 순간 그녀는 완전한 소녀로 돌아갔다. 마음 놓고 즐거워하는 소녀의 모습은 무척이나 아름다웠다. "아, 수사님은 제외할게요! 그런데 어떻게 아셨어요? 전 열심히 노력했고 누구나 속여 넘길 수 있을 거라 생각했는데. 어디가 잘못됐나요?"

"너는 아주 잘해냈어." 캐드펠은 달래듯 말했다. "하지만 나는 이곳에 와서 수사가 되기 전 마흔 해 동안 세상일을 속속들이 경험한 사람이야. 어디가 잘못됐느냐고? 이제부터 내가 하는 말을 불쾌하게 받아들이지 말고 같은 편이 들려주는 좋은 충고로 생각해줬으면 좋겠구나. 아까 열을 올리면서 주장을 내세울 때 넌 자기도 모르게 목청을 높였는데, 그 목소리에 탁한 기운이 전혀 없었어. 남자 목소리로 위장하려면 탁한 음성을 냈어야지. 그런 기술은 배우면 익힐 수 있어. 시간이 날 때 가르쳐주마. 그리고 내가 수사복을 내려 편하게 일하라고 권했을 때 낯을 붉히면 어떻게 하니? 그때 나는 거의 확신했단다! 물론 넌 내 권유를 뿌리쳐 버렸지. 마지막으로, 내가 시내 건너편으로 돌을 던지라고 했을 때도 넌 보통 여자애들이 하듯 아래에서 위로 던졌어. 사내애들이 어디 돌을 그렇게 던지던? 사내애들처럼 던지는 법을 배우기 전까지는 남이 하란다고 해서 무심코 돌을 던져서는 안 돼. 그랬다가는 당장 정체가 탄로 나고 말 거다."

캐드펠은 말을 멈추고 서 있었다. 소녀가 침대에 털썩 주저앉더니 두 손으로 머리를 움켜쥐었던 것이다. 그녀는 웃다가 이내 울음을 터뜨렸고, 다시 웃다 울기를 반복했다. 그러나 소녀가 자제력을 잃은 건 아니었다. 자기 뜻과 상관없이 손해와 이득 사이에서 이리 퉁겨지고 저리 퉁겨지고 하면서도 그녀는 제 머릿속의 대차대조표에 따라 움직이려 애쓰고 있었다. 이제 캐드펠은 그녀가 막 여성적인 면모를 갖춰가기 시작하는 앳되고 아름다운 열일곱 살 아가씨라는 사실을 실감하기 시작했다.

어느 정도 마음이 진정되자 소녀는 손등으로 눈가를 닦고, 무지개 사이로 비치는 햇살처럼 환히 웃으면서 영리해 보이는 눈매로 캐드펠 수사를 빤히 올려다보았다. "진심이세요? 수사님이 절 책임지신다는 거요. 아까 말씀드렸죠, 제가 수사님을 완전히 믿는다고요!"

"자매여." 캐드펠은 담담하게 말했다. "지금 내가 할 수 있는 일이 최선을 다해 널 돕고 나중에 네가 가고 싶어 하는 곳으로 안전하게 보내주는 것 말고 달리 뭐가 있을까?"

"수사님은 제 이름도 모르시잖아요!" 소녀는 놀라 대꾸했다. "제가 믿을 만한 사람인지 아닌지도 모르시고요."

"이름을 안다고 뭐가 달라지겠니? 한 소녀가 험한 폭풍우를 피하느라 잠시 혼자 외로이 떨어져서 집안사람들에게 돌아갈 날만 기다리고 있다는 것만으로 충분하지 않을까? 네가 무슨 말을 하고 싶어 하든, 나로서는 그 이상 알 필요가 없어."

"수사님께 모든 걸 다 털어놓고 싶어요." 소녀는 하늘만큼이나 투명하고 맑은 눈으로 캐드펠을 올려다보며 담담하게 말했다. "제 아버지는 지금 이 순간 죽음의 어두운 그림자가 드리운 슈루즈베리 성안에 계시거나, 아니면 목숨을 구하기 위해 윌리엄 피챌런 어른과 함께 성을 빠져나와 추적자들의 고함 소리가 언제 터져 나올지 모를 위급한 상황 속에서 노르망디에 있는 황후의 영지를 향해 달아나고 계실 거예요. 지금 저는 절 도와주시는 그 어떤 분에게도 부담스러운 존재이고, 안전한 곳에서 벗어나자마자 바로 인질로 잡힐 거예요. 캐드펠 수사님께도 역시 위험한 존재가 될 수 있죠. 저는 피챌린 어른의 가장 가까운 동지이자 친구의 딸이니까요. 제 이름은 고디스 애더니예요."

*

앉은뱅이 오스번은 두 다리가 오그라붙은 채 태어난 자로, 바퀴 달린 작은 수레에 몸을 싣고 양손에 쥔 나뭇조각을 쪼그러든 무릎 뒤로 뻗어 땅을 끌면서 믿기지 않을 만큼 재빠르게 이곳저곳을 돌아다녔다. 그는 왕의 군대를 따라다니는 무리 가운데 가장 비천한 사내였다. 평소 같으면 슈루즈베리 성문 곁에 자리를 잡았겠지만 이제 그 자리는 무척이나 위험해졌고, 그는 적절한 시기에 그곳을 떠나 나름의 기대를 품고 포위 공격군 중에서도 근위대의 주력 부대와 최대한 가까운 곳에 자리를 잡은 터였다. 엄청나게 많은 사람들이 오가는 곳이었다. 왕은 무장한 적들을 상대할 때를 제외하고는 너그럽기로 소문난 인물이었기에 그 자리에 있다 보면 떨어지는 것이 많았다. 고위 장교들은 워낙 바빠 거지에게 눈길을 주거나 푼돈을 던져줄 겨를이 없었지만, 그때그때의 운수가 어느 쪽으로 흐르는지 관망하다가 뒤늦게 왕의 호의를 구하러 온 사람들은 일이 잘 풀리기를 빌면서 하느님께 바치는 일종의 뇌물로 오스번 같은 이에게 잔돈푼을 던져주는 일이 종종 있었다. 자유민 출신의 궁사들은 물론이요 심지어 플라망 용병들도 비번일 때나 기분이 좋을 때면 동전 몇 푼이나 음식

조각들을 던져주곤 했다.

그는 경비 초소 근처, 어중간한 크기의 나무들로 이루어진 숲 그늘에 자리를 잡았다. 그곳이라면 빵 껍질이나 물을 얻어먹기가 쉬웠고, 야간에 피우는 화톳불의 온기를 즐길 수도 있었다. 8월에도 해가 떨어지면 날이 쌀쌀해지는 경우가 잦았다. 특히 걸치고 있는 누더기가 변변치 못할 때는 화톳불이 반가웠다. 군인들이 불길을 죽이려고 군데군데 토탄을 얹어두기는 했지만 밤늦게 찾아오는 사람들을 조사하느라 그 밝기만큼은 늘 일정하게 유지하고 있었다.

자정이 가까운 시가에 오스번은 불편한 잠에서 깨어났다. 그는 뒤쪽 왼편, 그러니까 성의 정문 쪽이기는 하나 한길에서 한참 벗어난 곳에서 덤불이 부스럭거리는 소리에 귀를 바짝 곤두세웠다. 마을 쪽에서 누군가 다가오고 있었다. 성문을 지나서가 아니라 강변을 따라 몸을 숨긴 채 은밀히. 오스번은 자신의 못 박힌 손바닥만큼이나 마을을 훤히 꿰고 있었다. 정찰을 마치고 돌아오는 척후병일까? 그렇다면 왜 이렇게 은밀히 진영으로 돌아오고 있는 거지? 아니면 누군가 강으로 이어지는 수문을 통해 몰래 마을을 빠져나온 걸까?

달도 없는 밤이었다. 실체는 보이지 않고 움직임만 감지되는 그 검은 형체는 덤불을 빠져나와 허리를 잔뜩 낮춘 채 살그머니 경비 초소로 달려왔다. 보초가 누구냐고 소리치자 형체는 긴장한 상태에서도 뭔가를 호소하려는 듯 얼른 멈춰 섰다. 오스번은 전신에 검은 망토를 휘감아 하얀 얼굴만 희미하게 드러난 가늘고 호리호리한 윤곽을 볼 수 있었다. 그 형체에서 젊고 새되고 두려움과 절박함이 담긴 목소리가 흘러나왔다.

"상관을 만나고 싶소. 무기는 없소! 상관에게 데려다주시오. 전하께 도움이 될 만할 이야기가 있소……."

보초들은 그를 끌고 가 대충 몸을 수색하며 무기가 있는지 확인했다. 그 뒤에도 그들 사이에 뭔가 말이 오갔지만 오스번의 귀에는 들리지 않았다. 아마도 뭔가 전할 말이 있다는 정도의 이야기였으리라. 보초들은 그를 자기들 진영으로 데려갔다. 그것으로 그의 모습은 오스번의 시야에서 사라졌다.

한밤의 냉기가 누더기 틈새로 파고드는 탓에 오스번은 다시 잠들지 못하고 덜덜 떨면서 생각했다. 선하신 하느님께서 좀 전에 본 사내가 입은 그런 망토를 내게 보내주신다면 얼마나 좋을까! 하지만 그렇게 좋은 옷을 입은 사람도 바들바들 떨고 있었지. 그 떨리는 목소리에는 두려움과 함께 열렬한 바람이 담겨 있었어. 흥미롭긴 하나 거지에게는 아무 도움도 되지 않는 사소한 사건일 뿐이었다. 그런데 좀 전에 본 그 사람이 막사들 사이 어둑한 길목에 나타나 초소 곁 통로에 다시 멈춰 섰다. 이제 남자의 발걸음은 좀더 가볍고 여유가 있었으며, 행동거지에도 두려워하거나 남의 눈치를 살피는 기색이 덜했다. 남자의 손에는 군에서 발급한 표찰이 들려 있었고, 그 덕에 들어왔을 때처럼 무사히 그곳을 빠져나갈 수 있었다. 오스번은 몇 마디를 엿들었다. "이제 돌아가야겠소. 의심을 사면 곤란하니까…… 내겐 임무가 있소!"

아, 이제 저 남자는 자신의 근심을 덜어주신 하느님의 자비에 감사하는 마음에서 푼돈을 주고 싶어할 수도 있을 것이다. 오스번은 급히 바퀴를 굴려 남자가 지나갈 길목으로 가서는 불쑥 손을 내밀었다.

"한 푼 줍쇼, 나리! 하느님이 나리께 베푸신 자비를 가난한 사람한테도 좀 나눠줍쇼!"

느긋해 보이는 하얀 얼굴이 얼핏 보였다. 기대와 안도가 섞인 여유 있는 숨소리도 들렸다. 남자의 목을 단단히 감싸고 있는 정교한 금속 걸쇠가 하룻불의 일렁임에 반짝 빛났다. 망토 주름 사이로 손 하나가 나오더니 오스번의 손바닥에 동전을 떨어뜨렸다. "내일 날 위해 기도 좀 해주게나." 남자는 소리 죽여 속삭이고는 오스번이 축복의 말을 하기도 전에, 올 때와 마찬가지로 재빨리 내달려 숲의 어둠 속으로 사라져버렸다.

*

오스번은 선잠이 들었다가 동트기 전에 깨어나 황급히 숲으로 들어갔다. 여명이 채 밝기도 전에 왕의 군대가 분주히 움직이고 있었다. 너무나 조용하고 질서 정연한 움직임이었다. 오스번은 귀로 들었다기보다 병사들이 열을 맞춰 집합하고 무기를 점검하는 것을 직감으로 느꼈다. 새벽 공기가 연대의 묵직한 발소리로 쩌렁쩌렁 울리는 듯했으나 실제로 소리는 거의 나지 않았다. 스티븐의 군대가 슈루즈베리 성에 최후의 공격을 감행하기 위해 대오를 이루어 출정하고 있었다. 급하게 휘어 도는 세번강의 들목과 날목 사이, 병목처럼 좁다란 땅을 가로지르며 마을로 이어지는 유일한 육로에는 수많은 사람들의 숨죽인 움직임과 함께 섬뜩한 긴장과 흥분이 감돌고 있었다.

2

상황은 정오가 되기 훨씬 전에 끝났다. 공격군은 성문을 덤불로 태운 뒤 부수고 들어가서는 성곽 안뜰을 하나하나 점령해나가며 성벽과 탑에서 마지막까지 저항하던 궁사들을 모조리 죽여 떨어뜨렸다. 성안과 마을 전역의 하늘에 시커먼 연기가 가득했다. 거리에는 사람은 물론이고 개들조차 얼씬하지 않았다. 공격이 시작되자 슈루즈베리 주민들은 문을 단단히 걸어 잠근 뒤 아내와 자식들과 가축들을 데리고 지하실로 대피했다. 그곳에서 그들은 요란한 함성과 굉음과 무기들이 서로 부딪는 소리에 귀를 곤두세운 채 숨을 죽였다. 전투는 그리 오래가지 않았다. 수비군은 군량 부족에 허덕이며 이미 탈진할 대로 탈진해 있던 데다 틈만 보이면 병사들이 탈영한 탓에 그 수효도 많이 줄어든 상태였다. 주민들은 머지않아 공격군 병사들이 시가지를 휩쓸고 다니리라 확신했다. 그런 상황에 필연적으로 따라오기 마련인 약탈의 시간을 숨죽여 기다리던 상인들은, 왕이 병사들의 이탈을 금하는 단호한 명령을 내리자 안도의 한숨을 내쉬었다. 사실 왕이 그런 명령을 내린 것은 플라망 용병들에게 전리품을 안겨주기 싫어서가 아니라 자신의 안전을 위해 그들의 경호가 필요했기 때문이었다. 왕 자신이 아직은 취약한 처지에 놓여 있었던 것이다. 어쨌든 이곳은 적의 도시였고, 아직 완전히 평정되지 않은 상태였다. 게다가 그에게 무엇보다 시급한 문제가 남아 있었으니, 바로 성에 남은 수비군을 처리하는 일, 특히 피챌런과 애더니와 아눌프를 잡는 일이었다.

스티븐은 자욱한 연기 속에 여기저기 피 웅덩이와 병기들이 널려 있는 안뜰을 지나 성의 홀로 들어가서, 쿠셀과 텐 헤이트와 그들의 부하들에게 반란의 주모자들을 잡아 오라는 긴급명령을 내렸다. 프레스코트는 곁에 두었는데, 새 행정 장관인 프레스코트가 그 성의 주요한 방들의 열쇠를 갖고 있는 데다 그곳을 지킬 왕의 수비대가 쓸 군량도 이미 확보해둔 터였다.

"결국 전하께서는 아주 약소한 대가만을 치르신 셈입니다." 프레스코트가 분석적으로 말했다. "인명 피해도 거의 없었고, 시간이 지체되는 바람에 금전적 피해는 좀 입었습니다만 성을 원형 그대로 접수하다시피 했으니까요. 성벽 몇 군데 손보고 성문들만 새로 달면…… 이곳은 난공불락의 요새가 될 것입니다. 우리가 들인 시간만큼의 가치가 있는 곳이지요."

"차차 알게 되겠지." 스티븐은 탑 위에서 오만무례한 욕설을 내뱉던 헤스딘의 아눌프를 생각하며 음산한 표정으로 중얼거렸다. 그렇게 제 죽음을 자초하다니!

쿠셀이 투구를 벗고 이글거리는 불길 같은 진갈색 머리를 너풀거리며 홀 안으로 들어왔다. 스티븐이 보기에 쿠셀은 전투에서 더없이 날렵하고 용맹하며 부하들을 지휘할 땐 강력한 통솔력을 발휘하는, 장래가 촉망되는 장교였다. "어서 오게, 애덤. 그자들은 도망쳤나? 혹시 피챌런이 겁쟁이 하인 놈처럼 헛간 같은 데 숨어 있지는 않았겠지?"

"전혀요, 전하!" 쿠셀은 씁쓸하게 말을 이었다. "이 성의 지붕에서 지하 감옥까지 이 잡듯 샅샅이 뒤졌습니다. 어느 한 곳도 그냥 넘어가지 않았다고 단언할 수 있습니다. 그런데도 피챌런의 종적이 묘연합니다! 시간을 좀 주십시오. 그들이 어떤 계획을 가지고 어느 쪽으로 달아났는지 기필코 밝혀내겠습니다."

"그들이라고 했나?" 스티븐 왕은 발끈했다.

"애더니도 피챌런과 함께 사라져버렸습니다. 성을 빠져나간 게 분명합니다. 전하께 이런 소식을 전하게 되어 죄송스럽습니다만 사실을 말씀드릴 수밖에 없습니다." 쿠셀이 진실을 숨김없이 전할 수 있는 배짱을 가졌다는 점만은 높이 사지 않을 수 없었다. "아눌프는 잡았습니다. 밖에 있습니다. 부상을 당했는데 심각한 것은 아니고 그저 살짝 긁힌 정도입니다. 안전을 위해 쇠사슬을 채워두었습니다. 이제 전하께서 성 밖에 계실 때처럼 오만방자하게 날뛰지는 못할 겁니다."

"그자를 데려오게." 왕이 명령했다. 자신의 주요한 적 둘을 다 잡았다가 놓쳤다는 사실에 새삼 울화가 치밀었다.

헤스딘의 아눌프는 손목과 발목에 묶인 쇠사슬을 질질 끌면서 심하게 절룩이며 들어왔다. 건장하고 혈색 좋은, 예순 가까운 이 사내는 온통 먼지와 피로 얼룩져 있었다. 플라망 용병 둘이 왕 앞에선 그를 찍어 눌러 강제로 무릎을 꿇렸다. 그의 얼굴은 두려움으로 굳어 있었으나 여전히 도전적인 빛을 띠고 있었다.

"뭐야, 이제 한풀 꺾였나?" 왕은 의기양양하게 말했다. "예전의 그 방자한 태도는 어디 갔지? 하루 이틀 전만 해도 되는대로 지껄여대더니 왜 입을 다물고 있나? 이제는 좀 생각이 달라져서 말투를 바꿀 참인가?"

"전하." 아눌프는 혐오의 기색을 노골적으로 내비치며 말을 뱉었다. "전하는 승자이고 저는 이제 전하의 처분에 맡겨진 몸입니다. 저는 전하와 정정당당하게 싸운 사람이니 명예롭게 대우해주시기 바랍니다. 저는 잉글랜드와 프랑스의 귀족입니다. 전하에겐 돈이 필요하고, 제겐 백작의 몸값에 해당하는 가치가 있으며 그만한 돈을 치를 능력도 있습니다."

"예의를 갖추는 시점이 너무 늦었군. 우리 사이에 성벽이 가로놓여 있을 땐 온갖 잡소리를 마구 지껄여대더니. 그때 난 기필코 자네를 붙잡아 처단하겠다고 맹세했고, 이제 드디어 내 맹세가 이루어질 참일세. 백작의 몸값 정도로는 어림도 없지. 내 가격을 제시해볼까? 피첼런은 어디 있나? 애더니는 어디 있나? 어디서 그 둘을 붙잡을 수 있는지 시원하게 털어놓고 내가 그자들을 붙잡게 해주십사 기도나 올리게. 그러면 자네의 그 비천한 목숨을 살려두는 것을 고려해볼 수도 있을 테니. 고려 정도는 해보겠다는 말일세!"

아눌프는 고개를 치켜들고 왕을 정면으로 응시했다. "지나치게 높은 가격을 제시하는군요. 동지들에 대해 내가 말할 수 있는 건, 우리가 이 싸움에서 졌다는 것이 분명해진 뒤에야 다들 성을 빠져나갔다는 것 정도요. 날 죽이든 살리든, 당신이 얻어낼 수 있는 것은 그뿐이오. 그러니 어서 가서 그 알량한 사냥감들이나 쫓으시구려!"

"어디 두고 보자!" 왕은 격노해서 소리쳤다. "네놈에게서 더 얻어낼 게 있는지 없는지는 두고 보도록 하지! 애덤, 저자를 텐헤이트에게 넘겨 심문하게 하라. 아눌프, 네게 두 시간의 여유를 줄 테니 그 안에 그자들의 행방에 관해 알고 있는 모든 것을 말하라. 그러지 않으면 네 목을 흉벽에 걸어놓을 테다. 당장 이자를 끌고 나가라!"

아눌프는 무릎 꿇은 자세 그대로 병사들에게 끌려갔다. 스티븐은 자리에 앉아 씨근거리면서 손가락 관절을 잘근잘근 깨물었다. "저자의 말이 사실이라 생각하나, 프레스코트? 그자들이 패배가 분명해진 뒤에야 비로소 도망쳤다는 얘기 말야. 그렇다면 아직 시내 어딘가에 은신해 있을지도 모르겠군. 대체 어떻게 무사히 빠져나갈 수 있었을까? 정문으로는 아닐 거야. 우리 군대의 감시망을 감쪽같이 따돌릴 수는 없었을 테니까. 게다가 맨 처음 이 성에 진입한 중대들이 두 다리 쪽으로 곧장 진격했고. 그러니 놈들은 섬처럼 고립된 시내 어딘가에 은신해 있는 게 틀림없어. 놈들을 찾아내야 해!"

"그렇죠. 다리로 접근할 수는 없었을 겁니다." 프레스코트는 고개를 끄덕였다. "그러니 빠져나갈 길은 오직 하나뿐입니다. 강으로 이어지는 수문이지요. 거기서 우리의 눈을 피해 은밀히 세번강으로 헤엄쳐 갔을지도 모릅니다. 놈들에게는 배가 없었을 테니까요. 물론 시내 어딘가에 숨어 있을 가능성이 가장 높겠지만 말입니다."

"수색하라! 놈들을 찾아내라! 그때까지 일체의 약탈을 금한다. 사방을 이 잡듯 뒤져 놈들을 꼭 찾아내라."

텐 헤이트와 플라망 용병들은 적병을 체포하고, 프레스코트의 지휘하에 새로운 수비대를 조직해서 곳곳에 배치했다. 쿠셀과 다른 장교들은 부하들을 거느리고 급히 마을을 가로질러 가 다리 두 곳을 철저히 지키는 한편, 집과 가게들을 샅샅이 수색하는 일에 착수했다. 일단 정복이 확실시되자 왕은 자신을 호위하는 병력과 함께 막사로 돌아가 탈주자 두 명에 관한 소식이 들어오기만을 초조하게 기다렸다. 오후 2시가 조금 지났을 때 쿠셀이 돌아왔다.

"전하, 수색이 실패로 끝났습니다." 쿠셀이 단도직입적으로 입을 열었다. "거리 곳곳을 수색하고, 시내의 모든 상인과 적의 장교들을 심문하고, 여염집들까지 샅샅이 뒤져보았습니다. 그렇게 큰 마을도 아닌데 어찌 그렇게 감쪽같이 성을 빠져나갔는지 도무지 알 수가 없군요. 저희는 피챌런도 애더니도 찾아내지 못했고, 그자들의 도피 경로도 알아내지 못했습니다. 아직까지는 어떤 흔적도 보이지 않습니다. 강을 헤엄쳐 수도원 정문 너머로 달아났을 경우에 대비해서 그쪽으로 정찰대를 파견하기는 했습니다만 소식을 듣게 될지는 의문입니다. 아눌프는 아직 완강히 버티며 입을 굳게 봉하고 있습니다. 텐 헤이트가 죽음을 제외한 온갖 수단을 동원하고 있습니다만, 아무것도 얻어내지 못할 성싶습니다. 그자는 자기가 어떤 처벌을 받게 될지 이미 알고 있으니 아무리 협박해도 소용없을 것입니다."

"놈은 내가 애초에 약속한 처벌을 받게 될 거야." 스티븐 왕은 싸늘하게 말했다. "그렇다면 나머지는? 수비군 포로가 몇이나 되나?"

"아눌프를 빼고 아흔셋입니다." 쿠셀은 이맛살을 잔뜩 찌푸리고 있는 왕의 잘생긴 얼굴을 주시했다. 몹시 화가 나 있기는 하지만 곧 풀어지리라. 지나치게 쉬이 용서하는 것이 그의 단점이라고 왕에게 몇 주 동안 이야기해오지 않았는가. "전하, 이제 관대함은 나약함으로 받아들여질 것입니다." 쿠셀은 힘을 주어 말했다.

"놈들을 처형해!" 스티븐 왕은 마음의 동요를 피하려고 단숨에 뱉어냈다.

“전부 말씀이십니까?”

“모조리! 단번에 해치워. 오늘 내로 놈들을 싹 다 저승으로 보내버려.”

*

그들은 그 끔찍한 일을 플라망 용병들에게 떠맡겼다. 용병들은 그럴 때 아주 쓸모 있는 존재들이었다. 게다가 그 일을 처리하느라 하루 종일 정신없이 바빠서 누구 하나 마을의 집들에는 얼씬도 못 했다. 그렇지 않았다면 쓸 만한 물건들은 남김 없이 모조리 약탈당했으리라. 그 소름 끼치는 막간 덕분에 슈루즈베리 길드 조합원과 하급 관리와 토지관리인 들은 허겁지겁 회의를 소집해 왕에게 충성을 맹세할 대표단을 파견했고, 그렇게 왕으로부터 미온적이나마 은혜를 베풀겠다는 대답을 얻어낼 수 있었다. 마뜩잖고 회의적인 표정으로 보아 그들의 갑작스러운 충성 맹세를 못 미더워하는 것 같았으나, 왕은 그들의 절박한 처지를 일단은 이해해주는 듯했다.

프레스코트는 새 수비대를 성내 요소요소에 배치했고, 그사이 텐 헤이트와 그의 용병들은 옛 수비대원들을 한 사람도 남김없이 흉벽에 매달아 처형했다. 헤스딘의 아눌프가 가장 먼저 처형당했으며, 두 번째는 소규모 부대를 거느렸던 젊은 향사 차례였다. 그는 공포에 질려 살려주겠다는 약속을 받았다고 고래고래 악을 쓰며 처형장으로 끌려갔다. 그를 처형한 플라망 용병들은 잉글랜드어를 거의 할 줄 모르는 사람들이라, 올가미가 목을 죄어 항의의 외침이 멎을 때까지 향사가 발악하는 광경을 보며 그저 흥겨워할 뿐이었다.

애덤 쿠셀은 그 살육의 현장에서 벗어날 수 있다는 것이 그저 기쁘기만 했다. 그는 마을 구석구석을 수색하고, 다리를 건너 마을 외곽까지도 나가보았다. 그러나 윌리엄 피챌런이나 펄크 애더니의 흔적은 어디에서도 찾을 수 없었다.

*

그 놀라운 소식이 전해진 이른 새벽부터 여전히 학살이 진행되던 한밤중까지, 슈루즈베리의 성 베드로 성 바오로 수도원[15]에는 섬뜩한 공포의 분위기가 내내 가시지 않았다. 붕붕대는 벌떼처럼 갖가지 소문이 무성히 날아다녔다. 실제로 상황이 어떠한지는 누구도 정확히 알지 못했으나 끔찍한 일이 벌어지고 있다는 것만큼은 누구나 알고 있었다. 삶이란 전쟁이나 재앙이나 죽음에 의해 침범당하기를 거부할 때만 지탱되는 것이기에, 수사들은 기도며 수도회 평의회며 미사며 노동이며 가리지 않고 자신들이 선택한 조직체의 일상을 열심히 이어갔다. 평의회 후 열린 미사에는 얼라인 시워드가 하녀 콘스턴스와 함께 참석했다. 얼라인 시워드는 수심이 가득한 창백한 안색에도 불구하고 경탄스러우리만치 침착했다. 휴 베링어도 그 자리에 참석했는데, 아마 얼라인 때문일 터였다. 수도원 물방앗간 근처의 가옥에서 그녀가 나오는 것을 보았던 것이다. 미사가 진행되는 내내 그는 사제의 말보다는 상중임을 나타내는 하얀 베일에 가려진 근심 가득한 앳된 소녀의 옆모습에 정신을 팔고 있었다.

얼라인은 자그만 두 손을 꼭 모아 쥔 채 섬세하고 여려 보이면서도 단호한 의지가 깃든 입술을 소리 없이 달싹이며, 자신이 이곳에서 무릎을 꿇고 있는 사이 다치거나 죽어가는 모든 이들을 위해 경건하게 기도를 올렸다. 콘스턴스는 그 곁에서 긴장을 늦추지 않고 면밀한 시선으로 주인을 지켜보았다. 그녀는 얼라인을 보호하는 입장이었지만 주인의 곁에서 전쟁을 몰아낼 힘은 없었다.

얼라인이 다시 거처로 들어갈 때까지 베링어는 멀찍이 떨어져서 줄곧 뒤를 따라갔지만, 그녀를 따라잡으려 하거나 그녀에게 말을 걸려 하지는 않았다. 얼라인이 안으로 사라지자 그는 부하들 없이 혼자 수도원 정문을 지나 다리에 이르렀다. 도개교 상판이 들린 터라 마을은 여전히 폐쇄된 셈이었으나 다리 건너 오른쪽에 자리 잡은 성에서 요란하게 일었던 전투의 소음과 비명들은 이미 가라앉아 있었다. 강 건너 후광처럼 드리운 연기 사이로 성의 웅장한 모습이 어렴풋이 보였다. 약혼자를 찾아내겠다는 약속을 이행하려면 더 기다려야 할 듯했다. 그가 몇 가지 징후들을 근거로 판단한 내용이 맞는다면, 한 시간 안에 다리 상판이 내려오고 마을로 들어가는 문이 열릴 것이었다. 그사이 그는 유유히 점심 식사를 하러 갔다. 서두를 이유가 없었다.

다른 곳에서와 마찬가지로 수도원 접객소에도 온갖 소문이 들끓었다. 어디서나 흠잡힐 데 없는 정직한 일거리를 가진 사람들은 모두 짐을 꾸려 다른 곳으로 떠나려 하고 있었다. 소문들을 종합해보건대 성은 확실히 함락되었으며, 그곳 사람들은 엄청난 희생을 치르게 될 터였다. 이제부터는 스티븐 왕의 지시를 순순히 따르는 편이 신상에 이로울 것이다. 그는 승리했고, 또 이곳에 있었다. 모드 황후가 내건 명분이 아무리 정당하다 하더라도 황후 자신이 머나먼 노르망디에 있는 지금 그 누구도 그들을 보호해줄 수 없었다. 사람들 사이에서는 피챌런과 애더니가 마지막 순간에 포위망을 뚫고 탈출했다는 이야기도 은밀히 오갔다. 그 소문에 많은 이들이 마음속으로나마 하늘에 감사드렸다.

베링어가 다시 밖으로 나와보니 다리가 내려와 길이 열려 있었고, 스티븐 왕의 보초들이 그곳을 지키고 있었다. 보초들은 그가 보여준 증명서들을 꼼꼼히 조사하더니 이상이 없자 정중하게 예의를 갖추어 그를 통과시켰다. 틀림없이 스티븐 왕이 그에 대해 모종의 지시를 내린 것이리라. 베링어는 다리를 건너서 보초들이 지키고 있기는 하나 활짝 열린 문을 통해 시내로 들어섰다. 문과 연결된 가파른 언덕길은 슈루즈베리에서 가장 높은 곳, 섬처럼 고립된 마을로 이어졌다. 베링어는 그 길을 잘 알았고, 자신이 어디로 가려 하는지도 명확히 알고 있었다. 언덕 꼭대기에는 푸줏간들과 그에 딸린 집들이 죽 늘어서 있었다. 거리는 인적 없이 텅 비었고, 쥐 죽은 듯 고요했다.

푸줏간 거리에 늘어선 가게들 중 가장 크고 멀끔한 에드릭 플레셔의 가게도 다른 가게들과 마찬가지로 굳게 닫혀 있었다. 밖을 내다보는 사람은 거의 없었다. 어쩌다 고개를 내민 이도 겁먹은 듯 힐끗 시선을 던진 뒤 얼른 모습을 감추고 문을 잠가버렸다. 거리는 아직 약탈당하지 않은 모양이었다. 베링어는 굳게 잠긴 가게 문을 두드렸다. 이윽고 안에서 슬며시 움직이는 기척이 일자 그는 큰 소리로 외쳤다. "문 열어요, 나 휴 베링어요! 에드릭, 페트로닐라, 문 열어요, 나 혼자요!"

문은 무덤처럼 단단히 봉해져 있을 테고, 안에 있는 사람들은 아무도 없는 척 숨을 죽이고 있을 터였다. 그렇다 해도 그들을 나무랄 수는 없는 노릇이었다. 그러나 뜻밖에도 곧 문이 활짝 열리더니, 페트로닐라가 마치 구세주를 맞이하기라도 하듯 두 팔을 벌리고 환하게 웃으면서 나타났다. 그녀는 나이가 꽤 들었지만 여전히 통통하고 발랄하고 상냥한 모습이었다. 지금껏 포위된 이 마을에서 그가 본 사람들 중 가장 건강해 보였다. 그녀는 하얀 모자로 잿빛 머리를 단정하게 여민 채 여느 때와 다름없이 현명해 보이는 잿빛 눈을 밝게 반짝이며 반갑게 그를 맞아들였다.

"휴 도련님! 이런 때 이 믿음직한 분을 만나다니!" 그러나 베링어는 그녀가 자기를 완전히 믿지 않는다는 것을 즉각 눈치챘다. "잘 오셨어요, 어서 들어오세요! 에드릭, 휴 도련님이 오셨어요! 휴 베링어 도련님이!" 페트로닐라가 외치자 금방 그녀의 남편이 나타났다. 덩치가 크고 불그스름한 얼굴을 한, 이 마을에서 그 솜씨를 인정받는 유능한 도축업자이자 시의원이었다.

부부는 베링어를 안으로 들이고는 그가 예상했던 대로 문을 다시 단단히 잠갔다. 베링어는 약혼자를 찾으러 온 사람답게 서론은 생략하고 곧장 본론으로 들어갔다. "고디스는 어디 있소? 고디스를 찾으러 왔소. 내가 그녀를 돌볼 생각이오. 그분이 고디스를 어디 숨기셨소?"

부부는 문이 단단히 잠겼나 확인하고 혹시 밖에서 발소리가 들리지는 않는지 신경 쓰느라 그의 말을 건성으로 듣는 듯했다. 이어 그의 질문에 대답하는 대신에 자기들이 알고 싶은 것부터 재빨리 묻기 시작했다.

"지금 쫓기고 계신가요?" 에드릭이 걱정스럽게 물었다. "숨을 곳이 필요하세요?"

"도련님도 수비대에 계셨어요?" 페트로닐라도 근심 어린 얼굴로 혹여 부상당한 곳은 없는지 그의 몸을 찬찬히 훑어보았다. 마치 고디스의 유모가 아니라 그의 유모 노릇을 했던 양, 아니면 어린 시절의 약혼식 이래 기껏 두세 번쯤 본 사람이 아니라 날마다 봐오기라도 한 가족인 양 곰살궂기 짝이 없는 태도가 다소 지나치다 싶을 정도였다. 잠시 숨 돌릴 시간을 벌어놓고 어디까지 이야기해야 좋을지 궁리하는, 무척이나 세련된 기술이었다.

"놈들이 벌써 여기까지 쫓아왔었습니다." 에드릭이 말했다. "다시 올지는 모르겠지만요. 장관님과 펄크 나리를 찾겠다고 마을 전체를 발칵 뒤집어놓다시피 했지요. 숨을 곳이 필요하시다면 여기 계십시오. 도련님도 그 사람들에게 쫓기고 있는 겁니까?"

그쯤에서 베링어는 상황을 제대로 파악할 수 있었다. 그들은 그가 성안에 있지 않았으며, 어떤 식으로든 피챌런 편에 가담한 적이 없다는 사실을 알고 있었다. 이 영리하고 충직한 옛 하녀와 그녀의 남편은 애더니의 신임을 단단히 받고 있었으며, 누가 자기 주인과 행동을 함께하고 누가 거리를 두는가를 훤히 꿰고 있었다.

"아니, 그렇지는 않소. 난 위험에 빠진 것도 아니고 필요한 것도 없소. 그저 고디스를 찾으러 왔을 뿐이지. 사람들 말로는 어르신이 진작에 고디스를 피챌런 님의 가족과 함께 다른 곳으로 보냈어야 했는데 그냥 두어 때를 놓쳤다더군. 어디 가면 고디스를 찾을 수 있소?"

"누가 아가씨를 찾아보라고 도련님을 이리로 보낸 겁니까?" 에드릭이 물었다.

"아니, 아니, 그런 사람 없소……. 어르신이 여기 말고 달리 어디다 고디스를 맡기겠소? 유모만큼 믿을 만한 사람이 또 누가 있다고. 그래서 가장 먼저 이리로 온 거요! 고디스가 여기 없다는 말은 마시오."

"아가씨가 여기 계시긴 했죠." 페트로닐라가 말했다. "일주일 전까지만 해도 저희가 모시고 있었거든요. 하지만 딴 곳으로 가셨어요. 너무 늦게 오셨네요. 나리가 기사 둘을 보내서 아가씨를 모시고 가셨죠. 어디로 가시는지는 저희에게도 알리지 않으셨어요. 그걸 몰라야 누가 강요해도 발설할 수 없다고 하시면서요. 하지만 적당한 때 아가씨를 마을 밖으로 모시고 가지 않았나 싶어요. 지금쯤 아주 멀리, 안전한 데 가 계실 거예요. 하느님, 부디 우리 아가씨를 지켜주소서!" 그 기도의 진실함에는 의심의 여지가 없었다. 자신이 키운 주인집 딸을 위해서라면 그녀는 생명도 바칠 터였다. 필요하다면 거짓말도 마다하지 않을 테고!

"내가 그 사람을 찾도록 도와줄 수 없겠소? 난 장차 그 사람의 남편 될 사람이오. 그 사람 부친께서 돌아가시기라도 하는 날에는 내가 그 사람을 책임져야 하오. 추측건대 그분은 지금쯤 어쩌면……."

그 순간 부부 사이에 오간 것이 단순한 눈짓의 교환에 불과할 수도 있었겠지만 그는 아차 싶은 마음에 혀라도 깨물고 싶었다. 부부는 재빨리 서로를 쳐다보더니 입을 모아 말했다. "하느님, 제발 그런 일이 없기를!" 그들은 병사들이 미친 듯이 시내를 수색하는 것을 보고 피첼린과 애더니가 죽지도 잡히지도 않았음을 짐작하고 있었다. 두 사람이 멀리, 안전한 곳으로 피신했는지야 아직 알 길이 없었지만 부부는 그들의 안전을 위해서라면 목숨이라도 바칠 작정이었다. 이제 베링어는 그들에게서 더 이상 아무것도 얻지 못하리라는 것을 깨달았다. 그는 변절자였으니까. 어찌 됐든 이렇게 직접적으로 부딪쳐서는 도저히 불가능했다.

"죄송합니다." 에드릭 플레셔가 무겁게 입을 열었다. "더는 도움이 되어드릴 수가 없군요. 사정이 워낙 그러니까요. 그 어떤 적도 아가씨에게 손대지 못했다는 것으로 최소한의 위안을 삼으셨으면 합니다. 앞으로도 아가씨에게 그런 짓을 하는 이가 없게 해달라고 저희와 함께 기도해주시고요." 베링어는 꼭 자기를 짚어 하는 말인 듯해 심사가 뒤틀렸다.

"그럼 이만 가봐야겠소. 딴 데서라도 알아봐야겠군." 베링어는 맥없이 말했다. "더 이상 두 분을 곤란하게 하지 않겠소. 문을 열고 밖에 누가 있나 살펴봐줘요, 페트로닐라." 그녀는 시키는 대로 하고는 거리가 거지 손바닥만큼이나 휑하니 비어 있다고 말했다. 베링어는 에드릭과 악수하고 그 아내의 뺨에 입을 맞추었다. 그녀가 죄책감 어린 표정으로 낯을 붉히자 그의 뒤틀렸던 심사도 약간 풀렸다.

"그 사람을 위해 기도해주시오." 베링어는 그들이 기꺼이 따라줄 단 한 가지만 요청하고는 반쯤 열린 문으로 나갔다. 등 뒤로 문이 굳게 잠겼다. 그들을 감쪽같이 속여 넘겨야 했기에 그는 너무 크지 않게, 그러나 그들의 귀에는 들릴 정도로 발소리를 울리며 모퉁이까지 빠르게 걸어갔다. 그런 다음 재빨리 돌아서서 까치발을 하고 살금살금 문으로 다가가 귀를 갖다 댔다.

"자기 신부를 잡으려고 하다니!" 페트로닐라가 경멸 섞인 목소리로 말했다. "저 작자 나중에 큰 대가를 치러야 할걸요! 아가씨는 주인어른이나 피챌런 어른을 잡기 위한 좋은 미끼겠죠! 저 작자는 지금 스티븐 왕 밑에서 출세하려는 거예요. 우리 아가씨가 그것을 위한 가장 좋은 발판이 되어줄 거고요."

"우리가 지나친 생각을 하는 건지도 모르지." 에드릭이 부드럽게 말했다. "저 사람이 진심으로 아가씨가 안전한지 확인하려는 것이 아니라고 누가 단언할 수 있겠어? 하지만 당신 말마따나 모험을 해서는 안 되지. 저 혼자 발이 닳도록 찾아다니라고 합시다."

"그 어린양을 어떤 녀석도 찾아내지 못할 곳에 숨겨뒀다는 걸 알아낼 수는 없을걸요!" 페드로닐라는 특히 '녀석'이라는 단어를 크게 내뱉으며 킬킬댔다. "언젠가 아가씨를 거기서 모시고 나와도 괜찮을 때가 오겠죠. 이 모든 소동이 가라앉은 뒤에 말예요. 아가씨 아버님이 열심히 말을 달려 최대한 여기서 멀리 떨어진 곳에 가 계신다면 좋으련만. 프랭크웰의 두 청년도 오늘 밤 행정 장관님의 보화를 갖고 별 탈 없이 서쪽으로 달아나야 할 텐데. 모두들 무사히 노르망디로 가셔서 황후님을 열심히 도우시기를! 황후님께 축복이 내리기를!"

"쉿, 여보!" 에드릭이 나무라는 투로 말했다. "문이 잠겨 있다 해도……."

그들이 안채로 들어가 문을 닫는 소리가 들렸다. 휴 베링어는 그곳을 떠나 길고 구불구불한 언덕길을 천천히 걸어 내려왔다. 그는 흡족한 마음으로 성문을 지나고 다리를 건너며 나직하게 휘파람을 불었다.

기대한 것 이상의 성과를 얻어낸 셈이었다. 그들은 오늘 밤 피챌런 쪽 사람들과 보화를 서쪽, 그러니까 웨일스로 빼돌릴 계획이었다! 이런 절망적인 사태가 올 것에 대비해 마을을 둘러싼 장벽 너머, 마을 근교인 프랭크웰 어딘가에 보화들을 미리 숨겨둔 모양이었다. 통과해야 할 문도, 건너야 할 다리도 없는 곳 어딘가에. 이제 고디스가 숨어 있음직한 곳도 한 군데 떠올랐다. 고디스와 피챌런의 보화만 갖다 바치면 스티븐 왕보다 훨씬 까다로운 사람의 환심도 살 수 있으리라!

*

고디스는 허브밭의 작업장에서 캐드펠 수사가 가르쳐준 대로 허브주를 젓고 희석시키고 섞었다. 저녁기도를 한 시간쯤 앞둔 지금, 그녀의 마음은 고뇌에 짓눌린 채 희망과 절망 사이를 끝없이 오락가락했다. 밭에서 일하느라 흙투성이가 된 손으로 연신 눈물을 훔친 탓에 얼굴이 온통 얼룩덜룩했다. 눈가의 움폭한 부분은 눈물로 씻겨 깨끗했지만, 볼록하니 튀어나온 부분에는 슬픔과 긴장의 음울한 그림자가 어려 있었다. 부지런히 두 손을 놀리면서 참으려 안간힘을 썼는데도 눈물이 두세 방울 새어 나와 더 묽어지면 안 되는 허브주에 똑똑 떨어졌다. 고디스는 오래전 마구간에서 배운 욕설을 내뱉었다. 매사냥꾼들이 그녀의 친한 친구이자 건방지고 조심성 없는 조수 때문에 골머리를 앓다가 내뱉곤 하던 욕설이었다.

“그보다는 그 눈물을 축복하는 편이 나을 텐데.” 어깨 너머에서 캐드펠 수사의 부드러운 목소리가 들려왔다. “그건 내가 빚은 허브주 가운데 가장 훌륭한 것이 될 게야. 하느님께서 항상 지켜보신다는 것을 기억해야지.” 그 목소리에서 어떻게든 자신의 기운을 북돋워주려는 마음을 읽어낸 그녀는 꼬질꼬질하게 얼룩이 져 있음에도 여전히 매혹적인, 그러면서도 고집스러워 보이는 얼굴을 수사에게로 돌렸다. “수도원 문지기실과 물방앗간과 다리에 들렀는데 좋지 않은 소식들이 들리더구나. 조금 쉬었다가 이 세상을 하직한 사람들의 영혼을 위해 기도하러 가자. 언젠가 이 세상을 하직해야 한다는 점에서는 누구나 다르지 않으니 죽음이 가장 끔찍한 악은 아니야. 아, 그리고 나쁜 소식만 있는 건 아니구나. 세번강 이쪽이랑 다리에서 들은 말들을 한데 모아보면 말이야. 다리를 지키던 보초들 중 나와 함께 성지聖地를 방문했던 궁사가 있어서 자세한 얘길 들을 수 있었는데, 네 부친과 피챌린 씨는 죽지도 부상당하지도 포로가 되지도 않았다는구나. 왕의 군대가 시내 전역을 수색했지만 결국 그분들을 찾아내지 못했단다. 그분들은 무사히 피신하신 거야. 스티븐 왕 쪽에서 아무리 애쓴다 해도 잡을 수 있을지는 의문이야. 그러니 이제 술 빚는 일에만 정신을 쏟으렴. 우리가 널 여기서 무사히 빼내 부친께 돌려보낼 때까지 신분을 들키지 않도록 청년 같은 몸가짐을 갖추도록 애쓰고.”

순간 그녀는 봄철에 한꺼번에 녹아내린 눈처럼 펑펑 눈물을 쏟다가 이내 봄날 햇살처럼 환히 웃었다. 가슴 아픈 일도 많고 기뻐할 일도 많았기에 좀처럼 갈피를 잡지 못하고 변덕스러운 4월 날씨처럼 울었다 웃었다를 반복했으나, 결국은 인생의 4월이라 할 수 있는 시기에 접어든 여인답게 햇살처럼 밝은 희망 쪽이 승리를 거두었다.

"캐드펠 수사님." 어느 정도 마음이 진정되자 그녀는 입을 열었다. "아버님이 진작에 수사님하고 알고 지내시지 못한 게 정말 안타까워요. 하지만 수사님은 아버님과 같은 신념을 갖고 계시지 않죠?"

"얘야." 캐드펠은 달래듯이 말했다. "내가 받드는 분은 스티븐 왕도 모드 황후도 아니란다. 평생토록 나는 오직 한 분의 왕을 위해서만 싸워왔어. 하지만 헌신과 충성의 자세는 늘 높이 평가하지. 그 헌신과 충성의 대상이 기대에 부응하는가는 그리 중요하지 않아. 중요한 건 네가 무엇을 하고 어떻게 사느냐 하는 것이지. 너의 충성심도 나의 충성심만큼이나 성스럽단다. 자, 이제 세수를 하고 저녁기도 전에 30분이라도 눈을 붙이렴. 아니, 넌 아직 너무 젊어서 그런 축복을 누릴 수 없을지도 모르겠구나!"

비록 노령과 함께 오는 그런 축복을 누릴 수 있는 나이는 아니었으나, 격심한 긴장 뒤에 오는 피로 탓인지 그녀는 침대에 눕자마자 안도감이라는 달콤한 시럽에 취해 정신없이 곯아떨어졌다. 캐드펠은 저녁기도에 늦지 않도록 적절한 시점에 그녀를 깨웠다.

그녀는 아직도 붉게 충혈되어 있는 눈을 가리느라 단정하게 자른 곱슬머리를 눈썹까지 빗어 내리고 캐드펠 곁에서 조심스럽게 걸어갔다.

접객소에 묵고 있는 사람들은 충격과 공포로 하느님을 찾지 않을 수 없는 심정이 되어 모두 예배당으로 모여들었다. 그중에는 휴 베링어도 있었으니, 그는 아마 두려움 때문이 아니라 물방앗간 옆 숙소를 나와 시종 시선을 내리깔고서 무거운 마음으로 예배당에 온 얼라인 시워드라는 매혹적인 미끼에 끌려서 왔을 터였다. 그러고도 베링어는 또 다른 흥밋거리가 없을까 싶어 주위를 잽싸게 훑어보았다. 그 순간, 묘한 대비를 이루며 막 채소밭 쪽에서 들어오는 두 사람이 눈에 띄었다. 작달막하면서도 단단하고 강인해 보이는 체구에 햇빛에 그을고 험한 기후에 단련된 듯한 외모의 중년 수사가 한 소년의 좁은 어깨를 보호하듯 감싼 채 뱃사람 같은 걸음으로 걷고 있었다. 소년은 자기보다 나이가 많고 체구도 더 큰 친척에게서 물려받았음직한 겉옷을 걸치고 종아리와 맨발을 그대로 드러낸 채 이마에 드리운 숱 많은 갈색 머리 사이로 조심스럽게 주위를 훑어보며 걸음을 재게 놀렸다. 베링어는 그들을 유심히 살펴보며 생각에 잠겼다가 이내 빙긋 웃었는데, 그의 길게 째진 입술에는 거의 드러나지 않는 조심스러운 미소였다.

고디스는 표정과 걸음걸이를 침착하게 통제했으며, 베링어를 알아본 기색도 전혀 내비치지 않았다. 교회로 들어선 그녀는 동료 학생들에게 다가가 미소를 교환하고, 몇몇 학생들에게는 장난을 걸며 팔꿈치로 몸을 쿡쿡 찌르기도 했다. 베링어가 이쪽을 주시한다 해도 알아채지 못하게 만들어야 했다. 그들이 서로의 얼굴을 본 지가 5년이 넘었으니 설혹 낌새를 채더라도 쉽게 확신할 수는 없으리라. 게다가 그는 상복 차림의 어떤 아가씨에게 눈길을 주고 있었다. 고디스는 일단 한시름 놓고, 얼라인 시워드를 주시하는 그에 못지않게 면밀히 그를 살펴보았다. 그녀가 마지막으로 보았을 때 그는 아직 몸맵시가 제대로 다듬어지지 않아 툭 튀어나온 팔꿈치와 무릎밖에 보이지 않는, 망아지처럼 천방지축으로 날뛰는 열여덟 살 소년이었다. 그런데 지금은 고양이처럼 자신만만하면서도 냉정하고 초연한 위엄을 갖춘, 제법 세련된 멋을 풍기는 청년이 되어 있었다. 고디스는 상대가 어디에 내놓아도 빠지지 않을 청년이라는 점은 인정했지만 이제는 그에게 아무 흥미도 없었다. 그에겐 그녀에 대한 어떤 권리도 없었다. 상황이 변하면서 운명도 바뀌었다. 그가 다시는 자기 쪽을 쳐다보지 않자 그녀는 마음이 놓였다.

그럼에도 불구하고, 저녁 식사와 소년들과의 저녁 학습이 끝나고 캐드펠 수사와 함께 허브밭으로 들어서자마자 고디스는 그 이야기를 털어놓았다. 캐드펠은 상황을 심각하게 받아들였다.

"그러니까 그 친구가 너와 결혼하기로 되어 있던 바로 그 사람이란 말이지! 그는 왕의 진영에서 곧장 이리로 왔어. 접객소에서 떠도는 모든 소문들을 알고 있는 데니스 수사 말로는, 그 친구가 분명 왕의 편에 서기는 했지만 아직은 그저 관찰 대상일 뿐이고 뭔가 공을 세워야 정식 명령을 받을 수 있는 입장이라더군." 캐드펠은 뭉뚝한 갈색 코를 문지르면서 잠시 생각에 잠겼다. "그 친구가 널 알아보더냐? 내가 저 사람을 어디서 봤던가, 하는 표정으로 한참 쳐다보지 않더냐?"

"처음에는 긴가민가하는 표정으로 유심히 살펴보는 것 같았는데 그러고 나서는 다시 보지 않았어요. 별로 관심 있어 하는 것 같지도 않았고요. 아마 착각했다고 생각한 것 같아요. 그 사람은 저를 잘 몰라요. 게다가 지난 5년 동안 저도 많이 달라졌고, 더구나 이렇게 변장하고 있으니……." 그러다 고디스는 소스라치게 놀라 공포에 질린 얼굴로 덧붙였다. "우리가 결혼하기로 되어 있는 게 바로 내년이에요."

"영 개운치 않군!" 캐드펠은 곰곰이 생각하더니 말했다. "그 사람 근처에는 절대로 가지 말아라. 그자는 곧 왕의 인정을 받아 이곳을 떠나게 될 게야. 일주일만 지나면 가고 없겠지. 그때까지는 접객소든 마구간이든 문지기실이든 그 친구가 나타날 만한 곳에 얼씬도 해선 안 돼. 어떻게 해서든 그 친구와 부딪치지 말아야지."

"저도 알고 있어요!" 고디스는 두려움에 질려 어두운 표정으로 말을 이었다. "그 사람이 절 알아본다면 출세를 위해 절 밀고할 거고, 제 목숨이 위태로워지면 아버님은 무사히 배를 타셨다가도 당장 되돌아오실 거예요. 그러면 아버님은 돌아가시게 될 테죠. 거기서 숨진 다른 불쌍한 사람들처럼……." 그녀는 소름 끼치는 장식품들이 매달려 있는 석탑들 쪽으로 차마 고개를 돌리지 못했다. 그녀는 몰랐지만, 사실 거기서는 그때까지도 사람들이 죽어가고 있었다. 처형은 밤이 이슥해질 때까지 계속될 터였다. "전염병 피하듯 그 사람을 피해 다닐 거예요." 고디스는 열띤 목소리로 말을 맺었다. "하루빨리 그 사람이 떠나게 해주십사 기도하겠어요."

*

헤리버트 수도원장[16]은 이제 나이도 꽤 들었고 지칠 대로 지친 데다가 원체 평화를 사랑하는 성품으로 이 시대의 추악한 풍조에 환멸을 느끼고 있었다. 그는 활기 있고 야심만만한 로버트 부수도원장의 보좌를 좋은 기회로 삼아 세속으로부터 벗어나 영적인 위안을 얻을 수 있는 혼자만의 호젓한 세계로 더욱 깊이 침잠해 들어가려던 참이었다. 게다가 수도원장은 자신이 왕의 눈 밖에 났다는 것을 잘 알고 있었다. 왕에 대한 지지를 유난스럽게 내보이며 그 주위로 모여들지 않는 이들은 누구나 왕에게서 미움을 사기 마련이었다. 그러나 끔찍하기는 하지만 도저히 피할 수 없는 의무와 부딪치자 헤리버트 수도원장은 용기를 내어 문제를 해결하러 나서기로 했다. 짐승처럼 참혹하게 목숨을 잃고 주검이 된, 혹은 주검이 되어가는 이들이 자그마치 아흔넷이나 되었다.

어떤 범죄나 잘못을 저질렀든 간에 그들은 저마다 영혼을 가진 존재들이요, 적절하게 매장될 권리를 가진 존재들이었다. 베네딕토회[17] 수사들은 그들의 권리를 보호해주어야 했다. 헤리버트 수도원장은 스티븐 왕의 중죄인들을 묘비도 표식도 없는 흙구덩이에 되는 대로 쓸어 넣게 하지는 않을 심산이었다. 그러나 워낙 끔찍한 사건인지라, 수도원장은 전쟁이나 유혈참사 같은 잔혹한 사건들을 여러 번 겪어 자신을 적절히 도울 수 있는 이가 없는지 이리저리 생각해보았다. 캐드펠 수사가 적임자였다. 캐드펠 수사는 제1차 십자군 원정에 참여해 성지를 종횡무진 누볐고, 그 후에는 전투가 그칠 날이 없다시피 한 성지의 해안을 순회하는 배의 선장으로 10년이나 일한 사람 아닌가.

마지막 기도가 끝난 뒤 수도원장은 캐드펠을 자신의 숙소로 불러들였다.

"형제여, 나는 오늘 밤 스티븐 왕을 찾아가 학살당한 죄인들 모두 기독교식으로 매장할 수 있는 권한을 달라고 청원할 작정이오. 왕이 허락한다면 우리는 내일 그 가엾은 시신들을 수습해서 보기 흉하지 않게 처리한 뒤에 매장할 것이오. 가족들이 찾아와 직접 매장하겠다고 하는 경우가 아니면 우리가 적절한 의식을 베풀어 잘 묻어주십시다. 캐드펠 형제는 과거에 군인이었던 것으로 아오. 내가 왕에게서 허락을 얻어내면 형제가 그 일을 맡아 처리해주겠소?"

캐드펠 수사가 답했다. "네, 그렇게 하겠습니다, 수도원장님."

3

“네, 그렇게 할게요.” 고디스는 말했다. “제가 수사님께 불편을 끼쳐드리지 않는 길이 그것이라면요. 네, 아침 학습과 저녁 학습에 꼭 참석할게요. 그 누구도 쳐다보지 않고 묵묵히 저녁을 먹을게요. 식사를 마치면 조용히 식당을 빠져나와 약들을 저장하는 이곳에 얌전히 틀어박혀 있을게요. 네, 문의 빗장을 단단히 걸고 있다가 수사님 목소리가 들리면 열게요. 물론 수사님 말씀대로 하겠어요. 하지만 전 수사님하고 같이 가고 싶어요. 그분들은 제 아버님 편이기도 하지만 제 편이기도 하잖아요. 그분들의 마지막 길에 조금이나마 제 힘을 보태고 싶어요.”

“설령 위험하지 않다 해도 널 거기로 보내고 싶지는 않구나.” 캐드펠은 단호하게 말했다. “실은 안전하지도 않지만 말이야. 인간이 인간에게 얼마나 추악한 일을 저지를 수 있는지 알게 되면, 신이 인간에게 행하실 정의와 자비에 대한 확신에 그늘이 드리울 수 있으니까. 시간이라는 잔혹한 불의가 시야에서 사라져 늘 영원 속에 거하는 경지에 이르려면 인생의 절반은 지나보내야 해. 너도 때가 되면 그런 경지에 이르겠지. 그러니 지금은 여기 머물러 있어라. 휴 베링어의 눈에 띄지 않기 위해서라도 말이야."

캐드펠은 휴 베링어를 고디스로부터 가급적 멀리 떼어놓으려는 생각에, 건장하고 헌신적인 도움을 줄 사람들로 구성한 작업반에 베링어를 포함시킬 궁리까지 하고 있었다. 영혼에 공덕을 더하려는 마음에서인지, 죽은 사람들이 추구한 대의에 암암리에 동조하고 있어서인지, 아니면 친구나 친지를 찾아보려는 마음에서인지는 몰라도 접객소에 묵고 있는 여행자들 중 세 사람이 자원하고 나섰다. 그런 모범을 따르라고 휴 베링어나 다른 이들을 은근히 부추기자면 얼마든지 할 수 있었겠지만 그 젊은이는 이미 말을 타고 어디론가 가버린 뒤였다. 아마도 왕을 만날 수 있으리라는 설레는 기대를 품고 떠났으리라. 새로 관직을 얻으려는 사람이라면 왕에게서 잊힌 존재가 되도록 스스로를 방치할 수 없을 테니까. 마구간의 평수사들은 베링어가 전날에도 저녁기도가 끝나자마자 말을 타고 나갔다고 했다. 무장한 그의 부하 셋도 이곳에 묵고 있었는데, 그들은 자기네 말들을 손질하고 사료를 먹이고 운동을 시키는 것 말고는 하는 일 없이 종일 빈둥거렸다. 그러나 그들에겐 혹시라도 왕의 노여움을 살지 모를 위험을 감수하면서까지 시신을 매장하는 불쾌한 일에 참여할 하등의 이유가 없었고, 이를 트집 잡아 그들을 나무랄 수도 없는 노릇이었다. 결국 그는 수사들과 평수사들과 자비로운 여행자 세 사람까지 총 스무 명으로 구성된 작업반을 꾸려서 다리를 건너 성으로 갔다.

수도원 측에서 자진해서 그 일을 맡겠다고 나서자 스티븐 왕은 반가움을 느꼈다. 사실 명령을 내려 강제로라도 떠맡겨야 할 판국이었으니 말이다. 성벽으로 둘러싸인 밀폐된 요새에서는 얼마든지 고약한 전염병이 창궐할 수 있었고, 따라서 그들이 나서지 않았다면 새로 구성된 수비대원들이 그 일을 할 수밖에 없었을 것이었다. 그럼에도 불구하고 왕은 헤리버트 수도원장이 기독교인의 의무를 앞세워 그 일을 자청하고 나선 것을 자신에 대한 무언의 질책으로 받아들여, 결코 그를 용서하지 않겠노라 은밀히 마음먹었다. 어쨌든 수도원장은 필요한 권한을 이양받았고, 덕분에 캐드펠은 작업반을 이끌고 검문도 받지 않은 채 마을로 들어가는 문과 성문을 통과해 프레스코트와 직접 대면할 수 있었다.

"우리에 관한 지시를 받으셨겠지요." 캐드펠이 활기 있게 말했다. "우리는 시신들을 수습하러 왔습니다. 우선 매장지로 옮기기 전에 시신들을 가지런히 눕힐 적당한 넓이의 깨끗한 장소가 필요합니다. 그리고 샘에서 물을 좀 길어다 써야겠습니다. 우리에게 필요한 건 그것뿐입니다. 리넨은 갖고 왔습니다."

"성의 안뜰이 비어 있으니 그곳을 쓰도록 하시오." 프레스코트는 냉담하게 대답했다. "필요하다면 거기 있는 널빤지들을 써도 좋소."

"전하께서 그 불운을 겪은 이들 가운데 이 마을 출신이거나 혹은 이 마을에 연고가 있는 경우에는 가족 친지들이 시신을 찾아가 개별적으로 매장해도 좋다고 허락하셨습니다. 제가 모든 준비를 마치면 장관께서 그 사실을 마을 전역에 통고해주시고 그 사람들이 자유로이 성을 출입할 수 있게 해주시겠습니까?"

"여기 올 정도로 대담하다면 얼마든지 그러라고 하시오." 프레스코트는 퉁명스럽게 답했다. "나도 환영하는 바요. 그 송장들이 빨리 치워질수록 좋으니까."

좋습니다! 그런데 시신들은 어떻게 하셨나요?" 그 가여운 열매들을 때 이르게 거두는 일은 새벽이 오기 전에 끝난 터라 지금 성벽과 탑에는 아무것도 보이지 않았다. 모든 증거들을 없애느라 플라망 용병들 태반이 밤을 새웠으리라. 그 발상은 플라망 용병들의 머리가 아니라 프레스코트의 머리에서 나왔다. 이들을 처형하는 일에 찬성한 프레스코트로서는 주검들을 보는 것이 과히 즐거울 수 없었던 것이다. 게다가 그는 엄격하고 질서 정연한 습관에 젖은 나이 든 군인이었으므로, 뭐든 깨끗이 처리하는 것을 좋아했다.

"그들이 숨을 거두면 밧줄을 끊어 성벽 아래 도랑으로 떨어뜨렸소. 정문으로 나가보시오. 탑들과 길 사이에 있을 거요."

캐드펠은 자신에게 제공된 작은 안뜰을 살펴보았다. 그런대로 깨끗하고 외부와 격리되어 있어서 시신들을 늘어놓기에 적절한 곳 같았다. 그는 작업반을 이끌고 성문을 나가 성벽 쪽으로 가서는 탑들 사이에 파인 깊은 도랑으로 내려갔다. 도랑물은 바짝 말라 있었다. 가까이 다가가자 높이 자란 풀과 자그마한 관목들 사이로 전쟁터를 방불케 하는 풍경이 펼쳐졌다. 시신들이 성벽 가까이에 무더기로 쌓여 있고, 그 양쪽으로도 망가진 인형들처럼 아무렇게나 군데군데 널브러져 있었다. 캐드펠과 작업반원들은 옷자락을 걷어 올리고 둘씩 짝을 이루어 묵묵히 일하기 시작했다. 그들은 우선 시신의 목에 감긴 밧줄을 풀어낸 뒤 옮기기 쉬운 시신부터 안으로 날랐다. 떨어질 때의 충격으로 뼈가 부서져 떡이 되어 뒤엉킨 시신들은 따로따로 분리해 옮겨야 했다. 해가 높이 떠오르고 성벽이 뜨거운 열기를 내뿜기 시작하자 자비로운 여행자 셋은 겉옷을 벗어 던졌다. 깊고 우묵한 공간의 끈끈한 대기는 숨 막힐 듯 답답했다. 그들 모두 비 오듯 땀을 흘리며 연신 숨을 헐떡이면서도 속도를 늦추지 않았다.

"주의 깊게 살펴보시오." 캐드펠 수사가 주의를 주었다. "아직 숨 쉬고 있는 가엾은 영혼들이 있을지 모르오. 군인들이 서두르느라 숨이 넘어가기 전에 밧줄을 끊어버렸을 수도 있잖소. 게다가 이 아래에 덤불이 우거져 있으니 떨어지는 충격에도 살아남은 이가 있을 수 있소."

그러나 플라망 용병들은 서두르면서도 일을 철저하게 해치웠으니, 그 대학살의 현장에서 살아남은 이는 단 한 사람도 없었다.

아침 일찍부터 시작된 작업이 한참이나 이어져 그들은 정오 무렵에야 겨우 시신들을 모두 성 안뜰로 옮겨놓을 수 있었다. 이제 작업반은 시신의 얼굴을 깨끗이 씻기고, 가능한 한 보기 좋게 가다듬고, 부러진 뼈를 맞추고, 눈꺼풀을 닫아주고, 엉킨 머리를 가지런히 빗기고, 떨어진 턱을 다시 맞추는 일을 시작했다. 생전에 그들을 사랑했던 불행한 부모나 배우자의 눈에 끔찍하게 보이지 않도록 하기 위해서였다. 프레스코트에게 약속한 사항을 공표해 달라고 부탁하기에 앞서, 캐드펠은 시신들 사이를 돌아다니며 수를 헤아리고 그런대로 보기 흉하지 않게 되었는지 일일이 확인해보았다. 그러다 마지막 시신에 이르렀을 때 이맛살을 찌푸리며 멈춰 섰다. 그는 잠시 생각에 잠겼다가 반대로 거슬러 올라가면서 다시 한번 수를 헤아렸다. 그러곤 다시, 가장 처참하게 상한 부위를 감싼 리넨까지 벗겨가며 시신들을 한 구 한 구 면밀히 살피기 시작했다. 마침내 마지막 시신을 살펴본 뒤 일어서는 그의 표정은 무척이나 어두웠다. 캐드펠은 아무 말 없이 프레스코트를 찾으러 갔다.

“전하의 명령에 따라 몇 명을 처형했다고 하셨습니까?”

“아흔넷이오.” 프레스코트는 무슨 엉뚱한 질문을 하느냐는 듯 대답했다.

“장관님은 직접 수를 세어보지 않으셨군요.” 캐드펠은 말했다. “아니면 잘못 세셨거나요. 저곳에는 아흔다섯 구의 시체가 있습니다.”

“아흔넷이나 아흔다섯이나.” 프레스코트가 짜증스럽게 말했다. "하나가 더 많든 적든 무슨 상관이오? 모두 반역죄를 저질러서 처형된 자들인데 셈이 맞지 않는다고 해서 내가 머리칼이라도 쥐어뜯어야 하오?"

"장관님의 입장에서는 전혀 상관없으시겠지요." 캐드펠은 담담하게 말을 이었다. "하지만 하느님께서는 정확한 셈을 요구하실 것입니다. 장관님은 헤스딘의 아눌프를 포함해 아흔네 명을 처형하라는 지시를 받으셨지요. 그 행위가 정당화될 수 있든 아니든 간에 어쨌든 명령은 떨어졌고, 장관님은 그 명령에 찬동하셨으며, 그 일은 문서에 기록되었고, 납득된 사항으로 받아들여졌습니다. 이에 대한 셈은 훗날 다른 법정에서 치러지겠지요. 그런데 그 아흔다섯 번째 시신은 애초의 셈법에 들어가 있지 않았습니다. 그 어떤 왕도 그를 이승에서 추방하라 명하지 않았고, 그 어떤 중신도 그를 처단하라는 지시를 내린 바 없으며, 그는 모반이나 반역죄를 포함한 그 어떤 죄로도 고발당하거나 기소된 적이 없는 사람이므로 그를 죽인 자는 살인을 저지른 것입니다."

"나 이거야 원!" 프레스코트는 거칠게 내뱉었다. "어느 장교가 격렬한 전투를 치른 뒤 사람 수 하나 잘못 센 것 가지고 무슨 심각한 의혹이라도 있는 양 법석을 떨다니! 보고 과정에서 실수로 누락된 거요. 그자는 다른 자들처럼 무장한 상태에서 붙잡혀 처형당했으니 응분의 처벌을 받은 셈이지. 그자는 다른 자들과 마찬가지로 반란을 일으켰고, 다른 자들과 마찬가지로 교수형을 당했소. 반역의 마지막 응보는 그런 법이오. 하느님의 이름으로, 수사는 도대체 내가 어떻게 해주기를 바라는 거요?"

"저와 함께 가셔서 그 시신을 봐주시면 좋겠습니다." 캐드펠은 딱 잘라 말했다. "그 사람은 다른 사람들과 같지 않습니다. 다른 사람들처럼 교수형 당하지도 않았고, 두 손을 결박당하지도 않았습니다. 다른 사람들과 비교해봤을 때 상태가 전혀 다릅니다. 이를 별로 이상하게 여기지 않고 그저 셈에서 누락됐을 뿐이라고 하는 사람도 있을 수 있겠지요. 그러나 프레스코트 장관님, 처형된 이들 중에는 숲속에 숨겨진 한 장의 나뭇잎처럼 은밀하게 살해된 사람이 하나 끼어 있습니다. 장관님은 제가 그를 찾아낸 것을 유감스럽게 여기실지 모르겠습니다만, 설혹 제가 못 봤다 할지라도 하느님까지 이를 보지 못하실까요? 설령 장관님께서 저를 침묵시킬 수 있다 쳐도, 제가 입을 다문다 해서 하느님까지 침묵하시리라 생각하십니까?"

프레스코트는 이리저리 오가다가 우뚝 멈춰 서서 캐드펠을 뚫어지게 응시했다. "수사는 무척이나 진지하군. 어떻게 다른 식으로 죽은 사람이 있을 수 있다는 거요? 그 생각에 확신을 갖고 얘기하는 거요?"

"네, 그렇습니다. 가서 보시죠! 그 시신은 어떤 잔혹한 자가 다른 시신들 사이에 놓으면 아무 의심도 의혹도 불러일으키지 않고 슬쩍 넘어갈 수 있으리라 생각하고 가져다 놓았기에 그곳에 있는 것입니다."

"그렇다면 그자가 그곳에 많은 시체들이 있다는 것을 미리 알았다는 말이 되는데."

"지난 저녁 무렵에는 이미 이 마을 사람들 대부분과 모든 수비대원들이 그 사실을 알고 있었습니다. 밤사이 저질러진 일입니다. 가서 보시죠!"

캐드펠과 함께 안뜰로 들어선 프레스코트는 시신들을 보고 깊은 경악을 드러냈다. 그러나 죄책감을 느끼는 사람이야말로 어떻게든 자신을 보호해야 한다는 것을 가장 잘 아는 법이다. 어쨌든 프레스코트는 죽음의 음산한 장막이 드리우고 악취가 진동하는, 높다란 벽으로 둘러싸인 그 안뜰에서 캐드펠 곁에 무릎을 꿇고 앉아 시신을 자세히 들여다보았다.

젊은이의 시신이었다. 갑옷을 입고 있지는 않았으나, 쇠사슬이나 금속판처럼 값나가는 것들은 군인들이 벌써 죄다 벗겨냈으므로 그다지 이상할 것은 없었다. 그러나 젊은이의 차림새는 애초에 그가 쇠사슬 따위를 걸치고 있지 않았음을 암시하고 있었다. 가죽 장화를 신기는 했으나 검정색 겉옷은 무척 가볍고 얇았다. 이를테면 여름철에 말을 타고 홀가분하게 여행하려는 사람이 밤에는 입고 낮에는 벗으면 된다고 생각해서 골라 입었음직한 차림새였다. 나이는 스물다섯을 넘지 않은 듯했고, 머리는 붉은빛이 도는 갈색이었으며, 목이 졸려 죽은 탓에 시뻘겋게 충혈된 눈이 불룩하게 튀어나와 보기 흉하기는 했지만 둥그스름한 얼굴은 잘생긴 축에 들었다. 캐드펠이 능숙한 손길로 시신의 눈꺼풀을 어루만져 허공을 응시하는 눈동자를 덮어주었는데도 눈이 너무 많이 튀어나와 완전히 덮이지는 않았다.

"이자는 목 졸려 죽었소." 프레스코트는 그 눈을 보고 안도하는 듯했다.

"맞습니다. 하지만 밧줄에 묶인 것이 아닙니다. 여기 다른 몇몇처럼 억센 손아귀에 졸려 죽은 것도 아니고요. 보십시오!" 캐드펠은 젊은이의 두건을 목 아래로 끌어내린 뒤, 머리를 몸에서 잘라버릴 것처럼 날카롭고 잔인하게 그어진 선을 보여주었다. "이 젊은이의 목숨을 빼앗아 간 줄이 얼마나 가느다란지 짐작이 가십니까? 여기 있는 시신들 중 이렇게 가는 줄로 처형당한 사람은 없습니다. 낚싯줄처럼 탄탄한 줄이 목을 휘감고 조른 것입니다. 진짜 낚싯줄이었을지도 모를 일이지요. 줄이 파고든 자국 가장자리의 변색된 부분이 반짝이는 것 보이십니까? 이 사람을 살해한 자는 줄이 살 속 깊숙이 매끄럽게 파고들도록 줄에 왁스를 칠했습니다. 여기 뒤쪽에 움푹 팬 자국 보이시지요?" 캐드펠은 한 팔로 조심스레 시신의 머리를 받쳐 올리고, 목 뒤 척추가 튀어나온 부위 근처에 깊이 패여 거무죽죽하게 멍 든 자국을 보여주었다. 그 한가운데는 검은 핏자국이 반점처럼 나 있었다. "가해자가 피해자의 목을 줄로 감아 비틀 때 손잡이 구실을 하던 나무막대 한쪽 끝이 닿아 생긴 자국입니다. 몰래 사람을 기습하는 자들이나 잔인한 노상강도들이 이렇게 양 끝에 손잡이가 달리고 왁스를 칠한 줄을 사용하지요. 아귀힘과 팔목 힘이 웬만큼만 있다면 쉽게 상대를 처치할 수 있으니까요. 또 보십시오, 장관님. 줄이 파고든 부위가 마구 찢기고 거기에 핏방울이 말라붙어 있지요? 이 사람의 손도 보십시오. 손톱 끝이 피로 검게 물들어 있습니다. 이 사람은 가는 줄이 자신의 목을 조르자 목을 마구 쥐어뜯었어요. 두 손이 자유로웠던 겁니다. 장관님의 부하들이 교수형을 집행할 때 두 손을 묶지 않고 한 경우도 있었습니까?"

"없소!" 프레스코트는 캐드펠의 빈틈없는 설명에 완전히 사로잡힌 나머지 엉겁결에 불쑥 대답했다. 뒤늦게 주워 담으려 해봤자 소용없는 일이었다. 프레스코트는 미지의 젊은 시신을 사이에 두고 맞은편에 쭈그리고 앉은 캐드펠 수사를 바라보았다. 상대에 대한 적의로 프레스코트의 눈빛은 날카로워졌고, 표정은 딱딱하게 굳어갔다. "이 괴상한 이야기를 공표해서 득 될 건 전혀 없소." 그가 천천히 말했다. "이 사람을 매장하는 것으로 만족하시오. 나머지는 묻어둡시다!"

"장관님이 고려하지 않으신 점이 있습니다." 캐드펠은 부드럽게 입을 열었다. "이자의 이름이나 신분을 밝혀줄 만한 이가 없다는 점입니다. 이 젊은이는 어쩌면 적진에서 전하께 보낸 사절이었을지도 모릅니다. 이 사람을 공정하게 대우해주셔서 하느님과 인간, 양쪽 모두와의 조화로운 평화를 유지하도록 하십시오. 그리고……." 이제 그는 수사답게 좀더 순수한 어투로 말을 이었다. "만일 장관님께서 진실을 왜곡하신다면 장관님의 결백에 의혹이 드리울 수도 있습니다. 제가 장관님이라면 사실을 있는 그대로 보고하고, 지금 바로 사람들을 풀어 세상에 공표하겠습니다. 저희 준비는 끝났습니다. 만약 이 젊은이의 가족이나 친지가 나타나 시신을 인수하겠다고 한다면 장관님은 스스로의 영혼을 구하게 됩니다. 설혹 아무도 나타나지 않는다 해도 불의를 바로잡기 위해 인간이 할 수 있는 모든 일을 하신 셈이니, 그것으로 장관님의 의무는 끝나게 되지요."

프레스코트는 한동안 이글거리는 눈빛으로 캐드펠을 노려보다가 벌떡 일어나 말했다. "사람들을 보내 이 사실을 공표하겠소." 그는 홀 쪽으로 성큼성큼 걸어가버렸다.

*

그 소식은 마을 전역에 공표되었고 수도원에도 정식으로 통보되어 접객소에 묵고 있는 사람들까지 모두 이를 알게 되었다. 동쪽에 있는 왕의 막사를 떠나 하류 쪽에서 말을 타고 강을 건너 수도원으로 돌아오던 휴 베링어는 수도원 정문에 딸린 문지기실에서 그 소식을 들었다. 그는 근심스러운 표정으로 포고 내용을 듣는 사람들 가운데 얼라인 시워드의 가냘픈 모습을 발견했다. 머리에 아무것도 쓰지 않은 모습은 처음이었다. 그녀의 머리칼은 그가 상상했던 대로 밝은 황금빛이었다. 달걀처럼 갸름한 얼굴 양쪽으로 곱슬머리가 몇 가닥 맵시 있게 늘어져 있었다. 속눈썹이 길어 그녀의 짙은 황동빛 눈에 한층 묵직한 음영이 드리웠다. 그녀는 조그마한 두 손을 꼭 쥔 채, 마음이 흔들려서인지 입술을 잘근잘근 깨물며 열심히 귀를 기울이고 있었다. 무언가 주저하고 걱정스러워하는 모습이었고, 대단히 어려 보였다.

베링어는 로버트 부원장이 낭독하는 내용을 뒤쪽에서 조용히 들으려고 선택한 곳이 우연히 그곳이기라도 한 양, 얼라인 시워드로부터 불과 몇 발짝 떨어지지 않은 곳에서 말에서 내렸다.

"……그리고 전하께서는 처형당한 사람들 중 자기 가족이나 친지가 있는 이들은 시신을 찾아가 자비自費로 집안의 땅에 매장하는 것을 허락하신다. 특히 신원이 밝혀지지 않은 시신이 하나 있으니, 원하는 이는 누구든 와서 보아도 좋으며, 그 사람의 신원을 알 경우에는 밝혀주기를 바라신다. 어떤 처벌이나 불이익도 없을 테니 누구나 안심하고 와도 무방하다."

모두가 그런 것은 아니었으나, 적어도 얼라인 시워드는 그 포고의 내용을 액면 그대로 받아들였다. 그녀가 걱정스러워한 것은 자신에게 어떤 피해가 돌아올지도 모른다는 생각 때문이 아니라, 어떻게 해서든 성안에 들어가봐야 한다는 절박함을 느끼면서도 그곳에서 끔찍한 현실과 맞닥뜨리게 될지도 모른다는 두려움으로 차마 발걸음이 떨어지지 않아서였다. 그녀에게 아버지의 명을 어기고 집을 나가 황후의 지지자들에게 가담한 오빠가 있다는 사실을 베링어는 기억해냈다. 오빠가 프랑스로 갔다는 말이 돌기는 했으나 그녀로서는 소문이 사실인지 확인할 방도가 없던 터였다. 이제 그녀는 자신의 오빠와 같은 편에 선 사람들이 내전의 희생자가 된 자리에 가서 그들 사이에 오빠가 끼어 있지 않다는 것을 직접 확인해야 한다는 생각을 회피하려 무척 애를 쓰고 있었다. 그녀의 머릿속에서 맴돌고 있는 생각들은 더없이 순진하고 솔직한 얼굴에 고스란히 드러났다.

"아가씨." 베링어는 부드럽고도 예의 바르게 말을 붙였다. "혹시 제가 도움을 드릴 수 있다면 주저 마시고 말씀해주십시오."

얼라인이 고개를 돌려 그를 쳐다보더니 생긋 웃었다. 그녀는 이미 교회에서 그를 보았고, 그도 자신과 마찬가지로 접객소에 묵고 있다는 것을 알고 있었다. 슈루즈베리 일대가 최근 들어 일대 격변에 휩싸인 탓에 그곳 사람들은 서로를 믿을 만한 이웃 아니면 잠재적인 밀고자로 여기곤 했나. 물론 그녀는 절대로 자기 주변 사람들을 두 번째 부류로 볼 사람이 아니었지만, 그럼에도 불구하고 그는 이 기회에 그녀의 신뢰를 얻어두는 것이 좋겠다고 생각했다. "아가씨가 전하께 충성 서약을 했을 때 저도 같은 이유로 전하께 갔었죠. 아마 기억하실 겁니다. 저는 메이즈버리의 휴 베링어라고 합니다. 제가 도움이 되어드릴 수 있다면 기쁘겠습니다. 제가 보니 아가씨는 방금 전에 들은 소식으로 고민하고 당황해하시는 것 같더군요. 혹시 제가 아가씨를 위해 해드릴 일이 있다면 뭐든 기꺼이 하겠습니다."

"기억하고 있습니다. 친절하신 제안에 감사드려요. 하지만 이건 저만이 할 수 있는 일입니다. 굳이 해야 한다면 말이죠. 여기에 제 오라버니의 얼굴을 아는 분은 아무도 안 계시니까요. 솔직히 말씀드리자면, 저는 주저하고 있었어요……. 하지만 시내에서 이곳으로 온 부인들 중 아들을 찾으러 가실 분들이 있겠죠. 그 분들이 하실 수 있다면 저도 할 수 있습니다."

"하지만 그 불운한 사람들 중 아가씨의 오라버니가 있으리라는 확실한 근거도 없잖습니까." 그가 말했다.

"오라버니가 지금 어디 있는지 모르고, 오라버니가 황후 편이라는 것 말고는 없다고 할 수 있죠. 하지만 확실하게 확인해보는 편이 더 낫지 않을까요? 죽지 않았다는 것을 확인하면 언제고 다시 만나리라는 희망을 가질 수 있으니까요."

"오라버니와 아주 가까웠던 모양이군요?" 베링어가 부드럽게 물었다.

그녀는 그 질문을 진지하게 받아들이고 잠시 주저하더니 대답했다. "아뇨, 보통의 오누이 사이보다도 멀었어요. 오라버니는 늘 친구들하고 어울리거나 자기 할 일만 쫓아다니느라 바빴거든요. 저보다 다섯 살이나 많고요. 제가 열한 살인가 열두 살쯤 됐을 때 오라버니는 집을 떠났어요. 다시 돌아오기는 했지만 아버님과 다투고 금방 다시 나가버렸죠. 하지만 그분은 제게 단 하나뿐인 오라버니고, 저는 그분의 상속권을 그대로 존속시켜두었어요. 듣자 하니 원래 셈에 없던, 신원이 밝혀지지 않은 시신이 한 구 있다고 하더군요."

"절대로 자일스는 아닐 겁니다." 베링어는 단호하게 말했다.

"하지만 만일 그렇다면요? 오라버니에게 이름이 필요하고 그 이름을 찾아줄 누이동생이 있어야 한다면 어쩌죠?" 그 순간 그녀는 결심을 굳혔다. “가봐야겠어요.”

“꼭 가실 필요는 없습니다. 아니, 간다 해도 혼자 가셔서는 안 돼요.” 그는 이내 자신이 뱉은 말을 후회했다. 그러면 하녀를 데리고 가겠다고 답하지 않겠는가. 하지만 그녀에게서 예상 밖의 대답이 튀어나왔다. “콘스턴스를 그런 곳에 데리고 가지는 않을 거예요. 콘스턴스에게는 그 일에 관련된 가족이 없으니 그런 끔찍한 광경을 봐야 할 이유가 없죠.”

“저와 함께 가실 의향이 있다면 기꺼이 함께 가드리겠습니다.”

혹시 그녀에게 다른 대안이 있는 건 아닐까 싶었지만 다행히 아직까지는 없는 모양이었다. 그녀는 수심 가득했던 얼굴을 기쁨으로 환히 밝힌 채 놀라움과 희망과 감사가 뒤섞인 더없이 순수한 표정으로 그를 쳐다보았지만 여전히 주저하고 있었다. “정말 친절하시군요. 하지만 그렇게는 할 수 없습니다. 제가 해결해야 할 문제로 다른 분께 누를 끼쳐서는 안 되죠.”

“당장 가도록 하십시다!” 이제 그녀의 마음을 확실히 알게 된 베링어는 자신에 차서 말했다. “아가씨가 제 청을 거절하고 혼자 가신다면 제 마음은 몹시 불편할 겁니다. 하지만 제가 같이 가자고 해서 아가씨의 괴로움이 더해질 뿐이라고 말씀하신다면 군말 없이 물러서지요.”

그런 말을 한다는 것은 그녀에게 있을 수 없는 일이었다. 그녀의 입술이 떨렸다. “그렇게 말한다면 그건 거짓말이겠죠.” 그녀는 애처롭게 말을 이었다. “저는 그렇게 용감하지 않아요! 같이 가주신다면 정말 고맙겠어요."

그렇게 그는 바라던 바를 이루었다. 기대한 만큼의 성과였다. 거리를 한가롭게 거닐면 그녀 곁에 좀더 오래 머무를 수 있고 그로써 더욱 가까워질 기회를 얻게 될 텐데, 굳이 말을 탈 필요가 있겠는가. 휴 베링어는 말을 마구간으로 보낸 뒤 얼라인과 함께 큰길로 나섰다. 둘은 다리를 건너 슈루즈베리로 들어섰다.

*

캐드펠 수사는 성의 안뜰 구석 아치문 옆에 서서 살해된 시신을 지키며 서 있었다. 자식이나 친척을 찾으러 온 시민들은 반드시 그곳을 지나야 했기 때문에 그는 드나드는 사람들을 일일이 붙잡고 물어볼 수 있었다. 그러나 이제까지 질문을 받은 사람들은 한결같이 안됐기는 하지만 내 가족이 아니어서 정말 다행이라는 표정으로 고개를 가로저을 뿐이었다. 그 젊은이를 아는 사람은 아무도 없었다. 하기야, 아는 얼굴을 찾느라 다른 시신들은 제대로 보지도 않고 지나치는 그 가엾은 이들에게서 어떻게 큰 관심을 기대하겠는가.

프레스코트는 약속대로 이곳에 오는 주민들을 방해하지 않았고 그들을 검문하거나 이름을 기록하지도 않았다. 그저 불유쾌한 기억을 상기시키는 저 시신들을 가능한 한 빨리 성 밖으로 내보내고 싶은 마음뿐이었다. 애덤 쿠셀의 수비대 역시 그곳에 온 사람들에게 일절 참견하지 말라는 지시를 받았다. 심지어 그 달갑지 않은 손님들을 밤이 되기 전에 성 밖으로 내보낼 수 있다면 최대한 도움을 주라는 명까지 떨어졌다.

캐드펠은 수비대원들까지 모두 불러 모아 그 신원 미상의 시신을 살펴보게 했지만 누구도 그가 누구인지 알지 못했다. 쿠셀은 이맛살을 잔뜩 찌푸린 채 시신을 내려다보다가 고개를 가로저었다.

"한 번도 본 적 없는 사람입니다. 이렇게 평범한 젊은 향사에게 남의 증오를 살 만한 큰 문제가 있었을까요?"

"증오가 없어도 살인할 수 있는 법이오." 캐드펠 수사는 엄숙하게 말했다. "노상강도나 산적들은 우연히 걸려든 사람들을 좋고 싫은 감정 없이 그냥 죽이지 않소."

"이런 청년에게서 뭘 얻겠다고 살인을 하겠습니까?"

"형제여. 세상에는 낮 동안 구걸해서 모은 동전 몇 푼을 뺏으려고 거지를 죽이는 자들도 있소. 상대편에 서서 무기를 들었다는 이유만으로 왕이 백 명에 가까운 사람들을 단번에 처형시키는 광경을 보고서도 흉악한 자들이 자기들이 저지르는 짓거리들을 정당화한다며 탓할 수 있겠소? 자기들도 얼마든지 그렇게 해도 괜찮다고 생각하겠지!" 캐드펠은 순간 쿠셀의 얼굴이 벌게지고 눈에 분노의 불꽃이 번뜩이는 것을 보았다. 그러나 이 젊은이의 입은 굳게 닫혀 있었다. "아, 물론 그대들이 지시를 받았고, 그 지시에 복종하는 것 외에 달리 어찌할 방도가 없었다는 것은 나도 알고 있소. 나 역시 젊었을 적에는 군인이어서 그런 식으로 행동하도록 훈련받았고, 지금에 와서는 절대 하지 말았어야 했다고 생각되는 짓들도 서슴없이 저질렀으니까. 내가 결국 이렇게 또 다른 유형의 훈련을 받게 된 것도 바로 과거에 대한 깊은 자책감 때문이었지."

"제가 앞으로 그렇게 될지는 모르겠군요." 쿠셀은 냉담하게 대꾸했다.

"나도 그 당시에는 그렇게 생각했을 거요. 그러나 결국 이 자리까지 왔고, 앞으로도 변함없이 내 소명을 다할 거요. 우리 모두 목숨이 다할 때까지 최선을 다해야 하는 법이니까." 안뜰에 널린 시신을 바라보며 캐드펠은 생각했다. 인간에게 권능이라는 게 있다면 이를 오용한 최악의 사례가 바로 이것이겠지.

그즈음에는 시신들 사이사이에 드문드문 빈자리가 생겨나고 있었다. 부모나 아내가 와서 찾아간 시신이 10여 구쯤 되었다. 조금 있으면 수도원에서 보낸 작은 손수레들이 언덕길을 올라올 테고, 수사들과 그곳에 있는 사람들은 맥없이 늘어진 나머지 시신들을 수레에 실어 내가게 될 것이었다. 아직은 사람들이 겁에 질린 표정을 한 채 아치문을 통해 꾸역꾸역 들어오고 있었다. 머리에 쓴 숄로 얼굴을 반쯤 가린 아낙들과 수척한 얼굴의 중년 사내들이 체념한 표정으로 자기네 아들을 찾아 시신들 사이를 힘없이 돌아다녔다. 쿠셀의 표정도 상을 당한 사람들만큼이나 어두웠다. 이렇게 괴이한 무리를 호위해보기는 처음이었다.

쿠셀이 침울한 기분에 젖어 찌푸린 얼굴로 땅바닥만 내려다보고 있을 때, 얼라인이 휴 베링어의 팔에 기대어 아치문으로 들어왔다. 얼라인은 창백하고 굳은 얼굴에 눈을 둥그렇게 뜨고 있었다. 마치 물에 빠진 사람이 지푸라기를 움켜쥐듯 자신을 호위하는 휴 베링어의 소매를 꽉 쥐고 있기는 했으나, 그녀는 고개를 꼿꼿이 들고 흔들림 없이 곧장 걸어왔다. 베링어는 세심하게 신경 써서 그녀와 보폭을 맞추며 걸었다. 안뜰의 처참한 광경으로부터 그녀의 시선을 돌리려는 어떤 노력도 하지 않은 채, 그저 뜨거운 눈길로 그녀의 창백한 얼굴을 흘끔흘끔 곁눈질할 뿐이었다. 그 광경을 지켜보면서 캐드펠은 생각했다. 여사의 마음을 차지하려는 일념에 공연히 자기가 보호해주겠답시고 설치고 나서는 짓은 결국 전략적인 실수가 될 텐데. 젊고 순진하고 마음 여린 아가씨이긴 해도 유서 깊은 귀족 가문의 자부심 넘치는 그녀가 일단 마음을 먹었다 하면 누구도 함부로 할 수 없을 거야. 만일 그녀가 이곳을 배회하는 가엾은 다른 시민들처럼 가족을 찾으러 왔다면 지나치게 자신을 보호하려 드는 이에게 그다지 고마움을 느끼지 않을걸. 오히려 말을 삼가면서 사려 깊게 처신하는 이에게 훨씬 호감을 느끼겠지.

쿠셀은 앞에서 다가오는 불안을 감지하기라도 한 듯 눈을 들었다가 두 남녀가 안뜰의 햇살 속으로, 모든 것을 있는 그대로 적나라하게 드러내는 오후의 잔인한 햇살 속으로 들어서는 광경을 보았다. 쿠셀의 적갈색 머리칼이 위로 번쩍 들리면서 햇살을 받아가시금작화 덤불에 붙은 불길처럼 벌겋게 타올랐다. "맙소사!" 그는 낮게 부르짖더니 아치문으로 달려가 그들 앞에 섰다.

"얼라인……! 아가씨가 왜 여기에? 여기는 너무 끔찍해서 아가씨가 올 곳이 못 됩니다." 이어 그는 베링어에게 거칠게 따져 물었다. "어찌 아가씨를 이런 곳까지 모시고 와서 참혹한 광경을 보게 한단 말이오?"

"이분이 절 데리고 온 게 아니에요." 얼라인이 재빨리 나섰다. "오자고 한 건 저였어요. 이분은 저를 막을 수가 없어서 친절하게도 함께 와주신 거예요."

"자진해서 이런 고행을 하다니 정말 어리석은 짓입니다." 쿠셀이 격렬하게 말했다. "대체 아가씨가 여기에 무슨 볼일이 있으십니까? 아가씨의 가족이나 친척이 여기 있을 리가 없잖습니까?"

"저도 제발 그랬으면 좋겠어요." 얼라인이 말했다. 그녀의 하얀 얼굴에서 유난히 커 보이는 두 눈은 두려움 속에서도 발아래 늘어선, 수의에 덮인 시신들을 홀린 듯 더듬고 있었다. 처음에는 공포와 혐오만이 서려 있던 그 눈빛에 점차 강렬하고 인간적인 연민이 깃들었다. "어쨌든 전 알아야겠어요! 여기 와 계신 다른 분들처럼요! 확인할 수 있는 방법은 이것뿐이에요. 다른 사람들이 견딜 수 있다면 저도 견딜 수 있어요. 제게 오라버니가 한 분 있다는 걸 아실 거예요. 제가 전하를 뵐 때 당신도 거기 계셨으니까요……."

"하지만 그분은 여기 계실 수 없어요. 노르망디로 갔다고 하지 않았습니까?"

"그런 소문을 들었다고만 했죠. 그렇지만 소문만으로 어떻게 확신할 수 있겠어요? 정말 프랑스로 갔는지, 아니면 고향 근처에 있는 황후 편 사람들에게 가담했는지 어떻게 단언할 수 있겠냐고요! 오라버니가 슈루즈베리를 선택했는지 아닌지 제 눈으로 직접 확인해야 해요."

"여기서 농성하고 있던 이들의 면면은 이미 다 알려져 있었습니다. 아가씨의 오라버니가 이 가운데 있을 리는 만무해요."

"장관님의 포고문에 따르면……." 베링어가 처음으로 입을 열이 김깊게 말을 이었다. "신원이 확인되지 않은 시신이 하나 있다더군요. 애초의 셈보다 한 구가 늘었다고 들었습니다만."

"제가 직접 확인하게 해주세요." 얼라인은 부드러우면서도 단호하게 말했다. "그러지 않으면 어떻게 제 마음이 편해질 수 있겠어요?"

쿠셀은 얼라인을 막을 권리가 없었다. 가슴 아프고 화가 치미는 일이기는 했지만 말이다. 신원이 확인되지 않은 시신은 가까운 곳에 있었다. 이제 그리로 데려가 자신의 주장이 옳았음을 보여주면 될 일이었다. "그 시신은 여기 있습니다." 쿠셀은 그녀를 캐드펠 수사가 서 있는 귀퉁이 쪽으로 인도했다. 얼라인은 캐드펠을 지그시 쳐다보다가 무심코 미소를 머금었다. 금세 사라지긴 했지만 어떤 사심도 없이 자연스레 나온 순수한 미소였다.

"수사님과 안면이 있는 것 같군요. 수도원에서 뵈었어요. 허브를 재배하시는 캐드펠 수사님이시죠?"

"맞소." 캐드펠이 입을 열었다. "아가씨가 내 이름을 어떻게 알았는지는 잘 모르겠소만."

"문지기 일을 하시는 평수사께 여쭤봤어요." 그녀는 낯을 붉히며 솔직히 털어놓았다. "저녁기도와 마지막 기도 때 수사님을 뵈었거든요. 제가 주제넘은 짓을 했다면 용서하세요. 하지만 수사님에게선 수도원에 들어오시기 전에 많은 모험을 한 듯한 분위기가 느껴졌어요. 듣자니, 십자군에 참여하셨다고요? 고드프루아드 부용[18]과 함께 예루살렘 포위 공격에도 참여하셨고요! 저는 그런 성스러운 모험을 상상으로만 그려왔었죠…… 아!" 그녀는 자기도 모르게 흥분한 것에 낯을 붉히며 눈길을 떨구다가 바닥에 놓인 죽은 청년의 얼굴을 보고는 차분한 침묵 속에서 한동안 그를 응시했다. 울혈이 가라앉아 그리 흉측한 모습은 아니었다. 오히려 아주 젊고 잘생겼다 할 만한 얼굴이었다.

"수사님이 지금 하고 계시는 일은 기독교인이 할 수 있는 가장 훌륭한 일일 겁니다." 얼라인은 낮은 목소리로 말했다. "이 시신이 신원 미상의 그것인가요? 원래의 사망자 수에 포함되지 않았다는 그 사람인가요?"

"맞소." 캐드펠은 허리를 숙이고 리넨을 끌어내려 수수하면서도 질 좋은 옷을 보여주었다. 그 젊은이에게서는 전쟁의 분위기가 조금도 풍기지 않았다. "이 사람은 여행할 때 누구나 지니는 단검 한 자루 말고는 일절 무장을 하지 않았소."

얼라인은 캐드펠을 힐끗 쳐다보았다. 그녀의 어깨 너머로 베링어가 미간을 찌푸린 채 시신의 동그란 얼굴을 유심히 내려다보았다. 살아 있을 때는 활달하고 명랑해 보였을 얼굴이었다. "이 사람은 이곳에서의 싸움에 참여하지 않았다는 말씀이신가요?" 얼라인이 물었다. "수비대원들과 함께 생포되지도 않았고요?"

"내가 보기에는 그런 것 같소. 모르는 사람이오?"

"네." 얼라인은 타인에 대한 순수한 연민의 감정으로 시신을 내려다보았다. "이렇게 젊은데! 정말 안됐어요. 이 사람의 이름을 댈 수 있으면 좋으련만, 전혀 본 적이 없는 사람이네요."

"베링어 씨도 본 적이 없소?"

"네, 처음 보는 사람입니다." 베링어는 침울한 얼굴로 시신을 응시했다. 그들의 나이가 비슷해 보였다. 1년이나 차이가 날까. 자신의 쌍둥이 형제 같은 이를 매장하는 사람은 누구나 자기 자신을 매장하는 듯한 기분을 느끼기 마련이었다.

걱정스러운 얼굴로 곁에서 맴돌던 쿠셀이 얼라인의 팔에 한 손을 얹으며 달래듯 말했다. "자, 볼일을 다 보셨으니 어서 이 끔찍한 곳을 떠나세요. 여기는 아가씨가 계실 만한 곳이 못 됩니다. 이제 아가씨의 걱정이 근거 없는 것이라는 걸 아셨죠? 오라버니는 이곳에 안 계십니다."

"싫어요. 이 사람은 아니지만 제 오라버니가 다른 데 계실지도 몰라요. 여기 있는 시신들을 모두 보지 않았는데 어떻게 확신할 수 있겠어요?" 얼라인은 자신을 만류하는 손길을 아주 부드럽게 뿌리치며 말을 이었다. "여기까지 온 마당에 뭐가 두렵겠어요? 다른 사람들도 다 참고 견디는데 저라고 못 할 건 없겠죠." 그러곤 고개를 돌려 호소하는 듯한 눈빛으로 캐드펠을 쳐다보았다. "지금 여기 일은 캐드펠 수사님 소관이죠? 수사님은 제가 이 불안한 마음을 가라앉혀야 한다는 걸 잘 아실 거예요. 저와 함께 여기를 돌아봐주시면 안 될까요?"

"기꺼이 그러겠소." 캐드펠은 더 이상 아무 말도 않고 앞장서서 길을 인도했다. 말로는 도저히 단념시킬 수 없을 터였다. 게다가 얼라인에게는 이곳을 돌아볼 권리가 있었다. 두 젊은이는 서로 상대보다 뒤처질 수 없다는 듯 나란히 뒤따라왔다. 얼라인은 슬픔과 연민에 가슴을 졸이면서도 결연한 표정으로 시신들의 얼굴을 하나하나 들여다보았다.

"오라버니는 스물네 살이고…… 저랑 별로 닮지 않았어요. 머리칼 색도 저보다 짙고요…… 아, 여기에는 오라버니와 비슷한 나이의 사람들이 너무나 많네요!"

그렇게 시신들의 대열을 반쯤 돌았을 때 갑자기 그녀가 새파랗게 질린 얼굴로 캐드펠의 팔을 움켜쥐면서 얼어붙은 듯 멈춰 섰다. 그녀의 입에서는 비명 대신 낮은 신음소리만 한 번 터져 나왔는데, 그것이 신음이 아니라 말이라는 것은 가장 가까이에 있던 캐드펠만이 알 수 있었다. "자일스!" 그녀는 조금 더 크게 소리치고는, 일시에 모든 빛깔이 빠져나가 거의 투명해 보이는 얼굴로, 한때 오만함과 고집이 넘치던 오빠의 잘생긴 얼굴을 뚫어지게 내려다보았다. 이어 털썩 무릎을 꿇더니 고개 숙여 시신의 얼굴을 자세히 들여다보다가 엎드려서 두 팔로 오빠의 가슴을 끌어안은 채 짧고도 낮은 흐느낌을 토해내기 시작했다. 그녀의 머리칼이 흐뜨러지며 주위에 찬연한 황금빛을 흩뿌렸다.

그간 온갖 풍상을 겪어온 캐드펠 수사는 그녀가 자신의 슬픔을 위로해줄 이를 필요로 할 때까지 묵묵히 지켜보기만 했다. 그러나 미처 기다릴 틈도 없이 애덤 쿠셀이 서둘러 그를 밀쳐내며 무릎 꿇고 앉더니 그녀를 안아 일으켰다. 쿠셀도 얼라인 못지않게 극심한 충격을 받은 듯했다. 그는 고통과 당혹감으로 얼굴을 일그러뜨린 채 떨리는 목소리로 더듬더듬 말했다.

"아가씨! 맙소사, 이분이 정말로 아가씨의 오라버니십니까? 아, 제가 알았더라면…… 미리 알았더라면 구해냈을 텐데…… 무슨 수를 써서라도 이분을 빼냈을 텐데……. 하느님, 저를 용서하소서!"

그녀는 금빛 머리로 뒤덮인, 눈물조차 흐르지 않는 얼굴을 들어 쿠셀을 올려다보았다. 그가 그토록 깊은 충격을 받은 것에 놀라움과 연민을 느끼는 듯했다. "아, 그런 말씀 마세요! 그게 어떻게 당신의 잘못이었겠어요? 당신은 알려 해도 아실 수 없었어요. 그저 지시받은 대로 하셨을 뿐이잖아요. 그리고 어떻게 다른 사람들은 그대로 죽게 놓아두고 한 사람만 구해내실 수 있었겠어요?"

"이분이 정말 아가씨의 오라버니십니까?"

"네." 그녀는 충격과 슬픔에 넋이 나간 얼굴로 젊은이의 시신을 멍하니 내려다보았다. "자일스 오라버니예요." 더없이 참혹한 일을 겪은 지금, 아버지와 오빠들이 없는 탓에 그녀는 앞으로의 일을 혼자서 감당해야 할 처지였다. 그녀는 쿠셀의 팔에 안긴 채 고개를 숙여 오빠의 얼굴을 뚫어져라 내려다보았다. 그 광경을 지켜보며 캐드펠은, 숨을 거둘 때 공포의 충격으로 일그러질 대로 일그러진 얼굴들을 손봐 어느 정도 원래의 모습으로 되돌려두기를 정말 잘했다 싶었다. 그녀는 적어도 끔찍하기 짝이 없는 얼굴을 보고 있지는 않았다.

이윽고 얼라인이 짧은 한숨을 내뱉으며 자리에서 일어섰다. 그동안 줄곧 행동을 자제하면서 놀랄 만큼 현명하게 처신했던 휴 베링어가 얼른 한 손을 내밀었다. 귀족 가문의 딸로 곱게 자라온 터라 이런 참혹한 시련은 처음이겠지만, 그녀는 자기가 해야 할 일을 할 수 있을 테고, 기꺼이 그렇게 하려 들 것이었다.

"캐드펠 수사님, 수사님이 하신 모든 일에 감사드려요. 자일스 오라버니와 저뿐 아니라 이 모든 사람들을 위해 하신 일에 대해서요. 이제 수사님이 허락해주신다면 오라버니를 매장하는 일은 제가 직접 맡고 싶어요. 제가 해야 할 일이니까요."

충격에서 헤어나지 못해 여전히 침울한 얼굴로 그녀 곁에 서 있던 쿠셀이 말했다. "이분을 어디로 옮기실 건가요? 제 부하들을 시켜 시신을 그곳까지 모셔다드리겠습니다. 장례가 끝날 때까지 아가씨 일을 거들라고 지시할 테니 필요하시면 뭐든 시키십시오. 저도 같이 따라가고 싶은 마음 간절합니다만 이곳을 떠날 수 없는 처지라서요."

"정말 친절하시군요." 얼라인이 마음을 추스르고 말했다. "이곳 세인트알크문드 교회에 어머님 집안의 가족묘가 있고, 그곳 엘리아스 신부님도 저를 잘 아십니다. 오라버니 시신을 거기까지 옮겨다 주시겠다는 제안은 감사히 받아들이겠지만 할 일이 있는 분들을 그 이상 붙잡아둘 수는 없겠죠. 이후 나머지 일들은 제가 알아서 하겠습니다." 그녀의 얼굴에는 현실적인 일들을 능동적으로 감당해야 하는 이의 표정이 떠올라 있었다. 고려할 사항이 한두 가지가 아니었다. 더운 여름철이니만큼 서둘러야 했으며, 품위 있는 장례식을 치르는 데 필요한 물건들을 빠짐없이 준비해야 했다. 그녀는 당당한 태도로 이 모든 일을 차분히 처리해나갔다.

"베링어 씨, 제게 친절을 베풀어주셔서 정말 감사드려요. 하지만 이제부터 저는 오라버니 장례를 준비하는 일에 매달려야 합니다. 저 때문에 당신까지 공연히 우울한 시간을 보내실 이유는 없어요. 제게 더 이상 두려울 일이 없기도 하고요."

"올 때도 아가씨와 함께 왔으니 갈 때도 함께 가겠습니다." 휴 베링어는 고집이나 연민의 표정 없이 담담하게 말했다. 그러자 그녀는 이내 그의 결정을 받아들이고 자기가 해야 할 일로 돌아갔다. 쿠셀의 부하 둘이 좁은 들것을 들고 와서 자일스 시워드의 시신을 그 위에 올리자 그녀는 시신의 늘어진 머리를 손수 바로 잡았다.

그녀가 그곳을 떠나려는 순간, 미간을 찌푸린 채 괴로운 마음으로 시신을 내려다보던 쿠셀이 불쑥 소리쳤다. "잠시만 기다려 주십시오! 이제야 기억나는데 여기 오라버니의 소지품이 하나 있는 것 같습니다."

그는 급히 아치문을 나가 성탑 쪽으로 가더니, 잠시 후 검은 망토를 팔에 걸치고 돌아왔다. "저 끝에 있는 경비 초소에 남겨진 물건들 중 하나인데, 제가 보기에는 아무래도 오라버니 것인 듯합니다. 목 부분의 걸쇠에 새겨진 문양이 오라버니께서 차고 계신 허리띠 버클의 문양과 똑같습니다."

사실이었다. 영원을 상징하는, 제 꼬리를 입에 문 용을 부조한 화려한 청동 제품이었다. "방금 전 이 버클을 보고 비로소 생각이 났습니다. 이 두 문양이 우연히 똑같은 것은 아니겠지요. 이것을 오라버니께 돌려드리고 싶습니다." 그는 망토를 펼쳐 들것 위에 놓인 시신의 얼굴과 몸을 조심스럽게 덮었다. 그러곤 고개를 들었을 때 그의 눈과 얼라인의 눈이 마주쳤고, 그는 처음으로 그녀의 눈에 어린 반짝이는 눈물을 보았다.

"정말 고맙습니다." 얼라인은 낮은 목소리로 말하면서 그에게 손을 내밀었다. "결코 잊지 못할 거예요."

*

캐드펠은 다시 신원 미상의 시신을 지키는 일로 돌아왔다. 문으로 계속 들어오는 사람들을 붙잡고 물어보았으나 아무런 소득도 없었다. 조금 뒤, 저녁 어스름 녘이 되면 남은 시신들을 모두 수레에 싣고 와일가街를 따라 언덕을 내려가 마을 밖으로 가야 할 터였다. 이렇게 더운 여름철에는 더 이상 지체할 수 없었다. 내일 새벽 헤리버트 수도원장은 수도원 한끝에 마련된 조그만 땅덩이를 집단 매장지로 봉헌하는 의식을 치를 예정이었다. 그러나 그로서는 도무지 이 시신, 그 어떤 범죄로 고발당한 일도 없고 유죄판결을 받은 일도 없는, 그저 정의를 바로 세워줄 것을 소리 높여 외치는 이 신원 미상의 시신을 처형당한 사람들과 함께 매장하도록 둘 수 없었다. 시신의 이름을 되찾아주고 그에 걸맞은 장례를 치러 무덤으로 보낼 때까지 이 젊은이는 결코 고이 잠들지 못할 것이었다.

세인트알크문드 교회의 사제인 엘리아스 신부의 사제관에서는 수녀들이 신부의 도움을 받아 경건하게 자일스 시워드의 옷을 벗겨 물로 씻은 뒤 얼굴과 매무새를 가다듬고 수의를 입히는 중이었다. 휴 베링어는 잔일을 거들어주려고 근처에서 대기했지만, 그들이 일하는 방에 들어가지는 않았다. 얼라인이 도움을 원하지 않았던 것이다. 주어진 일을 혼자서도 충분히 처리할 수 있었기에, 설령 누군가가 그 일을 조금이라도 가로채려 했다면 고마워하기보다 분개하고 원망했을 것이다. 그러나 모든 일이 끝나자 갑자기 격심한 피로가 덮쳐왔다. 그녀는 말없이 자신을 부축하는 베링어의 팔을, 진심으로 감사하는 마음으로 꼭 붙들고서 물방앗간 옆 처소로 돌아갔다.

다음 날 아침, 자일스 시워드는 세인트알크문드 교회에서 성대한 의식을 거친 뒤 그곳에 있는 외조부의 묘에 합장되었다. 같은 시간 성 베드로 성 바오로 수도원의 수사들은 그때까지 누구도 찾아가지 않은 예순여섯 구의 시신을 모아 적절한 의식을 치른 뒤 땅에 묻었다.

4

얼라인은 오빠가 걸쳤던 겉옷과 바지와 시신을 덮었던 망토를 들고 돌아와 손질한 뒤 잘 개켜놓았다. 셔츠는 남에게 줄 수 없는 상태라 태우고 잊어버릴 심산이었지만, 헐벗고 지내는 이들을 생각하면 좋은 천으로 만든 나머지 멀쩡한 옷들을 차마 그냥 내버릴 수 없었다. 그녀는 맵시 있게 묶은 옷 보퉁이를 들고 정문의 문지기실로 갔다. 그런데 넓은 뜰 전체가 사람 하나 없이 텅 비어 있었다. 캐드펠 수사를 찾아보려고 다시 연못가를 지나 채소밭을 가로질러 가보았으나, 그 역시 어디에서도 찾을 수 없었다. 그도 그럴 것이, 예순여섯 구의 시신이 누울 커다란 무덤을 파고 그 안에 시신들을 차곡차곡 쌓는 단순 반복적인 노동은 돌무덤 하나를 열어 혈족 하나를 넣는 일보다 시간이 훨씬 오래 걸리지 않겠는

가. 많은 이들의 도움에도 불구하고, 수사들은 오후 2시가 지나도록 고되게 일하고 있었다.

캐드펠 수사는 보이지 않았지만 허브밭 일을 돕는 소년이 있었다. 소년은 더위에 말라 죽은 두화頭花들을 잘라내고, 꽃이 만개한 박하[19] 줄기들을 이파리째 베어내느라 분주했다. 그렇게 베어낸 박하는 단으로 묶어 벽에 걸어놓고 말렸다. 오두막 한쪽 끝 처마 밑에는 마른 허브 다발들이 줄줄이 널려 있었다. 소년은 맨발로 부지런히 일했다. 온통 분가루 같은 흙먼지를 뒤집어쓴 채였고, 한쪽 뺨은 풀빛으로 얼룩져 있었다. 소년은 다가오는 발소리에 고개를 돌리더니, 엄청난 향기의 파도를 몰고 서둘러 허브밭에서 나왔다. 거친 옷자락에서 풍기는 그 허브 향이 어찌나 짙은지, 마치 지극히 평범한 성자의 몸에서 풍기는 불가사의한 향기처럼 느껴졌다. 흐트러진 머리를 한 손으로 허둥지둥 쓸어 넘기는 바람에 소년의 한쪽 뺨에 묻어 있던 초록 얼룩이 다른 쪽 뺨과 이마에도 옮아갔다.

"캐드펠 수사님을 찾고 있어요." 얼라인이 사과하듯 말했다. "당신은 수사님 일을 거들어주는 고드릭이죠?"

"맞습니다, 아가씨." 고디스는 탁한 목소리로 대답했다. "캐드펠 수사님은 바쁘십니다. 일을 다 끝내지 못하셨거든요." 고디스도 그 일을 거들고 싶어했지만 캐드펠 수사가 대낮에는 가급적 모습을 보이지 않는 편이 좋다면서 허락하지 않은 터였다.

"아." 얼라인은 낯을 붉혔다. "몰랐어요. 그럼 수사님께 전해주겠어요? 제가 오라버니 옷을 가져왔거든요. 이제 오라버니에게는 필요 없는 것들이지만 아직은 쓸 만하니 누군가는 마음에 들어 하지 않을까 싶네요. 필요한 사람들에게 나누어달라고 전해주세요. 그런 일에는 수사님이 적격이실 것 같아서요."

고디스는 지저분한 두 손을 옷자락에 문지른 뒤 옷 보퉁이를 받아 들다가 갑자기 숨을 죽이고 얼라인을 뚫어지게 바라보았다. 그녀는 너무 놀라고 당황한 나머지 목소리를 낮게 내야 한다는 것도 잊었다. "이제는 필요치 않다니…… 오라버니께서 저기에 계셨나요? 저 성안에요? 아, 그렇게 안타까운 일이! 정말 안타까워요!"

얼라인은 두 손을 허전하게 내려다보았다. 마지막으로 남아 있던 이 작은 의무마저 이제는 마무리된 셈이었다. "네, 그 많은 사람들 중 하나였죠. 오라버니가 선택한 길이었어요. 저는 그것이 잘못된 길이라는 가르침을 받았지만, 오라버니는 그렇지 않았죠. 어쨌든 적어도 최후까지 자신의 길을 고수했고요. 아버지가 아셨다면 화를 내기야 하셨겠지만 적어도 수치스럽게 여기지는 않으셨을 거예요."

"정말 유감이에요!" 고디스는 옷 보퉁이를 가슴에 끌어안은 채 다른 적당한 말을 찾지 못하고 쩔쩔맸다. "캐드펠 수사님이 돌아오시는 대로 말씀 전해드리겠습니다. 아마 아가씨의 더없이 큰 자비심에 대해 제가 대신 감사 인사를 전하길 바라실 거예요."

"수사님께 이 돈도 전해주세요. 그분들 모두를 위한 위령미사에 쓰시라고요. 특히 성안에 없었던, 아직 신원이 밝혀지지 않은 그분을 위해서요."

고디스는 당혹감과 호기심이 가득한 눈으로 그녀를 바라봤다. "그런 사람이 있었나요? 그분들과 한편이 아니었던 사람이 있었다고요? 전 몰랐습니다!" 캐드펠 수사가 어젯밤 늦게야 탈진해서 돌아왔기에 고디스는 그와 변변히 이야기를 나눌 틈도 없었다. 그녀가 들은 이야기라야 남은 시신들을 매장하기 위해 수도원으로 싣고 왔다는 것뿐이었다. 그 비극의 현장에 없었던 사람에 관한 기묘한 이야기는 금시초문이었다.

"수사님이 그렇게 말씀하시더군요. 아흔네 구의 시신이 있어야 할 곳에 아흔다섯 구가 있었고, 그중 한 사람은 원래부터 무장을 하지 않은 듯했다고요. 수사님이 성으로 들어오는 사람마다 붙잡고 그를 아는지 물어보셨는데, 아직 아는 이가 나오지 않았나 봐요."

"지금 그 사람은 어디 있죠?" 고디스는 정말 기이한 일이라고 생각하며 물었다.

"저도 몰라요. 이 수도원으로 옮겨 왔겠죠. 캐드펠 수사님이 이름도 신원도 밝혀지지 않은 그 사람을 다른 시신들과 함께 매장하도록 두실 리는 없으니까요. 수사님에 대해서야 저보다 당신이 더 잘 알겠지만요. 그분하고 일한 지는 얼마나 되었나요?"

"얼마 안 됩니다. 아주 조금밖에 안 되었어요. 하지만 차츰 그분에 대해 알아가고 있습니다." 고디스는 왠지 불안해져서 그 맑은 아이리스빛 눈으로 주위를 두리번거렸다. 비밀을 지키는 일과 관련해서는 남자보다 여자가 더 위험한 존재였다. 그녀는 일하던 허브밭 쪽을 힐끗 바라보았다.

"알겠어요." 얼라인은 그런 행동이 암시하는 바를 얼른 눈치채고 말했다. "이제 방해는 그만하고 가볼게요."

고디스는 떠나는 얼라인을 지켜보았다. 남자들만의 성역인 이곳에서 모처럼 다른 여자와 보낸 소중한 시간을 더 연장시키지 못한 것이 못내 아쉬웠다. 그녀는 옷 보퉁이를 오두막 안 침대에 내려놓고 다시 일을 시작했다. 캐드펠 수사가 한시라도 빨리 돌아왔으면 싶었다. 마침내 캐드펠 수사가 기진맥진해서, 그럼에도 아직도 할 일을 잔뜩 떠안은 채 돌아왔다.

"왕의 막사에 가봐야겠다. 새 행정 장관이 이번 일을 처리하다 부딪친 예기치 못한 사건을 내가 왕에게 알렸으면 하는 모양이야. 왕도 내가 직접 보고해주길 바라는 것 같고." 그는 피로로 뻣뻣해진 두 뺨을 단단한 손바닥으로 쓸며 말을 이었다. "네게는 자세히 말할 시간이 없어서 아마 모르고 있겠지만……."

"아, 그 이야기라면 저도 들었어요." 고디스가 말했다. "얼라인 시워드가 수사님을 뵈러 왔었거든요. 이걸 들고 와서, 수사님이 생각하시기에 알맞은 사람들에게 희사해달라고 하더군요. 자기 오빠가 입던 옷들이래요. 그리고 이 돈은 위령미사에 써달라고 했어요. 특히 예상치 못하게 발견된 그 시신을 위한 미사에 써달라고요. 자, 이제 말씀해주세요. 도대체 어떻게 된 일인가요?"

만사를 제쳐놓고 잠시 조용히 쉬는 것도 괜찮을 것 같다는 생각에, 캐드펠은 고디스 옆에 편하게 앉아 자초지종을 들려주었다. 그녀는 열심히 귀를 기울이다가 그의 말이 끝나기 무섭게 질문을 던졌다. "그 사람, 아직 이름을 못 찾은 사람은 지금 어디 있나요?"

"교회 재단 앞에 있단다. 혹시 알아보는 사람이 있을까 싶어 미사 드리러 오는 신자들이 반드시 지나야 하는 곳에 놓아두었지. 그래봤자 내일까지밖에 못 두지만." 캐드펠은 안타까운 듯이 말을 이었다. "날이 너무 더워서 말이야. 신원이 밝혀지지 않은 채로 매장해야 한다면 쉽게 다시 파낼 수 있는 곳에 묻을 생각이야. 그 가엾은 청년의 신원이 밝혀질 때까지 초상화와 입은 옷들도 잘 보관해둘 거고."

"수사님은 정말로 그 사람이 살해되었다고 믿으세요?" 고디스가 끔찍하다는 듯한 표정으로 물었다. "살인자가 자신의 범죄를 감쪽같이 은폐하기 위해 그 사람의 시신을 왕의 희생자들 사이에 던져둔 거라고요?"

"얘야, 내가 다 말했잖니! 그 사람은 살인자가 미리 준비해 간 줄에 목이 졸려 죽은 거야. 그 사건은 다른 사람들이 처형되어 성 밑 도랑으로 내던져진 바로 그날 밤 일어났지. 살인을 저지르기에 그보다 더 좋은 기회가 어디 있겠니? 그렇게 많은 이들이 죽은 마당에 누가 일일이 수를 세고 가려내고 할 것이며, 설령 이상한 점을 발견했다 쳐도 누가 그 이유를 밝혀내려 들겠어? 그저 그 청년도 다른 사람들과 함께 처형당했겠거니 생각하고 그냥 넘어갈 테고, 그러면 사건은 그대로 은폐되는 것이지."

"하지만 그렇게 되지 않았죠!" 고디스의 얼굴이 분노로 점점 달아올랐다. "수사님이 나타나셨으니까요. 수사님이 아니었다면 누가 그 아흔다섯 구의 시신들 중 두드러지게 다른 한 시신을 굳이 찾아냈겠어요? 그 누가, 유죄판결을 받지도 않고 정당한 법적 수순을 거치지도 않은 채 죽은 사람의 권리를 지켜주겠다며 혼자서 끝까지 버티겠어요? 아, 수사님 때문에 저도 이 문제를 그냥 넘기지 못하겠어요. 저는 여기 틀어박혀 있느라 아직 시신을 못 봤어요. 왕은 잠깐 기다리라고 하고, 제게도 그 시신을 보여주세요! 저 혼자 보낼 수 없겠다면 저랑 같이 가주세요. 그 사람을 꼭 보게 해주세요."

캐드펠은 잠시 생각하다가 낮은 신음을 내며 힘겹게 일어섰다. 그는 예전만큼 젊지 않았고, 특히 요즘 들어서는 밤낮으로 힘겨운 시간을 보내야 했다. "정 그렇다면 네 뜻대로 하자. 남들은 다 보게 하면서 네게만 안 된다고 할 수야 없지. 지금 그곳에는 아무도 없을 테지만 그래도 내 곁에 바싹 붙어 있어야 해. 내겐 널 이곳에서 안전하게 내보내야 할 의무가 있으니까. 그것도 가능한 빨리."

"저를 그렇게도 내보내고 싶으세요?" 고디스는 서운한 듯이 말했다. "세이지와 마조람[20]을 이제 겨우 구별하게 되었는데! 저 없이 그 많은 일들을 어떻게 하시려고요?"

"몇 주 이상 머물 수련사 하나를 훈련시키면 되지. 그리고 풀 이야기가 나왔으니 하는 말인데……." 캐드펠은 승복 안주머니에서 조그만 가죽 주머니를 꺼내 이리저리 뒤지더니 햇빛에 바싹 마른 풀줄기를 하나 빼냈다. 가느다란 사각기둥 모양에 길이가 15센티미터쯤 되는 그 줄기에는 이파리들이 일정한 간격을 두고 쌍으로 붙어 있었고, 줄기와 이파리들이 만나는 곳마다 조그만 갈색 열매가 달려 있었다. "이게 뭔지 알겠니?"

그녀는 며칠 사이 풀에 관해 많은 것들을 배운 터라 호기심이 가득한 눈빛으로 자세히 그것을 들여다보았다. "아뇨, 여기서 키우지 않는 건데요. 들에서 자라는 것을 본다면 혹시 알지 모르겠지만."

"거위풀이야. 갈퀴덩굴[21]이라고도 하지. 작은 가시들이 낚싯바늘처럼 돋아 있어서 아무 데나 잘 들러붙는 묘한 덩굴식물이란다. 이 조그만 씨에도 가시들이 나 있지. 이 곧은 줄기 가운데가 부러져 있는 것 보이니?"

그녀는 호기심에 가득 차서 들여다보았다. 언뜻 눈에 들어오지 않는 뭔가가 있는 것 같았다. 바싹 말라 갈색으로 탈색된 줄기 한가운데 날카롭게 접힌 흔적이 있었다. "이건 무슨 자국이죠? 어디서 이 풀을 찾으셨어요?"

"그 가엾은 청년의 목에 패인 긴 상처에 걸려 있더구나." 캐드펠은 그녀가 큰 충격을 받지 않게끔 부드럽게 말했다. "청년의 목을 조른 가느다란 줄 때문에 한가운데가 꺾인 거지. 이건 올해

새로 자란 것이 아니라 작년에 베어진 풀이야. 이 풀은 요즘 같은 계절에 어디서나 무성하게 자라며 사방에 씨를 뿌리지. 가축들을 먹이는 꼴에도, 마구간이나 외양간 바닥에 깔아주는 짚 속에도, 지난가을에 베어 말려둔 건초 더미 속에도 이 풀이 끼어 있어. 그렇다고 무시해서는 안 되지만. 바로 난 상처를 치료하는 데 효험이 뛰어나거든. 야생하는 모든 것들은 제각기 고유한 쓰임새가 있기 때문에 인간이 악용하지만 않으면 해로울 게 없지." 그는 그 작은 풀을 다시 가죽 주머니에 넣어 가슴속에 조심스럽게 품고는 고디스의 어깨에 한 팔을 얹었다. "자, 그럼 같이 그 젊은이를 보러 가자."

오후가 반쯤 지나 있었다. 수사들은 분주하게 일하고, 학생과 수련사들은 할당된 일을 마친 뒤 한가롭게 놀 시간이었다. 그들은 활기차게 뛰노는 사춘기 소년들 외에는 그 누구와도 마주치지 않고 교회에 도착해 서늘하고 어둠침침한 실내로 들어섰다.

수수께끼 같은 비밀을 간직한 젊은이는 수의에 감싸여 머리와 얼굴만 내놓은 채 성가대석 한끝에 놓인 관 속에 엄숙히 누워 있었다. 실내가 꽤나 어두웠지만 여름철 오후의 부드러운 빛이 젊은이의 시신 위로 희미하게 내리비쳤다. 몇 분 지나지 않아 어둠에 눈이 익자 그들은 그 빛에 의지해 젊은이의 시신을 말없이 내려다보았다. 그곳에는 그들 두 사람뿐이었으므로 낮은 소리로 이야기를 주고받을 수 있었다. "이 사람을 아나?" 캐드펠이 부드럽게 물었다. 그 순간 그는 이미 소녀의 대답을 알고 있었다.

캐드펠 옆에서 희미한 속삭임이 들렸다. "네."

"가자!" 캐드펠은 들어올 때와 마찬가지로 조용히 고디스를 교회 밖으로 데리고 나왔다. 환한 햇살 속에 들어섰을 때 그는 그녀의 깊고 긴 한숨 소리를 들었다. 고디스는 진한 향기가 떠도는 허브밭에 도착할 때까지 아무 말도 하지 않았다. 그들은 오두막 그늘에 앉았다.

"우리가 본 그 젊은이가 누구지?"

"이름은 니컬러스 페인트리예요." 고디스는 여전히 놀라움이 가시지 않은 목소리로 낮게 말했다. "제가 열두 살 때부터 몇 번 봤어요. 피챌런 어른의 향사죠. 슈루즈베리 북쪽에 있는 어른의 영지들 중 한 곳에서 지냈는데, 심부름을 하느라 몇 번인가 말을 타고 왔었어요. 슈루즈베리 사람들 중에는 그 사람을 아는 이가 드물죠. 그 사람이 길에서 살해당했다면 틀림없이 피챌런 어른의 심부름을 하던 중이었을 거예요. 하지만 어른은 이 근방에 더 이상 볼일이 없으셨을 텐데." 그녀는 두 손으로 머리를 감싸 쥔 채 골똘히 생각에 잠겼다. "만일 가족의 시신을 찾으러 올 일이 있어 그곳에 나타났다면 그를 알아봤을 만한 사람이 있긴 해요. 제가 아는 사람 중에 그날 낮과 밤 동안 그 사람이 이곳에서 뭘 하고 있었는지 알 만한 이들이 있죠. 제가 이름을 댄다고 해서 그 사람들이 피해를 입는 일은 없을 거라고 보장해주시겠어요?"

"나 때문에 그 사람들이 피해를 입는 일은 절대로 없을 게야." 캐드펠이 답했다. "약속하지."

"저를 조카로 속여 여기 데려다준 제 유모가 있어요. 페트로닐라는 우리 가족을 위해 평생을 바치다시피 했고, 뒤늦게 결혼하긴 했지만 나이가 많아 자식도 낳지 못했죠. 페트로닐라의 남편인 에드릭 플레셔는 슈루즈베리 도축업 길드 조합장인데, 피챌런 어른 집안사람들과도, 우리 집안사람들과도 잘 알고 지내는 사람이에요. 그 두 사람은 피챌런 어른이 모드 황후님을 위해 궐기한 첫 순간부터 그분들의 모든 계획에 참여했죠." 그녀는 확신에 차서 말을 이었다. "수사님이 찾아가시면 그 사람들은 자기들이 아는 모든 걸 말씀드릴 거예요. 그 가게는 아마 수사님도 아실 거예요, 푸줏간 거리에 있는, 돼지머리 간판이 붙은 집이에요."

캐드펠은 코를 문지르면서 생각에 잠겼다가 입을 열었다. "수도원장님의 노새를 빌리면 좀 더 빨리 움직일 수 있겠지. 다리도 덜 아플 테고. 왕을 더 기다리게 해서는 곤란할 테니 돌아오는 길에 그 가게에 들러야겠군. 네가 나를 믿는다는 표식 같은 것을 주면 좋겠구나. 그러면 그 사람들이 두려움 없이 자세한 이야기를 들려줄 수 있을 거야."

"페트로닐라는 글을 읽을 줄 알고 제 필체도 알고 있으니 양피지 한 장만 주세요. 작은 조각이면 돼요." 고디스는 이제 캐드펠만큼이나 열정적이었다. "그 사람 아주 쾌활한 사람이었는데. 니컬러스 말예요. 제가 알기로 그 누구한테도 해를 끼친 적이 없는 사람이에요. 늘상 잘 웃었고요……. 하지만 수사님이 왕에게 니컬러스가 적의 편이었다는 말씀을 하신다면 왕은 살인자를 추적하려 들지 않을 거예요. 그냥 그 사람 운명이라면서 그 사건에서 손 떼라고 하겠죠."

"살해된 게 분명한 시신이 있고, 살해 방법과 시간은 알고 있으나 살해 장소나 이유는 모른다고 왕께 말할 거야. 그 사람의 신원을 밝혀냈다는 이야기도 할 것이고. 그리 두드러진 인물이 아니니 별 생각 없이 넘어가겠지. 지금까지는 나도 그 정도밖에 모르니까 더 이상은 이야기하려 해도 할 게 없어. 설혹 왕이 내 말을 하찮게 여기고 그냥 묻어두라 명해도 나는 그러지 않을 생각이다. 내 모든 힘을 다해 니컬러스 페인트리를 살해한 자를 반드시 밝혀내고 말겠어. 내 힘만으로 안 되면 신의 가호를 빌려서라도 말이지."

*

캐드펠은 수도원장의 노새를 빌려 얼라인이 맡긴 옷들을 들고 길을 떠났다. 원래부터 할 일을 미루지 않고 즉각 해치우는 성격인 데다 마을을 지나다 보면 거지들을 많이 만나게 되리라는 생각에 얼른 길을 나서고 싶었다. 죽은 이의 바지는 양쪽 눈에 허옇게 백내장이 낀 장님 노인에게 주었다. 땅바닥에 주저앉아 한 손에 지팡이를 짚고 다른 한 손을 내밀고 있는 그 노인은 여기저기 너덜하게 떨어져 금방이라도 못 쓰게 될 바지를 입고 있었으니, 그 바지를 주기에 가장 적당한 사람이었다. 갈색 겉옷은 마을 네

거리에 앉아 구걸하는, 스무 살도 채 안 되어 보이는 불쌍한 젊은 이에게 주었다. 그는 정신장애를 가진 사람으로, 체구가 작은 노파의 손에 몸을 기대어 입을 벌린 채 몸을 벌벌 떨고 있었다. 옷을 건네고 성문 쪽으로 가는 그의 뒤에 대고 노파가 새된 소리로 축복의 말을 외쳐댔다. 캐드펠은 마지막으로 남은 망토를 안장 앞부분에 끼고서 왕의 진영 경비 초소를 향해 다가가다가 근처 나무그늘 속에 있는 앉은뱅이 오스번의 조그마한 나무 수레를 보았다. 오그라붙어 쓸모없는 두 다리와 온몸을 끌고 다니느라 딱딱하게 못이 박힌 두 손이 그의 눈에 들어왔다. 풀밭에 나막신 한 켤레가 놓여 있었는데, 상복을 입은 사람이 노새를 타고 다가오자 오스번은 얼른 나막신을 움켜쥐더니 재빨리 그 앞으로 나섰다. 나무그늘과의 거리가 얼마 되지 않기도 하고 여태 휴식을 취해서인지, 그의 움직임은 놀라우리만치 빨랐다. 그러나 장애는 장애요, 제 마음대로 몸을 움직일 수 없으니 그는 밤에 기온이 조금만 떨어져도 추위에 벌벌 떨 것이며 겨울밤에는 실로 엄청난 고초를 겪을 터였다.

"자비로우신 수사님." 오스번이 애처롭게 말했다. "불쌍한 장애인에게 적선을 베풀어주십시오. 그러면 하느님께서 보상해주실 겁니다!"

"그러지, 친구." 캐드펠이 말했다. "푼돈보다 더 좋은 걸 주겠네. 자네에게 이걸 보내준 훌륭한 숙녀를 위해 기도해주게나." 캐드펠은 안장에 끼워둔 자일스 시워드의 망토를 빼내어, 놀란 얼굴로 쳐다보는 오스번의 흉측한 두 손에 떨어뜨렸다.

*

"수사가 발견한 것을 있는 그대로 보고한 건 참으로 잘한 일이오." 왕은 사려 깊게 말했다. "우리 행정 장관이 그것을 발견하지 못했다는 게 좀 놀랍긴 하지만, 워낙 바쁜 터이니 그럴 수도 있었겠지. 살인자가 그 사람 뒤에서 달려들어 줄로 교살했다 했소? 노상강도들이 그런 흉악한 짓을 곧잘 저지르지. 하지만 그 범죄를 은폐하기 위해 우리가 처형한 적의 시체들 틈에 희생자를 던져놓은 일은 도저히 용납할 수 없소! 감히 나와 내 장교들을 공범자로 만들다니! 그건 왕권에 대한 모독이오. 그 중죄인을 붙잡아 재판에 회부하겠소. 희생된 젊은이의 이름이…… 페인트리라고 했던가?"

"니컬러스 페인트리입니다. 그의 시신을 교회에 두었더니 어떤 이가 이름을 알려주었습니다. 슈롭셔 북부 출신이랍니다. 제가 알고 있는 건 그것이 전부입니다."

"그 젊은이가 우리 편에 서서 싸우려고 슈루즈베리로 말을 타고 오던 중이었을 수도 있겠군." 왕은 생각에 잠겼다. "그렇지 않아도 슈롭셔 북부 출신의 젊은이들 몇몇이 이리로 와서 우리 편에 가담했으니까."

"있을 수 있는 이야기입니다." 캐드펠은 엄숙한 얼굴로 동의했다. 세상에 있을 수 없는 일이란 없다. 사람은 신념을 바꾸기도 한다.

"그런데 숲속에 있던 강도가 그가 가진 돈을 강탈하려고 목을 졸랐다…… 일이 그렇게 된 게로군! 우리 땅의 길이란 길이 모두 안전하다고 말할 수 있으면 얼마나 좋겠냐만, 지금의 무정부 상태에서 감히 그렇다고 주장할 수가 없구려. 수사가 원한다면 이 사건을 더 깊이 파고들어도 좋소. 살인자를 찾아내면 행정 장관에게 놈을 처단해달라고 요청하도록 하시오. 행정 장관이 내 뜻을 잘 알 거요. 사악한 범죄를 은폐하는 데 감히 나를 이용하다니."

이는 진심에서 나온 말이었다. 아닌 게 아니라, 왕에게는 그것이 문제의 핵심이었다. 캐드펠이 보기에, 설사 페인트리가 피챌런의 심복이자 심부름꾼이었다는 것을 알게 된다 하더라도, 또 비록 확실친 않지만 죽임을 당할 즈음 그가 피챌런의 반란 음모를 돕고 있었다는 사실이 입증된다 하더라도 왕이 태도를 바꾸지는 않을 것 같았다. 여러 정황들로 미루어 앞으로 스티븐의 왕국에서는 수많은 살인사건이 일어날 듯한 조짐이 보였다. 왕으로선 그런 사건들 때문에 잠을 설치고 싶지 않을 터였다. 왕은 은밀히 살인을 자행한 자가 범죄를 은폐하기 위해 자신의 그늘 속으로 기어드는 것을 원치 않을 것이며, 이를 자신에 대한 크나큰 모독으로 간주해 강력하게 응징하고 싶어할 것이었다. 그에게서는 언제나 강렬한 에너지와 무기력함, 자비로움과 뒤틀린 악의, 기민함과 이해할 수 없을 정도의 나태함이 놀라운 대조를 보이면서 번갈아 나타나곤 했지만, 그 훤칠하고 잘생기고 단순한 사람의 내면 어딘가에는 고결함이 숨어 있었다.

"전하의 지원을 감사히 받겠습니다." 캐드펠이 진지하게 말했다. "저는 최선을 다해 정의를 실현하겠습니다. 그 누구도 하느님께서 부과하신 의무를 저버리거나 소홀히 할 수는 없지요. 지금으로서 제가 아는 건 그 젊은이의 이름과 인상착의뿐입니다. 인상으로 미루어보아 그는 솔직하고 순수한 사람인 듯하고, 그 어떤 범죄로도 기소당한 적 없으며 그 누구로부터도 고발당한 일이 없음에도 불구하고 부당하게 죽었습니다. 전하께서도 저 못지않게 이 사건에 대해 불유쾌한 심정을 느끼시리라 생각합니다. 제 힘을 다해 반드시 일을 바로잡겠습니다."

*

푸줏간 거리의 돼지머리 간판이 달린 가게 여주인은 주민들이 수도원 수사를 대할 때 흔히 보이는, 공손하면서도 조심스러운 태도로 캐드펠 수사를 맞았다. 잿빛 머리에 잿빛 눈, 통통한 살집에 느긋해 보이는 페트로닐라를 따라 안으로 들어간 수사가 얼른 고디스에게서 받은 양피지를 건네지 않았더라면, 그녀는 서로를 잘 믿지 않는 사람들 사이에서 일종의 장벽 역할을 하는 정중함으로 일관했으리라. 쓰고 또 써서 나달나달해진 양피지에 적힌 고디스의 필체와 사자使者를 신뢰한다는 내용, 그리고 그녀의 서명을 보자 페트로닐라의 표정이 대번에 밝아졌다. 그녀는 기쁨에 겨워 눈물까지 글썽이며, 갈색으로 그을린 피부에 믿음직하고 소박한 얼굴을 한 나이 지긋한 수사를 올려다보았다.

"우리 아가씨가 잘해내고 계시는군요! 수사님께서도 잘 돌봐주시고요! 아가씨가 여기다 그렇게 썼어요. 전 아가씨 필적을 잘 알아요. 같이 글 쓰는 법을 배웠거든요. 전 아가씨가 태어날 때부터 모셨어요. 딱하게도 아가씨에겐 형제자매가 없어요. 그래서 아가씨가 뭘 하든 간에 늘 제가 함께했죠. 항상 아가씨 곁에 있어드리려고 애썼답니다. 앉으세요, 수사님. 앉으세요. 그리고 아가씨가 잘 계시는지, 수사님을 통해 뭐 보내드릴 건 없는지 자세히 말씀해주세요. 아, 수사님. 어떻게 하면 우리 아가씨를 안전하게 밖으로 내보낼 수 있을까요? 여러 주 걸릴 것 같다면, 그때까지 계속 수사님 곁에 있어도 괜찮을까요?"

페트로닐라가 어찌나 정신없이 이야기를 늘어놓는지, 캐드펠은 중간중간 그녀가 아주 잘 지내고 있으며 계속 잘 지낼 수 있게끔 자신이 어떻게 보살피고 있는지 한두 마디씩 짧게 대꾸할 수 있을 뿐이었다. 그제야 캐드펠은 고디스가 특별히 의도하지 않고도 쉽사리 다른 이들의 마음을 사로잡을 수 있는 사람이라는 사실을 새삼스레 깨달았다. 그리고 에드릭 플레셔가 시내에 나가 상황이 어떻게 돌아가는지 알아보고 돌아올 즈음에는 캐드펠 수사도 신임을 얻어, 페트로닐라는 자기 남편에게 그를 믿을 만한 친구라고 소개했다.

육중한 체구의 에드릭은 널찍하고 편안한 의자에 주저앉더니 다소 안도하는 표정으로 한숨을 푹 내쉬었다. "내일은 가게 문을 열어야겠군요. 저희는 정말 운이 좋은 셈이에요! 왕은 체포하지 못한 사람들 때문에 부아가 치밀어 많은 이들을 죽인 것을 후회하고 있답니다. 그래서인지 일체의 약탈 행위를 금지한다고 부하들에게 재차 강조했다더군요. 명분이 정당하고 좀 더 일관성 있는 사람이었다면 저도 아마 왕 편을 들었을지 몰라요. 하지만 어떤 때는 영웅처럼 보이다가도 또 어떤 때는 전혀 그렇지 않으니, 참 종잡을 수 없는 사람이지요." 그는 탄탄한 두 다리를 모으고 아내를 잠깐 쳐다보더니 캐드펠에게 시선을 돌렸다. "수사님이 아가씨의 편지를 갖고 오셨다죠. 저로서는 그것으로 충분합니다. 필요하신 게 있으면 뭐든 말씀하십시오. 능력이 닿는 한 힘껏 도와드리겠습니다."

"고디스가 수도원에 있는 동안에는 내가 안전하게 지켜주겠소." 캐드펠은 힘주어 말했다. "적당한 기회가 오면 가야 할 곳으로 보내줄 테고. 필요한 게 있느냐니까 하는 말인데, 나를 좀 도와주었으면 하오. 우리 수도원의 교회에 댁들이 알 만한 젊은이의 시신이 있소. 내일 매장할 거요. 그 청년은 성이 함락되고 포로들이 교수형을 당해 도랑으로 내던져진 날 밤 살해됐소. 살인범은 다른 장소에서 그를 죽인 뒤 그 누구의 의심도 사지 않을 곳을 찾다가 포로들의 시신이 있던 곳에 그 청년의 시신을 갖다 버린 거요.

그가 언제, 어떻게 죽었는지는 말할 수 있지만 어디서, 누가, 무슨 이유로 그랬는지는 모르겠소. 고디스는 그 청년의 이름이 니컬러스 페인트리고, 피챌런 씨의 향사였다고 했소."

캐드펠이 이야기를 이어가는 동안 부부는 한 마디도 내지 않고 침묵했다. 그들은 분명 그 사건에 관해 뭔가를 알고 있었다. 그러나 청년이 죽었다는 사실은 몰랐던 듯, 둘 다 깊은 충격을 받은 얼굴이었다.

"한 가지 더 말하고 싶은 게 있소." 캐드펠이 말했다. "나는 이 사건에 관한 진실을 반드시 밝혀 그 청년의 원한을 풀어주려 하오. 게다가 왕에게서 그 살인자를 수색하라는 지시를 받았소. 그런 짓을 싫어한다는 점에서는 왕도 나 못지않더군."

한참 뜸을 들이다 에드릭이 물었다. "그렇게 살해된 사람이 하나뿐이었습니까? 또 다른 사람은 없었고요?"

"두 번째 피해자가 있어야 하오? 하나로도 충분하지 않소?"

"두 사람이었습니다." 에드릭이 침통하게 말을 이었다. "같은 사명을 띠고 출발한 사람이 둘 있었지요. 그런데 그 젊은이의 죽음에 대해 어떻게 아시게 된 겁니까? 그 사실을 아는 분은 수사님 한 분뿐인 것 같은데요."

캐드펠 수사는 의자 등받이에 몸을 기대고는 기꺼이 자세한 내막을 들려주었다. 저녁기도 시간을 놓치게 되어도 어쩔 수 없는 노릇이었다. 그는 자신이 감당해야 할 여러 의무들을 존중하고 소중히 여기는 사람이었고, 그 의무들이 서로 충돌할 경우에는 어느 길을 택해야 할지도 잘 알고 있었다. 고디스는 그가 없더라도 안전한 장소를 벗어나지 않을 터였다. 적어도 저녁 학습 시간까지는 말이다.

"이제 두 분이 자세한 이야기를 들려주시오." 캐드펠이 말했다. "나는 고디스를 보호해야 하고 페인트리의 원한도 풀어주어야 하오. 최선을 다해 그 모든 일을 해낼 작정이오."

부부는 시선을 교환하며 서로의 마음을 확인했다. 이야기하는 일은 남편 쪽에서 맡았다.

"성과 마을이 함락되기 일주일 전, 피챌런 어른은 당신의 가족들을 이미 피신시켜놓으시고 고디스 아가씨를 수사님의 수도원에 은신시키기로 결정하셨습니다. 당신이 잘못될 경우에 대비한 대책도 세워놓으셨죠. 그분은 적이 성문을 부수고 쳐들어올 때까지 달아나지 않으셨습니다. 그건 수사님도 알고 계시지요? 그분은 구사일생으로 포위망을 빠져나가 애더니 어른과 함께 세번강을 헤엄쳐 건너가셨습니다. 하느님께 진정으로 감사드릴 일이죠! 성이 함락되기 전날에도 피챌런 어른은 대비책을 세우셨습니다. 당신이 갖고 계신 모든 보화를 저희에게 맡기고 당신이 피살될 경우 그 보화들을 황후님께 전하게끔 조처해놓으신 거지요. 바로 그날 저희 쪽 사람들이 그 보화들을 프랭크웰에 있는 제 농장으로 가져갔습니다. 그곳에 두면 갑자기 옮겨야 할 사정이 생겨도 다리를 건널 필요가 없으니까요. 저희는 약속했습니다. 만일 그 어른이 보낸 사람이 증표를 가져오면 그를 그곳으로 안내하겠다고요. 증표라고 해봐야 우리끼리 알아볼 수 있는 평범한 그림입니다. 우리는 그 사람에게 말이며 그 밖에 필요한 모든 것들을 제공하고 밤사이 보화들을 가지고 무사히 빠져나가게끔 돕기로 했습니다."

"그래서 증표를 가진 사람이 왔소?" 캐드펠이 물었다.

"성이 함락되던 날 아침에요. 그런데 적이 예상보다 빠른 시점에 강력하게 밀고 들어오는 바람에 저희 쪽에서 그만 때를 놓치고 말았습니다. 두 사람이 왔었고, 저희는 그들에게 우선 다리를 건넌 뒤 밤까지 기다리자고 했습니다. 그런 상황에서 대낮에 뭘 할 수 있겠습니까?"

"더 자세히 얘기해보시오. 그 두 사람은 그날 아침 몇 시쯤 도착했는지, 무슨 이야기를 했는지, 어쩌다 자기들이 그 일을 맡게 되었다고 했는지 말이오. 보물을 옮기는 계획과 그 사람들이 어느 쪽 길을 택할지에 대해 알고 있던 이들이 몇이나 되오? 그 두 사람을 마지막으로 본 건 언제요?"

"두 사람은 새벽빛이 밝자마자 찾아왔습니다. 그때 왕의 군대가 공격을 개시하면서 요란한 함성이 들려오기 시작했지요. 두 사람은 사전에 약속한 대로 양피지에 잉크로 성자의 두상을 그린 그림을 갖고 왔어요. 그 전날 밤 회의가 열렸다고 했습니다. 그 회의에서 피챌런 어른이 차후에 어떤 일이 일어나고 당신께 무슨 일이 생기든 간에 보화를 황후님께 보내드려 그분의 권리를 지키는 일에 유용하게 쓰이도록 하겠다고 말씀하셨다고 하더군요. 그래서 다음 날 그들을 보냈다고요."

"그러면 회의에 참석한 사람들은 그 두 사람이 다음 날 날이 저물자마자 길을 떠나리라는 것을 알았겠군. 어떤 길로 갈지도 알고 있었을 테고. 그 보화가 어디에 숨겨져 있는지도 다들 알고 있었소?"

"아닙니다. 프랭크웰에 있다는 건 알았어도 구체적으로 어디에 숨겨져 있는지는 아무도 몰랐습니다. 그건 피챌런 어른과 저만 알고 있습니다. 그래서 두 향사가 제게 와야 했던 거죠."

"그렇다면 보화를 탈취하겠다는 음험한 생각을 품은 자는 그것을 옮기는 시간을 알았다 해도 미리 가서 빼돌리지 못하고 길에서 습격할 수밖에 없었겠군. 피챌런 측근의 장교 누구라도 그 보화가 프랭크웰에서 서쪽, 그러니까 웨일스로 옮겨질 예정이라는 사실을 알았다면, 그 두 사람이 어느 길을 택할지는 하등 문젯거리가 되지 않았을 거요. 처음 1~2킬로미터 길은 강의 들목과 날목으로 양쪽이 막힌 단 한 곳뿐이니까."

"그 사실을 알고 있던 이들 중 하나가 두 향사를 살해하고 보화를 탈취하려 했다는 건가요? 피챌런 어른의 측근들 중 하나가요? 믿을 수 없습니다. 그들 모두, 아니, 적어도 대개는 마지막까지 성에 남아 있다가 죽었습니다. 두 사람이 밤에 말을 타고 가다 숲속에서 강도에게 우연히 습격당했다면 또 모르겠지만요……."

"마을 성벽에서 1~2킬로미터밖에 떨어지지 않은 곳에서 말이오? 그 청년을 살해한 자가 슈루즈베리 성과 아주 가까운 곳에서 일을 벌였다는 점을 잊지 마시오. 그래야 그날 밤 도랑에 있는 다른 시신들 무더기 속에 청년의 시신을 옮겨 버릴 수 있지 않겠소. 이를 위해 필요한 물건들도 손쉽게 마련할 수 있을 테고. 그건 그렇고, 그 두 사람이 이리로 와서 증표를 보이며 전날 밤 앞으로 닥칠 사태에 대비한 계획을 세웠다고 했지요? 그런데 적이 예상을 뒤엎고 급박하게, 엄청난 기세로 쳐들어오는 바람에 모든 일이 다급하게 진행되었고. 그다음에는 어떻게 되었소? 당신이 그들과 같이 프랭크웰로 갔소?"

"네. 그곳에 제 농장과 헛간이 있는데, 두 사람은 날이 어두워질 때까지 그 헛간에 숨어 있었습니다. 타고 온 말들과 함께요. 안장 주머니 두 쌍에 꾸려놓은 보화는 농장의 마른 우물 속에 감춰두었고요. 안장 주머니가 꽤 묵직해서, 말이 제 주인과 그것을 같이 지려면 힘들겠다 싶을 정도였습니다. 아무튼 저는 그 사람들이 안전하게 숨어 있는 것을 보고 오전 9시경에 그곳을 떠났지요."

"그들은 몇 시쯤 출발했을까?"

"날이 완전히 어두워진 뒤에 떠났을 겁니다. 그렇다면 그 둘이 출발하고 나서 곧바로 페인트리가 살해당했다는 말씀이신가요?"

"틀림없소. 성에서 한참 떨어진 곳에서 일을 벌였다면 아마 시신을 다른 방식으로 처리했을 거요. 이건 사전에 치밀하게 계획된 범죄요. 그러나 완벽하다 할 만큼 치밀하지는 못했지. 당신 부부가 페인트리를 잘 안다고 고디스가 그러더군. 다른 한 사람은 누구요? 그 사람 역시 잘 아는 자요?"

에드릭은 느릿느릿 입을 열었다. "아닙니다. 제가 보기에 그 사람은 니컬러스와 잘 아는 사이인 듯했습니다. 서로 허물없이 대했으니까요. 하지만 니컬러스는 원체 새로 사귄 이들하고도 쉽게 트고 지내는 성격이었지요. 그 젊은이는 처음 본 사람이었어요. 피챌런 어른의 북쪽에 있는 다른 영지 출신인데, 이름이 토럴드 블런드라 했습니다."

부부는 자기들이 알고 있는 모든 것은 물론이요, 말로 표현된 것 이상의 이야기를 캐드펠에게 전했다. 잔뜩 찌푸려진 에드릭의 얼굴은 그의 착잡한 심경을 그대로 드러내고 있었다. 그들이 잘 알고 믿었던 청년이 죽었으며, 처음 본 다른 청년은 피챌런의 보화, 그러니까 황후의 재원財源이 될 금제 식기들이며 금화며 보석류와 더불어 사라져버린 것이다. 살인자는 보화를 수중에 넣기 위해 필요한 사항을 상세히 꿰고 있었다. 그 모든 것들을 두 번째 전령보다 더 잘 아는 사람이 또 어디 있겠는가? 그 반만큼 아는 이도 없을 것이다. 물론 제3의 인물이 길에서 보화를 탈취했을 가능성도 있으나, 토럴드 블런드라면 길에서 기다릴 필요도 없었다. 두 사람은 에드릭의 헛간에 하루 종일 함께 숨어 있었으니, 니컬러스 페인트리는 그곳을 떠나지도 못하고 살해당한 채 말 등에 태워져 성 밑 도랑으로 실려 갔을지도 몰랐다. 그런 뒤 남은 한 사람은 두 마리 말을 끌고 웨일스를 향해 서쪽으로 떠났으리라.

캐드펠이 떠나려고 일어서자 페트로닐라가 말했다. “그날 또 한 가지 일이 있었어요. 오후 2시쯤 왕의 군대가 시내로 들어오는 다리 두 곳을 모두 점령하고 다리 상판을 내렸을 때 그 사람이 이곳을 찾아왔었죠. 휴 베링어 씨요. 베링어 씨는 여러 해 전 우리 아가씨와 약혼한 사이인데, 아가씨를 무척이나 걱정하는 척하면서 어디 있느냐고 묻더군요. 그 사람에게 사실대로 말했느냐고요? 아뇨, 절 뭘로 보십니까? 저는 마을이 함락되기 일주일 전에 어르신이 아가씨를 딴 데로 보내셨는데 거기가 어디인지는 우리도 듣지 못했다고, 하지만 지금쯤 스티븐 왕의 나라를 떠나 안전한 곳에 계실 거라고 했어요. 그 사람이 스티븐 왕의 위세 덕에 이리로 올 수 있었다는 걸 눈치챘거든요. 그게 아니라면 어떻게 그렇게 금세 다리를 건너와 시내를 확보할 수 있었겠어요? 그 사람은 우리 아가씨를 찾으러 오기 전에 왕의 진영에 갔던 거예요. 사랑 때문은 절대 아니죠. 그 사람한테 아가씨는 대단한 값어치가 있는 존재일 거예요. 아가씨 아버님을 잡기 위한 미끼니까요. 경우에 따라서는 피챌런 어른까지도 잡아들일 수 있을 거고요. 듣자니 그 사람도 지금 수도원에서 지내고 있다던데, 부디 우린 어린양을 그 사람 눈에 띄지 않게 해주세요.”

“그날 오후에 그 사람이 여기 들렀다고 했소?” 캐드펠이 걱정스럽게 물었다. “아, 다른 건 걱정 마시오. 나도 그 위험을 익히 알고 있으니 고디스가 그 친구 눈에 띄지 않도록 신경 쓰겠소. 그

나저나, 그 친구가 여기 왔을 때 페인트리의 임무와 관련한 이야기가 오가지는 않았겠지요? 그가 솔깃해할 만한 어떤 말도 없었고요? 머리가 무척이나 잘 돌아가고 좀처럼 속을 드러내지 않는 친구인데! 이런…… 물론 댁들은 절대로 그런 말을 입 밖에 낼 사람들이 아니라는 거 나도 잘 알아요. 아, 여러 가지로 도움을 주어서 진심으로 감사하오. 앞으로 무언가 새로운 소식이 있거든 곧장 알려드리겠소."

캐드펠이 문 앞에 이르렀을 때 뒤에서 페트로닐라가 탄식하듯 말했다. "그 토럴드 블런드라는 청년 아주 좋은 사람 같아 보였는데! 그 소박하고 예의 바른 얼굴 뒤에 뭐가 숨어 있는지 겉으로 봐서야 어떻게 알 수 있겠어요?"

*

"토럴드 블런드!" 고디스는 그 이름을 한 자 한 자 또박또박 발음해보았다. "색슨인 이름이군요. 북쪽 영지에는 유서 깊은 가문 출신의 색슨 사람들이 꽤 많이 살아요. 하지만…… 모르겠네요. 그런 사람은 본 적 없어요. 니컬러스가 그 사람하고 아주 허물없이 지냈다고요? 니컬러스는 원래 사람이 좋죠. 하지만 어리석지는 않아요. 서로 비슷한 또래이기도 하니 니컬러스는 그 사람에 대해 잘 알고 있었을 거예요. 그리고……."

"그래, 알겠다. 하지만 고디스, 난 지금 무척 피곤해서 더 이상은 생각을 못 하겠구나. 마지막 기도에 참석한 뒤 바로 잠자리에 들어야겠어. 너도 그렇게 해야지. 내일은…….”

고디스는 몸을 일으켜 캐드펠의 손을 잡았다. “내일 우리는 니컬러스를 매장할 거니까요. 우리가요! 그 사람은 어떻게 보면 제 친구니까 저도 꼭 참석할 거예요.”

“그래, 그래야겠지.” 캐드펠은 하품을 하고는, 감사와 슬픔과 희망이 뒤섞인 심경으로 하루가 끝난 것을 기뻐하며 한 팔로 고디스의 어깨를 감싸 안았다.

5

니컬러스 페인트리는 적절한 의식을 거쳐 수도원 교회 익랑翼廊의 돌 밑에 안장되는 예외적인 특권을 누렸다. 다른 시신들을 모두 처리한 뒤 남은 유일한 시신이기도 했고, 교회 안의 매장 공간이 넉넉했던 덕에 그를 그곳에 안장하는 일은 한층 수월했다. 요즘 들어 더욱 세상 돌아가는 일에 환멸과 절망을 느끼게 된 헤리버트 수도원장은 내전이 아니라 개인적인 악의와 잔혹함에 희생된 그 외로운 손님을 반겨 맞았다. 니컬러스는, 지금은 가능성이 없지만, 앞으로 적당한 때가 되면 성인의 반열에 오를지도 모를 일이었다. 젊은 나이에 잔혹하면서도 기이한 죽임을 당한 데다, 그 모든 외관이 악에 물들지 않아 깨끗한 삶과 정신을 드러내고 있었으니 말이다. 그 모든 것이 순교자의 조건에 부합했다.

얼라인 시워드도 장례식에 참석했다. 일부러 청했는지 혹은 우연인지는 모르지만, 그녀는 휴 베링어와 함께였다. 그 청년은 점점 캐드펠의 마음을 불편하게 하고 있었다. 사실 그에게선 어떤 적대적인 태도도 보이지 않았고, 실제로 약혼자를 찾고 있다 한들 겉으로는 그런 기색이 전혀 드러나지 않았다. 그러나 그의 느긋하고 오만한 태도에는 상대를 위압하는 무엇인가가 있었다. 작고 냉소적인 입술에 어린 희미한 미소, 어쩌다 시선이 마주칠 때면 빤히 바라다보는 강렬한 검은 눈동자. 어떻게든 고디스를 여기서 무사히 내보내야 마음이 편할 것 같았다. 적어도 그동안은 최소한 베링어가 나타날직한 곳은 피하게 해야 하리라.

수도원의 주요 과수원과 밭들은 수도원 경내가 아니라 큰길 건너 강을 따라 펼쳐진, 게이라 불리는 비옥한 평지에 있었다. 그 기름진 땅 가장자리, 약간 지대가 높은 들판은 온통 밀밭이었다. 강을 사이에 두고 성과 마주 보고 있는 데다 왕의 공격군 진영에서 그리 멀지 않은 곳이라, 성이 공격받을 때 이 밀밭도 적잖은 피해를 입었다. 그나마 무사히 살아남은 밀도, 수확의 적기가 일주일이나 지나도록 누구도 감히 추수할 엄두를 내지 못했다. 그러나 사태가 좀 진정되자 수도원 사람들은 없어서는 안 될 양식을 거둬들이기로 하고, 하루 안에 일을 마치기 위해 가능한 모든 인력을 소집했다. 그 들판 끝자락에는 수도원의 두 번째 물방앗간이 있었는데, 여름철이면 더없이 유용한 곳이지만 전쟁의 위협 앞에 한참을 방치해둔 터라 손볼 곳이 한두 군데가 아니었다.

"넌 추수꾼들과 함께 가거라." 캐드펠이 고디스에게 말했다. "예감이 좋지 않아. 잘하는 짓인지 모르겠지만, 하루 동안만이라도 널 수도원 밖으로 내보내고 싶구나."

"수사님은 같이 안 가시고요?" 고디스는 놀라서 물었다.

"나는 여기서 할 일이 있어. 위험이 닥친다 싶으면 서둘러 달려가마. 밀을 모두 거두어 헛간에 들일 때까지는 아무도 널 유심히 지켜볼 여유가 없을 테니 별일 없겠지만, 그래도 아타나시우스 수사 곁에 붙어 있도록 해라. 아타나시우스 수사는 두더지만큼이나 눈이 어두운 사람이니 뒤에서 수사슴이 덤벼든다 해도 모를 게야. 낫을 휘두를 때 손동작에 신경을 쓰는 것 잊지 말고. 팔을 30센티미터도 못 젖히면 안 돼!"

고디스는 오랜만에 바깥나들이를 하고 새로운 환경을 맛볼 생각에 즐거운 마음으로 밀 추수꾼들의 대열에 끼여 들판으로 나갔다. 그녀는 두렵지 않았다. 적어도 캐드펠 수사가 보기엔 그렇게 마음을 놓을 상황이 아니었다. 그녀에겐 그녀 때문에 한시도 마음을 놓지 못하는 늙은 얼간이 하나가 곁에 꼭 붙어 있는 셈이었다. 전에는 나이 지긋한 유모가 마치 병아리를 돌보는 암탉처럼 곁을 지켜주었듯이 말이다. 캐드펠은 추수꾼 무리가 문지기실 밖으로 나가 길을 건너 게이 초원으로 들어설 때까지 줄곧 지켜보다가 그들이 시야에서 사라지자 그제야 안도의 한숨을 내쉬곤 돌아서서 경내의 밭을 향해 걸음을 옮겼다. 캐드펠이 무릎을 꿇고 앉아 잡초를 뽑기 시작한 지 얼마 되지 않아 가볍게 내던지는 듯한 싸늘한 목소리가 뒤에서 날아왔다. 그는 풀숲을 헤치고 오는 발소리를 듣지 못한 터였다. 그리고 그 목소리 또한 발소리만큼이나 조용했다. "수사님이 평화로운 시간을 보내시는 곳이 바로 여기군요. 언제는 시체들을 거둬들이시더니, 이제는 전혀 다른 것을 기분 좋게 거둬들이고 계시네요."

캐드펠 수사는 박하밭 귀퉁이에 이르러서야 비로소 일손을 멈추고 고개를 돌려 휴 베링어에게 알은척을 했다. "다른 것을 기분 좋게 거둬들인다라……. 말 그대로요. 이곳 슈루즈베리에서 더 이상 이와 다른 것을 거둬들이는 일이 없기만을 바랍니다."

"그 이름 모를 시신의 정체를 알아내셨나군요. 어떤 사람입니까? 마을 사람들은 아무도 모르는 것 같던데요."

"모든 의문에는 반드시 답이 있기 마련이지." 캐드펠은 경구 같은 말을 내뱉었다. "충분히 기다리기만 하면 말이오."

"모든 수색에는 반드시 결과가 따르기 마련이고 말이죠?" 베링어가 빙그레 웃으면서 말을 이었다. "충분히라는 게 얼마만큼의 시간을 뜻하는지는 말씀하시지 않는군요. 하지만 스무 살 때 찾던 것을 여든 살에야 발견한다면 헛수고를 한 셈이겠죠."

"그보다 훨씬 전에 포기할 수도 있겠고." 캐드펠은 무뚝뚝하게 대꾸했다. "포기야말로 구하려는 노력에 대한 답이 되는 법이니 말이오. 이곳에서 찾고 있는 것이 있소? 그렇다면 내가 거들어주겠소. 아니면 이 단순한 식물들에 대해 알고 싶은 점이라도 있는 건가?"

"아닙니다." 베링어는 야릇한 미소를 머금었다. "단순한 무언가에 대해 알아보러 왔다고 말하기는 어렵겠지요." 그는 박하 줄기를 따더니 손가락으로 짓이겨서 코에 대본 뒤, 이어 가지런한 하얀 이로 깨물어 맛을 보았다. "여기 찾아볼 만한 게 있기나 할까요? 제가 이 시대에 몇 가지 병을 일으켰는지도 모르겠는데, 도무지 치료할 재주가 없네요. 사람들이 그러는데, 캐드펠 수사님은 수도원에 들어오시기 전에 대단히 많은 일들을 겪으셨다고요? 그렇게 엄청난 전쟁을 두루 겪으신 분이 이렇게 싸울 상대 하나 없는 곳에서 생활하시려면 따분하시겠습니다."

"요즘은 전혀 따분하지 않다오." 캐드펠은 타임 사이에 섞인 분홍바늘꽃[22] 줄기를 뽑아내며 말했다. "싸울 상대라는 말이 나왔으니 말인데, 악마는 도처에 있지요. 심지어는 수도원에도, 교회에도, 허브밭에도 나타나오."

베링어는 고개를 뒤로 젖히며 요란하게 웃었다. 짧게 친 검은 머리칼이 이마 위에서 춤을 추었다. "고약한 장난을 하겠답시고 수사님이 계신 곳으로 온다면 그 악마는 헛일을 하는 거죠! 하지만 악마가 여기까지 와서 감히 옛 십자군 전사에게 뿔을 들이댈 생각을 할 것 같지는 않군요. 아무튼 무슨 말씀이신지 잘 알겠습니다!"

휴 베링어는 고개를 돌리지도 않았고 주위의 어떤 것도 눈여겨보는 기색이 없었으나, 그 검은 눈동자는 무엇 하나 놓치지 않았고, 웃고 농담을 하는 중에도 그의 귀는 바짝 곤두세워져 있었다. 그쯤에서 베링어는 얼라인이 무심코 이야기한 잘생기고 언변 좋은 소년이 나타나지 않으리라는 것을 눈치챘다. 더하여 자신이 허브밭을 샅샅이 염탐하고, 잘 말라가는 허브 다발 냄새를 일일이 맡아보거나 오두막 안에 즐비한 약들을 죄다 기웃거린다 해도 캐드펠 수사가 조금도 개의치 않으리라는 사실 또한 눈치채고 있었다. 그것들이 베링어에게 해줄 수 있는 말은 아무것도 없을 터였다. 캐드펠 수사는 침대 위의 담요를 치우고 그 자리에 허브를 으깨는 절구와 서서히 발효 중인 허브주 항아리를 올려둔 참이었다. 고디스의 자취는 어디에도 없었다. 그만하면 고디스가 기숙사에 기거하는 여느 소년들 중 하나에 불과하다는 것이 분명해지지 않겠는가.

"수사님이 잡초 뽑는 일에 전념하시도록 전 이만 가보겠습니다." 베링어가 말했다. "괜히 쓸데없는 소리로 수사님의 명상을 방해했군요. 혹시 제가 해드릴 일이 있을까요?"

"왕이 시킨 일은 없소?" 캐드펠은 반문했다.

베링어는 또다시 요란하게 웃음을 터뜨렸다. 상대에게 의표를 찔렸음을 시인하는 웃음이었다. "네, 아직은요. 하지만 곧 생길 겁니다. 그분은 상대가 의심스럽다는 이유로 그의 재능을 영원히 내칠 수 있는 위인이 못 되니까요. 저를 시험하는 의미로 과제를 하나 주셨는데, 뭐, 제가 아직까지는 신통한 성과를 거두지 못하고 있긴 합니다." 그는 또다시 박하 줄기 하나를 꺾어서 손가락으로 문지르다가 입속에 넣고 잘근잘근 씹으며 히죽 웃었다. "제가 보기에 캐드펠 수사님은 이곳에서 가장 유능하고 머리도 잘 쓰는 분인 것 같군요. 혹시라도 제게 도움을 주실 일이 생길 경우, 고민도 안 하고 무조건 거절하지는 않으시겠죠?"

캐드펠 수사는 허리를 펴고 일어났다. 등 근육이 우두둑 뒤틀렸다. 그는 생각에 잠겨 한동안 상대를 지그시 바라보다가 조심스럽게 말했다. "그런 일이 일어나지 않기를 바라오. 나도 아무 고민 없이 행동하는 사람은 아니니까. 이따금 내 생각이 행동과 보조를 맞추느라 느닷없이 방향을 바꿀 때가 있기는 하지만."

"그럼 그 말씀을 약속으로 마음 깊이 담아두지요." 베링어는 슬며시 웃으면서 나긋하게 말하고는 허리를 살짝 숙여 우아하게 인사한 뒤 수도원 뜰을 향해 느긋한 걸음을 옮겼다.

*

수확꾼들은 밀을 모조리 베어 나르기 좋게 쌓아 올린 뒤 저녁 기도 시간에 맞추어 돌아왔다. 다들 햇볕에 얼굴이 붉어지고 땀범벅이 된 채 몹시 지쳐 있었다. 저녁 식사를 마치자 고디스는 서둘러 식당을 빠져나와 캐드펠의 소매를 잡아끌었다.

"수사님 빨리 가요! 아주 중요한 일이 있어요!" 고디스의 손은 흥분으로 떨렸고, 그녀의 속삭임에는 팽팽한 긴장이 어려 있었다. "마지막 기도까지 시간이 좀 있으니 저랑 같이 허브밭으로 가세요."

“무슨 일인데?” 캐드펠도 소리를 한껏 낮춰 물었다. 큰 소리를 냈다가는 주위에서 서성대는 여남은 사람들이 들을 염려가 있었다. 고디스가 하찮은 일로 호들갑을 떨 리는 없었다. “무슨 일이라도 생겼느냐? 뭔가 중요한 것을 두고 오기라도 했어?”

“남자요! 부상당한 남자를 만났어요! 강에 있었어요. 상류에서 쫓기다가 강물로 뛰어들어 물살을 타고 떠내려 왔대요. 시간이 없어서 자세히 물어보지는 못했지만, 몹시 힘든 처지에 놓여 있다는 것 같았어요. 굶기도 했고요! 밤부터 꼬박 하루를 거기에 있었대요…….”

“어떻게 그 사람을 발견한 거냐? 너 혼자서? 다른 사람은 모르고?”

“아무도 몰라요.” 고디스는 캐드펠의 소매를 더 바싹 잡아당기더니 수줍었는지 쉰 목소리로 속삭였다. “정말 긴 하루였어요…… 실은 제가 일하다 말고 살짝 빠져나와 물방앗간 근처 숲속까지 갔었어요. 아무도 못 보게요…….”

“그랬군! 무슨 뜻인지 알겠다!” 아, 하느님, 고디스 또래의 소년들을 죄다 격리시켜 절대로 그런 광경을 보지 못하게 해주소서. 아타나시우스 수사야 뒤에서 벼락이 떨어져도 모를 사람이니까 별 상관없지만. “그 사람은 숲속에 있던? 아직도 거기 있고?”

“네. 제가 갖고 간 빵과 고기를 주면서 어떻게든 돌아오겠다고 했어요. 그 사람 옷은 마르긴 했는데…… 소매에 피가 배어 있더라고요. 하지만 별일은 없을 거예요. 수사님이 돌봐주시기만 하면요. 물방앗간에 숨겨주면 될 것 같아요. 아직은 아무도 거기 가지 않으니까요." 어떤 것들이 필요한지 미리 생각해둔 터라, 그녀는 문지기실이 아닌 허브밭 오두막으로 캐드펠을 잡아끌었다. 여러 가지 약이며 리넨, 그리고 음식을 준비해야 했다.

"몇 살이나 됐더냐?" 이제 엿들을 사람이 없었기에 캐드펠은 좀 더 편안한 마음으로 물었다.

"젊어요." 고디스가 연민 섞인 목소리로 대답했다. "저하고 큰 차이는 없을걸요. 지금 쫓기는 처지고요! 물론 그쪽에서는 저를 남자로 알아요. 제 물병에 있는 물을 줬더니만 저를 가니메데라고 부르더라고요……."

이런, 꽤 배운 청년인 모양이군. 캐드펠은 먼저 오두막 안으로 들어가며 생각했다. "자, 가니메데." 둘둘 만 리넨 뭉치 하나, 담요 한 장, 연고 하나를 고디스의 두 팔에 안겨주면서 캐드펠이 말했다. "이것들을 보따리에 싸렴. 나는 이 작은 약병을 채우고 먹을 것을 좀 준비할 테니까. 몇 분 정도면 될 거야. 그 청년에 대해 알아낸 것들은 걸어가면서 듣도록 하지. 큰길만 건너면 우리 얘기를 들을 사람이 없을 거다."

큰길을 건너자 마음이 놓인 듯 고디스는 환한 낮 동안 마음대로 털어놓을 수 없었던 모든 이야기를, 말 그대로 단번에 쏟아냈다. 아직 날이 완전히 어두워지지는 않았기에 그들은 어스름 녘의 희미한 빛 속에서 서로의 얼굴을 또렷이 볼 수 있었다.

"숲이 제법 울창했는데 거기서 누가 몸을 뒤채며 신음하는 소리가 들려왔어요. 그래서 가까이 다가가 살펴봤죠. 어떤 집안의 신사나 향사 같더라고요. 그가 제게 이야기를 해주긴 했는데, 사실 알맹이 있는 내용은 하나도 없었어요. 꼭 철부지 애를 상대하듯 했다니까요. 기운은 하나도 없어 보이죠, 어깨와 팔에서는 피가 흐르죠, 게다가 저를 하찮은 꼬마 대하듯 하죠……. 하지만 제가 자기를 배신하지 않으리라는 걸 알 만큼은 저를 믿어줬어요." 고디스는 높은 그루터기들 사이로 캐드펠의 걸음을 따라가느라 허겁지겁 뛰듯 걸음을 놀렸다. 곧 수도원의 양 떼가 와서 그 그루터기들을 먹어치울 테고, 배설물로 들판을 비옥하게 해줄 것이다. "저는 가진 것들을 그 사람에게 주면서 조용히 누워 있으라고 했어요. 날이 어두워지는 대로 와서 도와주겠다고요."

"자, 거의 다 왔으니 앞장서라. 그 사람이 널 알아보겠지."

어스름이 채 사라지기도 전에 별이 먼저 보였다. 아름다운 8월 저녁의 어스름은 앞으로도 한 시간 남짓 머물며 뭇사람들의 시선으로부터 그들을 가려줄 것이고, 그사이 그들의 눈은 어둠에 익숙해질 터였다. 고디스는 그루터기 사이를 지나오는 내내 어린아이처럼 꼭 붙들고 있던 캐드펠의 손을 놓더니 키 작은 관목들로 이루어진 성긴 덤불을 헤치고 들어갔다. 왼쪽으로 몇 미터 떨어진 곳에는 검푸른 강물이 흐르며 낮은 맥박으로 주위의 고즈넉한 침묵을 깨뜨리고 있었다. 이따금 소용돌이가 일면 물살이 은빛으로 번쩍였다.

"쉿! 저예요…… 가니메데요! 우리의 친구도 함께 왔어요!"

숲의 어둠 속에서 시커먼 형체가 움직이더니, 핏기 없는 갸름한 얼굴과 엉클어진 허연 금발 머리가 솟아올랐다. 어슴푸레하게 보이는 낯선 사람은 한 손으로 풀밭을 짚고 일어나 앉았다. 뼈가 부러지지는 않은 듯해 캐드펠은 다소 마음이 놓였다. 거친 숨소리로 미루어 온몸이 결리고 쑤시는 모양이었으나, 치명상을 입은 것 같지는 않았다. 젊은이가 숨죽인 목소리로 말했다. "고마워요! 진심으로 친구들이 필요했어요……."

캐드펠은 옆에 무릎을 꿇고 앉아 그의 몸을 자신의 한쪽 어깨에 기대게 했다. "딴 곳으로 옮기기 전에 우선 좀 살펴보세. 다친 데가 어딘가? 움직이는 모양을 보아하니 관절이 어긋나거나 부러진 데는 없는 것 같은데." 그는 두 손으로 젊은이의 몸과 사지를 부지런히 만져보았다.

"칼에 베인 것 말고는 없습니다." 청년은 힘겹게 말하다가 캐드펠의 손이 어딘가에 닿자 헉 숨을 들이쉬었다. "피를 많이 흘려 흔적을 남기기는 했지만 어쨌든 강물 속으로 뛰어들었습니다……. 그러고는 물속에 잠기다시피 해서 떠내려왔으니 그자들은 제가 아마 죽었을 거라고……." 자신의 몸을 다루는 수사의 자신 있는 손놀림에 어느 정도 마음이 놓였는지 그는 한숨을 푹 내쉬었다.

"음식을 먹고 포도주를 마시면 몸에 피가 점차 보충될 걸세. 일어서서 걸을 수 있겠나?"

"네." 환자는 기운 없이 대답했다. 그러고서 그 말을 입증해 보이려다 하마터면 옆에서 조심스레 거드는 두 사람과 함께 바닥에 나동그라질 뻔했다.

"안 되겠군. 가만있게. 더 좋은 방법이 있으니까. 내 몸을 꽉 붙잡고 등 뒤로 가서 두 팔로 목을 끌어안게나."

젊은이는 키가 컸지만 꽤 가벼웠다. 캐드펠은 몸을 숙여 굵은 두 팔로 가늘면서도 탄탄한 그의 허벅지를 감싸 안고 일어서서, 젊은이가 편하게 업힐 수 있게끔 몇 번 몸을 뒤쳤다. 젊은이의 옷에는 여전히 강물의 눅눅한 냄새가 배어 있었다. "무거우실 텐데요." 젊은이는 맥없이 말했다. "걸을 수 있는데……."

"잠자코 업혀 있게. 고드릭, 먼저 가서 주위에 누가 없는지 살펴보거라."

거기서 물방앗간까지의 거리는 얼마 되지 않았다. 물방앗간의 형체가 아직 빛나는 하늘을 배경으로 거무스레하게 서 있었다. 커다란 하사식下射式 바퀴 틈새가 마치 이 빠진 모습 같아 보였다. 고디스는 비스듬히 기운 문을 당겨 열고 앞장서서 어둠 속을 더듬어 나아갔다. 마룻바닥 왼쪽의 좁게 갈라진 틈으로 하얗게 소용돌이치면서 세차게 흐르는 강물이 보였다. 덥고 건조한 계절인데다 올해는 다른 해보다 수위가 낮은 편이었음에도 세번강은 여전히 빠르게 흐르고 있었다.

"벽 아래쪽 어딘가에 마른 자루들이 쌓여 있을 게야." 캐드펠이 고디스의 뒤에서 헐떡이며 말했다. "그 근처를 더듬어서 찾아보려무나." 그들의 발밑에는 지난해 수확한 밀을 빻고 남은 왕겨

들이 쌓여 있어서 발을 디딜 때마다 버석거리는 소리와 함께 뽀얀 가루들이 피어올라 코끝을 간질였다. 고디스는 자루를 찾아 들고 더듬더듬 구석으로 가 두툼하고 푹신한 잠자리를 마련한 다음 역시 자루 두 장을 잘 개켜 베개도 만들었다. "이제 이 다리긴 왜가리를 자리에 앉힐 테니 이 친구의 겨드랑이를 잡고서 좀 거들렴. 이야, 숙사에 있는 내 침대만큼이나 훌륭하구먼! 이제 가서 문을 닫아라. 불을 켜고 이 친구 몸을 살펴봐야겠다."

캐드펠은 맷돌 위에 마른 왕겨를 한 움큼 깔고 그것을 부싯깃 삼아 불을 일으킨 뒤, 미리 준비해온 양초에 옮겨붙였다. 초에 불이 붙자 그는 왕겨에 붙은 불이 번져나가지 않도록 양초 바닥으로 자근자근 눌러 끈 다음 그 위에 초를 세웠다. 열기에 말랑해진 바닥이 이내 굳어가며 양초는 제대로 자리를 잡았다. "자, 어디 좀 보세!"

젊은이는 벽에 편히 기대앉아 한숨을 푹 내쉬더니 캐드펠에게 순순히 몸을 맡겼다. 지친 얼굴이 땟국에 절어 있기는 했지만 젊은이는 타는 듯 강렬한 눈빛으로 그들을 응시했다. 실내가 그리 밝지 않아 눈동자의 색깔은 알 수 없었다. 큼직하고 잘생긴 입술은 피로로 축 처져 있었는데, 그럼에도 씁쓸한 미소가 어려 있었다. 강물에 젖어 지저분하게 헝클어진 머리칼은 아마 밀대처럼 밝은 황금빛이리라. "한쪽 어깨가 찢겼구먼." 캐드펠은 부지런히 두 손을 놀려 한쪽 소매가 마른 피로 한 겹 덧입혀진 검은 겉옷을 벗겨냈다. "이 셔츠는 못 쓰겠는데. 우선 새 옷부터 구해 입어야 이곳을 떠날 수 있겠어."

"지금 당장은 돈을 치르기가 어렵겠는데요." 청년은 그 와중에도 환하게 웃으며 말했지만, 상처 자리에 들러붙었던 천이 떨어져 나가는 순간에는 아픔을 못 이겨 숨을 몰아쉬었다.

"치료비가 아주 저렴하다네. 솔직하게 이야기만 해주면 환대를 받을 수 있지. 물이 필요해, 고드릭. 강물이라도 없는 것보다야 나으니 담아 올 그릇이 있나 찾아봐라."

그녀는 바퀴 아래 쌓인 잡동사니들 가운데 반쪽만 남은 커다란 물병 하나를 찾아냈다. 주둥이와 손잡이가 떨어져 나가자 그곳에 들른 손님이 그냥 버리고 간 모양이었다. 고디스는 겉옷 밑자락으로 물병을 싹싹 문질러 닦고는 물을 뜨러 갔다. 아무래도 물방아에 물을 대는 수로의 물보다는 강물이 깨끗할 것 같아 강물이 흐르는 곳까지 가느라 오랜 시간을 지체했다. 그사이 캐드펠은 청년의 허리띠를 풀고 구두와 바지를 벗긴 뒤, 담요를 펴서 청년의 알몸을 덮어주었다. 오른쪽 허벅지 아랫부분에 검으로 베였으리라 짐작되는 상처가 깊지는 않으나 꽤 길게 나 있었다. 하얀 알몸 곳곳에 퍼렇게 멍든 자국도 보였고, 목 왼쪽과 오른쪽 손목 바깥쪽에는 살갗이 벗겨져 나간 흔적이 있었다. 아무리 생각해도 이상한 일이었다. 어느 정도 아물어 거무죽죽한 선처럼 보이는 그 흔적은 다른 상처들보다 하루나 이틀 전에 난 듯했다. "심각한 문제는 없겠네." 캐드펠은 큰 소리로 즐겁게 말했다. "최근 무척이나 흥미진진한 삶을 산 것 같군."

"운이 좋아 목숨은 건졌지요." 청년은 아늑한 기분에 반쯤 졸면서 웅얼거렸다.

"자넬 추격한 이들은 누군가?"

"왕의 군대지요……. 놈들이 아니면 누구겠습니까?"

"앞으로도 그럴까?"

"그럼요. 하지만 며칠만 지나면 다 나아서 두 분 부담을 덜어드릴 수 있을 겁니다……."

"지금은 그런 것에 신경 쓰지 말게. 내 쪽으로 좀 돌아 누워볼까? 그만, 됐네! 허벅지를 동여매야겠어. 상처 자리가 깨끗하고 이미 아물기 시작했으니. 조금 아플 게야." 캐드펠의 말대로였다. 비명을 지르지는 않았으나 청년의 입이 약간 벌어지고 온몸에 힘이 잔뜩 들어갔다. 캐드펠이 상처를 동여매고 다시 청년의 몸을 덮어주었을 때, 고디스가 물병을 들고 왔다. 손잡이가 떨어져 나간 탓에 그녀는 두 손으로 물병을 안고 있었다.

"이젠 어깨를 살펴보자고. 피가 그렇게 흐른 곳이 바로 여기로군. 화살을 맞았어!" 그의 왼쪽 어깨 바로 아래로 화살촉이 비스듬히, 뼈에 닿을 만큼 깊숙이 파고 지나간 바람에 팔뚝 살이 흉측하게 입을 벌리고 있었다. 캐드펠은 상처에서 흘러나와 두텁게 들러붙은 피딱지를 살살 문질러 벗겨낸 뒤 물약을 적신 리넨 조각으로 상처 자리를 단단히 눌렀다. "이렇게 하면 깨끗하게 아물지." 이어 그는 부지런히 손을 놀려 리넨 붕대로 청년의 팔을 단단히 동여맸다. "이제는 뭘 좀 먹어야 해. 너무 많이 먹지는 말게

나. 지쳐서 제대로 소화시키지도 못할 테니까. 자, 여기 고기와 치즈와 빵이 있네. 남겨두었다가 내일 아침에 먹도록 하게. 일어나면 몹시 허기가 질 거야."

"물이 좀 남았으면 손과 얼굴을 씻고 싶군요." 청년이 간청하듯 말했다. "하도 지저분해서요!"

고디스는 청년 옆에 무릎을 꿇고 앉아 리넨 한 조각을 물에 적시더니 꼼꼼하고 정성스럽게 그의 얼굴을 닦아주었다. 헝클어진 머리칼을 넓고 반듯한 이마 위로 넘겨주고, 엉킨 머리카락도 세심하게 풀어주었다. 청년은 처음에는 놀란 기색이었지만 이내 그녀의 부드럽고 따뜻한 손길에 잠자코 얼굴을 맡겼다. 그러다 이제 그녀 덕분에 가장자리의 땟국이 씻겨 나가 말끔해 보이는 그의 두 눈이 점점 휘둥그레지기 시작했다. 그가 자기 쪽으로 허리를 굽힌 채 일하는 그녀의 얼굴을 경탄 어린 눈길로 유심히 지켜보는 동안 그녀는 아무 말 없이 그의 얼굴을 씻겼다.

탈진한 청년은 제대로 먹지도 못하고 이내 늘어져버렸다. 그는 얼마간 힘없이 처진 눈꺼풀 사이로 자신을 구해준 두 사람을 묵묵히 쳐다보다가 졸음에 겨워 잘 돌아가지도 않는 혀를 애써 움직여보았다. "절 위해 두 분이 이렇게까지 애쓰셨으니 제 이름을 알려드리지 않을 수 없겠군요……."

"내일 얘기해도 늦지 않네." 캐드펠이 단호하게 말했다. "우선은 푹 자는 것이 제일이야. 내 보기에는 곧 그렇게 될 듯하군. 자, 이걸 마시게. 상처를 곪지 않게 하고, 마음을 가라앉히는 데 도움이 될 걸세." 그것은 약효가 강한 강장제로 그가 손수 빚은 것이었다. 그는 청년이 마시고 건네준 빈 약병을 옷 안자락에 넣었다. "여기 포도주가 한 병 있네. 잠에서 깼을 때 무료함을 달래줄 걸세. 나는 내일 아침 일찍 다시 오겠네."

"우리! 우리가 올 거예요!" 고디스가 낮은 목소리로 단호하게 덧붙였다.

"잠깐, 한 가지 더!" 돌아서려는 순간 캐드펠은 무언가를 떠올리고 말했다. "자네 수중에 무기가 없더군. 검을 차고 있었을 텐데."

"버렸습니다." 청년은 졸린지 웅얼거렸다. "강물 속에요. 몸이 무거워 자꾸 가라앉았거든요. 게다가 화살은 마구 날아들지……. 화살을 맞은 것도 강물 속에 있을 때였어요……. 그 순간 물속으로 숨어야겠다는 생각이 들었죠. 제가 물에 빠졌다고 믿도록요……. 정말 아슬아슬한 순간이었어요!"

"알았네, 내일 더 이야기하도록 하지. 자네에게 줄 만한 무기를 찾아봐야겠군. 자, 그럼 잘 자게!"

청년은 그들이 촛불을 끄고 문을 닫기도 전에 벌써 곯아떨어졌다. 두 사람은 바스락거리는 그루터기 사이를 한동안 말없이 걸었다. 머리 위로 아치처럼 걸려 있는 검푸른 하늘 가장자리의 생생한 푸른빛이 어느새 엷은 청록빛으로 변해가고 있었다. 고디스가 불쑥 질문을 던졌다. "캐드펠 수사님, 가니메데가 누구예요?"

"제우스의 술 시중을 들던 미소년이지. 제우스로부터 사랑을 많이 받았고."

"아!" 청년이 자신을 정말 남자로 봐주는 것이 기뻐해야 할 일인지 유감스러워해야 할 일인지 그녀는 종잡을 수가 없었다.

"헤베라는 인물도 있어."

"아! 헤베는 누구죠?"

"헤베도 제우스의 술시중을 들었고 제우스로부터 많은 사랑을 받았지. 하지만 그쪽은 아름다운 아가씨였어."

"아!" 고디스의 감탄사에는 깊은 울림이 담겨 있었다. 큰길을 건너 수도원으로 향할 즈음 고디스는 진지하게 말했다.

"누군지 아세요?"

"제우스? 이교도들의 신들 가운데 가장 신다운 존재……."

"그 사람 말예요!" 고디스는 날카롭게 말하더니 심각한 표정으로 캐드펠의 팔을 붙잡고 흔들었다. "제게 색슨식 이름을 댔고, 머리색도 그쪽 계통이고, 왕의 군대에게 쫓기고 있고…… 그 사람이 바로 토럴드 블런드예요. 피챌런 어른의 보화를 황후님께 전하기 위해 니컬러스와 함께 떠났던 사람 말예요. 물론 그는 니컬러스의 억울한 죽음과 아무 상관도 없어요. 이제까지 살아오면서 비열한 짓은 단 한 번도 한 적이 없을걸요!"

"나는 그 누구에 대해서도 그렇게 말하는 게 주저되더구나. 나 스스로에 대해서는 더욱더 그렇고. 그러나 그 청년이 비열한 짓을 저지르지 않았다는 사실만큼은 분명히 이야기할 수 있겠어. 그러니 너도 이제 편히 눈을 붙이렴!"

*

부지런한 농부이자 약제사인 캐드펠 수사가 아침기도 시간 한참 전에 일어나 한 시간가량 일하다가 다른 수사들과 함께 기도에 참석하는 것은 전혀 이상할 것 없는 일이었다. 그가 그날 새벽 일찍 옷을 걸쳐 입고 밖으로 나갔다고 해서 수상하게 여기는 사람 또한 아무도 없었으며, 그가 전날 약속한 대로 자신이 데리고 있는 소년을 깨웠다는 것을 아는 사람도 아무도 없었다. 두 사람은 또다시 약제와 음식, 그리고 기부 물품에서 슬쩍 빼돌린 겉옷과 바지를 챙겨 들고 오두막을 나섰다. 고디스는 전날 밤 청년의 피 묻은 셔츠를 들고 왔는데, 질 좋은 리넨으로 만들어진 그 옷을 버리기가 아까워 잠들기 전에 깨끗이 세탁해두었다가 새벽에 일어나 화살촉이 스치면서 찢긴 자리를 말끔히 기워놓았다. 덥고 건조한 8월이라, 정원의 덤불에 조심스럽게 펼쳐놓은 옷은 밤사이 잘 말라 있었다.

환자는 이미 자루 침대에서 일어나 앉아 걸신들린 사람처럼 허겁지겁 빵을 먹고 있었다. 그는 그들을 완전히 믿고 있는 듯, 문이 열려도 숨으려는 기색조차 보이지 않았다. 찢기고 피로 얼룩진 겉옷을 어깨에 두르고 있긴 했으나 담요로 가려진 다른 부분은 알몸이었다. 맨살이 그대로 드러난 가슴과 옆구리가 미끈하니 보기 좋았다. 몸 여기저기와 눈가에는 푸른 멍 자국이 여전했지만, 간밤에 잘 잔 탓인지 꽤 회복된 듯했다.

"자, 내가 이 상처를 손보는 동안 내키는 대로 얼마든지 이야기하게나." 캐드펠 수사는 흐뭇한 표정으로 말했다. "다리의 상처는 시간이 흐르면 잘 아물겠지만 어깨는 쉽지 않겠어. 고드릭, 내가 붕대를 푸는 동안 이 친구 뒤쪽을 잘 살펴보고 있어라. 붕대가 착 달라붙어 잘 안 떨어질지도 모르니까. 그리고 자네는 팔을 움직이지 말고 가만히 있고. 자……." 그는 공정한 교환의 의미로 자기 이야기를 먼저 꺼냈다. "사람들은 나를 캐드펠 수사라 부르네. 성인 데위처럼 웨일스 출신이고, 짐작했을지 모르겠지만 세상 이곳저곳을 떠돌아다녔네. 그리고 이 친구는 자네도 들었다시피 고드릭이라고 하네. 나를 자네에게 데려왔지. 우리들을 믿게나. 못 믿어도 할 수 없지만."

"두 분 다 믿습니다." 여명의 불그레한 빛을 받아서인지 오늘 아침 청년의 얼굴엔 좀더 화색이 돌았다. 그의 눈은 갈색보다는 초록에 더 가까운, 덜 익은 개암열매 빛깔이었다. "그저 믿어드리는 정도로는 보답이 되지 않을 만큼 두 분에게 큰 빚을 졌습니다. 제가 처한 입장을 최대한 있는 그대로 말씀드리겠습니다. 앞으로도 그럴 것이고요. 제 이름은 토럴드 블런드이고, 오즈워스트리 근처의 작은 마을 출신입니다. 그리고 속속들이 피챌런 어른 편 사람이지요." 그 순간 상처에 붙은 붕대가 떨어지지 않아 청년의 몸이 움찔했다. 고디스는 통증을 주지 않으려고 접힌 부분을 살며시 잡은 뒤 붕대를 살살 당겨 상처에서 떼어냈다. 토럴드는 애써 통증을 참으며 말을 이었다. "만일 그 점 때문에 두 분이 큰 위험에 처할 것 같다면 저는 이대로 떠나겠습니다. 원래 가려던 곳으로요. 제가 감당해야 할 어려움을 두 분께 전가하고 싶은 마음은 추호도 없습니다."

"당신은 우리가 가도 좋다고 할 때 떠나야 돼요." 고디스는 그렇게 말하면서 앙갚음을 하듯 상처에 아직 붙어 있던 붕대를 휙 잡아 뜯었지만 그 손짓조차 무척이나 조심스러웠다. 이어 그녀는 약을 축인 천으로 상처 자리를 눌렀다. "그리고 오늘은 그날이 아녜요."

"그만. 이 사람이 말하게 두어야지. 시간이 없어. 계속하게, 젊은이. 우리는 모드 황후 편 사람들을 스티븐 왕에게 팔아넘길 사람들이 아니네. 스티븐 왕 사람들을 모드 황후 사람들에게 팔아넘기지도 않을 거고. 어떻게 해서 이곳까지 오게 되었나?"

토럴드는 한 차례 깊은 숨을 몰아쉬더니, 자신이 맡은 임무에 대해 이야기하기 시작했다. "저는 니컬러스 페인트리라는 친구와 함께 이 성으로 왔습니다. 그 친구 역시 피챌런 어른 편 사람이고, 그 친구 집안 영지는 저희 집안 영지 바로 곁에 붙어 있지요. 저희는 성이 함락되기 일주일 전에야 수비대에 가담했습니다. 공격받기 전날 밤 회의가 열렸는데, 저희는 계급이 낮아 거기 참여하지 못했어요. 그 회의에서 다음 날 피챌런 어른의 보화를 모드 황후께 전하기로 결정했다고 들었습니다. 그날이 마지막 날이 될 줄은 아무도 모르고 있었죠. 니컬러스와 저는 슈루즈베리에 온 지 얼마 되지 않아 마을 사람들에게 얼굴이 알려지지 않은 덕에 그 보화를 전달하는 사자로 뽑혔습니다. 저희 상급자들은 얼굴이 알려져 있어서 도중에 피살당할지도 모른다나요. 다행히 보화가 그리 많지는 않았습니다. 금제 식기 약간에 금화는 좀 더 많았고, 보석류가 좀 되었지요. 보화는 피챌런 어른과 그것을 지키는 책임을 맡은 심복 한 사람 말고는 아무도 모르는 곳에 숨겨져 있었습니다. 저희는 말을 타고 그 심복을 찾아간 뒤에 거기서 다시 그가 이끄는 곳으로 가서 보화를 싣고 밤사이 웨일스로 빠져나가야 했지요. 웨일스의 오아인 귀네드[23]는 피챌런 어른과 상호 협정을 맺고 친구가 된 사이였거든요. 스티븐 왕 편도 모드 황후님 편도 아닌, 웨일스를 위해서만 헌신하는 분인데, 이번 잉글랜드의 내전으로 아주 유리한 입장에 서게 되셨죠. 그런데 동이 채 트기도 전에 왕의 군대는 공격을 개시했고, 우리가 더 이상 버틸 수 없다는 사실이 명백해졌습니다. 저희는 당장 출발하라는 지시를 받고 떠났습니다. 저희가 가야 할 곳은 시내에 있는 한 가게였습니다…….” 청년은 구체적인 이름을 밝히는 것이 꺼림칙한지 잠시 망설였다.

“나도 아네.” 캐드펠은 어깨의 상처에서 밤새 배어 나온 진물을 닦아내고 새 헝겊을 물약에 적시며 말했다. “에드릭 플레셔의 가게 말이지. 자기가 그 일에 관련되어 있다는 얘길 들려주더군. 그 사람이 자네들을 프랭크웰에 있는 헛간으로 안내하고 보화가 있는 곳을 알려준 뒤 밤이 올 때까지 기다리라고 했지. 계속하게!”

젊은이는 자신의 상처를 치료하는 모습을 담담하게 지켜보며 순순히 말을 이었다. "저희는 날이 어두워지자마자 말을 타고 떠났습니다. 프랭크웰 들판에서 숲까지의 거리는 얼마 되지 않았어요. 그 숲에는 가축지기의 오두막이 한 채 있었죠. 들판에서 그리 멀지 않은 숲 가장자리를 따라 길이 죽 나 있는 곳에요. 저희가 그 길을 따라 가고 있는데, 갑자기 니컬러스의 말이 휘청했습니다. 몹시 비틀거리기에 제가 말에서 내려 살펴봤죠. 알고 보니 마름쇠에 찔렸더군요. 뼈에 닿을 정도로 깊숙이요."

"마름쇠라고?" 캐드펠은 깜짝 놀라 되물었다. "전쟁터에서 멀리 떨어진 그런 숲길에?" 날카로운 못 네 개로 되어 있어 아무렇게나 내던져도 언제나 못 하나가 하늘을 향하므로 효과적으로 기병의 공격을 저지할 수 있는 그 잔혹한 비밀 병기가 무슨 이유로 숲속의 좁은 오솔길에 떨어져 있었다는 말인가?

"네, 마름쇠였습니다." 토럴드는 확신에 차 말을 이었다. "말이 비틀거리는 것만 보고 단정한 게 아닙니다. 분명히 마름쇠가 발굽에 박혀 있었고, 제가 그것을 비틀어 빼냈지요. 하지만 그 불쌍한 짐승은 다리를 심하게 절더군요. 걸을 수야 있었습니다만 멀리 가는 건 불가능했습니다. 사람과 무거운 짐을 싣고서는 무리였죠. 마침 그곳에서 아주 가까운 곳에 제가 아는 농가가 있어서, 니컬러스의 말을 그 집의 다른 말과 바꿀 수 있으리라는 생각이 들었습니다. 좀 억울한 교환이긴 하지만 달리 무슨 수가 있었겠습니까? 그렇게 짐도 내리지 않고 그냥 가고 있는데, 니컬러스가 갑자기 부담을 덜어주겠다면서 말에서 내리더니 자기는 숲속에 있는 오두막에서 절 기다리고 있겠다더군요. 그래서 저 혼자 농가로 갔죠. 그 집은 숲 오른쪽, 저희가 있던 곳에서는 서쪽에 있었습니다. 집주인은 울프라는 사람으로 제 외가 쪽 먼 친척뻘이에요. 저는 거기서 저희 말보다 훨씬 못한 새 말을 한 마리 얻어 니컬러스의 짐을 옮겨 싣고 되돌아왔습니다." 문득 그때를 회상하는 토럴드의 표정이 굳어졌다.

"오두막으로 가면서 전 니컬러스가 밖을 내다보고 있겠거니 생각했습니다. 제가 오면 바로 말에 오를 준비를 하고서 말이죠. 그런데 그 친구의 모습이 보이지 않았어요. 봅시 불안해지더군요. 조심스럽게 다가가긴 했어도 사방이 워낙 쥐 죽은 듯 고요하니 주의 깊게 귀를 기울이고 있으면 얼마든지 제가 오는 소리를 들을 수 있었거든요. 그런데 그 친구는 밖으로 나오지도 않았고, 제게 뭐라 소리치지도 않는 겁니다. 그래서 저는 오두막에 더 다가가지 않고 발을 돌려 오솔길로 들어섰어요. 거기서 말에서 내려 두 마리의 고삐를 한데 합치고 금방 풀 수 있게끔 나무에 살짝 묶어놓았죠. 홱 잡아당기면 곧바로 풀어지게요. 그런 뒤 오두막으로 갔습니다."

"사방이 완전히 어두웠나?" 캐드펠이 붕대를 감으면서 물었다.

"아주 캄캄했습니다. 하지만 계속 어둠 속에서 움직였던 터라 그런대로 주위를 식별할 수 있었죠. 그런데 오두막 안은 그야말로 칠흑같이 캄캄하더군요. 벽 쪽에 난 문이 반쯤 열려 있기에,

저는 귀를 바짝 세우고 아무 말 없이 안으로 들어갔습니다. 그러다 오두막 중간쯤에서 그 위로 엎어진 겁니다. 니컬러스의 몸 위로요! 그때 엎어지지 않았더라면 저는 지금 이 자리에 있을 수 없었을 겁니다." 심각하게 말을 잇던 토럴드는 자신을 헌신적으로 간호하는, 아마 그보다 몇 살 어릴 가니메데에게 문득 꺼림칙한 눈길을 던졌다. "별로 듣기 좋은 얘기가 못 되는데요." 그의 눈빛은 고디스의 어깨 너머 캐드펠 수사에게 동의를 구하고 있었다. 캐드펠은 그의 심정을 이해했다.

"마음 놓고 이야기하게나. 이 친구는 자네가 생각하는 것보다 이 일에 더 깊숙이 연루되어 있으니. 만일 자신을 이 자리에서 내보내려 한다면 가만있지 않을 걸세. 슈루즈베리에서 일어난 이 사건과 관련된 것치고 듣기 좋은 얘기가 뭐 있겠나. 이것저것 말하다보면 뭔가 건질 수 있겠지. 자네가 알고 있는 것을 이야기하면 되네. 우리는 우리가 알고 있는 것을 이야기할 테니."

고디스는 부지런히 손을 놀리며 두 사람에게 온 신경을 쏟고 있기는 했지만, 현명하게도 대화에는 일절 끼어들지 않았다.

"그는 죽어 있었습니다. 엎어지면서 제 입과 그 친구 입이 맞닿다시피 했는데, 숨을 쉬지 않는 겁니다. 균형을 잃지 않으려고 손을 앞으로 뻗었다가 그 친구를 끌어안게 되었거든요. 그 친구는 한 무더기의 넝마 같더군요. 바로 그때 뒤에서 건초가 버스럭거리는 소리가 들렸습니다. 실내에는 바람 한 점 없었는데도요. 저는 공포에 질려서……."

"잠깐 실례하겠네!" 캐드펠은 물약에 적신 새 헝겊으로 진물나는 상처를 문지르며 말을 이었다. "그 상황에서는 그럴 수밖에 없었겠지. 자네 친구에 대해서는 염려하지 말게나. 분명 하느님과 함께 있을 테니까. 어제 수도원 안에 그 친구를 매장했다네. 왕자처럼 묻혔지. 짐작건대 자네 친구를 살해한 자가 문 뒤에서 달려들었고, 자네는 정말 아슬아슬하게 그 위기를 벗어났겠구먼."

"네, 그랬습니다." 청년은 붕대가 조여들자 아픔을 못 이겨 숨을 거칠게 내쉬었다. "줄곧 문 뒤에 숨어 있었던 거예요. 건초 더미에서 나는 소리가 제게 경고음을 내준 셈이죠. 사람은 누가 자기 머리를 공격하면 막으려고 반사적으로 오른팔을 쳐드는 법인데, 저도 무의식중에 그렇게 했습니다. 그 순간 가느다란 줄이 제 목과 손목을 휘감았어요. 제가 현명하거나 용감해서가 아니라 그저 겁에 질린 나머지 팔을 마구 휘둘렀는데, 그 바람에 놈이 줄을 놓치며 어둠 속에서 제 몸 위로 쓰러지더군요. 우연이라는 게 잘 맞아떨어진 거죠." 청년은 변명하듯 말을 이었다. "수사님은 제 말을 믿지 않으실지도 모르지만요."

"자네의 말을 뒷받침해주는 정황증거들이 있네. 그러니 우리가 어떻게 생각할지에 신경 쓰지 말게나. 이제 서로 맨손으로 붙었으니 그 전보다는 좀 더 승산이 있었겠군. 어떻게 해서 그자의 손에서 벗어났나?"

"제 힘과 용기보다는 운 덕분이었습니다." 토럴드가 유감스럽다는 듯 말했다. "우리는 건초 속에서 끌어안고 뒹굴면서 서로 상대의 목을 조르려 안간힘을 썼습니다. 아무것도 보이지 않으니 감각으로만 싸웠죠. 시공을 가늠할 만한 것이 없어 얼마나 오랫동안 싸웠는지는 알 수 없지만, 지금 생각해보면 몇 분 정도밖에 안 되는 것 같습니다. 하도 낡아서 조각조각 떨어져 나갈 판인 여물통 비슷한 물건이 벽 쪽에 붙어 있었는데, 그것 덕분에 싸움이 끝나게 되었습니다. 놈과 뒹굴며 싸우는 동안 느슨하게 빠져 있는 그 판자 하나가 제 머리에 닿기에, 그걸 두 손으로 움켜잡고 놈을 후려갈겼거든요. 놈은 쓰러졌죠. 큰 부상을 입은 것 같지는 않았지만 어쨌든 의식을 잃었어요. 그 틈을 이용해 저는 그곳을 빠져나와 말의 고삐를 풀고, 쫓기는 산토끼처럼 허겁지겁 서쪽으로 달아났습니다. 제게는 해야 할 일이 있었고, 그 일을 할 사람은 저 말고 아무도 없었으니까요. 그것만 아니었다면 거기 남아 니컬러스의 시신을 수습했을 겁니다. 아니, 사실은 그게 아니었을지도 모르겠군요." 토럴드는 얼굴을 찡그리면서 솔직하게 털어놓았다. "사실 그때 제가 피챌런 어른이 제게 맡긴 임무를 생각이나 하고 있었는지 잘 모르겠습니다. 지금은 그렇지 않지만요. 그 이후로는 줄곧 그 임무를 염두에 두고 있었죠. 어쨌든 그 순간 저는 목숨을 건지기 위해 도망쳤습니다. 놈이 숲속에 다른 자들을 매복시켜놓았을까 싶어 몹시 두려웠습니다. 그저 될 수 있는 대로 빨리 그곳에서 벗어나고 싶은 마음뿐이었죠."

"자책할 필요 없네." 캐드펠은 붕대를 감으면서 부드럽게 말했다. "자넨 올바른 판단을 내렸고, 그건 부끄러워할 일이 아니야. 어쨌든 설명에 따르면 자네는 꼬박 이틀 동안 애초에 출발한 지점에서 제자리걸음을 한 셈이군. 왕이 이곳과 웨일스 사이에 많은 병사들을 풀어놓았던 모양이지? 그리로 가는 길목마다 말일세."

"벌떼만큼이나 많았습니다! 처음엔 북쪽으로 난 길을 따라가다 빠져나갈 곳도 없는 데서 하마터면 순찰병들과 맞부딪칠 뻔했습니다. 지나가는 사람들을 죄다 멈춰 세우는데 말 두 마리와 보화를 가진 제가 무슨 수로 빠져나가겠습니까? 부득이 옆의 숲으로 들어가야 했습니다. 날이 밝아오기 시작할 무렵이라 다시 어두워질 때까지 잠자코 누워 있을 수밖에 없었죠. 밤이 되어 이번에는 남쪽 길로 향했습니다만, 그쪽도 사정은 마찬가지였습니다. 그즈음 그 일대에는 병사들이 쫙 깔려 있었어요. 길에서 벗어나 숲을 뚫고 통과하면 강물이 휘돌아나가는 곳 가까이 갈 수 있으리라는 생각이 들더군요. 그러느라 어영부영 그 밤을 다 보내버렸죠. 그렇게 목요일 낮에는 강가 언덕의 숲속에 틀어박혀 있다가 밤이 오자 다시 출발하려는데, 바로 그때 적병 너덧이 저를 발견한 겁니다. 급히 달아나려 했지만 달아날 곳은 딱 한 군데, 강으로 내려가는 길밖에 없었습니다. 병사들이 저를 에워쌌고, 저는 그들의 포위망을 흩뜨려 추적을 따돌리려고 말 두 마리에 걸어두었던 안장 주머니들을 떼낸 뒤 말들을 풀어 내달리게 했습니다. 하지만 꽤 근접해온 병사가 제 계획을 눈치챘는지, 말들을 쫓아가는 대신 곧바로 제게 달려들더군요. 그가 검으로 제 허벅지를 베더니 말들을 쫓아가는 다른 병사들을 소리쳐 불렀어요. 이제 목숨을 구할 방법은 하나뿐이었죠. 저는 안장 주머니들을 든 채로 강물에 뛰어들었습니다. 원래는 수영을 잘하는 편이지만 짐들의 무게 때문에 물에 떠 있기도 벅찰 지경이었어요. 저는 물의 흐름에 몸을 맡기며 아래쪽으로 흘러갔습니다. 그때 병사들이 활을 쏘기 시작했어요. 날이 어둡고 거리가 꽤 떨어져 제 모습이 잘 보이지는 않았겠지만, 수면에서 뭔가 움직이면 강물이 하얗게 반짝거리잖습니까? 그 때문에 어깨에 화살을 맞게 된 겁니다. 급한 김에 물속으로 잠수해 될 수 있는 한 오랫동안 숨을 참고 있었고, 그사이 꽤 멀리 떠내려오게 되었습니다. 세번강은 여름철에도 물살이 빠르니까요. 병사들은 얼마 동안 강둑을 따라 쫓아오면서 두세 대의 화살을 더 쐈습니다만, 그즈음에는 제가 물에 빠져 죽었다고 판단했던 것 같습니다. 저는 안전하다는 느낌이 들자마자 강둑으로 헤엄쳐 한 발로 강바닥을 짚고 일어나서는 계속 자리를 옮겨가며 호흡을 가다듬었습니다. 하지만 강물 속을 벗어나지는 않았죠. 다리에도 병사들이 있을 것이었기에 다리를 지날 때까지는 감히 뭍으로 오를 생각조차 못 했어요. 그러고서 얼마쯤 지난 뒤에 강둑을 넘어 덤불 속으로 기어든 것까지는 선명하게 생각이 나는데, 그다음부터는 거의 기억이 없습니다. 수도원 사람들이 수확하러 왔을 때 잠깐 정신이 든 것 말고는요. 함부로 몸을 움직여서는 안 되겠다는 생각을 하고 있는데 고드릭이 저를 발견했죠. 이것이 이 모든 일의 진상입니다." 토럴드는 단호하게 이야기를 맺더니 눈도 깜빡이지 않고 캐드펠을 바라보았다.

“그렇지만 진상의 전부는 아니지.” 캐드펠은 부드럽게 말했다. “고드릭은 자네에게서 안장 주머니들을 발견하지 못했어.” 그는 입술을 꾹 다문 채 자신을 응시하는 청년을 마주 바라보며 빙그레 웃었다. “아니, 신경 쓸 것 없네. 더 캐묻지 않을 테니까. 자네는 피첼런 씨의 보화를 책임지는 유일한 사람이고, 그것을 어디에 두고 어떻게 사용할지는 내 알 바가 아니야. 게다가 자네에게선 임무에 실패한 사람의 분위기가 느껴지지 않는군. 자네 마음을 좀 편하게 해주려고 하는 말인데, 시내에서 떠도는 소문에 따르면 피첼런 씨와 애더니 씨는 생포되지 않았으며 포위망을 뚫고 무사히 빠져나갔다고 하네. 이제 자넨 오후까지 여기 혼자 있어야겠네. 우리도 할 일이 있으니까. 일이 끝난 뒤에 보러 오지. 우리 둘 다 오든 둘 중 하나만 오든 오긴 올 거야. 여기 먹을 것과 마실 것, 옷가지가 있네. 이 옷들이 잘 맞았으면 좋겠구먼. 오늘은 얌전히 누워 있게나. 마음이야 전적으로 피첼런 씨의 사람일지 몰라도 몸은 아직 하느님 손에 달려 있으니.”

고디스는 캐드펠이 잘 개켜 내려놓은 옷들 위에 새로 빨아 꿰맨 셔츠를 올린 뒤 캐드펠을 따라 나가려다가, 토럴드의 얼굴에 떠오른 놀란 표정을 보고 쑥스럽기도 하고 뿌듯하기도 한 기분으로 걸음을 멈추었다. 원래는 피로 얼룩지고 길게 찢겨 있던 옷이 깨끗이 세탁되고 말끔히 꿰매어진 것을 보며 토럴드는 두 눈을 휘둥그레 뜨더니 나직하게 휘파람을 불었다.

"맙소사! 누가 이렇게 했죠? 수도원에도 솜씨 좋은 재봉사가 있나요? 아니면 두 분이 기도를 하셔서 기적을 이루어내셨나요?"

"그거? 고드릭의 작품일세." 캐드펠은 장난기 어린 투로 말한 뒤 귀까지 새빨개진 고디스를 놓아둔 채 먼저 아침 햇살 속으로 나갔다. "수도원에서 밀을 베고 강장제 빚는 법만 가르쳐주는 게 아니라고요." 고디스는 자랑스레 내뱉고는 도망치듯 캐드펠의 뒤를 좇아갔다.

그러나 수도원으로 돌아오는 길에 그녀는 토럴드의 말을 되새겨보면서 어두운 표정이 되었다. 지금까지 토럴드는 죽을 고비를 여러 차례 겪었다. 처음에는 살인자의 줄에, 이어 스티븐 왕의 순찰대에, 다음에는 강물에, 그 뒤로는 숲속에서 부상 때문에. 신의 은총이 그를 보살피고 있으며 그를 위한 도구로 그녀를 쓰고 있는 듯했다. 그러나 그녀의 마음속에는 여전히 석연치 않은 구석이 남아 있었다.

"수사님은 그 사람을 믿으세요?"

"믿지. 그 사람은 진실을 밝힐 수 없는 경우라 하더라도 거짓말은 안 할 사람이야. 아직도 마음에 걸리는 게 있니?"

"그 사람을 만나기 전에 제가 그런 말씀을 드렸잖아요. 니컬러스와 함께 출발한 동료가 그를 죽이고자 하는 유혹을 느끼기 제일 쉬웠을 거라고요. 마음만 먹으면 아주 간단하잖아요! 하지만 수사님은 어제 그 사람이 한 짓이 아니라고 하셨죠. 어떻게 확신하세요?"

"그거야 아주 간단하지! 그 사람의 목과 손목에 난 줄 자국. 그가는 상처 자국들이 무엇을 뜻하는지 모르겠니? 그 사람은 자기 친구에 이어 살해당할 뻔한 게야. 그 점에 대해서는 의심할 여지가 없지. 그 사람이 우리에게 한 말은 모두 진실이야. 하지만 우리에게 말할 수 없는 것들도 있었겠지. 우리는 니컬러스 페인트리를 위해 그것을 밝혀내야 해. 이따 오후에 물약과 허브주들을 살펴본 뒤 원한다면 그 친구에게 가 함께 있도록 해라. 나도 일이 끝나는 대로 가볼 테니까. 그 전에 프랭크웰 쪽을 좀 조사해봐야겠어."

6

슈루즈베리의 서쪽 다리를 지나 다리를 건너면 프랭크웰에 닿는다. 교외로 나가려면 강 너머 정착촌을 둘러싼 정원을 뒤로하고 서쪽을 향해 완만한 경사를 올라야 하는데, 처음에는 세번강을 굽어보는 높은 언덕까지 외길로 이어지지만 이내 길이 두 갈래로 갈라지고, 그 중 남쪽으로 가는 길이 곧 다시 갈라져 그렇게 세 가닥의 길이 웨일스로 향하게 된다. 캐드펠 수사는 성이 함락된 날 밤 니컬러스와 토럴드가 택한 길, 즉 세 길 가운데 가장 북쪽에 있는 길로 들어섰다.

그는 에드릭 플레셔의 가게에 들러 두 명의 젊은 사자使者들 중 그래도 한 사람은 살아남아 책임진 물건을 온전히 지키고 있다는 소식을 들려줄까도 생각했으나 이내 마음을 바꾸었다. 아직 토럴드가 안전한 처지에 있지 못하므로 그가 무사히 떠날 때까지는 그의 소재지를 아는 사람이 적을수록 좋을 터였다. 게다가 그의 가게는 시내에 있기에 적들이 엿들을 가능성도 있었다. 나중에 에드릭과 페트로닐라와 좋은 소식을 함께 나눌 수 있을 때가 오리라.

토럴드가 이야기한 울창한 숲 근처에 이르자 길은 잔풀이 깔린 좁은 오솔길로 바뀌어 숲 가장자리를 따라 죽 이어졌다. 나무들 사이로 경작된 밭들이 언뜻언뜻 보였다. 숲속으로 좀더 깊이 들어간 곳에 목재로 대충 지어진 야트막한 오두막이 하나 있었다. 그곳에서 시체를 말 등에 싣고 성 밑 도랑까지 나르기란 그리 어렵지 않았을 것이다. 세번강은 다른 곳에서와 마찬가지로 들판을 둥그렇게 휘돌아 가고 있었다. 맞은편에 있는 성 밑에 이르려면 강을 건너야 했을 테지만, 강 한가운데 있는 섬이 물살을 완만하게 해주었으므로 요즘 같은 건기에는 얼마든지 걸어서 건널 수 있었다. 거기서 성까지의 거리는 얼마 되지 않으니까 날이 새기 전에 충분히 닿을 수 있었으리라. 길을 따라 좀 더 가니 오른쪽에 토럴드가 말을 바꾼 울프의 땅이 나타났다. 울프의 집은 그 길에서 400미터쯤 떨어진 곳에 자리 잡고 있었다.

울프는 밀밭의 이삭줍기에 바빠 낯선 수사와 말을 섞을 기분이 아닌 듯했으나, 토럴드의 이름을 대면서 그가 믿는 사람이 여기 살고 있다는 말을 들었다고 하자 이내 태도가 달라졌다.

"네, 토럴드가 다리를 저는 말을 끌고 와서 다른 말과 바꿔달라고 하기에 제가 가진 말 중에서 가장 좋은 놈을 내주었습니다. 그래도 이익을 본 쪽은 저였지만요. 토럴드가 남겨놓고 간 말은 피챌런 어른의 마구간에서 나온 놈이거든요. 아직도 다리를 절긴 합니다만 점차 나아지고 있습니다. 한번 보시렵니까? 말에 딸려 있던 근사한 마구들은 잘 감춰놓았죠. 남들이 보면 제가 말을 훔쳤거나 아니면 더 고약한 방법을 써서 빼앗아 왔다고 오해할지도 모르니까요."

밤색에 흰 털이 섞인 덩치 큰 말은, 귀족의 소유임을 알리는 근사한 마구들이 없어도 농부의 것이라 보기에는 힘들 만큼 훌륭한 녀석이었다. 말은 한쪽 앞다리를 아직도 절고 있었다. 울프가 캐드펠에게 다친 곳을 보여주었다.

"토럴드 말로는 마름쇠에 다쳤다고 하던데." 캐드펠은 생각에 잠겨 말했다. "이 근처에 그런 게 떨어져 있었다니 참 이상한 일이오."

"하지만 마름쇠가 맞습니다. 저도 직접 봤거든요. 그다음 날 그 길로 가서 샅샅이 살펴보고 여러 개 주워 왔지요. 우리 집 가축들도 그 길을 자주 지나다니는데, 잘못해서 밟으면 곤란하니까요. 누군가 그 길의 제일 좁은 지점에다 마름쇠를 열두어 개쯤 골고루 뿌려놓았더군요. 그게 다 그 친구들을 오두막 있는 데서 멈추게 하려는 수작이 아니고 뭐겠습니까?"

"그들이 어떤 임무를 띠고 있는지, 어느 길로 가려는지 미리 알고 있던 자가 미리 덫을 설치해놓고 숨어서 그들이 걸려들기만을 기다렸던 게로군."

"왕이 계획을 눈치챈 겁니다." 울프는 분개했다. "은밀히 부하들을 보내 그 친구들이 갖고 있던 것을 빼앗으려 한 거죠. 왕 역시 상대편만큼이나 돈이 궁하니까요."

그러나 캐드펠은 숲속 오두막으로 되돌아가면서 생각했다. 이제껏 파악한 모든 증거들로 미루어볼 때, 이는 왕이 파견한 병사들이 저지른 일이 아니라 누군가 혼자서 그 보화들을 차지하기 위해 꾸민 음모야. 만일 그 누군가가 왕의 밀사였다면 혼자 움직이지 않고 한 무리의 사람들과 함께 행동했겠지. 모든 일이 그자의 뜻대로 성사되었다면 그 보화가 들어가 있을 자리는 스티븐 왕의 금고 속이 아니야.

그날 밤 오두막에는 분명 제3의 인물이 있었다. 토럴드가 범인이 아니라는 사실은 이미 증명된 셈이다. 마름쇠들은 정말로 길에 골고루 깔려 있었고, 두 마리 말 중에서 최소한 한 마리는 발을 다치게 할 수 있었다. 그때까지는 살인자의 계획대로 일이 진행되었다. 어쩌면 기대 이상의 성과를 거두었다고도 할 수 있었으리라. 두 사람이 서로 헤어지게 되었으니, 살인자는 먼저 한 사람을 처치하고 여유 있게 다른 한 사람마저 처치할 기회를 갖게 되었던 것이다.

그러나 캐드펠은 곧장 오두막 안으로 들어가지 않았다. 주변을 살피던 토럴드는 오두막에서 좀 떨어진 여기 어딘가에서 불길한 예감을 느끼고 길로 되돌아가, 쉽게 달아날 수 있게끔 말들의 고삐를 느슨하게 묶어놓았었다. 아마 제3의 인물도 이 근처 어딘가, 숲속으로 좀더 깊이 들어간 으슥한 곳에 말 한 마리를 대기시켜놓았을 터였다. 어쩌면 지금이라도 그 자취를 찾아낼 수 있을지 모를 일이었다. 그날 밤 이후 비가 오지 않은 데다, 그간 많은 사람이 이 숲속을 돌아다녔을 성싶지는 않았다. 지금까지도 슈루즈베리 주민들은 억지로 끌려나오지 않는 한 자기 집에 틀어박혀 꼼짝도 하지 않았고, 왕의 순찰병들은 주로 말이 빠르게 달릴 수 있는 넓은 길로 다녔다.

시간이 꽤 걸리기는 했지만, 결국 캐드펠은 그 자취를 찾아냈다. 하나는 말 한 마리가 풀을 뜯어 먹던 자리였다. 지대가 우묵해서 비가 오면 물이 괴는 무른 땅과 진흙에 발굽 자국들이 남아 있었다. 질 좋은 편자가 박힌 큼직한 자국으로 보아 틀림없이 혈통 좋은 말이었다. 말 두 마리가 묶여 대기하고 있던 흔적은 오두막 서쪽 숲속에 있었다. 낮게 드리운 나뭇가지에 껍질이 벗겨진 자리가 눈에 띄었다. 급히 고삐를 잡아당기는 바람에 생긴 것이었다. 풀이 듬성해 맨땅이 드러난 곳에서는 서로 다른 말 두 마리의 발굽 자국을 식별할 수 있었다.

캐드펠은 오두막 안으로 들어갔다. 대낮의 밝은 빛 덕분에 일하기는 수월했다. 실내였지만 문을 활짝 열어두니 꽤 환했다. 살인자가 그곳에서 희생자를 기다렸으니 틀림없이 자취가 남아 있을 터였다.

오두막 안에는 지난겨울 햇빛이 잘 드는 숲 가장자리의 공터에서 베어낸 건초가 가득했다. 원래는 뒷벽에 가지런히 쌓여 있었겠지만, 지금은 마치 강풍이 집 안을 한바탕 휩쓸고 지나가기라도 한 것처럼 흙바닥에 마구 널려 있었다. 토럴드가 헐거운 판자 하나를 뽑아냈다던 낡은 여물통은 벽에 기우뚱하게 기대어 서 있었다. 바닥에 널린 건초 속에는 바싹 마르긴 했으나 여전히 향기를 내뿜는 허브들이 심심찮게 섞여 있었는데, 그중 가시가 있어 어디에나 잘 달라붙는 거위풀이 보였다. 캐드펠은 니컬러스 페인트리를 교살한 줄에 딸려 목살 깊숙이 박힌 거위풀 줄기를, 이어 토럴드의 어깨에 난 흉측한 상처를 떠올렸다. 그 상처를 치료하려면 거위풀이 필요했으므로, 그는 숲 가장자리 공터를 둘러보기로 마음먹었다. 아마 그곳에는 거위풀이 꽤 무성하게 자라고 있을 터였다. 하느님의 공명정대한 정의가 지난해 수확된 풀 한 줄기로 한 사람이 살해당한 일에 관심을 갖게 하더니, 올해 자란 같은 풀로 죽은 이의 친구가 얻은 상처를 달래고 치료하게끔 하고 있었다.

난투로 인한 혼란스러운 모습을 제외하면, 오두막에는 사람의 손을 탄 흔적이 거의 없었다. 그러나 캐드펠은 문 뒤쪽 결이 거친 목재들에 군청색 모직 옷에서 떨어져 나온 실오라기들이 군데군데 붙어 있는 것을 발견했다. 틀림없이 누군가가 문 뒤에 바싹 붙어 숨어 있었던 것이다. 작은 핏덩이가 묻은 마른 토끼풀 이파리도 찾을 수 있었다. 캐드펠은 살인자의 흉기를 찾으려고 풀 더미를 샅샅이 뒤졌지만 아무것도 보이지 않았다. 아마 살인자가 다시 찾아내 가져간 게 아니면 어느 구석엔가 깊이 파묻혀 있는 것이리라. 캐드펠은 바닥에 무릎을 꿇은 채 뒤로 기어가며 여물통이 있는 곳에서부터 문간까지 바닥을 훑었다. 거의 포기하려 할 즈음 그의 몸을 지탱하던 한 손에 단단하고 날카로운 어떤 것이 닿았다. 캐드펠은 기겁해서 얼른 손을 떼며 상체를 일으켰다. 마치 누군가가 이곳을 조사하러 온 호기심 많은 수사를 다치게 하려고 또다시 마름쇠를 던져놓기라도 한 듯, 건초로 얇게 덮인 흙바닥에 무언가가 반쯤 박혀 있었다. 그는 다시 허리를 숙여 건초를 쓸어내고 그것을 잡아 비틀었다. 단단하고 싸늘한 감촉의 물체가 쉽게 빠져나와 그의 손에 들어왔다. 바로 뒤 문가로 들이치는 햇살에 그 물체를 비추자 노란색의 작은 태양이 반사되면서 눈부신 빛을 발했다.

캐드펠은 좀더 자세히 살펴보려고 오후의 환한 햇살이 넘실거리는 마당으로 나갔다. 그것은 대충 다듬은 커다란 보석이었다. 은박을 입힌 독수리 발톱에 쥐여진 돌능금만 한 황옥. 보석을 쥔 발톱은 원형 그대로였으나 발목 부분에서 끊겨 있었다. 잘 세공된 은장식품의 끝 부분인 듯했다. 장식 핀의 끄트머리일까? 아니, 장식 핀의 일부로 보기에는 너무 크다. 단검 자루의 끝자락? 그렇다면 평범한 사람들이 작업할 때 쓰는 칼이 아니라 귀족의 단검이었을 것이다. 이 보석은 길고 끝이 둥그스름한 단검 자루에 박혀 있었을 테고, 아마도 자루와 날 사이에 있는 가로대에도 이것과 어울리는 좀 더 작은 황옥들이 박혀 있었으리라. 그렇게 자루에 박혀 있다가 떨어져 나온, 세공된 단면이 뚜렷이 보이는 누런 덩어리가 이제 그의 손 안에 있었다.

한 사람은 목이 졸린 채 죽음의 고통 속에 나동그라졌고, 다른 두 사람은 서로 잡아 뒹굴면서 격투를 벌였다. 그 셋 중 어느 하나가 엉덩방아를 찧는 순간 차고 있던 단검 자루가 다져진 흙바닥에 닿았고, 그 서슬에 자루의 장식에서 가장 약한 부분인 그 황옥이 떨어져 나왔을 터였다. 주인은 그것이 떨어져 나간 줄도 모르고 있을 것이다.

캐드펠은 허리띠에 달린 작은 주머니 속에 조심스럽게 황옥을 집어넣고 거위풀을 찾으러 나섰다. 햇살이 미치는 숲 가장자리의 무성한 풀밭 한 곳에 거위풀 줄기들이 자라고 있는 각진 땅뙈기가 보였다. 잠시 후, 그는 옷자락에 수많은 거위풀 씨를 매단 채 수도원으로 향했다.

*

고디스는 수사들이 오후 작업을 하러 사방으로 흩어지자마자 수도원을 슬쩍 빠져나온 뒤 일부러 길을 이리저리 돌아 게이 끝자락에 자리한 물방앗간으로 갔다. 과수원에서 딴 잘 익은 자두 몇 알과 새로 구운 작은 빵 반 덩어리, 그리고 캐드펠이 담근 포도주를 작은 병에 담아 지닌 채였다. 환자는 빠르게 입맛을 되찾고 있었다. 먹성 좋게 음식을 삼키는 그의 모습은 지켜보는 그녀에게도 큰 즐거움을 주었다. 곤경에 빠진 그를 자신이 발견했다는 이유로, 그녀는 마치 그의 보호자가 된 듯한 기분을 느끼고 있었다.

토럴드는 옷을 제대로 갖춰 입고서, 다리를 쭉 뻗어 발목을 서로 엇갈린 편안한 자세로 따뜻한 나무 벽에 기댄 채 자루 침대 위에 앉아 있었다. 바지는 그런대로 잘 맞았으나 겉옷 소매는 좀 짧은 듯했다. 전체적으로는 놀라우리만치 생기 있어 보였어도 안색이 여전히 파리한 데다 다친 곳의 통증이 가시지 않아 움직임 하나하나가 무척이나 조심스러웠다. 그가 겉옷을 걸치느라 꽤 고생했으리라는 생각에 그녀는 못마땅한 표정으로 입을 열었다.

"다친 쪽 어깨를 편하게 해줘야 하니까 팔을 억지로 소매에 끼우지 마세요. 자꾸 건드리면 잘 낫지 않는다고요."

"난 아주 좋아졌어. 게다가 당장이라도 떠나야 하는 상황이니 이 정도 불편은 감수해야 하지 않겠어? 어깨 상처는 곧 아물 거야." 토럴드는 상처는 안중에도 없이 다른 문제를 골똘히 생각하느라 미간을 찌푸리고 있었다. "고드릭, 오늘 아침에는 물어볼 틈이 없어서 그냥 넘어갔는데, 캐드펠 수사님이 니컬러스를 수도원에 매장했다는 이야기 말이야, 그거 정말이야?" 그들이 한 말을 의심해서라기보다는 일이 어떻게 된 것인지 몰라 나온 질문이었다. "어떻게 그 친구를 발견했던 거지?"

"모두 캐드펠 수사님 덕분이에요." 고디스는 토럴드 곁에 앉아 그간의 이야기를 들려주었다. "시신이 있어야 할 수효보다 한

구 더 많았어요. 캐드펠 수사님이 이를 지나쳐버리지 않고 자세히 알아보셔서, 다른 시신들과 완전히 다른 그 시신을 찾아내셨죠. 수사님은 어떤 이도 그 일을 그냥 넘겨버리게 두지 않으셨어요. 그렇게 해서 왕도 살인이 일어났다는 사실을 알게 되었고, 죽은 이의 원한을 반드시 풀어주라는 지시를 내린 거죠. 토럴드 씨의 친구를 위해 정의를 바로 세울 사람이 있다면, 그건 오직 캐드펠 수사님 한 분뿐이에요."

"오두막에 있었던 자가 누구든 간에 나는 그자에게 별다른 상처를 입히지 못했어. 잠시 정신만 잃게 했을 뿐이지. 바로 그 점이 걱정돼. 놈은 새벽이 오기 전 감쪽같이 시신을 처리해버릴 정도로 유능하고 교활한 놈이잖아."

"하지만 캐드펠 수사님을 속여 넘길 정도로 영리하진 못해요. 모든 인간의 영혼은 하나하나 설명되어야 하는 법이죠. 니컬러스 씨는 적어도 자신의 이름을 찾았고 적절한 의식을 거쳐 품위 있는 묘지에 안장되었어요."

"그 친구가 그대로 방치된 채 참혹하게 썩어가거나, 제 이름도 찾지 못한 채 다른 사람들 속에 뒤섞여 묻히지 않았다는 걸 알게 되어 기뻐." 토럴드가 말했다. "물론 다른 사람들도 우리 동지들이었고, 그런 죽음을 당해서는 안 되었지만. 우리가 성에 그대로 남아 있었다면 우리 역시 같은 운명을 겪었겠지. 왕의 병사들에게 붙잡히면 나 역시 마찬가지였을 테고. 그런데도 스티븐 왕은 자기 일을 대신 해준 살인자를 체포하라고 지시하다니! 세상이 그야말로 요지경 속이군!"

고디스도 같은 생각이었다. 그럼에도 불구하고 그 두 가지 경우에는 분명한 차이가 있었으니, 왕은 자신의 지시로 처형된 아흔네 구의 시신에 대한 책임은 받아들인 반면 자신의 재가도 받지 않고 누군가가 제멋대로 살해한 아흔다섯 번째 주검에 대한 책임은 완강히 거부하고 있었던 것이다.

"왕은 그분이 살해된 방식을 혐오했어요. 자기가 그 사건의 공범자로 몰리게 된 것에 분개했고요. 그리고 토럴드 씨가 붙잡히는 일은 없을 거예요." 고디스는 선언하듯 말한 뒤 겉옷 안주머니에서 자두를 꺼내 담요 위에 던졌다. "여기 빵보다 더 달콤한 게 있어요, 드세요!"

그들은 다정하게 앉아 자두를 먹고 그 씨들을 마루판자 사이에 난 틈을 통해 강물로 떨어뜨렸다. "내겐 아직 할 일이 남아 있어." 한참 뒤에 토럴드가 담담하게 입을 열었다. "이제는 나 혼자서 해야 할 일이지. 만일 너와 캐드펠 수사님을 만나지 못했다면 내가 지금쯤 어떻게 됐을지는 하느님만이 아실 거야. 이렇게 기약 없이 떠나야 한다니 참 서글프네. 너와 수사님이 해준 일들을 결코 잊지 않을게. 어쨌든 웬만큼 몸이 회복됐으니 바로 떠나겠어. 내가 가는 편이 두 사람 신상에도 이로울 테니까. 그래야 두 사람이 더 안전해질 거야."

"누가 안전해요?" 고드릭은 잘 익은 자줏빛 자두를 깨물며 되물었다. "어디에서요? 안전한 곳은 어디에도 없어요."

"아무튼 위험에도 정도가 있게 마련이잖아. 게다가 나는 할 일이 있는 사람이야. 지금 당장 그 일을 해낼 수 있을 만큼 건강하고."

그녀는 고개를 돌려 화난 얼굴로 그를 노려보았다. 지금까지 그가 떠난다는 생각은 한 번도 해본 적이 없었다. 본 지 얼마 되지도 않았는데, 자신이 말을 잘못 알아들은 것이 아니라면 그는 이제 곧 떠나겠다고, 그녀의 보살핌과 그녀의 삶에서 벗어나겠다고 위협하고 있었다. 그러나 고디스에게는 캐드펠 수사라는 든든한 동지가 있었다. 그녀는 동지의 권위를 빌려 엄하게 말했다. "몸이 완전히 낫기도 전에 떠날 작정이라면 다시 생각해봐요. 현명하게 생각하라고요. 떠나도 좋다는 허락을 받기 전까지는 여기 있어야 해요. 오늘이나 내일은 어림도 없어요. 그럴 생각이라면 마음을 고쳐먹는 편이 좋을 걸요!"

토럴드는 놀라움과 즐거움이 뒤섞인 얼굴로 입을 딱 벌리더니 거친 벽에 머리를 기대며 유쾌하게 웃었다. "꼭 어머니처럼 말하는군. 내가 마상 시합을 하다가 말에서 떨어졌을 때 어머니도 그렇게 말씀하셨거든. 난 네가 정말 좋아. 물론 어머니도 좋아했지만 그럼에도 내가 하고 싶은 대로 했지. 난 건강하고, 힘도 있고, 능력도 있어, 고드릭. 이미 다른 곳에서 지시를 받기도 했고. 난 가야 해. 만약 네가 내 입장이라면, 그 괄괄한 성미에 진작 여기를 떠나고도 남았을걸."

"아니요." 고디스는 사납게 말했다. "난 더 분별력 있는 사람이니까요. 무기도 없고 말도 없는 주제에 여기서 달아나서 뭘 하겠다고요? 당신은 이미 말들을 풀어주었어요. 추적을 따돌리느라 그랬다면서요! 혼자 얼마나 갈 수 있겠어요? 당신이 그렇게 바보 같은 짓을 한다고 피첼런 어른이 고마워하실 것 같아요? 아니, 이런 얘기는 할 필요도 없지." 그녀는 의기양양하게 말을 이었다. "성치 않은 몸으로 떠나봐야 강까지도 못 갈 거예요. 처음 여기 왔을 때처럼 캐드펠 수사님한테 업혀서 되돌아와야 할걸요."

"아, 과연 그럴까, 고드릭, 내 꼬마 친구?" 토럴드의 눈은 장난기로 반짝였다. 밖으로 나가보았자 실패로 끝나 수치스러운 일만 당할 것이라고 협박하는 이 귀여운 철부지의 수작이 재미있기도 하고 성가시기도 해서 그는 심각한 걱정거리들을 잠시 잊어버렸다. "내가 그렇게 약해 보이나?"

"굶주린 고양이만큼이나요." 그녀는 자두 씨를 판자 사이로 패대기치듯 내던졌다. "열 살짜리도 당신을 넘어뜨릴 수 있을걸요!"

"그렇게 생각해? 정말로?" 토럴드는 옆으로 몸을 굴려 한 팔로 그녀의 허리를 휘감았다. "내가 얼마나 튼튼한지 직접 보여드리지요, 고드릭 선생!" 그는 순수한 즐거움에 호탕하게 웃어젖혔다. 그의 온몸 근육에 힘이 들어갔다. 가까운 친구와 뒹굴면서 장난을 치는 일은 종종 있었다. 게다가 이 친구는 버릇을 약간 고쳐줄 필요가 있었다. 그가 다친 팔로 소년의 양어깨를 휘감아 젖히자 이 거만한 꼬마 도깨비는 짤막한 비명을 내지르면서 벌렁 넘어졌다. "너 따위는 한 손으로도 해치울 수 있어, 귀여운 꼬마야!" 그는 의기양양하게 소리치고는 자신의 말을 입증하기 위해 조금 뒤로 물러서며 왼쪽 손바닥으로 헐거운 겉옷에 감싸인 상대의 가슴을 눌렀다.

그 순간 그는 단번에 진상을 깨닫고 소스라치게 놀라 잽싸게 손을 떼었다. 고디스는 욕설을 내뱉으며 오른손으로 그의 귀를 후려갈겼다. 둘은 얼른 서로 떨어져서 구겨진 자루들을 사이에 둔 채 1미터쯤 떨어져 앉아 깊은 침묵에 빠져들었다.

침묵과 정적은 한동안 계속되었다. 그들은 입을 꾹 다물고 있다가 조심스레 고개를 돌려 서로를 곁눈질했다. 분노에서 죄책감 섞인 연민의 표정으로 살며시 바뀌어가는 그녀의 옆얼굴은 우아하면서도 활달하고 더없이 여성적이었다. 내가 정말 아파서 제정신이 아니었나 봐. 토럴드는 생각했다. 그게 아니라면 그녀의 정체를 몰랐을 리가 없잖아. 그 나직하고 쉰 듯한 목소리는 그저 묘한 매력을 더해줄 뿐인 얄팍한 속임수에 불과했다. 그는 얼얼해진 귀를 문지르다가 마침내 조심스럽게 물었다. "왜 진작 이야기해주지 않았죠? 당신을 화나게 할 의도는 추호도 없었는데. 내가 어떻게 알 수 있겠어요?"

"굳이 알릴 필요가 없잖아요." 고디스는 아직도 분이 풀리지 않아 톡 쏘아붙였다. "댁이 우리 말을 들을 만큼 분별력이 있거나, 친구들한테 점잖게 대할 줄 아는 예의를 갖춘 사람이라면 말이죠."

"하지만 당신이 내 부아를 돋웠잖아요! 남동생한테 할 법한 거친 장난일 뿐인데 그걸 당신이 하게 만들었고요." 그러다 토럴드가 갑자기 물었다. "캐드펠 수사님도 아세요?"

"당연히 아시죠! 캐드펠 수사님은 최소한 수사슴과 암사슴 정도는 구별할 줄 아는 분이세요."

다시금, 먼젓번보다 더 긴 침묵이 찾아왔다. 분노와 호기심, 조심스러움이 가득한 침묵이었다. 그동안 그들은 눈을 내리깔고 은밀히 상대를 훔쳐보았다. 그녀는 혹시 붕대로 싸맨 자리에서 피가 흘러나오지 않나 싶어 그의 다친 어깨를 가리고 있는 소매를 슬쩍슬쩍 곁눈질했고, 그는 아직도 화가 풀리지 않았다고 경고하는 그녀의 뾰로통한 입술과 찌푸린 눈썹, 그리고 우아한 얼굴선을 조심스럽게 살폈다.

조심스러워하는 작은 목소리가 양쪽에서 동시에 흘러나왔다. "기분 상했어요?"

순간 그들은 자신들의 어리석음을 깨닫고 나란히 웃음을 터뜨렸다. 서로의 관계가 멀어졌다는 착각은 곧바로 사라졌다. 둘은 정신없이 웃어젖히다가 서로를 끌어안았다. 안을 때 좀 지나치다 싶게 조심하려 한 것을 빼면 그들의 관계를 복잡하게 할 것은 아무것도 남아 있지 않았다.

"팔을 그런 식으로 움직이면 안 돼요." 그녀는 마침내 입을 열어 그를 나무랐다. 포옹을 풀고 편안하고 만족스러운 기분으로 벽에 기대앉은 뒤였다. “상처가 깊어서 다시 벌어질 수도 있어요.”

“아니, 아무 이상 없어요. 하지만…… 당신이 신경 쓰인다면 조심하죠.” 이어 그는 자신도 마땅히 들어야 할 권리가 있다는 생각에 단도직입적으로 물었다. “당신은 누구죠? 어쩌다 이런 모습을 하고 다니게 된 거예요?”

그녀는 고개를 돌려 진지한 얼굴로 그를 응시했다. 앞으로도 이 사람을 믿은 것을 후회하게 될 일은 절대로 생기지 않겠지.

“사람들이 나를 슈루즈베리 밖으로 보내려 했는데, 실행 전에 마을이 함락되고 말았어요. 나를 수도원에 넣은 건 절망적인 상황에서 생각해낸 필사적인 시도였죠. 하지만 난 잘해낼 수 있으리라 믿었고, 실제로도 그렇게 됐어요. 캐드펠 수사님만 빼고 모두가 나를 남자로 믿었으니까요. 당신도 속았잖아요? 나도 당신과 같은 당파에 속한 도망자예요, 토럴드. 우리는 피차 같은 처지라고요. 내 이름은 고디스 애더니예요.”

“정말입니까?” 그는 놀라움과 기쁨에 휘둥그래진 눈으로 그녀를 바라보았다. “아가씨가 펄크 애더니 님의 따님이시라고요? 아, 하느님 감사합니다! 우리는 아가씨 걱정을 많이 했어요! 특히 니컬러스가요. 그 친구는 아가씨를 알고 있었으니까요……. 직접 뵌 적이 없긴 했지만 저 역시…….” 그는 금발 머리를 숙이더니, 마지막 남은 자두를 막 집어 든 그녀의 그리 깨끗하지 않은 작은 손에 가볍게 입을 맞추었다. “고디스 아가씨, 저는 아가씨가 마음대로 부릴 수 있는 종복입니다! 정말 잘됐군요! 진작 알았더라면 마저 얘기했을 텐데…… 실은 절반도 얘기하지 않았거든요."

"지금 들려줘요." 고디스가 자두를 쪼개 씨를 세번 강물에 떨어뜨린 뒤 반쪽을 그의 입에 넣어 잠시 말을 막았다. "나도 내 얘기를 들려줄게요. 그럼 우린 전체를 알게 되겠죠."

*

캐드펠 수사는 곧장 물방앗간으로 가는 대신 작업장을 한번 살펴본 뒤 거위풀을 절구에 넣고 곱게 빻아 초록빛 약을 만든 뒤에야 자신이 돌보는 두 젊은이에게로 향했다. 혹시 어디선가 지켜보는 사람이 있을까 신경을 곤두세우며 그는 일부러 길을 돌아 물방앗간으로 갔다.

두 젊은이는 그들 모두가 직면한 온갖 근심 걱정들로부터 동떨어진 세계에 있기라도 한 듯 무척이나 차분하고 담담한 얼굴로 앉아 있었다. 그러나 고맙게도 캐드펠이 그 세계에 접근하는 것을 꺼리는 기색은 없었다. 그들을 힐끗 쳐다보는 것만으로 캐드펠은 이제 그들 사이에 어떤 비밀도 없다는 것을 눈치챘다. 이미 모든 것을 터놓으면서 무척이나 가까워져 더 이상은 서로에게 그 무엇도 물어볼 필요가 없게 된 듯했다. 그저 두 사람 모두 어서 빨리 캐드펠 수사에게 모든 사정을 털어놓고 싶어 안달이 나 있을 뿐이었다!

"캐드펠 수사님……." 고디스가 얼굴을 살짝 붉히면서 입을 열었다.

"우선 이것부터 하지." 캐드펠은 쾌활하게 말했다. "청년이 겉옷과 셔츠를 벗는 것을 도와줘라. 그러고서 붕대를 풀어야지. 아직 다 나은 것은 아니니 차분히 기다리게나. 내가 낫게 해줄 테니."

그 말 속에 그들을 당황하게 하거나 나무라려는 뜻은 숨어 있지 않았다. 고디스는 얼른 일어나 먼저 상처 부위에 들러붙은 부분을 조심조심 떼어내며 겉옷을 벗긴 다음 끈을 풀어 셔츠를 허리께로 내리고는 리넨 붕대를 한쪽부터 조심스럽게 풀기 시작했다. 청년은 붕대 푸는 일을 도우려고 몸을 이리저리 움직이면서도 그녀의 얼굴에서 시선을 떼지 않았다. 그녀 역시 청년이 아파할까 신경 쓰느라, 홀린 듯 자신을 쳐다보는 청년의 얼굴에서 거의 눈을 떼지 않았다.

'저런, 저런!' 캐드펠은 그 광경을 지켜보면서 생각했다. '휴 베링어가 약혼자를 찾아다녀봤자 헛수고겠군. 그런데 그 친구가 정말로 이 아가씨를 찾아다니기는 하는 걸까?'

"흠, 젊은이." 캐드펠은 소리 내어 말했다. "상처가 이렇게 깨끗하게 아무는 건 처음 보는데. 덕분에 내 체면이 서는군그래. 자네에게도 잘됐고 말이야. 여기 베인 자국은 어깨에 평생 남을 걸세. 팔은 한 달 정도 지나면 활을 쏠 수 있을 만큼 회복되겠지만 흉터는 평생 가겠지. 자, 이제 좀 화끈할 테니 꾹 참게나. 새로 생긴 상처를 치료하는 데는 이 약이 최고지. 찢긴 근육이 서로 붙을 때 좀 아프겠지만 붙은 자리는 말끔할 게야."

"아프지 않은데요." 토럴드는 꿈꾸듯 몽롱한 표정으로 말했다. "캐드펠 수사님……."

"붕대를 다 감을 때까지 아무 말 말게나. 그다음엔 마음대로 이야기해도 돼. 두 사람 다."

토럴드가 고디스의 도움을 받아 다시 셔츠를 입고 겉옷을 걸치기 무섭게 둘은 이야기를 시작했다. 그들은 마치 정해진 틀이 있는 공식적인 의식에서 발언할 차례를 넘기듯, 혹은 무도회에서 순서에 따라 춤을 추듯, 상대에게 다음 줄거리를 넘기며 이야기를 이어갔다. 자기들은 미처 의식하지 못했지만, 그들은 목청까지도 비슷하게 높이고 있었다. 둘 모두 자신들이 사랑에 빠졌다는 사실은 전혀 깨닫지 못한 채였다. 잘 모르는 이가 보았다면 두 사람이 서로 동지애로 묶여 있다고 생각할 수 있었겠으나, 캐드펠 수사가 없는 동안 그들 사이에 싹튼 감정에서 동지애가 차지하는 부분은 그리 크지 않았다.

"그래서 저는 토럴드에게 제 얘기를 전부 들려주었어요." 고디스가 말했다. "토럴드는 전에 우리에게 얘기해주지 않은 부분만 들려주었고요. 이제 수사님께도 전부 말씀드리고 싶대요."

토럴드는 흔쾌히 이야기의 순서를 넘겨받았다. "사실 저는 피챌런 어른의 보화를 안전하게 숨겨놓았습니다. 강물에 떠내려가면서 몸을 가볍게 하느라 검이며 검띠며 단검이며 모든 것을 버렸지만 안장 주머니 두 쌍에 든 보화만은 내내 붙잡고 있었죠. 그렇게 얼마 동안 흘러 내려가다 돌다리의 첫 번째 아치 밑에 이르렀는데, 아마 수사님도 저만큼이나 잘 아시는 곳일 겁니다. 첫 교각이 있는 곳 말입니다. 그 교각 곁에 얼마 전까지 물방아 삼아 쓰던 배 한 척이 정박해 있지 않았습니까? 배는 없어졌어도 배를 붙잡아 매던 쇠사슬은 교각의 돌에 박아놓은 고리에 그대로 남아 있더군요. 그 교각 위에 사람 하나가 앉을 만한 공간이 있어서, 저는 그리로 올라가 잠시 숨을 돌렸습니다. 그런 뒤에 쇠사슬을 끌어 올려 안장 주머니들을 매달아 다시 물속으로 던져 넣었죠. 그런 뒤 계속해서 하류로 헤엄쳐 가다가 요 앞에 이르러 뭍으로 올라와 고디스 아가씨가 저를 발견한 덤불로 들어갔죠." 그는 그녀를 거침없이 고디스라 부르고 있었다. 그 이름이 그의 입에서 기분 좋은 소리로 흘러나왔다. "보화는 세번 강물 속에 그대로 있을 겁니다. 바라건대 제가 회수해서 주인에게 돌려드리기 전까지는요. 아, 그분이 무사히 살아 계시다니, 하늘의 도우심에 감사할 뿐입니다! 덕분에 그분은 그걸 유용하게 쓰실 수 있겠죠." 그러다 갑자기 걱정으로 그의 표정이 어두워졌다. "누가 그걸 발견했다는 소문은 없었죠?" 그가 불안한 목소리로 물었다. "누가 그걸 건져냈다면 당연히 소문이 났겠죠?"

"당연하지! 아직 아무도 그 대어를 낚지 못했으니 안심하게나. 사람들이 무슨 이유로 그곳을 뒤져보겠나? 하지만 남의 눈을 피해 그걸 회수하기란 쉽지 않을 걸세. 우리 셋이 지혜를 모아야겠지.” 캐드펠이 말했다. “함께 가능한 방법들을 모색해보세. 이제 자네들 두 사람이 동맹을 맺는 사이 내가 한 일을 이야기해주겠네.”

캐드펠은 간단히 요약해서 말했다. “자네가 얘기한 것들을 전부 찾아냈네. 그곳에는 자네가 끌고 다니던 말 두 필의 발자국이 남아 있더군. 자네의 적이 타고 온 말의 발자국도. 한 필뿐이었네. 그자는 왕의 금고를 불리려는 열성 당원이 아니라 제 배를 채우려는 도둑이었어. 자네들의 앞길을 가로막으려고 길에다 마름쇠를 잔뜩 뿌려두었지. 자네 친척이 다음 날 거기서 여러 개 주웠다네. 가축들이 밟을까 싶어 나가봤다더군. 오두막 안에는 두 사람이 싸운 흔적도 뚜렷하게 남아 있었네. 그리고 흙바닥을 더듬다가 이걸 찾았어.” 그는 주머니를 뒤져 은 발톱이 움켜쥐고 있는 거친 세공의 노란 덩어리를 꺼냈다. 토럴드는 그것을 받아 들고 호기심 어린 눈으로 자세히 살펴보았으나, 그 눈에는 처음 본다는 기색이 역력했다.

“단검 자루에서 떨어져 나온 것 같군요. 수사님 생각은 어떤가요?”

“자네 것은 아니란 말이지?”

“제 거요?” 토럴드가 웃었다. “가난한 향사가 무슨 수로 이렇게 좋은 무기를 손에 넣겠습니까? 제 무기는 조부가 차시던 평범한 검이었습니다. 무거운 가죽집에 들어 있던 단검도 그와 어울리는 평범한 것이었고요. 만일 이게 제 것이라면 소중히 품고 있었겠죠. 이건 제 것이 아닙니다."

"페인트리 것도 아니고?"

토럴드는 단호하게 고개를 가로저었다. "그 친구가 이런 걸 갖고 있었다면 당연히 저도 알았을 겁니다. 니컬러스와 저는 처지가 비슷한 데다 3년 넘게 친구로 지내왔으니까요." 그는 갑자기 고개를 들어 캐드펠 수사의 얼굴을 빤히 바라보았다. "사소한 일이긴 하지만 뭔가 의미 있을 듯한 일이 기억났어요. 그자를 기절시키고 급히 그곳을 떠나려 했을 때, 저는 우리가 싸웠던 건초더미 밑에서 작고 단단한 뭔가를 밟고 하마터면 고꾸라질 뻔했어요. 제가 밟은 게 이것이었을지도 모르겠네요. 그자의 것이겠죠? 네, 이건 분명 그자의 것입니다! 우리가 뒤엉켜 구를 때 흙바닥에 부딪쳐 떨어져 나온 거예요."

"거의 확실하네. 이건 우리를 그자에게 인도해줄 유일한 단서야." 캐드펠은 토럴드에게서 보석을 받아 다시 주머니에 넣었다. "보석 하나가 떨어졌다고 그렇게 훌륭한 단검을 내버릴 사람은 아무도 없겠지. 그 주인은 그걸 그대로 간직하고 있다가 어느 정도 안심이 된다 싶을 때 수리하려 할 거야. 우리가 그 검을 찾아낸다면 살인자가 누구인지는 저절로 드러나게 되는 거지."

"아!" 토럴드가 격렬하게 말했다. "저도 함께 이곳에 계속 머물고 싶군요! 니컬러스의 복수를 할 수 있다면 얼마나 좋을까요. 그는 정말 좋은 친구였는데……. 하지만 저는 지시받은 대로 피챌런 어른의 보화를 프랑스로 갖고 가 모드 황후께 전해야 합니다. 그리고…….” 그가 캐드펠을 똑바로 바라보며 말을 이었다. “펄크 애더니 어른의 따님도 어른께 안전하게 모셔다드려야 하고요. 수사님께서 아가씨를 제게 맡겨주신다면 말입니다.”

“그리고 수사님께서 저희를 도와주신다면요.” 고디스는 그렇게 되리라는 굳은 확신을 갖고 덧붙여 말했다.

“이 아가씨를 자네에게 맡긴다…….” 캐드펠은 부드럽게 말을 이었다. “그리고 자네들을 돕는다. 당연히 내 힘닿는 대로 해야겠지. 참 간단하기 짝이 없는 문제군! 나는 그저 늙어빠진 말조차도 금값인 이곳에서 마법을 부려 훌륭한 말 두 마리를 불러내고, 자네가 숨겨놓은 보화를 대신 가서 찾아온 다음, 두 사람과 보화를 그 말에 태워 여기를 떠나 웨일스로 가게 하기만 하면 된다는 말 아닌가! 안 그런가? 이 아가씨는 뻔뻔스럽게도 내게 그걸 요구하고 있는 거라네! 그 정도야 식은 죽 먹기지 뭐! 성자들은 그보다 더 어려운 일들도 수월하게 해내시니까…….”

그 대목에서 갑자기 캐드펠은 표정을 굳히더니 입을 다물라는 뜻으로 한 손을 들었다. 바짝 곤두세운 캐드펠의 귀에, 열려 있는 문 근처 밀밭 가장자리의 그루터기를 조심스럽게 스치고 지나가는 나직한 발소리가 언뜻 들려왔다.

“왜 그러세요?” 고디스가 놀라서 눈을 둥그렇게 뜨고 속삭이듯 물었다.

“아무것도 아니야!” 캐드펠은 부드럽게 말했다. “내가 잘못 들었어.” 그는 큰 소리로 말했다. “이제 우리는 저녁기도에 참석해야지. 가자! 늦으면 곤란해."

토럴드는 캐드펠 수사의 말에 함축된 무언의 지시에 따라 아무것도 캐묻지 않고 그들을 보냈다. 만일 누군가가 엿듣고 있었다면……. 그러나 그는 아무 소리도 듣지 못했다. 그가 보기에는 캐드펠도 완전히 확신하지는 못하는 듯했다. 그런데 구태여 고디스를 놀라게 할 필요가 있었을까? 캐드펠 수사는 더없이 훌륭한 보호자이고, 일단 수도원 안에만 들어서면 그녀는 다시 안전한 성역에서 머물게 되는데. 그는 스스로 책임지면 될 테고. 물론 검 한 자루만 있었으면 더 좋았겠지만!

캐드펠 수사는 풍성한 승복 허리춤에 손을 넣더니, 가죽이 벗겨져 나간 낡은 칼집 속에 든 길쭉한 단검 하나를 꺼내어 말없이 토럴드의 손에 쥐여주었다. 토럴드는 희망했던 일이 실현된 것에 놀라 마치 기적이라도 접한 듯 경건하게 검을 바라보았다. 그들이 밖으로 나간 뒤에도 토럴드는 가로대가 바로 얼굴 앞으로 오게끔 두 손으로 칼집을 받쳐 들고 경외가 가득한 눈으로 한동안 검을 들여다보다 문을 닫아걸었다.

사프란 향기가 풍기는 저녁나절의 상큼한 대기 속으로 나아가며 캐드펠은 청년의 표정을 떠올렸다. 캐드펠 자신도 한때는 두 손으로 칼집을 받쳐 들고, 그렇게 황홀한 표정으로 그 단검을 들여다본 적이 있었다. 아주 오래전, 십자군에 참가했을 때 그는 바로 그 단검에 대고 서원을 했다. 단검은 그와 함께 예루살렘으로 갔고, 10년 동안 지중해 동쪽 바다를 함께 떠돌아다녔다. 그가 이 세상에 속한 모든 것들을 포기하고 온갖 허영과 집착을 버렸을 때조차 고이 간직해둔 물건이었다. 그러나 이제 그것을 필요로 하고 욕되이 사용하지 않을 누군가에게 넘겨줌으로써, 마침내 그것과 헤어지게 되었다.

캐드펠은 주위를 유심히 살피면서 물방앗간 모퉁이를 돌아 수로를 건넜다. 야생동물 못지않게 예민한 청력을 가졌음에도, 마지막 몇 마디를 나눌 때까지는 밖에서 나는 그 어떤 소리도 듣지 못했다. 캐드펠은 자기가 들은 소리가 사람의 발소리인지조차 확신할 수 없었다. 어쩌면 그루터기 사이로 달려가던 조그만 동물의 기척은 아니었을까? 설령 그렇다 하더라도 그는 누군가가 자신들의 이야기를 엿들었다고 가정해야 했고, 그럴 경우 어떤 일이 일어날지 미리 생각해두어야 했다. 정말로 밖에 누군가 있었다면 그 사람은 분명 마지막 몇 마디를 엿들었으리라. 그것만으로도 많은 사실이 드러난 셈이었다. 보화 이야기를 했던가? 그랬다, 바로 그 자신이 했다. 자신이 해야 할 일은 말 두 필을 구하고, 보화를 회수하고, 그들을 안전하게 웨일스로 떠나보내는 것이라고 말하지 않았는가. 보화가 어디 숨겨져 있다는 이야기도 했던가? 아니, 그 이야기는 그보다 훨씬 전에 나왔다. 그러나 정말로 엿들은 자가 있다면 그자는 왕의 군대에 쫓기는 피챌런 편 사람 하나가 그곳에 숨어 있다는 걸 알 수 있었을 테고, 최악의 경우에는 애더니의 딸이 수도원에 은신해 있다는 것까지도 눈치챘으리라.

그렇다면 정말 큰일이었다. 젊은이가 말을 탈 수 있을 만큼 건강을 회복하는 즉시 두 사람을 떠나보내는 것이 상책일 것이다. 만일 오늘 저녁과 밤이 무사히 지나가고 그들의 정체가 드러났다는 어떤 조짐도 보이지 않는다면 괜한 일로 속을 썩였다 생각하게 될 일이지만……. 지금 주위에 보이는 사람이라고는 멀리 강둑에 앉아 낚시질에 열중해 있는 소년 하나뿐이었다.

"왜 그러세요?" 곁에서 말없이 걸으며 그를 유심히 살펴보던 고디스가 물었다. "뭔가 마음이 불편하시다는 것 정도는 저도 알아요."

"괜한 일로 신경 쓰게 만들었구나." 캐드펠이 말했다. "내가 잘못 들었어. 아무 일 없다."

그 순간 고디스가 토럴드를 발견했던 덤불 너머 강가 쪽에서 갑작스러운 움직임이 포착되었다. 여위고 민첩한 사내가 빈약한 은신처 밖으로 모습을 드러내더니, 느긋하게 기지개를 켜고는 그들이 걷고 있는 길을 향해 예각을 그리며 다가오기 시작했다. 이제 조만간 그들과 마주치게 될 참이었다. 휴 베링어는 우연인 듯 보이면서도 적당한 순간에 그들과 만나게끔 철저히 계산된 속도로 다가오며 부드럽고 상냥한 표정을 지어 보였다. 뜻밖에도 여기서 만나다니 정말 반갑다는 표정, 아, 너도 따라왔구나 하는 듯한 표정이었다.

"아주 기분 좋은 저녁입니다, 수사님! 저녁기도 드리러 가시나 보죠? 저도 그런데요. 같이 걸어도 될까요?"

“기꺼이.” 캐드펠이 쾌활하게 말했다. 그는 고디스의 어깨를 가볍게 두드리고서 약초와 붕대가 들어 있는 조그만 보따리를 건네주었다. “고드릭, 먼저 뛰어가서 이것들을 갖다놓아라. 그런 다음 다른 소년들과 같이 저녁기도에 참석하도록 하고. 네 덕에 다리를 좀 쉬고, 빚고 있는 물약들을 휘저을 시간도 얻어보자꾸나. 어서 가라, 얘야. 뛰어가!”

고디스는 청년의 시야에서 벗어날 수 있다는 것이 그저 기뻐서 보따리를 덥석 움켜쥐고는 여느 건강한 소년처럼 휘파람 소리와 함께 한 손으로 키 큰 그루터기를 주르르 훑으며 달려갔다. 그녀의 눈과 마음은 온통 다른 청년의 모습으로 가득 차 있었다.

“착한 아이를 데리고 계시는군요.” 휴 베링어는 그녀의 뒷모습을 유심히 지켜보면서 다정하게 말했다.

“좋은 녀석이오.” 캐드펠은 크림빛으로 변해가는 들판을 휴 베링어와 나란히 가로지르며 담담하게 말을 이었다. “1년치 경비를 내고 수도원에 들어오긴 했지만 저 애가 장차 수사가 될지는 의문이오. 그래도 글 읽는 법과 셈법, 허브와 약에 관해 여러 가지를 배우게 될 테고, 그런 것들은 장차 큰 도움이 되겠지. 그런데 오늘은 꽤 한가한가 보오?”

“한가하긴요.” 휴 베링어는 여전히 차분하게 말했다. “수사님의 뛰어난 솜씨와 지식이 필요해서 왔습니다. 먼저 허브밭에 가봤는데 안 계시기에 오늘은 이쪽 과수원과 밭 쪽에 볼일이 있나 보다 싶었죠. 하지만 어디에도 안 보이셔서 저기 강가에 앉아 저녁 햇살을 즐기던 참이었습니다. 수사님이 저녁기도에 참석하러 가실 줄은 알았습니다만, 이쪽에도 돌봐야 할 밭이 있는 줄은 미처 몰랐네요. 밀은 다 거둬들이지 않았나요?"

"여기 있는 건 죄다 거두었지. 이제 양들이 와서 이 그루터기들을 말끔하게 뜯어 먹을 거요. 그나저나 내게서 원하는 게 뭐요? 내 본분에 맞는 일이라면 당연히 도와드리겠소."

"어제 아침에 수사님께 여쭤보지 않았습니까? 제가 어떤 부탁을 드리면 진지하게 고려해주시겠느냐고요. 수사님께서는 무슨 일이든 간에 깊이 생각해보시겠다 하셨고, 저는 그 말씀을 믿습니다. 그때 저는 떠도는 소문에 불과한 어떤 좋지 않은 이야기에 신경을 쓰고 있었죠. 그런데 이제 그것이 사실이 되었습니다. 제가 알기로 스티븐 왕은 이미 다른 곳으로 이동할 계획을 세우고, 그에 따라 군량과 말을 확보할 수 있는 온갖 수단을 강구하고 있습니다. 슈루즈베리를 공략하느라 큰 대가를 치른 데다, 이제는 먹여야 할 병사들과 말을 필요로 하는 기병들의 수요도 더 많아졌거든요. 이런 사실을 알고 있는 사람은 별로 없습니다. 소문이 퍼졌다가는 모두들 저처럼 무슨 수를 써서든 징발을 피하려 들 거예요." 베링어는 히죽거리면서 말을 이었다. "아무튼 왕은 시내에 있는 집들을 죄다 수색해 각 가구가 확보하고 있는 건초와 식량의 10할을 징발하라는 지시를 내리려 하고 있습니다. 쓸 만한 말들도 죄다 징발할 거고요. '죄다'라는 말에 유념하세요. 말 주인이 누구든 간에, 이미 군용으로 쓰이고 있거나 수비대 소속이 아니라면 무조건 다 끌어 갈 겁니다. 수도원 말들도 면제되지 않을 거고요."

달갑지 않은 소식이었다. 하필이면 말이 절실히 필요한 순간을 골라 치고 들어온 듯한 소식이었다. 그리고 휴 베링어가 일반 시민들보다 먼저 그런 정보를 입수했다는 건 그가 왕의 진영에서 진행되는 상황을 수시로 통보받고 있음을 입증하는 불길한 징후이기도 했다. 이 젊은이의 말과 행동은 뭐든 진실로 여겨지지 않았다. 무슨 게임을 하든 이 젊은이는 언제나 그것을 자신만의 게임으로 만드는 사람이었다. 이 단계에서는 최대한 대꾸를 하지 않는 것이 상책이었다. 그러면 두 사람이 각자의 생각대로 게임을 할 수 있으며, 그 과정에서 둘 다 이익을 볼 수 있을지도 몰랐다. 우선 그가 하고 싶어 하는 말을 마음대로 하게 하자. 물론 그 말 한마디 한마디를 모든 각도에서 세밀히 검토하고, 이미 알고 있는 사실들과 맞춰보아야 하리라.

"부원장께는 나쁜 소식이 되겠군." 캐드펠은 담담하게 말했다.

"제게도 나쁜 소식이죠." 베링어는 이맛살을 찌푸렸다. "수도원 마구간에 제 말이 네 필이나 있거든요. 왕이 제게 임무를 준다면 저를 비롯해 부하들이 쓸 말이니 계속 갖고 있겠다고 주장할 수 있겠지만, 현재로서는 그럴 수 없는 처지예요. 그런 주장이 받아들여질 수도, 안 받아들여질 수도 있죠. 그리고 수사님께만 솔직히 털어놓자면, 제가 갖고 있는 말들 중에서 가장 좋은 두 필만큼은 무슨 일이 있어도 징발당하고 싶지 않아요. 그 두 마리를 은밀한 곳에 빼돌려두고 싶습니다. 이 소동이 끝날 때까지, 징발을 맡은 프레스코트의 부하들 눈을 피할 수 있는 곳에다가요."

"두 마리만?" 캐드펠이 순수한 의문을 제기했다. "어째서 모두 다 숨겨두지 않으시고?"

"왜 이러십니까. 수사님께서 그 정도는 능히 넘겨짚으실 만큼 빈틈없는 분이라는 걸 제가 잘 아는데. 아무려면 제가 말도 없이 여기까지 왔나 보다 생각하겠습니까? 만일 그 사람들이 와서 제 말이 한 마리도 없다는 걸 알면 찾아내려고 난리를 칠 거고, 전 제대로 왕의 신임을 얻을 수 있는 작은 기회마저 잃고 말겠죠. 하지만 별 쓸모없는 말 두 필을 넘겨주면 더 이상 추궁하시 않고 넘어갈 겁니다. 그 두 필은 넘겨줄 수 있어요. 여기서 며칠 지내보니, 아무리 어렵고 위험한 일이라도 수사님은 능히 해결할 수 있는 분이라는 것을 금방 알겠더군요." 그의 말투는 활달하면서도 부드러웠다. 어느 정도 진심이 느껴지기도 하는 것이, 속에 다른 의중을 품고 있는 것 같지는 않았다. "여기 수도원장님은 감당할 수 없는 어려운 일에 부딪히실 때면 으레 수사님께 의지하시더군요. 저도 수사님께 현실적인 도움을 요청하고 싶습니다. 수사님은 이 일대를 훤히 아시죠. 이 가축 몰이가 끝날 때까지 며칠간 제 말들을 맡겨둘 안전한 곳이 있을까요?"

전혀 예상하지 못했던 뜻밖의 제안이요, 하늘에서 떨어지는 만나처럼 달콤한 제안이었다. 캐드펠은 잠시 주저하다가 그 제안을 자신의 목적에 이용하기로 마음먹었다. 그 말 두 마리를 확보할 수 있느냐에 두 젊은이의 목숨이 달려 있었다. 설령 그게 아니더라도 캐드펠은 베링어가 아무 거리낌 없이 자신을 이용하려 한다는 것을 잘 아는 터였고, 그러니 그 또한 이 젊은이를 이용하려는 것에 딱히 가책을 느낄 필요가 없었다. 게다가 그 제안에는 또 다른 무엇인가가 숨겨져 있는 듯했다. 베링어는 마치 캐드펠의 생각을 훤히 꿰고서, 그렇게 넘겨짚지만 말고 어디 한번 마음대로 해보라고 구슬리는 것 같았다. 우리는 서로 상대를 어느 정도 파악하고 있어. 캐드펠은 생각했다. 동기까지는 아니라도 상대의 수법만큼은 제대로 꿰뚫어보고 있고. 그러니 공정한 싸움이 되겠지. 그러나 이 사근사근한 녀석이 바로 니컬러스 페인트리를 살해한 범인일 가능성도 있어. 이 제안을 받아들이면, 상대가 요청하지도 제안하지도 않은 전혀 다른 방향의 결투가 될 것이다. 그 과정에서 일어나는 모든 상황들을, 그게 우연이건 필연이건, 최대한 이용하도록 하자.

"있지." 캐드펠이 말했다. "그런 곳이 있소."

베링어는 거기가 어디인지조차 묻지 않았다. 왕의 군대에 절대 들키지 않을 만큼 충분히 먼 곳인지, 은밀한 곳인지 따위의 질문도 던지지 않았다. "오늘 밤 그리로 가는 길을 안내해주세요." 그는 단도직입적으로 말한 뒤 캐드펠의 눈을 바라보며 씩 웃었다. "내일 공식적인 명령이 떨어질 테니 오늘 밤이 아니면 기회가 없습니다. 우리 둘이 말을 타고 갔다가 내일 아침나절까지 걸어서 돌아올 수 있는 거리라면 함께 가주시죠. 다른 사람보다는 수사님과 함께 가고 싶습니다."

캐드펠은 그 일을 하는 데 고려해야 할 것들을 곰곰이 따져보았다. 대답에 대해서는 새삼 생각할 필요도 없었다.

"저녁기도가 끝난 뒤 말들을 끌고 나가 세인트자일스로 가시오. 난 마지막 기도 후에 그곳에서 합류하지. 남들 보는 데서 우리가 나란히 말을 타고 나가는 건 바람직하지 않소. 당신이야 갑갑하면 저녁나절에도 말들을 운동시키러 나갈 수 있겠지만 말이오."

"좋습니다!" 베링어는 흡족한 얼굴로 말했다. "최종 목적지는 어디죠? 세번강을 건너야 합니까?"

"아니, 시내조차 건널 필요가 없소. 풀리 너머에 있는 롱 숲에 우리 수도원이 마련해둔 목장이 있는데, 거기 딸린 낡은 오두막으로 갈 거요. 세상이 험해져서 양 떼와 소 떼는 철수시켰지만 오두막에 여전히 평수사 둘이 남아 있지. 그 누구도 말을 찾겠다고 거기까지 가지는 않을 거요. 그곳이 거의 버려지다시피 한 곳이라는 사실은 누구나 알고 있으니까. 그 평수사들이야 내가 하는 말을 모두 믿어줄 것이고."

"세인트자일스가 그리로 가는 길목에 있습니까?" 세인트자일스는 수도원 정문 동쪽 끝에서 조금 떨어져 있는 교회였다.

"그렇소. 남쪽 서턴 방면으로 가다가 서쪽으로 방향을 틀어 더 가다보면 숲이 나온다오. 돌아올 때 지름길을 택하면 5킬로미터쯤 걷게 될 거요. 1킬로미터 넘게 단축되는 셈이지."

"그 정도 거리라면 제 다리가 그런대로 버텨주겠죠." 베링어는 짐짓 자신 없는 척 대답했다. "그럼 마지막 기도가 끝난 뒤 세인트자일스에서 뵙겠습니다." 그는 더 이상 아무 말도 없이 캐드펠 곁을 떠나 서둘러 걸어갔다. 얼라인 시워드가 교회에 가느라 숙소를 나와 수도원 정문 쪽으로 걸어가는 것을 보았기 때문이었다. 베링어는 이내 그녀 곁에 따라붙었다. 그녀는 고개를 들어 신뢰가 담긴 미소로 그를 쳐다보았다. 교활한 구석이라고는 찾을 수 없는 성품에 자부심과 예리한 감각까지 갖춘 이 여성의 얼굴이 뱀처럼 사악한 젊은이를 보고 꽃처럼 환하게 피어났다. 뱀이라 해도 좋고, 선악을 떠난 차디차고 섬뜩한 그 무엇으로 표현해도 좋으리라. 활기차게 대화를 나누며 걸어가는 남녀를 주시하면서 캐드펠은 생각에 잠겼다. 여자의 태도는 남자의 환심을 사려는 의도에서 나온 것일까, 아니면 천진한 어린아이와도 같은 무조건적인 믿음에서 나온 것일까? 예로부터 순진무구한 젊은 아가씨들이 뱃속이 시커먼 악당들에게 속아 넘어간 경우는 무수히 많았다. 심지어 살인자들에게 속아 넘어간 경우도 드물지 않았다. 그리고 그런 사악한 자들은, 그들의 천성과 정반대되는 지극히 다정다감한 마음으로 아가씨들에게 자신의 모든 것을 바쳤다.

교회에서 고디스를 보자 캐드펠은 위로를 받은 듯 기분이 좋아졌다. 고디스는 영리하게도 팔꿈치로 다른 소년들을 툭툭 치기도 하고 소곤거리기도 하면서 무척이나 자연스럽게 행동하고 있었다. 그녀는 재빨리 그 푸른 눈을 돌려 어떻게 되었는지 묻는 듯한 시선을 던졌고, 그는 고개를 끄덕이며 안심하라는 듯 싱긋 웃어주었다. 그렇게 안심할 만한 상황은 못 되었지만 어떻게 해서든 잘 타개해나갈 심산이었다. 그가 보기에 고디스는 얼라인만큼이나 훌륭한 아가씨였다. 고디스를 보면 오래전에 만난 그리스의 뱃사공 여인 아리아나가 떠올랐다. 구름처럼 솟아오른 짧은 고수머리에 치마를 무릎 위로 걷어 올리고 긴 노를 저으며 기슭에 있는 그에게 소리치던 아리아나…….

아, 이런! 그때도 이미 그는 젊은 나이가 아니었다. 지금의 토럴드보다도 훨씬 더 나이가 많았다. 이런 상상은 젊은이에게나 어울릴 법한 것을…… 자, 일단은 오늘밤 마지막 기도가 끝난 뒤 세인트자일스에서!

7

캐드펠은 말을 타고 서턴을 가로질러 울창한 원시림으로 들어섰다. 면적 40제곱킬로미터에 이르는 숲은 온통 히스가 무성한 봉우리들로 이루어져 있었다. 그는 위험한 야간 매복과 급습으로 점철된 과거로 되돌아간 듯한 느낌에 문득 사로잡혔다. 그때는 지긋지긋할 정도로 일상적인 일들이었으나, 늙고 추레해진 지금 그 추억들은 그에게 짜릿한 흥분을 안겨주었다. 그가 탄 말은 힘 좋고 당당하고 혈통도 훌륭한 녀석이었다. 20여 년 만에 이렇게 좋은 말을 타니 허영심과 우쭐해지는 기분마저 들었다. 그는 자신의 내면에 이는 감정을 의식하며, 필멸의 운명을 타고난 보편적인 인간의 한계를 새삼 느꼈다. 그의 지시를 고분고분 따르며 나란히 말을 달리는 젊은이 또한 옛 시절을 상기시켜주었다. 종교적인 열정으로 가득 차 있고 어떤 모험도 마다하지 않을 만큼 원기 왕성했던 옛 동료들. 그들 덕분에 캐드펠은 온갖 힘겨운 노역과 궁핍한 상황들을 기꺼이 견뎌낼 수 있었다.

잘 닦인 길을 벗어나 짙은 어둠에 잠긴 숲속으로 들어서자 휴 베링어는 세속의 온갖 시름을 잊은 듯했다. 자신의 파트너가 속임수를 쓸지도 모른다는 두려움도 없어 보였다. 심지어 그는 캐드펠이 수도원에 들어오기 전에 겪은 일들이며 수사가 이 숲만큼이나 훤히 알고 있는 바다 건너 여러 나라들에 대해 심심풀이 삼아 꼬치꼬치 캐묻기까지 했다.

"그런 세계에서 오래 시간을 보내고 그렇게 많은 것들을 보고 다니시면서 결혼할 생각은 한 번도 안 해보셨습니까? 흔히 하는 말마따나 세상 여자들의 절반을 겪어보셨는데도요?" 무심하면서도 조금은 빈정거리는 투의 가벼운 목소리 속에는 진심으로 대답을 궁금해하는 속내가 담겨 있었다.

"딱 한 번 결혼할 생각을 했었지." 캐드펠은 솔직하게 대답했다. "십자군에 참여하기 전이었소. 아주 아름다운 여자였는데, 솔직히 나는 동방에서 그 사람을 잊었고, 그 사람은 서방에서 날 잊었소. 내가 너무 먼 곳에 가 있었기에 나를 기다리기를 단념하고 다른 남자와 결혼해버린 거요. 그러니 그쪽에도 약간의 책임이 있다고 할 수 있겠지."

"그분을 다시 보신 적이 있습니까?" 휴가 물었다.

"아니, 한 번도. 지금쯤 손자들을 봤을 거요. 아마 손자들에게 푹 빠져 있겠지. 리힐디스, 좋은 여자였는데."

"하지만 동방 역시 남자와 여자로 이루어진 세상이고, 수사님은 젊은 십자군이셨잖습니까. 정말 희한한 일이로군요." 베링어는 꿈꾸듯이 말했다.

"그래요, 희한한 일이지! 그러나 내 보기에는 당신도 희한한 사람이오." 캐드펠은 부드럽게 말했다. "서로에게 이방인이 아닌 인간이 있을까?"

숲 사이로 희미하게 반짝이는 불빛이 보였다. 평수사들이 그 시간까지 깨어 촛불을 밝혀두고 있었던 것이다. 캐드펠은 그들이 주사위 놀이를 하고 있을지도 모르겠다고 생각했다. 그럴 만하지. 지독하게 따분한 곳이니. 두 사람이 도착하면, 그 사람 좋은 수사들은 잠시나마 지루함을 벗어날 수 있겠다는 생각에 무척 반가워하리라.

예기치 않은 인기척에 이내 문가로 나온 것을 보니 두 수사도 속 편히 방심하고 있지만은 않았던 모양이었다. 쉰다섯이라는 자기 나이만큼의 세월을 보낸 참나무처럼 장대하고 건장한 안젤름 수사는 한 손에 든 기다란 몽둥이를 가볍게 흔들었고, 프랑스 혈통이지만 잉글랜드에서 태어난 이로 작으면서도 다부지고 민첩한 체구를 지닌 루이 수사는 자신이 잘 다루는 호신용 단검을 들고 있었다. 만반의 준비를 갖추고서 나타나 조심스러운 시선으로 차분하게 어둠 속을 응시하던 두 사람은 캐드펠 수사를 보자 이내 환하게 웃어 보였다.

"우리 형제셨군요. 아는 얼굴을 보니 반갑네요. 이렇게 늦은 시각에 오시다니 뜻밖입니다. 하룻밤 묵어 가실 건가요? 그래, 무슨 일로 오셨습니까?" 그들은 경계하는 눈길로 베링어를 쳐다보았지만 베링어는 그들과의 일을 캐드펠에게 일임하기로 했다. 이곳은 수도원의 문서가 왕의 문서보다 훨씬 강력한 힘을 발휘하는 곳이었다.

"이놈들을 맡기러 왔소." 캐드펠이 말에서 내리며 말했다. "여기 계신 이분이 이 말들을 남들의 눈에 띄지 않게 며칠만 돌봐달라고 해서 형제들께 부탁하려 하오." 두 수사라면 이렇게 훌륭한 말을 간직하고 싶어 하는 말 주인의 심정을 충분히 헤아릴 터이니 구태여 감출 필요가 없었다. "이 말들은 곧 징발당해 군인들의 짐말로 쓰일 처지에 놓여 있는데, 그러기에는 너무 아까워서 말이지."

안젤름 수사는 찬탄 어린 눈길로 베링어의 말을 훑어보다가 고개 숙인 말의 목을 한 손으로 부드럽게 쓸며 말했다. "정말 오랜만에 우리 마구간에 이렇게 아름다운 말을 들여놓는군요! 아니, 한동안 말은커녕 그 비슷한 짐승 꼴도 못 봤습니다. 로버트 부원장님이 노새를 타고 오셨을 때를 빼면요. 하지만 그분도 요즘은 거의 들르지 않으세요. 솔직히 저희가 보기에도 이곳이 워낙 외지고 쓸모없는 곳이라 윗분들 입장에서는 더 이상 유지할 가치가 없다고 생각하실 것 같긴 하지만요. 어쨌든 좋습니다. 이 녀석에게 기꺼이 우리 마구간을 내주지요. 수사님이 타고 오신 말도요.

가끔 운동 삼아 이 녀석을 타도 좋다고 허락하신다면 더욱 기꺼운 마음으로 그렇게 하겠습니다."

"수사님이 타셔도 크게 저항하지는 않을 겁니다." 베링어가 싹싹하게 말했다. "다만 저나 캐드펠 수사님 말고 다른 사람에게는 절대로 넘기지 말아주시길 부탁드립니다."

"알겠습니다. 어차피 이곳에서 이 녀석들을 볼 사람은 아무도 없을 겁니다." 마침 따분하던 차였고, 게다가 베링어가 후한 사례금까지 주었으므로 평수사들은 무척 흡족해하면서 말들을 텅 빈 마구간으로 데려갔다. "기꺼운 마음으로 이놈들을 맡아두지요." 루이 수사는 진지하게 말했다. "한때 난 글로스터의 로버트 백작[24] 저택에서 마부 노릇을 했어요. 내 면목을 세워줄 만큼 당당하고 보기 좋은 말을 정말 사랑합니다."

캐드펠과 휴 베링어는 수도원을 향해 함께 걷기 시작했다. "내가 안내하는 길로 가면 한 시간도 채 안 걸릴 거요." 캐드펠이 말했다. "군데군데 잡초가 무성해서 말을 타고 가기에는 적당치 않지만 내가 잘 아는 길이오. 그리로 가면 정문으로 들어갈 필요도 없지. 물방앗간에서 상류 쪽으로 한참 거슬러 올라간 데서 메올 시내를 건너면 허브밭을 통해 수도원 경내로 살짝 들어갈 수 있소."

"제가 보기에 수사님은 저와 일종의 게임을 하고 계시는 것 같은데요." 베링어는 생각에 잠긴, 그러나 지극히 담담한 얼굴로 말했다. "혹시 저를 숲속에 두고 가거나 물방앗간 수로에 빠뜨리시려는 것 아닙니까?"

"글쎄, 우리 둘 중 반드시 한 사람이 이겨야만 하는지 모르겠군. 우리는 무척이나 우호적인 분위기 속에서 산책을 하게 될 거요. 그럴 만한 가치도 있을 거고."

그들은 서로 상대방이 자신을 이용하고 있다는 사실을 잘 알았고, 바로 그래서 그날 밤의 산책은 사적인 야심이 전혀 없는 나이 든 수사와 끝없는 야심을 지닌 대담한 젊은이가 함께하는 흥미로운 산책이 되었다. 베링어는 캐드펠이 왜 이처럼 선선히 자신의 편의를 봐주었을까 하는 수수께끼를 놓고 한참 고심했고, 그사이 캐드펠 역시 베링어가 자신을 그 일에 끌어들여 공모자로 만든 이유를 밝히느라 열심히 머리를 굴렸다. 사실 그가 베링어의 공모자가 된 것은 둘의 싸움을 보다 흥미롭게 만들 뿐 별 문젯거리는 되지 않았다. 그들의 싸움에서 누가 이길지, 누가 목적하는 바를 이룰지는 여전히 불확실했지만.

좁은 숲길을 걸어가는 그들의 키는 서로 엇비슷했다. 하지만 캐드펠이 육중하고 다부진 체구를 가진 데 반해 베링어는 호리호리하고 민첩했다. 베링어는 조심스럽게 캐드펠의 뒤를 따랐다. 나뭇가지들 틈새로 새어 드는 희미한 별빛만으로 간신히 사물을 식별할 수 있을 정도의 짙은 어둠도 그에게는 별문제가 아닌 듯했다. 그는 가벼운 어조로 솔직히 털어놓았다.

"왕은 더 많은 병력을 이끌고 글로스터 백작의 영지로 이동할 계획입니다. 병사들과 말을 끌어들이려 애쓰는 것도 다 그 때문이죠. 분명히 며칠 안에 이동할 거예요."

"당신도 같이 갈 거요?" 상대가 이야기하고 싶어 하는 눈치이니 옆에서 부채질해주는 것도 나쁘지 않을 성싶었다. 물론 베링어의 말은 모두 면밀한 계산을 거친 끝에 나오는 것일 테지만, 그런 그도 머지않아 실수를 하게 되지 않겠는가.

"그거야 왕에게 달려 있죠. 믿으실지 모르겠지만, 왕은 저를 불신하고 있습니다! 사실 제 입장에서도 제 땅이 있는 이곳에서 마음대로 지내는 편이 더 낫긴 합니다. 그동안이야 제 나름대로 애써왔습니다만 왕과 지속적으로 얼굴을 맞대는 건 효과로만 치자면 최악이라 할 수 있어요. 그렇다고 그 근처에 얼씬도 하지 않았다가는 치명적인 결과로 이어질 수 있고요. 현명한 판단을 내려야 할 문제죠."

"당신의 판단력은 꽤 믿을 만한 것 같은데. 자, 이제 개울에 다 왔소. 저 소리 들리오?" 캐드펠이 말했다. 얕고 좁은 개울 여기저기에 징검다리가 될 만한 돌들이 널려 있었다. 베링어는 잠시 거리와 지형지물을 찬찬히 살피더니 날렵하게 돌을 딛고 물을 건너, 방금 전 캐드펠이 한 말을 여실히 입증해 보였다.

"진심이세요? 정말 제 판단력을 높이 평가하십니까?" 두 사람이 다시 어깨를 나란히 하고 걷게 되었을 때 베링어가 물었다. "손익을 따지는 부분에 대한 것인가요? 아니면 예컨대 다른 남자들, 혹은 여자에 대한 판단도요?"

"남자들에 대한 판단력과 관련해서는 이의를 달 수 없지." 캐드펠은 퉁명스럽게 대꾸했다. "일단 나를 믿고 있잖소. 그걸 의심한다면 나는 당신의 신임을 받을 자격이 없는 셈이오."

"그럼 여자들에 대해서는요?" 이제 그들은 확 트인 들을 걷고 있어 몸놀림이 자유로웠다.

"당신이 만나는 여자들마다 붙잡고 조심하는 편이 좋을 거라고 충고해주고 싶소. 자, 다음 작전에 관한 것 말고 왕의 진영에 떠도는 소문은 없소? 이를테면 피챌런 씨와 애더니 씨를 찾아냈다는 소문이라든가."

"전혀요. 어쨌든 이제는 못 잡을 겁니다." 베링어는 선선히 대답했다. "그분들은 운이 좋았고, 그건 저로서도 하등 유감스러울 게 없죠. 지금 그분들이 어디 계신지는 모르겠지만, 프랑스로 향하고 있다는 것만은 분명해요."

그의 말을 의심할 이유는 없었다. 의도하는 바가 뭐든 간에, 그는 거짓이 아니라 진실을 털어놓는 방법으로 자신의 길을 만들어가고 있었다. 그에게서 나온 소식은 고디스에게 큰 위안이 되어줄 터였다. 고디스의 아버지와 그에게 앙갚음하려 드는 스티븐 왕과의 거리가 멀어지면 멀어질수록 그녀의 마음은 더욱 편안해지지 않겠는가. 게다가 이제 고디스와 토럴드의 탈출로에는 훌륭한 말 두 마리까지 배치되어 충직한 수사들의 보살핌을 받고 있었다. 캐드펠의 지시가 떨어지기만 하면 수사들은 언제라도 기꺼이 말을 내줄 테니 탈출의 첫 단계는 이루어진 셈이었다. 이제는 강물에서 안장 주머니들을 회수해 두 사람을 무사히 떠나보내는 일만 남아 있었다. 그리 간단한 문제는 아니지만 그렇다고 해서 불가능한 일도 아니었다.

"이제 여기가 어딘지 알겠군요." 20분쯤 지난 뒤에 베링어가 말했다. 그들은 구불구불하게 흐르는 시냇물로 둘러싸인 땅을 1~2킬로미터쯤 똑바로 가로질러 다시 둑 앞에 이르렀다. 건너편에 추수가 끝나 휑한 완두밭이 별빛아래 희뿌옇게 펼쳐져 있었고, 그 완만한 구릉지대 너머로는 밭과 수도원 건물들이 늘어서 있었다. "수사님은 밤중에도 이 일대를 훤히 꿰고 계시네요. 앞장서시지요. 이 냇물에 깊은 구덩이가 없다는 말씀을 그대로 믿고 따를 테니까요."

캐드펠은 샌들 외에는 젖을 것이 없었으므로 승복 자락만 걷어 올리면 되었다. 그는 고디스가 자고 있는 오두막 지붕이 건너다보이는 곳에서 물속으로 들어갔다. 오두막 지붕이, 밭을 둘러싼 담과 나무와 관목숲 너머 빼꼼 고개를 내밀고 있었다. 베링어는 부츠와 바지도 벗지 않고 그대로 물속으로 들어섰다. 물이 무릎까지 올라왔지만 전혀 개의치 않는 눈치였다. 캐드펠은 찰랑거리는 소리조차 내지 않고 유연하게 물속을 걷는 베링어의 모습을 눈여겨보았다. 야생동물의 직관을 타고났는지, 그의 움직임은 밤에도 낮 시간 못지않게 민첩하고 기민했다. 그는 수도원 쪽 둑에 이르러서도 완두의 마른 뿌리를 밟아 부스럭거리는 소리를 내지 않으려고 본능적으로 완두밭 가장자리를 돌아서 갔다.

"타고난 음모꾼이군." 캐드펠은 속생각을 입 밖에 냈다. 그런 말을 할 수 있었던 건 그들 사이에 적의 섞인, 그러나 강한 유대감이 존재했기 때문이었다.

베링어는 불쑥 고개를 돌리며 야릇한 미소를 머금었다. "인물은 인물을 알아보는 법이죠." 그들은 상대방만 알아들을 수 있는 나직한 속삭임에 익숙해 있었다. "그러고 보니 떠도는 소문 하나가 기억나네요. 말씀드려야지 생각했다가 깜박 잊었습니다. 며칠 전에 어떤 친구가 밤에 강물 속으로 쫓겨 달아났는데, 듣자니 피첼런 어른의 향사였다고 하더군요. 한 궁수가 그 친구의 왼쪽 어깨 뒤편을 맞혔답니다. 어쩌면 심장을 꿰뚫었을지도 모르고요. 어쨌든 그냥 떠내려갔으니 애첨 근방에서 뭍으로 떠밀려 나오겠죠. 그런데 이튿날 병사들이 주인 없는 말 한 마리를 붙잡았답니다. 훌륭한 승용마였다더군요."

"자세히 이야기해줄 수 있겠소?" 캐드펠은 은근히 놀라 물었다. "여기서는 마음 편히 이야기해도 괜찮소. 한밤중에 내 허브밭에서 어슬렁거릴 사람은 없을 테고, 수사들은 내가 이곳에서 허브주를 돌보느라 다들 자는 시간에 일어나 돌아다니는 것에 꽤 익숙해 있으니까."

"그런 건 수사님을 거드는 아이가 돌보지 않나요?" 휴 베링어는 순수한 궁금증으로 질문을 던졌다.

"기숙사를 몰래 빠져나온 아이는 이내 후회할 일을 겪기 마련이지. 우리는 당신 생각보다 아이들을 잘 보살피고 있다오."

"그 말씀을 들으니 기쁘군요. 노련한 늙은 군인이 수사가 되어 밤의 냉기에 시달리는 일이야 얼마든지 있을 수 있겠지만, 어린 것들은 보호해줘야 마땅하니까요." 베링어의 목소리는 꿀처럼 달콤하고 부드러웠다. "정체불명의 말에 대해 말씀드리다 말았죠……. 믿으실지 모르겠는데, 이틀 뒤 병사들은 마을 북쪽 히스 벌판에서 등에 안장을 얹은 채 유유히 풀을 뜯어먹고 있는 다른 승용마 한 필을 더 붙잡았답니다. 그들은 왕의 군대가 공격을 개시했을 때 성에서 애더니 어른의 따님을 데려갈 호위병을 파견했던 모양이라 생각하더군요. 어딘가에 숨어 있는 아가씨를 말에 태워 공격군의 포위망을 뚫고 안전하게 도피시키려고요. 하지만 그 호위병이 아가씨 있는 곳을 밝히지 않으려고 강물 속으로 뛰어들었고, 그래서 그 시도는 실패로 돌아갔다고 보고 있습니다. 그러니 애더니 어른의 따님은 아직도 행방불명 상태인 셈이죠. 아마 이곳 어딘가에 깊숙이 숨어 있을 거예요. 그들은 아가씨를 찾으려 들 겁니다. 이제는 전보다 더 열심히 찾아다니겠죠."

그들은 수도원 경내의 채소밭 가장자리에 이르렀다. 휴 베링어는 여전히 소리를 죽인 음성으로 "편히 주무십시오!"라고 말하더니 접객소를 향해 유령처럼 사라졌다.

*

캐드펠은 잠자리에 누워서도 이런저런 복잡한 문제들을 생각하느라 오랫동안 잠을 이루지 못했다. 생각하면 생각할수록 누군가가 물방앗간으로 살그머니 다가와 안에서 오가는 마지막 몇 마디를 엿들었으리라는 확신이 더욱 굳어졌다. 그리고 그 사람이 바로 휴 베링어라는 점에는 의심의 여지가 없었다. 그는 자신이 얼마나 은밀히 움직일 수 있는가를 여실히 보여주었고, 본능적으로 주위 상황에 맞춰 움직임을 통제하는 능력도 갖추고 있었다. 게다가 서로를 상대의 재량에 맡기는 기묘한 모험을 하자고 캐드펠을 부추기고, 적절한 의혹과 충격을 불러일으키게끔 세밀히 계산된 많은 비밀들을 털어놓기까지 했다. 아마 상대의 어리석은 행동을 촉발시키려는 의도를 감추고 있었으리라. 그러나 캐드펠은 그런 짓을 해서 그를 만족시켜줄 생각이 추호도 없었다. 캐드펠이 보기에 그가 대화가 들리는 거리 안에 오래 머물러 있었던 것 같지는 않았다. 그러나 대화의 마지막에 캐드펠이 한 말, 자신이 말 두 필을 확보하고 숨겨진 보화를 회수해서 토럴드를 '그녀'와 함께 떠나보내도록 하겠다는 이야기는 분명히 들었을 것이다. 그리고 만약 그보다 전에 문 뒤로 접근했다면 고디스의 이름이 거론되는 것도 들었을 테고, 설령 듣지 못했다 해도 분명 그런 의혹을 품었을 것이다. 그렇다면 휴 베링어는 자신의 가장 좋은 말들과, 아직 고발하지는 않았지만 언제라도 고발할 수 있는 두 명의 도망자, 그리고 캐드펠을 가지고 어떤 게임을 하려는 것일까? 한 청년을 생포하는 것이나 자기로서는 하등 아까울 것 없는 한 아가씨를 넘겨주는 것보다는 훨씬 큰 것을 노리고 있는 게 분명했다. 베링어 같은 사내라면 자잘한 것들을 덮어두고 토럴드와 고디스, 그리고 보화를 한꺼번에 건 엄청난 도박을 하는 편을 선호할 터였다. 큰 출세를 기대하지는 못하더라도 예전처럼 작은 땅의 영주 행세를 하며 지내고 싶은 걸까? 아니면 왕의 상금과 총애를 얻으려고? 베링어가 선택할 수 있는 길은 실로 무한했다.

캐드펠은 베링어에 대해 오랫동안 생각했다. 적어도 한 가지는 분명했다. 만일 캐드펠이 보화를 회수하러 나서리라는 사실을 그가 알고 있다면 지금부터는 한시도 캐드펠을 놓치지 않으려 들 것이었다. 캐드펠이 자신을 그 보화가 있는 곳으로 안내해줄 사람이니 말이다. 그는 여명이 희미하게 움터오기 시작할 무렵에야 겨우 잠이 들었다. 제대로 눈을 붙이지도 않은 듯한데 아침기도 시간을 알리는 종이 울렸다.

"오늘은 모든 일을 평소와 다름없이 해야 한다." 아침 식사를 마친 뒤 캐드펠은 허브밭에서 고디스에게 말했다. "수도회 평의회 전에 열리는 미사에 참석하고 난 뒤에는 수업을 받아라. 점심 식사 뒤에는 허브밭에서 일을 좀 하면서 약을 살피고, 그 뒤부터 저녁기도 시간 사이에는 살짝 빠져나가 물방앗간으로 가도 괜찮아. 하지만 남의 눈에 띄지 않게 조심해야 한다. 나 없이도 토럴드의 상처에 붕대를 감아줄 수 있겠니? 나는 거기 갈 수 없을지도 모르겠는데."

"잘해낼 수 있어요." 고디스는 유쾌하게 말했다. "수사님이 하시는 걸 봤으니까요. 이젠 허브도 잘 알고요. 하지만…… 만약 어제 그 사람이 오늘 또 와서 우리를 염탐하면 어떻게 하죠?" 고디스는 이미 캐드펠에게 어젯밤 여정에 대해 귀띔을 받고 안도감과 놀라움을 느낀 터였다.

"그자는 안 올 거야." 캐드펠은 긍정적으로 말을 이었다. "내 예상이 맞는다면 그자는 내 주위만 얼씬거릴 게야. 너를 떼놓으려는 것도 다 그 때문이지. 내게서 떨어져 있어야 좀 더 편히 있을 수 있을 거다. 계획대로 된다면 오늘 밤 늦게 너와 토럴드가 나를 위해 하나 해줄 일이 있어. 저녁기도 시간에 됐다, 아니다로만 이야기해주지. 일이 순조로우면 그저 됐다고만 하마. 자네들이 할 일이 뭔고 하니……."

고디스는 정신을 바짝 차리고 귀를 기울이며 열심히 고개를 끄덕였다. "네, 물방앗간 벽에 기대놓은 배 봤어요. 네, 그쪽 밭이 시작되는 곳에 있는 빽빽한 덤불 알아요. 다리 끝 바로 아래에 있는 곳 말씀하시는 거죠? 네, 물론 할 수 있어요. 토럴드하고 함께 해볼게요!"

"충분히 기다려야 해." 캐드펠은 다짐을 받듯 말했다. "이제 어서 가서 미사에 참석해라. 수업도 받고. 다른 아이들과 다름없어 보이도록 해야 해. 두려워하지는 말고. 두려워할 일이 생기면 내게 바로 알려주렴. 바로 달려갈 테니까."

*

캐드펠의 예상 중 일부는 곧바로 입증되었다. 일요일인 오늘,

그는 수도원 경내를 분주하게 돌아다니기로 마음먹고 미사마다 빠짐없이 참석했으며, 갖가지 용건을 가지고 문지기실이며 접객소며 수도원장의 숙소, 진료소, 여러 곳에 흩어져 있는 밭 등 온갖 장소를 부지런히 돌아다녔다. 어디를 가든 그의 시선이 미치는 곳 한구석에는 반드시 휴 베링어의 모습이 어른거렸다. 이때껏 그 젊은이가 교회에 그렇게 열심히 들락거린 적은 한 번도 없었고, 얼라인이 없는 경우라면 더더욱 그랬다. 캐드펠은 약간의 악의를 갖고서, 얼라인이 미사에 참석해도 그가 다른 구혼자들 사이에 그녀를 내버려둔 채 자신을 따라오는지 확인해보기로 마음먹었다. 얼라인은 수도회 평의회가 끝난 뒤 열리는 대미사에 반드시 참석할 터였다. 조금 전 문지기실에 들렀을 때 그는 사복을 점잖게 차려입은 애덤 쿠셀이 얼라인과 그녀의 하녀가 묵고 있는 작은 숙소로 다가가는 것도 눈여겨 보아두었다.

캐드펠이 대미사에 불참한 적은 한 번도 없었으나, 이번만은 그럴싸한 핑계를 만들어 빠져나왔다. 그가 약을 잘 다룬다는 사실이 마을에 널리 알려져 있어서 주민들은 종종 그에게 도움과 조언을 청했으며, 헤리버트 수도원장은 그런 요청에 관대한 편이었기 때문에 매번 선뜻 그를 내보내주곤 했다. 수도원에서 세인트자일스 쪽으로 가는 길에 피부병 때문에 이따금 그의 치료를 받는 아이가 있었다. 조금씩 나아가는 참이라 그날은 굳이 찾아갈 필요가 없었지만, 캐드펠이 가야 한다고 하자 그 누구도 이의를 달지 않았다.

문 앞에서 캐드펠은 마침 경내로 들어오는 얼라인 시워드와 애덤 쿠셀을 만났다. 그녀는 캐드펠을 보자 얼굴을 살짝 붉혔다. 자신을 호위하는 이가 마음에 들지 않아서라기보다는 약간 당황해서 그런 것 같았다. 정성을 다해 그녀를 호위하는 왕의 신하는 얼굴을 벌겋게 붉히고 있었다. 분명 기뻐서이리라. 요즘은 베링어가 일상적으로 그녀를 찾아왔으므로, 만일 얼라인이 오늘도 그의 방문을 예상하고 있었다면 쿠셀이 나타났을 때 꽤나 당황했을 터였다. 그리고 안도할 일인지 실망할 일인지는 모르겠지만 그들은 베링어와 마주치지 않았다. 베링어는 어디에서도 보이지 않았다.

이제 확실한 증거를 잡은 캐드펠은 흡족한 마음으로 서두름 없이 침착하게 왕진 길에 올랐다. 베링어는 조심스럽게 그를 감시하며 그가 아이 집에서 나올 때까지 얼씬도 하지 않았다. 캐드펠이 수도원으로 향할 때에야, 그는 남은 말 중 한 마리에 올라탄 채 마치 운동 삼아 나오기라도 한 양 유유히 그에게로 다가와서는 휘파람을 불었다.

우연한 만남이 여간 반갑지 않다는 듯 그가 요란한 인사를 건넸다. "일요일 아침부터 어딜 그렇게 헤매고 다니시나요, 캐드펠 수사님?"

캐드펠은 담담한 표정으로 어떤 아이의 병을 치료하러 나왔으며, 그 결과가 무척 만족스럽다는 이야기를 들려주었다.

"수사님은 정말 다방면에 조예가 깊으시군요." 베링어는 싱글벙글 웃으며 말을 이었다. "어제 그렇게 오래 일하셨으니 푹 주무셨겠죠?"

"한동안 이런저런 생각으로 뒤척이긴 했지만 잘 잤소." 캐드펠이 말했다. "그런데 아직도 말을 안 빼앗겼구려."

"아, 그거 말이죠! 제가 한 가지를 잘못 판단했습니다. 명령이 떨어져도 다들 안식일 이후에야 움직이리라는 걸 미처 생각하지 못했거든요. 내일이면 수사님도 직접 보시겠죠." 베링어는 분명 진실을 이야기하고 있었으며, 자기의 정보를 확신하고 있었다. "사냥은 아주 철저히 진행될 겁니다." 캐드펠은 그것이 단순히 말이나 식량에 대한 이야기가 아님을 알 수 있었다. "스티븐 왕이 교회나 주교들과의 관계에 어느 정도 신경을 쓰고 있으니 일요일에는 명령의 시행을 보류하리라는 걸 예상했는데, 제가 깜박했어요. 덕분에 우리도 하루를 유예받은 셈이죠. 오늘 밤은 그 무엇도 신경 쓰지 않고 편히 발 뻗고 잘 수 있게 됐고요. 아무 죄도 짓지 않은 사람들처럼 말입니다. 안 그렇습니까, 수사님?" 베링어는 껄껄 웃으면서 허리를 숙여 한 손으로 캐드펠의 어깨를 툭 치더니 말의 옆구리에 박차를 가해 세인트자일스 쪽으로 달려갔다.

캐드펠이 점심 식사를 마치고 식당에서 나와보니 베링어는 맞은편 접객소 현관 안쪽에서 서성이고 있었다. 매사에 무관심한 듯 멍한 표정이었지만, 시야에 들어오는 모든 움직임을 정확히 포착하고 있는 듯했다. 캐드펠은 짐짓 아무것도 모르는 척 회랑으로 둘러싸인 뜰로 그를 유인한 뒤, 고디스가 경내를 무사히 빠져나가 감시의 눈길에서 벗어났으리라는 확신이 들 때까지 햇살이 비치는 곳에 앉아 기분 좋게 졸았다. 낮잠에서 깬 뒤에도 그는 한동안 그대로 앉아 이제까지 진행된 상황들을 검토하고 그것들이 함축한 바를 머릿속에서 정리해보았다.

베링어가 캐드펠의 일거수일투족을 세세히 지켜보고 있다는 점에는 의문의 여지가 없었다. 부하들을 시키거나 사람을 사서 맡기지 않고 직접 움직이는 것으로 미루어, 그는 그 일이 즐거운 모양이었다. 다만 한 시간이라도 얼라인을 쿠셀에게 양보했다는 건 캐드펠을 감시하는 일이 그에게 가장 중요하다는 뜻이었다. 저 친구가 바라는 목적, 그러니까 피첼린의 보화를 얻기 위한 수단으로 내가 선택된 게로군. 아마 조금도 감시의 고삐를 늦추지 않겠지. 그것 좋군! 피할 방도는 없다. 남은 길은 그것을 이용하는 것뿐.

그러니 감시자를 질리게 하거나 진 빠지게 만들어서는 안 돼. 내가 어떤 일을 계획하고 있는지 지나치게 빨리 눈치채게 해서도 안 되고. 이제까지 저 친구가 내 머리를 복잡하게 만들었으니, 이제는 내 편에서 저 친구의 머리를 복잡하게 만들어줘야지.

캐드펠은 작업실로 가서 오후 내내 여러 가지 허브주를 정성껏 조합하고 새로운 것을 빚는 일에 열중하다 저녁기도 시간이 되었을 때야 교회로 돌아갔다. 베링어가 군중 속에 숨어 있다는 건 어렵잖게 짐작할 수 있었다. 자기를 감시하는 일이 그 원기왕성하고 적극적인 사내에게 무척이나 지겹고 지루한 일이 되기를 캐드펠은 바랐다.

내내 경내에 남아 있던 것인지 아니면 미사에 참례하려고 되돌아온 것인지 모르겠으나, 어쨌든 쿠셀은 하늘이 내린 기회를 놓치지 않고 우아하고 진지한 태도로 자신의 팔을 잡고 있는 얼라인과 함께 교회로 왔다. 그는 부지런히 걸어오는 캐드펠 수사를 보더니, 걸음을 멈추고 반갑게 인사했다.

"지난번보다 나은 상황에서 만나 뵙게 되어 기쁩니다, 수사님. 수사님이 다시는 그런 일을 맡지 않게 되기를 빕니다. 얼라인 아가씨와 수사님은 그때 그곳에 빛을 던져주셨죠. 두 분이 아니었다면 더할 나위 없이 추악한 일이 되었을 겁니다. 저로서는 수도원에 대한 전하의 마음을 누그러뜨릴 방도가 없는 것이 안타까울 뿐입니다. 전하께서는 그때 수도원장님께서 서둘러 전하를 찾아뵙지 않은 점을 아직도 유감스럽게 생각하고 계시거든요."

"실수는 누구나 하는 법이지요." 캐드펠은 의미심장하게 말했다. "그러나 우리는 분명 이 난국을 무사히 헤쳐 나갈 거요."

"저도 그러기를 빕니다. 하지만 전하께서는 수도원에 어떤 특혜도 베풀지 않고 일반 시민들과 똑같이 대할 생각이십니다. 이 경내에서 전하의 명령을 시행하고 싶은 마음은 추호도 없습니다만 부득이 그렇게 하게 되더라도 제게 달리 선택의 여지가 없었으리라는 점을 양해해주시길 바랍니다."

캐드펠은 쿠셀이 내일 일어날 급습에 대해 미리 용서를 구하고 있다는 것을 알 수 있었다. 그의 말은 진심일 것이다. 그는 맡기

싫은 임무를 부여받았으며, 할 수만 있다면 그 일을 피하고 싶다는 뜻을 사전에 밝히고 있었다. 어쩌면 곁에 있는 아가씨의 호의를 얻기 위해 필요 이상으로 싫은 척하는지도 모르겠지만.

“그런 일이 일어난다 해도, 여느 병사들처럼 당신 역시 해야 할 일을 하는 것뿐이라는 사실을 교단의 모든 이들이 알아주리라 생각하오. 그러니 당신이 악명을 떨치게 될까 하는 걱정은 접어두시오.” 캐드펠은 온화하게 말했다.

“저도 애덤에게 여러 차례 그렇게 이야기했어요.” 얼라인은 자신이 그를 세례명으로 불렀다는 것을 깨닫고 얼굴을 붉혔다. 그를 그렇게 부른 것은 처음인 모양이었다. “하시반 이분이 제 얘기를 좀처럼 받아들이시질 않네요. 들어보세요, 애덤. 당신은 자신이 저지르지도 않은 죄를 자신에게 돌리고 있어요. 마치 오라버니를 직접 죽이기라도 한 것처럼 굴고 있잖아요. 잘못 생각하시는 거예요. 전 심지어 플라망 사람들조차도 원망하지 않아요. 그 사람들도 명령을 받아서 한 일이잖아요. 이런 험난한 시대에는 그 누구도 양심에 따라 자기 길을 선택하고, 그 선택에 따른 결과를 받아들이는 것 이상은 할 수 없어요.”

“좋은 시대건 나쁜 시대건 인간은 그보다 나은 선택을 할 수 없는 법이지.” 캐드펠은 간결하게 맞장구쳤다. “자, 모처럼 아가씨와 이야기할 기회를 얻었으니 아가씨가 내게 맡긴 희사품에 대해 결산보고를 해야겠군요. 그 물건들은 가난하고 궁핍한 세 영혼에게 크나큰 도움을 주었소. 물어보지 않아 이름은 모르지만 불행한 처지에 빠져 있는 그 소중한 이들을 위해 기도해주시오. 그 사람들 역시 틀림없이 아가씨를 위해 기도하고 있을 거요."

캐드펠은 쿠셀의 팔을 잡고 교회로 들어가는 얼라인을 지켜보았다. 그녀는 틀림없이 기도해줄 것이다. 가족을 모두 잃고 상속된 재산마저 왕에게 모조리 바쳐버린 이 어려운 시기에, 얼라인은 수도원과 바깥세상 사이에서 위태롭게 흔들리고 있는 듯했다. 그 자신 또한 원숙한 나이에 수도원을 선택했음에도 불구하고, 캐드펠은 그녀가 바깥세상을 선택하기를 진심으로 빌었다. 가급적이면 지금 그녀를 둘러싸고 있는 세상보다 훨씬 매혹적인 세상, 그녀가 자신의 젊음을 마음껏 구가할 수 있는 세상을 말이다.

캐드펠은 수사들 사이에 앉으려다 자기 자리로 들어가는 고디스를 보았다. 그녀의 빛나는 두 눈이 무언의 질문을 던졌고, 그는 나직하게 대꾸했다. "됐다! 내가 말한 대로 해라."

*

이제 중요한 것은 남은 저녁 시간 동안 베링어를 고디스의 활동 영역에서 멀리 떨어진 곳으로 유인하는 일이었다. 베링어가 고디스의 움직임에 의심을 품고 쫓아다니지 못하게 하려면 어떻게 해서든 캐드펠 자신에게 관심을 집중시켜야 했다. 저녁 일과를 충실히 지키는 것만으로는 그 목적을 이루지 못할 수도 있었다. 저녁 식사는 늘 그렇듯 간단했다. 베링어는 틀림없이 식당 어딘가에서 두 사람을 지켜보고 있을 터였다. 평소 캐드펠은 대회의실에서 열리는 성인 전기 낭독 일과에 잘 참석하지 않았고, 이는 모두가 익히 아는 사실이었다. 이날도 캐드펠은 낭독에 참석하는 대신, 은밀한 감시자를 뒤에 단 채 관절염을 앓고 있는 늙은 레지널드 수사를 만나러 진료소에 들렀다. 레지널드 수사는 예기치 않은 그의 방문을 몹시 반겼다. 이어 캐드펠은 수도원장의 숙사에 딸린 정원으로 향했다. 허브밭에서 멀리 떨어져 있고 정문의 문지기실에서는 더욱 멀리 떨어진 곳이었다. 그즈음 고디스는 수련사들과의 저녁 학습을 마치고 오두막이나 허브밭 아니면 정문 어딘가에 있을 터였다. 그러니 계속해서 베링어를 자기에게 묶어두어야 했다. 수도원장 숙사의 정원에서 그가 할 일이라야 시든 장미와 카네이션을 따내는 따분한 작업에 불과했다. 이제 캐드펠은 베링어가 자신을 계속 감시하고 있는지 이따금 한 번씩만 확인했다. 그는 상대가 모든 이의 귀감이 될 정도로 대단한 인내심을 갖고서 자신을 지켜보고 있으리라고 굳게 확신하고 있었다. 베링어는 캐드펠이 워낙 교활한 적수이므로 미처 예상하지 못한 순간 돌발적으로 행동할지도 모른다는 점 때문에 방심하지는 않았으나, 그래도 날이 밝을 때 그럴 가능성은 거의 없다고 생각하는 모양이었다. 어쨌든 중요한 일들은 날이 완전히 어두워진 뒤에 시작될 테니까.

마지막 기도가 끝나자 수사들은 회랑으로 둘러싸인 안뜰이나 수도원 경내에서 잠시 한가로운 시간을 즐겼다. 날 좋은 저녁에 흔히 볼 수 있는 풍경이었다. 해는 이미 저물어 있었고, 캐드펠은 고디스가 토럴드와 함께 그들이 있어야 할 곳에 가 있으리라 확신하며 마음을 놓았다. 그러나 자신은 아직 조심해서 행동하는 편이 좋겠다고 생각했기에 다른 수사들과 함께 숙사로 갔다. 교회로 이어지는 안쪽 계단을 택하든 바깥 계단을 택하든, 넓은 뜰 건너편의 접객소에서 그를 감시하는 자는 별 어려움 없이 그의 움직임을 포착할 수 있을 터였다.

캐드펠은 안쪽 계단을 택해 교회로 들어간 뒤 열려 있는 북쪽 문을 통과하고 성모 예배당과 대회의실의 동쪽 끝을 돌아 채소밭으로 들어섰다. 그는 뒤를 돌아보거나 귀를 곤두세우지 않고서도 감시자가 멀찌감치 거리를 둔 채, 그러나 절대로 놓치는 일 없이 유유자적하게 자신을 미행하고 있음을 알 수 있었다. 이제 날이 꽤 어두워져 있었으나 캐드펠의 눈은 금세 어둠에 익숙해졌다. 그는 베링어가 어둠 속에서 얼마나 유연하게 움직일 수 있는지 잘 알았다. 베링어는 그가 전날 밤 말을 두고 돌아올 때처럼 메올 시내를 건너리라 예상하고 있을 터였다. 은밀한 일을 하는 사람이라면 제아무리 지위가 높다 해도 정문을 지키는 문지기 곁을 통과하려 들지 않을 테니까.

캐드펠은 메올 시내를 건넌 뒤 베링어가 뒤따라오는지 확인해 보려고 걸음을 멈추었다. 시냇물의 잔잔한 흐름을 끊는 소리가, 희미하기는 했으나 또렷이 들려왔다. 그는 마음을 놓고 하류로 내려가 시내와 강이 합류하는 지점에 이르렀다. 그곳에는 사람

하나가 겨우 건널 만한 작은 다리가 있었다. 거기서 조금만 가면 슈루즈베리 시내로 들어가는 돌다리가 나오고, 그 돌다리 건너편에는 수도원 소유의 넓은 들로 내려가는 비탈길이 나 있었다. 캐드펠은 돌다리의 첫 번째 아치 밑으로 들어가 소용돌이치는 강물에 반사되는 희미한 빛을 살펴보았다. 한때는 물방아로 쓰이던 배 한 척이 정박해 있던 곳이었다. 교각 한 켠, 워낙 울퉁불퉁하고 비탈진 땅이라 덤불만 우거져 있는 곳에는 어중간하게 자란 버드나무들이 강물 쪽으로 허리를 숙인 채 휘늘어진 가지들을 물속에 담그고 있었다. 나무들 밑으로 펼쳐진 덤불이 어찌나 무성한지 사람 대여섯 명은 너끈히 숨고도 남을 듯했다.

강 쪽으로 허리를 숙인 버드나무들 중 한 그루에 버들과 가죽으로 되어 있어 쉽게 뭍으로 끌어 올릴 수 있는 가벼운 배가 묶인 채 유유히 강물에 떠 있었다. 평소라면 풀밭에 엎어져 있어야 할 배가 그렇게 강물 위에 떠 있는 데는 그럴 만한 이유가 있었다. 지금 그 배에는 물방앗간에서 쓰는 자루에 담아 아귀를 단단히 묶어놓은 묵직한 짐이 실려 있을 터였다. 캐드펠은 뭔가를 들고 가는 모습을 보여서는 안 될 입장이었다. 상대는 그가 수도원을 떠날 때부터 빈손이라는 것을 분명히 알고 있으리라.

캐드펠은 배에 올라 묶인 줄을 풀었다. 역시나 배에는 짐 자루가 실려 있었다. 조심스레 들어보니 꽤 묵직했다. 그는 긴 노를 저어 다리 밑으로 배를 몰고 가다가 첫 번째 아치 밑에서 고개를 들었다. 바로 위 경사 지대에 무성하게 자란 덤불 속에서, 그 덤불보다 짙은 그림자 하나가 슬며시 움직이고 있었다.

일은 상당히 쉽게 끝났다. 베링어가 제아무리 예리한 눈을 가졌다 해도 다리 밑에서 벌어지는 모든 일을 상세히 볼 수는 없었다. 그의 귀가 아무리 밝다 해도 끝에 꽤 묵직한 것을 매단 쇠사슬이 끌려 올라가며 돌에 부딪는 소리와, 뭔가가 물 밖으로 나오면서 물이 뚝뚝 떨어지는 소리, 그리고 다시 그 쇠사슬이 아래로 내려가며 나는 덜그럭 소리밖에는 듣지 못했을 것이고, 사실 그것이 전부이기도 했다. 원래 쇠사슬에 매달려 있던 물건이 그대로 물속으로 들어간다는 걸 감추기 위해 소리를 죽여 천천히 쇠사슬을 내려뜨리고, 돌난간에 물이 떨어지는 소리를 내느라 배에 숨겨놓은 짐을 살짝 세번 강물에 담갔다 빼냈으니 말이다. 그다음 단계의 일은, 그가 베링어의 마음을 정확히 헤아렸다고 확신할 수 없었으므로 다소 위험이 따랐다. 캐드펠은 인간의 성향에 대한 자신의 판단에 자신의 목숨은 물론 다른 두 사람의 목숨까지 걸고 있었다.

그러나 지금까지는 일이 완벽하게 진행되었다. 그는 조심스럽게 노를 저어 그 가벼운 배를 뭍으로 저어 갔고, 그의 머리 위쪽에 있던 검은 그림자는 재빨리 높은 지대로 물러났다. 캐드펠은 상대가 먼저 큰길 근처로 나가, 자신이 어느 쪽으로 가든 금방 따라붙을 작정으로 대기하고 있으리라 예상했다. 그러나 상대는 캐드펠이 어느 길로 갈지도 이미 정확히 예측하고 있을 것이었다. 캐드펠 수사는 몹시 서두르는 듯한 손놀림으로 배를 버드나무에 단단히 묶었다. 남의 시선을 꺼리기라도 하듯 밤 시간을 택해 급히 서두르는 것 역시 그의 위장 전술이었다. 캐드펠은 다시 조심스럽게 도로로 기어 올라가, 잠시 그 자리에 서서 주위에 사람이 있나 확인하는 척 사방을 두리번거렸다. 아마도 감시자는 밤하늘을 배경으로 한쪽 어깨에 커다란 짐을 둘러멘 채 상체를 구부정하게 숙이고 있는 캐드펠의 모습을 뚜렷이 보고 있으리라.

캐드펠은 발소리를 죽인 채 황급히 길을 건너, 조금 전 왔던 길을 되짚어 갔다. 시냇물을 건너고, 시냇가를 따라 상류로 거슬러 올라가고, 전날 밤 베링어와 함께 지나온 들판과 숲을 가로질렀다. 그가 멘 짐은 꽤 묵직하고 부피가 있어 보였지만 다행히 보이는 것만큼 무겁지 않았다. 토럴드와 고디스가 제대로 꾸려준 것이다. 그럼에도 나이 지긋한 수사가 6킬로미터 넘는 거리를 짊어지고 가기에는 녹록지 않았다. 게다가 그는 이틀 내내 잠잘 시간을 빼앗긴 터였다. 두 젊은이가 비교적 안전한 곳으로 피신하고 나면 아침기도든 뭐든 다 제쳐두고 늘어지게 자야겠다고 그는 마음먹었다. 물론 그다음 날에는 자신이 저지른 일에 대해 참회의 기도를 올려야겠지만 말이다.

이제는 모든 것을 직감에 맡기는 수밖에 없었다. 베링어가 이 뻔한 상황에 의혹을 품고 예상보다 빨리 되돌아가 계획을 깡그리 망쳐버리지는 않을까? 아니, 그럴 리가 없다! 캐드펠이 짐을 옮겨놓고 홀가분하게 수도원으로 돌아갈 때까지 그는 감시를 이어갈 것이다. 혹시 중간에 짐을 가로채려 들지는 않을까? 아니, 그럴 리도 없다. 그렇게 해야 할 이유가 있겠는가. 가만있어도 이 늙은 얼간이가 자진해서 자기 말들이 숨겨진 곳으로 짐을 옮겨주는데 무엇하러 사서 고생을 하겠는가.

캐드펠은 이제 상황을 전체적으로 명확히 파악하고 있었으며, 최악의 경우도 꼼꼼히 생각해둔 터였다. 만일 베링어가 보화를 탈취하려고 니컬러스 페인트리를 살해했다면 지금 그는 그때 실패한 일뿐 아니라 그 이상의 일, 그러니까 첫 번째 시도 이후에 새롭게 드러난 가능성까지도 현실로 이루려 들 것이었다. 캐드펠로 하여금 자신에게 유리한 장소에 말들과 보화를 옮겨놓게 했으니 그의 첫 번째 목표는 이미 달성된 셈이었다. 거기에 더해 캐드펠 수사가 말을 숨겨둔 장소로 두 도망자를 은밀히 데려올 경우에는(캐드펠은 정말로 그럴 생각이었는데) 지난번 살인을 목격한 유일한 증인을 제거할 수 있을 뿐 아니라 자신의 약혼녀를 그 아비를 잡기 위한 인질로 삼을 수도 있었다. 그렇게만 된다면 스티븐 왕에게는 엄청난 선물이 되지 않겠는가! 그 덕에 베링어는 바라는 지위를 확보하게 될 테고, 그가 저지른 범죄는 영원히 묻히게 될 것이었다.

물론 그것은 최악의 경우이고, 그 외에 다른 가능성도 있었다. 베링어가 페인트리의 죽음과는 무관하며 그저 피챌런의 보화를 추적하는 일에만 열을 올리고 있는 거라면, 이제 그는 보화의 소재를 알아낸 셈이고 늙은 수사 하나쯤이야 자신의 부를 늘리거나 왕의 환심을 사는 일에 있어 하찮은 걸림돌에 불과하다고 생각할 것이다. 어느 경우든 간에, 캐드펠은 이미 쑤시기 시작하는 어깨에 짊어진 그 애물단지 같은 물건을 말이 숨어 있는 목장에 옮겨 놓으려 한 죄로 목숨을 보전하기 어려울 터였다. 캐드펠은 마음 편히 생각하자고 결심했다. 까짓것 암담해하지 말고 흥겨운 마음으로 결과나 지켜보자고!

시냇물 너머 숲으로 들어서자, 캐드펠은 걸음을 멈추고 신음을 내뱉으며 어깨에서 짐을 내려놓고 그 위에 걸터앉았다. 쉬는 척하고 있었지만 사실 추적자도 따라서 걸음을 멈추는지 알아보기 위해서였다. 희미하기는 했어도 그 소리가 분명 귀에 들려오자 무척이나 흡족스러웠다. 좀처럼 지친 줄 모르고 심작하기 그지없는 저 젊은이는 타고난 모험가였다. 금방이라도 웃음을 터뜨릴 듯한 음산하고 냉소적인 그의 얼굴이 캐드펠의 눈앞에 떠올랐다. 그제야 캐드펠은 그날 밤이 어떻게 끝날지 확신할 수 있었다. 운이 따라주면, 아니 하느님이 축복해준다면(캐드펠은 바로 자신을 나무라며 정정했다), 아침기도 시간 전에 돌아갈 수 있으리라.

캐드펠이 목장의 오두막 앞에 이르렀을 때 집 안은 불빛 하나 없이 캄캄했다. 그러나 바스락거리는 발소리만 듣고 루이 수사가 밖으로 나왔다. 그의 한쪽 손에는 관솔불이, 다른 손에는 단검이 들려 있었다. 루이 수사는 잠에서 말짱하게 깨어 무척이나 험악한 표정으로 어둠 속을 노려보았다.

"형제에게 하느님의 축복이 함께하시기를." 캐드펠은 이제 살았다 싶은 마음으로 어깨에서 짐을 내려놓으며 말했다. 토럴드를 만나면 이 고생에 대해 한마디 해야겠어. 다음번에는 내가 아니라 다른 사람이나 동물이 이걸 나르겠지. "날 안으로 들이고 문을 잠가요."

"그러죠!" 루이 수사는 선선히 캐드펠이 시키는 대로 했다.

*

15분도 채 지나지 않아 귀로에 오른 캐드펠은 길을 걸어가며 조심스럽게 귀를 기울였다. 그러나 뒤를 밟는 소리는 전혀 들리지 않았다. 불길하고 위협적인 분위기도 느껴지지 않았다. 휴 베링어는 어딘가에 몸을 숨긴 채 캐드펠 수사가 오두막으로 들어가는 모습을 지켜보았을 테고, 거기서 계속 기다리다가 그가 빈손으로 나오는 것을 보고서야 어둠 속으로 사라졌을 것이다. 아마 지금쯤 홀가분하고 만족스러운 기분으로 수도원 접객소로 돌아가고 있으리라. 캐드펠은 한시름 놓고 베링어와 같은 목적지를 향해 여유 있게 걸어갔다. 이제 어디로 가야 할지는 분명했다. 아침기도 시간을 알리는 종소리가 들리자, 캐드펠은 다른 수사들과 함께 교회에서 거행되는 의식을 치르기 위해 숙사의 안쪽 계단을 경건하게 내려갔다.

8

월요일 오전, 동이 채 트기도 전에 왕의 장교들은 제각기 소규모 부대를 이끌고 슈루즈베리 밖으로 빠져나가는 모든 도로를 차단했다. 그사이 다른 장교들은 마을의 거리와 집들을 조직적으로 훑어나갈 태세를 갖추었다. 그 작전에는 말과 양식과 건초 징발 이상의 은밀한 목적이 숨겨져 있었고, 이를 위한 조치는 군인들이 작전을 펼치면서 확실히, 그리고 철저히 시행될 것이었다.

"모든 증거를 종합해볼 때, 그 여자는 틀림없이 이 근방 어딘가에 은신해 있습니다." 프레스코트는 세밀한 조사를 마친 뒤 왕에게 보고를 올리며 힘주어 말했다. "우리가 발견한 말은 피챌런의 마구간에서 나온 것이라 하며, 우리 군사에게 쫓겨 세번강으로 뛰어든 청년에게는 아직 체포되지 않은 동반자가 한 사람 있었습니다. 여자는 혼자 남겨졌으니 멀리 도망갈 수 없는 처지입니다. 전하의 자문관들은 그 여자를 생포할 기회를 놓치면 안 된다고 이구동성으로 이야기하고 있습니다. 애더니는 딸을 구하기 위해 반드시 돌아올 것입니다. 다른 자식이 없으니까요. 어쩌면 피챌런도 그 여자를 죽게 내버려두는 수치를 감수하느니 차라리 돌아오는 편을 택할 수도 있습니다."

"죽는다니?" 왕은 이맛살을 찌푸리며 소리쳤다. "내가 그 여자의 목숨을 빼앗을 성싶소? 그 여자가 죽는다는 소리는 누구 입에서 나온 거요?"

"지금 시점에서 그런 문제를 논의하는 건 적절하지 않은 듯싶습니다." 프레스코트는 차분하게 말했다. "어쨌든 저는 좋은 소식을 고대하면서 애태우는 아비로서는 충분히 그렇게 생각할 수도 있다는 뜻으로 말씀을 드린 것뿐입니다. 물론 전하께서야 그 여자에게 어떤 위해도 가하지 않으시겠지요. 애더니와 피챌런을 수중에 넣으신다면 그럴 필요도 없고요. 그러나 그들이 황후에게 가서 그 편에 서지 못하게 하기 위해서는 가능한 모든 조처를 취해야 한다는 점을 고려해주셨으면 합니다. 이는 더 이상 슈루즈베리에 대한 앙갚음의 문제가 아니라, 전하의 군대를 보존하고 적의 군세를 줄이기 위한 조치입니다."

"맞는 말이오." 스티븐 왕은 별다른 열의 없이 담담하게 말했다. 이제 그의 분노와 증오심이 사그라지며 타고난 너그러운 성품이 되살아나고 있었다. 나태한 면은 물론 논외였지만. "사실

내가 그 여자를 정말 그런 식으로 이용하고 싶은지 잘 모르겠소." 그는 자신이 베링어에게, 만일 눈에 들고 싶거든 약혼녀의 행방을 알아오라고 지시했던 일을 기억하고 있었다. 이후 그 젊은이는 간간이 모습을 보였지만, 여자의 행방을 열심히 추적하는 기미는 없었다. 이미 그때부터 베링어는 왕의 마음을 왕 자신보다도 더 잘 헤아리고 있었던 게 아닐까?

"그 여자는 아무 해도 입지 않을 것입니다. 그리고 전하께서는 피챌런의 군대라면 모를까, 최소한 그 여자 아비의 군대와는 싸우지 않으셔도 될 테고요. 만일 적에 합류하려는 군세를 차단하면 전하께서는 많은 노고를 아끼실 수 있을 테고, 많은 부하들의 목숨도 구하실 수 있습니다. 부디 이런 절호의 기회를 소홀히 하지 마십시오."

적절한 조언이었다. 왕도 그 점을 알고 있었다. 무기는 발견하는 사람이 임자가 되기 마련이다. 일단 애더니를 안전하게 생포하기만 하면 그는 꼼짝없이 감옥에 갇힐 수밖에 없으리라.

"좋소! 그 여자의 행방을 철저히 조사하도록 하시오."

징발과 수색을 위한 준비는 철저히 이루어졌다. 애덤 쿠셀은 휘하의 부대와 플라망 용병 한 무리를 이끌고 수도원 정문으로 진군했다. 윌럼 텐 헤이트는 그보다 먼저 출발해 세인트자일스 근처에 검문소를 설치한 뒤 마을을 떠나려는 모든 행인들을 검문하고 마차들을 모두 수색하는 한편, 부관을 시켜 길목과 세번강의 나루터마다 경비병들을 배치했다. 그사이 쿠셀은 정중하면서도 단호하게 수도원 문지기실을 접수해서 경비병들에게 일체의 출입을 차단하라고 지시했다. 아침기도 시간 20분 전이었고, 날은 이미 훤히 밝아 있었다. 소음은 거의 없었으나 숙사에서 자고 있던 로버트 부수도원장은 창문으로 내다보이는 문지기실 쪽에서 부산스러운 움직임을 감지하고 무슨 일인지 알아보러 부랴부랴 밖으로 나갔다.

쿠셀은 누가 보아도 깍듯한 태도로 경의를 표하면서, 명령을 이행할 수 있게 해달라고 정중히 요청했다. 화가 치밀기는 했지만, 상대가 그렇게 예의를 갖춰 나오니 로버트 부수도원장도 달리 어쩔 수 없었다.

"수도원장님, 저는 스티븐 전하의 지시를 받고 왔습니다. 제가 이 수도원을 자유로이 출입하도록 허락해주실 것을, 그리고 수도원에 비축 중인 양식과 건초의 10할과, 쓸 만한 말들을 내어주시기를 요청드립니다. 이는 전하의 휘하에 있는 이들을 위해 쓰일 것입니다. 또한 저는 전하를 배신한 펄크 애더니의 딸인 고디스를 수색하라는 지시도 받았습니다. 그 아가씨는 아직 이곳 슈루즈베리 어딘가에 은신해 있다고 합니다."

로버트 부수도원장은 은빛의 가느다란 눈썹을 올려뜬 채 자신의 기다랗고 귀족적인 코를 내려다보는 자세로 입을 열었다. "수도원 경내에서 그 아가씨를 찾을 수 있으리라 기대하는 것은 아니겠지요? 내 분명히 말하지만 수도원 안에 그 아가씨가 있을 만한 곳은 접객소뿐인데, 거기에는 그런 처자가 없소."

"형식적인 절차입니다. 일단 지시를 받았으니 이곳만 특혜를 드릴 수도 없는 노릇 아니겠습니까?"

그동안 근처에서는 수도원 소속이 아닌 하인 몇몇이 침묵을 지킨 채 그 광경을 조심스레 지켜보고 있었다. 졸음기가 가시지 않은 눈빛에 겁먹은 기색이 역력한 학생도 한둘 나와 있었다. 곧 수련사들을 지도하는 수사가 나와 학생들을 숙사로 들여보내고는, 그 자리에 남아 둘 사이에 오가는 말을 귀담아 들었다.

"당장 수도원장님께 보고드려야겠군." 부수도원장은 놀랄 만큼 침착한 태도로 말하더니 이내 헤리버트 수도원장의 숙사로 갔다. 그사이 플라망 용병들은 정문을 닫고 경비병을 배시한 뒤 맡은 업무를 수행하기 위해 곧장 창고와 마구간으로 향했다.

이틀 밤 내내 잠을 설친 캐드펠 수사는 군인들이 온 것도 모르고 곤하게 자고 있다가 아침기도를 알리는 종소리를 듣고서야 깨어났다. 어떻게든 손을 쓰기에는 너무 늦어버린지라, 그는 급하게 옷을 걸친 뒤 다른 수사들과 함께 교회로 내려갔다. 여기저기서 수사들이 모여 두런거리고 있었다. 잠긴 옆문과 경내를 배회하는 플라망 용병들, 눈이 휘둥그레진 학생들의 모습이 보였다. 마구간 쪽에서 부산한 소음과 말발굽 소리가 들려오는 순간, 캐드펠은 자신이 허를 찔려 상대에게 주도권을 빼앗겼다는 사실을 깨달았다. 겁먹은 얼굴로 성당에 모여든 학생들 속에 고디스의 모습은 보이지 않았다. 아침기도가 끝나고 비로소 자유의 몸이 된 캐드펠은 허겁지겁 허브밭에 있는 오두막으로 달려갔다. 문이 빠끔히 열려 있었다. 안에는 말라가는 허브 다발과 절구, 병들이 가지런히 늘어서 있었다. 침대를 덮고 있던 담요는 치워지고, 그 자리에 갓 베어낸 라벤더 한 바구니와 병 한두 개가 놓여 있는 것이 보였다. 오두막에도, 채소밭에도, 시냇가의 완두밭에도, 고디스는 보이지 않았다. 완두밭 한쪽에는 햇빛에 말라 리넨처럼 허옇게 바랜 완두 줄기 더미가 헛간으로 옮겨져 건초 더미와 나란히 쌓일 날을 기다리고 있었다. 그러나 그곳에 있어야 할 짐 자루는 사라지고 없었다. 강물에서 건져내 축축하게 젖은 채로 그 커다란 완두 줄기 더미 아래 잘 보관되어 있어야 하건만! 게다가 역시 완두 줄기 아래 뒤집힌 채 놓여 있어야 할 작은 배도 온데간데 없었다. 배도, 피챌런의 보화도, 고디스도, 모두 어디론가 감쪽같이 사라져버렸다.

*

고디스는 자신에게 맡겨진 무거운 책임 때문에 공연히 마음이 불안해져서 아침기도 시간 전에 깨어났다. 그녀는 밖으로 나가 정문 문지기실 쪽을 살폈다. 모든 일이 조용하고 질서 정연하게 진행되었음에도 무언가 부산스러운 분위기가 풍겨왔고, 그 속에는 평소에 듣지 못한 낯선 목소리들도 섞여 있었다. 그 소리들은 엄숙한 침묵 속에서 움직이는 수사들의 그것과 전혀 달랐으니, 바로 그 점이 고디스의 마음을 불안하게 만들었다. 담으로 둘러싸인 허브밭에서 나올 즈음, 말에서 내려 수도원 정문을 닫는 플라망 용병들과 부원장에게 다가가는 애덤 쿠셀의 모습이 보였다. 그녀는 그가 자기 이름을 들먹이는 소리를 듣고 기겁해서 그 자리에 얼어붙고 말았다. 만일 그들이 이 수도원까지 철저히 수색하라는 지시를 받았다면 틀림없이 자신을 찾아내지 않겠는가. 수많은 적들이 빤히 지켜보는 가운데 다른 소년들과 함께 심문을 받는 상황에서 제대로 연기해낼 수는 없을 것이다. 그리고 만일 그녀를 찾아낸다면 그들은 그녀가 머물던 오두막과 그 일대를 수색해 그녀가 맡고 있는 물건들까지 찾아낼 터였다. 그녀는 캐드펠 수사와 토럴드를 지켜야 했다. 간밤에 토럴드는 그녀가 보화를 메고 무사히 오두막으로 돌아가는 것을 확인한 뒤 물방앗간으로 돌아갔었다. 그땐 얼핏 그와 함께 오두막에서 지낼 수 있다면 좋겠다는 생각을 했지만, 이 순간만큼은 새벽에 급습한 군대와 토럴드 사이에 게이라는 넓은 들판이 자리 잡고 있다는 것이 여간 다행스럽지 않았다. 물방앗간에서 그리 멀지 않은 곳에 숲이 있는 것도 다행이었다. 토럴드는 예리한 감각을 지닌 사람이니, 새벽에 병사들이 움직이는 소리를 재빨리 포착할 수 있었으리라.

어떻게 설명해야 할지는 모르겠지만, 간밤의 일은 한바탕 짜릿한 꿈만 같았다. 그들은 캐드펠 수사가 감시자를 다리에서 유인해 갈 때까지 조용히 숨어 있다가 그 둘이 사라진 뒤에 버드나무에 묶어둔 작은 배의 밧줄을 풀고 다리 밑으로 갔다. 이어 교각의 돌벽에 닿는 소리가 나지 않게끔 조심조심 쇠사슬을 잡아당겨서 물이 줄줄 흐르는 안장 주머니들을 건져낸 뒤, 캐드펠이 들고 간 짐과 똑같아 보이게끔 마른 자루 속에 그것을 집어넣었다. 그러고서 둘은 조용히 노를 저어 마을 쪽으로 거슬러 올라가 완두밭에 배를 대었다. 운이 좋으면 내일 밤 쓸 일이 생길 수도 있을 테니 배도 잘 감춰두라는 캐드펠의 지시를 받은 터였다. 간밤의 모험이 짜릿하고 달콤한 꿈이었다면 이제 그 꿈에서 깨어날 때였다. 그녀에게는 지금 당장 그 배가 필요했다.

캐드펠 수사와 연락해 지시를 받을 가망은 없었다. 그녀는 어떻게든 자기에게 맡겨진 물건을 이곳에서 당장 빼내야 했다. 그러나 문을 통해서는 나갈 수가 없었다. 지시를 내릴 사람이 곁에 없었기에 모든 결정을 그녀 혼자서 내려야 했다. 다행히 플라망 용병들은 마구간과 헛간과 식품 저장실을 약탈한 뒤에야 채소밭들을 뒤질 것 같았다. 조금이나마 시간이 있는 셈이었다.

고디스는 황급히 오두막으로 돌아가 침대에서 담요를 걷어내 단지와 절구들이 늘어선 자리 뒤 긴 의자 밑에 숨겨놓고, 빈 침대 위에는 단지와 절구들을 대충 늘어놓아 선반처럼 꾸몄다. 은밀한 곳처럼 보이지 않기 위해 오두막 문은 일부러 열어두었다. 그러곤 베어놓은 완두 줄기 더미로 살그머니 가서, 위장을 위해 덮어둔 줄기를 모두 걷어낸 뒤 짐 자루와 배를 꺼냈다. 다행히 완두밭이 완만한 경사를 이루고 있는 데다 줄기를 베어내고 남은 그루터기들이 고르게 깔려 있었어서 시냇가까지 배를 끌고 가는 일은 그리 어렵지 않았다. 그녀는 배를 기슭에 부려놓은 다음 완두 줄기 더미로 되돌아가 보화를 들고 와서 배에 실었다. 그런 배를 타 본 것은 지난밤이 처음이었지만, 마침 그녀는 간밤에 토럴드에게서 노 젓는 법을 배워둔 참이었다. 시냇물의 완만한 흐름 덕분에 배는 부드럽게 하류로 흘러갔다.

이제 어떻게 해야 할지 고디스는 이미 잘 알고 있었다. 시냇물을 따라 세번강으로 내려갔다가는 병사들의 감시망을 피할 방도가 없었다. 수색 작전이 한창이니 큰길과 다리에는 감시병들이 늘어서 있을 테고, 어쩌면 둑을 따라서도 배치되어 있을지 모를 일이었다. 그러나 오두막 앞에서 배를 타고 시냇물을 따라 내려가면 이내 오른쪽으로 넓은 수로가 나오고, 그 수로는 수도원의 물방앗간 앞에 있는 저수지와 이어진다. 물방아를 돌리는 데 쓰이는 물은 그녀가 타고 내려가는 시내와는 다른 줄기에서 흘러오는 물로, 수도원의 연못에 물을 대주고 거기서 다시 흘러 내려가 물방아를 돌린 뒤 그 앞 저수지로 통했다. 그 저수지의 물은 고디스의 오른편에 있는 수로를 통해 메올 시내와 합쳐졌다가 다시 세번강과 합류했다. 물방앗간 너머에는 수도원에서 지은 아담하고 깔끔한 집 세 채가 서 있는데, 그 집들의 뜰은 물가와 바로 이어져 있고 저수지 건너편에도 그와 비슷한 집 세 채가 자리 잡고 있었다. 다리 주변이나 큰길에서는 집들에 가려 저수지가 잘 보이지 않았다. 그리고 그중 물방앗간 바로 옆에 있는 집이 지금 얼라인 시워드가 묵고 있는 곳이었다. 쿠셀은 도망자를 찾기 위해 집과 건물들을 죄다 수색할 작정이라고 공언했다. 그러나 수도원 근처에서 그가 대수롭지 않게 살피고 넘길 만한 곳을 딱 한 군데 꼽으라고 한다면, 바로 얼라인 시워드가 묵는 집일 것이다.

고디스는 서투른 솜씨로나마 열심히 노를 저어 시냇물보다 폭도 넓고 흐름도 더 완만한 수로 쪽으로 배를 돌리며 생각에 잠겼다. 우리가 처한 입장이 정반대이기는 해도 설마하니 나를 이리 떼에게 내던지지 않겠지. 그런 얼굴을 갖고 있는 사람이 절대로 그런 짓을 할 리가 없어! 그런데 그 여자와 내가 과연 정반대의 입장이기는 한 걸까? 지금은 오히려 같다고 봐도 되지 않을까? 그 여자는 자기가 가진 모든 것을 왕의 처분에 맡겼지만 왕은 그 여자의 오빠를 처형했잖아! 내 아버지 또한 황후를 위해 당신의 영지와 목숨을 걸었지만, 황후는 자신의 소망을 이루기만 하면 아버지나 아버지의 동지들에게 무슨 일이 일어나든 신경 쓰지 않을 거야. 얼라인에게 오빠는 스티븐 왕보다 훨씬 소중한 사람이었고, 내게는 아버지와 토럴드가 모드 황후보다 훨씬 소중해. 선왕의 아들이 탄 배가 침몰하지 않았더라면 얼마나 좋았을까? 그랬다면 왕위 계승을 둘러싼 다툼도 없었을 테고, 스티븐 왕과 모드 황후 모두 우리를 가만 내버려둔 채 자기들 영지에 얌전히 눌러앉아 있었을 텐데!

오른쪽으로 물방앗간이 어렴풋이 보이기 시작했다. 오늘은 수차가 돌지 않았다. 저수지로 쏟아져 들어온 물이 반대편 둑에 부딪쳐 느릿느릿 역류해서 시냇물과 이어지는 넓은 수로로 흘러 내려갔다. 높이가 60센티미터쯤 되는 이쪽 둑은 세 집의 좁은 뜰을 최대한 넓히려는 배려에서인 듯 가파르게 경사를 이루고 있었다. 그러나 짐을 뜰로 끌어 올릴 수 있다면 배 역시 끌어 올릴 수 있을 것이었다. 그녀는 물 쪽으로 기운 버드나무에서 뻗어 나온 뿌리를 붙잡아 거기 밧줄을 붙들어 매고서 보화를 뜰의 풀밭으로 끌어 올리기 시작했다. 버거운 무게였지만, 그녀는 짐을 배 끝 부분의 가로대 위로 굴려 올린 다음 두 팔로 끌어안은 채 있는 힘을 다해 들어 올렸다. 배가 기울지 않도록 애쓰며 간신히 짐을 풀밭 끄트머리에 올리자 다행히 짐이 굴러떨어지지 않고 얌전히 자리를 잡았다. 고디스는 그제야 한시름 놓고 두 팔로 짐을 감싸 안은 채 둑에 기대섰다. 처음으로 눈물이 줄줄 흘러내렸다.

그녀의 마음속 회의가 일었다. 내가 왜 이따위 허섭쓰레기 때문에 이 고생을 하고 있을까. 지금 내 관심사는 토럴드와 아버지의 안위뿐인데. 참, 캐드펠 수사님이 계시지! 만일 이 짐을 물속에 빠뜨려버린다면 수사님은 크게 낙담하실 거야. 그분은 이걸 안전하게 빼돌리기 위해 수고를 마다하지 않으셨지. 나도 그분의 뜻을 이어 이것을 무사히 보존해야 해. 게다가 토럴드 또한 자기의 과업을 완수하려고 몹시 신경 쓰고 있잖아. 그 사람의 마음은 금보다 소중해. 그래, 중요한 건 이 허섭쓰레기가 아니지.

그녀는 마음이 급해져 지저분한 손으로 뺨과 눈가를 대충 문지른 뒤 뭍으로 오르려 했다. 배가 자꾸만 뒤로 미끄러져서 쉽지 않았다. 마침내 뭍으로 기어올랐을 때 그녀의 얼굴에는 눈물이 아니라 땀이 비 오듯 흘러내리고 있었다. 배도 끌어 올리려 해보았지만, 도저히 불가능한 일이었다. 자칫했다가는 울퉁불퉁한 나무뿌리들 사이에 처박혀버릴지도 모를 일이었다. 하지만 배를 버려둘 수 없었기에, 그녀는 잔디밭에 엎드려 밧줄 길이를 최대한 짧게 해 나무뿌리에 단단히 붙잡아맸다. 그러곤 그 원수 같은 짐을 들어 가까스로 집의 그늘 속으로 옮긴 뒤 문을 두드렸다.

콘스턴스가 문을 열어주었다. 고디스는 그제야 아직 아침 8시도 안 된 시간이라는 것을 깨달았다. 얼라인은 10시 미사에 참석하니 아직 일어나지 않았을지도 몰랐다. 그러나 수도원 전체를 발칵 뒤집어놓다시피 한 소란의 여파가 이 후미진 곳에도 미친 모양인지, 이내 가운을 걸친 얼라인이 하녀의 어깨 너머로 나타났다.

"무슨 일이지, 콘스턴스?" 얼라인은 곧 헝클어진 머리에 지저분한 얼굴을 한 고디스가 바닥에 놓인 커다란 짐에 기대어 숨을 할딱이는 모습을 보고 걱정스레 앞으로 나섰다. "고드릭! 웬일이에요? 캐드펠 수사님이 보내셨나요? 무슨 일이 생긴 건가요?"

"이 아이를 아세요, 아가씨?" 콘스턴스는 깜짝 놀라 물었다.

"알지. 캐드펠 수사님을 돕는 아이야. 이야기를 나눈 적도 있는걸." 얼라인의 총명한 눈이 머리부터 발끝까지 고디스를 한 차례 훑었다. 눈물로 얼룩진 얼굴과 가쁘게 오르락내리락하는 가슴을 보자 얼라인은 얼른 하녀를 옆으로 비켜 세웠다. 호소를 듣지 않고서도 그녀가 절망적인 처지에 빠져 있다는 것을 단번에 눈치챈 것이다. "안으로 들어와요, 어서! 무슨 일인지는 모르겠지만 같이 들어 옮기죠. 자, 콘스턴스! 문을 닫아!” 그들은 나무 벽으로 둘러싸인 안전한 실내에 들어섰다. 열려 있는 동쪽 창으로 따뜻한 아침 햇살이 환하게 밀려들었다.

얼라인과 고디스는 서로를 바라보고 섰다. 푸른 가운 차림에 구름같이 피어오른 황금빛 머리를 어깨 위로 부드럽게 늘어뜨린 얼라인은 더없이 여성스러웠다. 반면 고디스는 주름투성이의 커다란 갈색 수사복에 맞지 않는 헐렁한 바지를 입고 있었다. 짧은 머리는 헝클어졌고, 얼굴은 흙과 풀과 땀으로 물들어 꾀죄죄하고 지저분했다.

“숨을 곳을 부탁하러 왔어요.” 고디스는 바로 말했다. “왕의 병사들이 저를 찾고 있거든요. 저를 붙잡으면 요긴하게 써먹을 수 있으니까요. 전 고드릭이 아니라 고디스예요. 고디스 애더니, 펄크 애더니의 딸이죠.”

얼라인은 고디스의 말에 깜짝 놀랐고, 동시에 큰 감동을 받았다. 그녀는 이목구비가 반듯한 상대의 갸름한 얼굴에서 칙칙한 갈색 옷과 여윈 팔다리로 시선을 옮겼다가, 다시 그 도전적이고 단호한 얼굴과 빛나는 두 눈을 바라보았다.

“이리로 오는 편이 좋겠어요.” 얼라인은 열린 창문으로 힐끗 시선을 던지며 말했다. “내 침실로 가요. 길에서 떨어져 있거든요. 거기 있으면 아무도 당신을 보지 못할 거예요. 우리끼리 자유롭게 얘기할 수 있고요. 어서 짐을 옮기도록 하죠. 내가 거들어줄게요.” 두 여자는 피챌런의 보화를 함께 들어 침실로 옮겼다. 이곳이라면 쿠셀도 감히 들어올 엄두를 내지 못하리라. 얼라인은 살며시 문을 닫았다. 고디스는 침대 옆 의자에 털썩 주저앉았다. 온몸이 노곤해지면서 긴장이 한꺼번에 풀렸다. 그녀는 벽에 머리를 기댄 채 얼라인을 올려다보았다.

"내가 왕의 적으로 여겨지는 사람이라는 거 아세요? 당신을 속이고 싶은 마음은 추호도 없어요. 당신은 나를 넘겨주는 게 당신의 의무라 생각할 수도 있어요."

"당신은 아주 정직한 분이고 내게 조금도 숨기는 게 없어요. 내가 당신을 스티븐 왕께 넘긴다면 그분이야 나를 좋게 봐줄지 모르지만 하느님께서는 분명 그렇지 않으실 거예요. 나는 남들에게 좋은 평가를 받고 싶은 마음도 없고, 또 그럴 필요도 없다는 걸 잘 알고 있어요. 당신은 이곳에서 안전하게 쉴 수 있어요. 콘스턴스와 내가 당신 근처에 아무도 얼씬 못 하게 할게요."

*

아침기도와 첫 정례 미사 내내, 그리고 절차가 대폭 간소화된 수도회 평의회가 진행되는 동안에도 캐드펠 수사는 줄곧 평온한 표정을 지켰으나, 남몰래 손가락 마디를 잘근잘근 씹으며 자신의 안일함을 끊임없이 나무라고 있었다. 왕의 군대가 선수를 치는 동안 태평하게 잠이나 자고 있었다니! 수도원 문은 굳게 닫혀 밖으로 나갈 방법이 없었다. 그가 나갈 수 없다면 고디스는 더더욱 나갈 수 없었을 것이다. 개울 건너편에는 병사들이 없지만 강둑에는 감시하는 병사들이 깔려 있을 터였다. 만약 고디스가 배를 타고 갔다면 도대체 어디로 갔을까? 상류로 가지는 않았을 것이다. 처음엔 앞이 트여 있지만 그 너머로는 바위가 가득하고 바닥이 고르지 않아 배를 저어 가기가 불가능한 길이니까. 그는 혹시라도 그녀를 생포했다는 외침이 들려올까 싶어 매 순간 마음을 졸였고, 아무 일 없이 지나가는 것에 매 순간 안도했다. 똑똑한 아이니 무사히 빠져나갔으리라. 그들이 지키려 그렇게도 애쓴 보화를 가지고 그녀가 어디로 갔는지는 오직 하늘만이 알 것이다.

헤리버트 수도원장의 얼굴은 쓰디쓴 환멸과 피로로 그늘져 있었다. 그는 평의회에서 왕의 군대가 수도원을 급습해 접수했다는 사실을 짤막하게 보고하고는, 장교들이 무슨 명령을 내리든 의연하면서도 위엄 있는 자세로 따르고 그들이 허용하는 한도 내에서 본연의 직무를 충실히 이행하라고 지시했다. 이 세상 너머의 세계를 열망하는 이들에게 이 세상의 재물을 빼앗기는 일이란 달게 감수할 시련에 지나지 않았다. 캐드펠의 경우, 자신의 특별한 수확물에 관해서는 다소 안심할 수 있었다. 왕이 허브나 약의 10할을 요구할 성싶지는 않았고, 과일주 한두 통쯤이야 기꺼이 양보할 용의가 있었다. 수도원장은 10시에 열리는 대미사 전까지 조용히 자기 할 일을 하라는 지시를 내리며 수사들을 해산시켰다.

캐드펠 수사는 밭으로 가서 눈앞에 보이는 자잘한 일들에 손을 대보았으나 마음은 온통 다른 곳에 가 있었다. 대낮이라 해도 고디스가 메올 시내를 건너 근처 숲으로 피신하기란 어렵지 않았을 거야. 하지만 그 거추장스러운 보화를 들고 갈 수는 없었겠지. 그러기에는 너무 무거운 짐이니까. 그러니 오두막과 그 부근에서 병사들이 이상하게 여길 만한 흔적들을 모조리 없애버린 뒤 배를 타고 가는 편을 선택한 게 분명해. 캐드펠은 고디스가 시냇물과 강이 합류하는 곳까지 가지는 않았으리라 확신했다. 그랬다가는 진작 붙잡혔을 것이다. 어느 정도 시간이 지났는데도 고디스가 붙잡혔다는 소식이 들리지 않아 조금은 안심이 되었지만, 지금 어디 있든 간에 고디스는 그의 도움을 절실히 필요로 할 터였다.

게다가 추수가 끝난 들판 너머, 지금은 쓰이지 않는 물방앗간에는 토럴드가 있었다. 그가 심상치 않은 움직임을 적시에 파악했다면 숲으로 피신하지 않았을까? 캐드펠은 부디 그렇게 되었기만을 바랐다. 지금 당장은 그저 기다리는 것 말고 달리 할 수 있는 일이 없었다. 그러나 만약 날이 저물기 전에 군대의 작전이 끝난다면 밤중에 두 사람을 찾을 수 있을 테고, 그렇게만 된다면 오늘 밤 그들을 서쪽으로 떠나보내야 할 것이었다. 아닌 게 아니라 오늘 밤이야말로 가장 좋은 기회였다. 병사들은 마을 전역의 검문과 수색을 끝낸 뒤 탈진해서 경계를 소홀히 할 테고, 시민들은 불만이 가득해서 그날 일어난 일을 떠들어대느라 정신없을 테고, 수사들은 시련의 시간이 끝난 것에 대해 감사 기도를 올리느라 다른 데 신경 쓸 겨를이 없지 않겠는가.

캐드펠은 미사에 참석하기 위해 너른 뜰로 나갔다. 뜰에는 창고에서 징발한 곡식 자루를 실은 군용 마차들이 늘어서 있었고, 마구간에서는 플라망 용병들이 분주하게 움직이고 있었다. 괜찮은 말을 타고 지나다가 이곳에 발이 묶인 여행객들이 놀라 뛰어나와서 말을 돌려달라고 사정하기도 하고 병사들과 언쟁을 벌이기도 했으나, 자신들이 왕을 위해 일하고 있다는 것을 입증할 수 없는 한 모두 헛일이었다. 늙은 말이나 쓸모없는 말들만이 간신히 징발을 면했다. 병사들은 수도원 마차 한 대와 짐말들을 징발해 그곳 창고에서 실어낸 밀을 실었다.

그때 정문에서 기묘한 일이 일어났다. 마차가 드나들 수 있는 커다란 문은 굳게 닫힌 채였고, 경비병들이 그 앞을 지키고 있었다. 그런데 누군가가 대담하게도 구석에 달린 쪽문을 두드리면서 들여보내달라고 한 것이다. 왕의 병사이거나 세인트자일스의 검문소나 왕의 진영에서 온 연락병인가 보다 생각했는지 경비병이 문을 열었다. 그곳에 얼라인 시워드가 모습을 드러냈다. 그녀는 상중임을 의미하는 흰색의 모자와 베일로 금발을 우아하게 가린 채 한 손에는 기도서를 들고 서 있었다.

"교회에 가도 좋다는 허락을 받았어요." 얼라인은 상냥하게 말한 뒤 자기 앞을 가로막고 선 병사들이 잉글랜드어를 잘 알아듣지 못한다는 것을 깨닫고 프랑스어로 같은 말을 되풀이했다. 병사들이 그녀를 들이지 않으려고 문을 닫으려는 찰나, 한 장교가 급히 다가갔다.

"쿠셀 님께 미사에 참석해도 좋다는 허락을 받았어요." 얼라인이 참을성 있게 되풀이했다. "제 이름은 얼라인 시워드예요. 제 말이 의심스럽다면 그분께 직접 물어보세요."

병사들이 급하게 서로 몇 마디를 주고받았다. 그녀의 말이 사실인지 곧 쪽문이 활짝 열렸고, 병사들은 한 걸음 물러서서 그녀를 통과시켰다. 얼라인은 북새통을 이룬 넓은 뜰을 태연하게 가로질러 교회의 남쪽 문으로 향했다. 분주하게 설쳐대는 병사들과 그들에게 사정하며 매달리는 여행객들 틈새를 비집으며 걷던 그녀는 교회에서 나오는 캐드펠 수사를 보더니 걸음을 늦추었다. 그러곤 그에게 의례적인 인사를 건넨 뒤, 둘 사이의 거리가 가까워지자 낮은 소리로 속삭였다.

"고드릭은 제 집에 잘 있으니 염려하지 마세요."

"아가씨에게 하느님의 축복이 함께하시기를!" 캐드펠은 나직하게 한숨을 내쉬었다.

"해 진 뒤 그 소녀를 보러 가겠소." 얼라인이 소년의 이름으로 불렀음에도 캐드펠은 소녀라는 호칭을 썼고, 이에 작고 비밀스럽게 미소 짓는 것을 보니 그녀 또한 이 사실이 놀랍지 않은 모양이었다. "배는요?" 그가 소리를 낮춰 물었다.

"우리 집 뜰 앞에 있어요."

얼라인이 교회로 들어간 뒤, 캐드펠은 갑자기 큰 짐을 내려놓은 듯 가뿐한 마음으로 다른 수사들이 줄지어 선 곳을 향해 느긋하게 걸음을 옮겼다.

*

토럴드는 슈루즈베리 성 동쪽 숲 가장자리의 한 나무에 올라앉아, 물방앗간에서 가져온 빵과 수도원 과수원 밖으로 뻗어 나온 사과나무에서 딴 설익은 사과 두 알을 먹고 있었다. 거기서는 강 건너 서쪽으로 거대하게 치솟은 성벽과 탑뿐만 아니라, 그 오른쪽으로 멀찌감치 떨어진 숲속에 자리 잡은 왕의 진영 막사들까지 한눈에 볼 수 있었다. 대부분의 병사들이 시내와 수도원에서 바삐 돌아다니는 지금, 왕의 진영은 텅 비어 있을 터였다.

토럴드의 몸은 이 갑작스러운 위기 상황은 놀라울 정도로 훌륭하게 대처해내고 있었다. 괴롭기로는 몸보다 마음 쪽이 더했다. 잎이 무성한 이 아늑한 나무 위로 기어오르는 것이 고작일 뿐 아직 멀리 걸을 수도, 큰 힘을 쓸 수도 없는 처지였지만 손상된 근육들과 허벅지의 상처가 많이 아프지 않다는 것에 그는 몹시 기뻐했다. 어깨의 통증도 팔을 움직이는 데 지장을 줄 정도는 아니었다. 다만 지금 그의 마음을 가장 괴롭히고 안타깝게 하는 것은, 의형제 같은 존재에서 갑자기 배다른 누이 혹은 그보다 더 가까운 존재로 바뀌어버린 고디스의 안위였다. 물론 그는 캐드펠 수사를 신뢰했다. 캐드펠 수사의 넓고 다부진 어깨는 참으로 믿음직했다. 그러나 한 사람의 어깨에 그녀에 대한 모든 책임을 떠넘길 수는 없는 일이었다. 토럴드는 근심 걱정으로 끙끙 앓으면서도 연신 훔친 사과를 베어 먹었다. 곧 있는 힘을 모두 써야 할 때가 오지 않겠는가.

순찰병들이 토럴드와 세번강 사이에 놓인 강둑 위를 교대로 오가고 있었다. 그들이 수도원이나 다리 쪽으로 완전히 철수하기 전까지는 움직일 엄두조차 낼 수 없을 터였다. 마을 외곽을 얼마나 멀리 돌아가야 군대의 저지선을 피할 수 있을지 그로서는 도무지 알 수 없었다.

조금 전까지 물방앗간에서 자고 있던 토럴드는 물의 흐름을 따라오는 소음에 눈을 떴다. 절대로 착각할 수 없는 소리였다. 수많은 기병과 보병들이 물 위로 높이 솟아오른 아치 다리를 딛고 통과하는 소리. 말발굽 소리와 사람의 발소리가 뒤섞인 그 소음이 강물을 타고 멀리까지 퍼져나갔다가 물방앗간 수로의 물과 나무벽과 바닥판자에 반사되어 그의 귀로 들려온 것이었다. 기겁해서 벌떡 일어난 그는 본능적으로 옷부터 꿰어 입은 뒤, 자신이 그곳에 있었다는 사실을 짐작게 할 만한 물건들을 주섬주섬 거둬들였다. 밖을 내다보니 병사들이 다리 끝에서부터 부채꼴로 퍼져나가고 있었다. 그는 더 이상 꾸물거리지 않았다. 틀림없이 철저하고 입체적인 수색 작전이 펼쳐지고 있었다. 그는 물방앗간에 남은 흔적을 죄다 치우고 가져갈 수 없는 것들은 모조리 강물에 버린 다음 살그머니 물방앗간을 빠져나와 수도원 땅의 경계를 넘어섰다. 그렇게 강둑으로 다가오는 병사들의 눈을 피해 성 반대편에 있는 숲 가장자리로 들어와 이 나무에 올라앉게 된 것이다.

토럴드는 그 대규모 수색 작전이 누구를, 혹은 무엇을 겨냥한 것인지 알지 못했다. 그러나 그 과정에서 누가 붙잡힐지는 자명했다. 이제 그의 유일한 목표는 고디스가 있는 곳으로 가서 그녀의 방패막이가 되는 것이었다. 그녀를 데리고 이곳을 빠져나가 안전한 노르망디로 갈 수만 있다면 더 이상 바랄 것이 없었다.

강둑을 따라오던 순찰병들은 고디스가 처음 토럴드에게 다가왔던 덤불을 뚫고 나가느라 두 패로 나뉘었다. 빈 물방앗간 수색은 이미 마쳤는데 감사하게도 아무런 흔적을 발견하지 못한 듯했다. 그들이 시야에서 사라지자 토럴드는 마음을 놓고 조심스럽게 나무에서 내려와 숲속 깊이 들어갔다. 다리 근처에서 세인트자일스를 지나 런던까지 이어지는 샛길 주변에는 가게와 주택들이 늘어서 있으니 그 근처에는 얼씬도 하지 말아야 했다. 이렇게 동쪽으로 나아가다 세인트자일스 너머 어딘가에서 도로를 가로지르는 편이 나을까, 아니면 소동이 완전히 끝난 뒤에 왔던 길을 되짚어가는 편이 나을까? 문제는 이 소동이 언제 끝날지 짐작조차 할 수 없는 데다, 고디스에 대한 걱정 때문에 잠자코 기다릴 수만은 없다는 것이었다. 역시 세인트자일스로 가는 것이 옳으리라. 거기서 도로를 가로지르고 냇물을 건너야 했다. 시냇물 자체는 별다른 장애가 되지 않는다 해도, 수도원의 채소밭 건너편까지 접근하는 것은 엄청난 위험이 따르는 일일 터였다. 하지만 그렇게만 하면 채소밭에서 가까운 곳에 몸을 숨기고 망을 보다가 기회를 틈타 재빨리 완두 줄기 더미 속으로 숨을 수 있지 않겠는가. 그 뒤 주위가 잠잠하면 허브밭으로, 혹은 고디스가 지난 일주일간 안전하게 지냈던 오두막으로 숨어들 수 있을 것이다. 그래, 앞으로 나아가 저지선을 돌아서 가자. 뒤로 물러선다면 어차피 다리 끝 부근에 머물 수밖에 없다. 그곳에서는 병사들이 어두워질 때까지, 아니 어쩌면 밤새도록 진을 치고 있을지 모를 일이었다. 그러나 막상 떠나려니 급하게 내달리는 마음을 몸이 좀처럼 따라주지 않아 무척 짜증이 났다. 군대가 불쑥 쳐들어오는 바람에 놀라고 분개한 주민들이 몹시 동요한 상태였으므로 더더욱 눈에 띄지 않게 조심해야 했다. 이렇게 좁은 동네에서는 주민들끼리 서로 훤히 잘 알고 지내기 마련이었다. 그들에게 토럴드는 낯선 청년이고, 따라서 자칫 눈에 띄었다가는 곧바로 엄청난 소란이 일 것이었다. 중심가 근처에 사는 사람들은 군대의 급습으로 한바탕 소동을 겪으면서 몹시 충격을 받아 대부분 집에 틀어박혀 있었다. 멀리 떨어진 곳에 사는 이들은 가축을 돌보거나 밭을 갈러 나왔다가 뒤늦게 낯선 소리를 듣고서 무슨 일인가 알아보느라 길쪽을 두리번거리고 있었다. 그 두 부류의 사람들 사이에서 그는 초조하게 마음을 졸이며 괴로운 낮 시간을 흘려보냈지만, 결국은 조금씩 앞으로 나아가 윌럼 텐 헤이트의 부하들이 철저한 검문과 수색을 벌이는 검문소를 멀찍이 비껴 지나갈 수 있었다. 그즈음 검문소에는 행인들에게서 압류한 물자들이 산더미처럼 쌓여 있었고, 말도 열두어 필 매여 있었다. 검문소가 자리한 곳은 슈루즈베리 외곽의 주택가라 그 너머로는 드넓은 들판에 작은 부락들이 드문드문 흩어져 있었다. 검문소에서 800미터쯤 더 가자 마침내 인적이 드물어졌다. 그는 그곳에서 재빨리 도로를 가로지르며 그 일대의 지형과 방위를 가늠하고는 다시 시냇물 위쪽 숲속으로 깊숙이 들어갔다.

그곳에는 시냇물이 두 줄기로 나뉘어 있었다. 먼 쪽이 본류요, 가까운 쪽은 시내의 상류에서 둑을 막아 끌어낸 줄기로 물방아에 물을 대는 수로 역할을 했다. 토럴드는 서쪽으로 서서히 기울고 있는 저녁 햇살을 받아 은빛으로 번쩍이는 두 가닥의 물줄기를 바라보았다. 곧 저녁기도가 시작될 터였다. 지금쯤 스티븐 왕의 군대는 마을과 수도원 약탈을 끝내지 않았을까.

이곳 골짜기는 무척 협소하고 가팔라 인기척이 없었으며, 양 떼만이 한가롭게 풀을 뜯고 있었다. 그는 골짜기가 트이는 곳으로 내려가 수월하게 물방아 수로를 건넌 뒤, 그곳에서 돌을 던지면 닿을 거리에 있는 시냇물 쪽으로 다가갔다. 거기서부터는 밭 하나를 내달려 두둑에 몸을 숨겼다가 다른 밭을 가로지르는 과정을 반복하며 시냇물을 따라 내려가기 시작했다. 마침내 저녁기도가 진행될 즈음에는 수확이 끝난 완두밭 맞은편의 매끄러운 풀밭에 이르렀다. 그곳은 앞이 활짝 트여 있었으므로, 그는 시냇가에서 후퇴해 어느 정도 시야가 확보되면서도 몸을 숨길 수 있는 잡목림으로 들어갔다. 허브밭을 둘러싼 담 너머로 수도원 건물들의 지붕이, 그리고 그보다 더 높다란 교회 지붕과 탑들이 뚜렷이 보였다. 수확이 끝난 완만한 경사의 완두밭이며, 고디스와 그가 열아홉 시간 전에 배와 보화를 숨겨두었던 완두 줄기 더미며, 허브밭을 둘러싸고 있는 황갈색 담장이며, 오두막의 가파른 지붕들도 눈에 들어왔다. 그 안에서 무슨 일이 벌어지는지야 알 수 없었지만 무척이나 평화로운 광경이었다. 이제 해가 저물 때까지 얼마간 더 기다리거나, 아니면 적당한 때 시냇물을 가로질러 완두 줄기 더미까지 달려가는 모험을 감행해야 했다.

간간이 여느 때와 다름없이 일하며 오가는 사람들의 모습이 보였다. 양 떼를 몰고 집으로 가는 양치기, 숲에서 버섯을 따 오는 아낙, 거위를 몰고 가는 그 아낙의 두 아이. 그가 점잖게 인사를 하며 천천히 곁을 지나치면 그들도 그다지 이상하게 생각하지 않고 넘어갈지 모른다. 반대로 갑자기 숲에서 뛰쳐나와 시냇물을 건너 수도원의 밭으로 달려가는 모습을 누군가 목격한다면 이상하게 생각하고 대번에 고함을 칠 터였다. 수도원 경내에서는 아직도 병사들의 외침이며 명령을 내리는 소리, 마차와 마구들이 덜거덕거리는 소리가 바람을 타고 희미하게 날아왔다. 게다가 시냇물 하류 쪽에서는 어떤 사내가 말을 타고 그가 있는 곳을 향해 다가오고 있었다. 수도원에서 담으로 막히지 않은 유일한 통로를 지키기 위해 파견을 나왔는지, 사내는 천천히 말을 몰며 풀밭을 가로질렀다. 산책 나온 사람처럼 느긋하게 움직이기는 했지만 사실은 감시 중일 것이다. 지금은 한 사람뿐이지만 그것만으로도 충분했다. 사내가 고함을 치거나 두 손가락으로 입술을 모아 날카로운 휘파람을 불기라도 하는 날에는 곧바로 플라망 용병 열댓 명이 몰려오리라.

토럴드는 덤불 사이로 들어가서 다가오는 남자를 지켜보았다. 남자가 탄 크림색과 진회색 얼룩의 말은 덩치가 크고 늘씬하며 튼튼해 보였으나 그다지 잘생긴 녀석은 아니었다. 말 주인은 여윈 몸매에 검은 머리와 올리브빛 피부를 가졌고, 거만하면서도 음침해 보이는 인상에, 방만하다 할 정도로 여유 있게 말을 몰고 있었다. 토럴드의 관심을 끈 것은 밝고 화사한 빛깔의 안장과 그 말의 특이한 얼룩무늬였다. 그 말은 오늘 새벽녘 강변을 따라 다가오던 순찰병들의 선두에 서 있던 말이었다. 그리고 바로 그 사내가 말에서 내려, 토럴드가 떠난 물방앗간으로 맨 먼저 들어갔었다. 사내는 잠시 후 자신이 인솔하는 보병 대여섯 명을 안으로 들여보냈고, 얼마 후 그들은 다시 밖으로 나와 다른 곳으로 이동했다. 신중을 기한다고 했지만 혹시라도 의심을 살 증거가 나오면 어쩌나 싶어 상대를 세심히 살펴보았기에 토럴드는 똑똑히 기억하고 있었다. 말은 분명 아침에 본 그 말이고, 사람도 바로 그 사람이었다. 그 사내가 무심한 표정으로 토럴드 앞을 지나갔으나 토럴드는 잘 알고 있었다. 언뜻 무심히 주위를 둘러보는 듯한 그의 눈빛은 섬뜩하다 싶게 예리하고 강렬했으며, 시야에 들어오는 것은 무엇 하나 놓치지 않을 성싶었다.

이제 사내는 토럴드에게 등을 돌리고 있었다. 저물녘 들판에는 그 사내 말고는 아무도 보이지 않았다. 만일 사내가 계속 길을 간다면 시내를 건널 수 있으리라. 서두르다 발을 헛디뎌 넘어진다 해도 시냇물에서 익사할 염려는 없었다. 게다가 여름밤이라 그리 춥지도 않을 것이다. 토럴드는 가야 했다. 어떻게 해서든 고디스가 있는 곳으로 가서 그녀가 무사하다는 것을 확인해야 마음이 놓일 터였다.

왕의 장교는 한 번도 고개를 돌리지 않고 평탄한 들판 끝을 향해 태평하게 나아갔다. 주위에는 아무도 없었다. 순간 토럴드는 벌떡 일어나 활짝 트인 풀밭을 가로질러 시냇물로 뛰어들었다. 타고난 민첩함과 행운 덕분에, 그는 별탈없이 얕은 데를 골라 딛고 추수가 끝난 완두밭으로 나올 수 있었다. 토럴드는 두더지처럼 땅바닥에 납작 엎드려서 완두 줄기 더미를 향해 낮게 포복해 갔다. 아침부터 충격적인 일들을 연달아 겪은 터라, 그는 배와 보화가 사라진 것을 보고도 별로 놀라지 않았다. 사실 그것이 좋은 징조인지 나쁜 징조인지 생각해볼 겨를도 없었다. 그는 햇빛에 바싹 말라 빳빳한 크림빛 레이스처럼 변해버린 따뜻한 완두 줄기들을 주위로 끌어모으고 몸을 몇 번 뒤채 자리를 고른 다음, 줄기들 사이로 고개를 내밀어 사내 쪽을 바라보았다.

그 순간 얼룩빼기 말을 탄 사내도 무언가를 느낀 듯 문득 말머리를 돌리더니 꼼짝하지 않고 이쪽을 뚫어지게 바라보았다. 그러곤 좀 전처럼 느긋하게, 그러나 예리하게 주위의 동정을 살피면서 몇 분간 꼼짝도 않다가 다시 천천히 하류 쪽으로 이동하기 시작했다.

토럴드는 숨을 죽인 채 계속 상대를 주시했다. 사내는 전혀 서두르지 않았다. 마치 그 풀밭을 오락가락하는 것 말고는 달리 할 일이 없는 사람처럼 한가롭게 말을 몰았다. 그러나 완두밭 건너편에 이르자 고삐를 잡아당겨 말을 멈추더니, 메올 시내 건너편을 지그시 응시했다. 그의 시선은 완두 줄기 더미에 고정된 채 한동안 움직이지 않았다. 토럴드는 사내의 거무스레한 얼굴에 은밀한 미소가 번지는 것을 얼핏 본 듯했다. 심지어 사내가 고삐 쥔 손을 쳐들고 살짝 움직여 자신에게 인사를 보내는 것 같기도 했다. 얼마나 멍청한 생각인가. 전적으로 상상이 빚어낸 환영에 불과하리라! 사내는 이제 물방앗간 쪽에서 흘러나오는 수로와 그 너머로 시내와 강이 합류하는 지점을 바라보며, 다시 하류 쪽으로 천천히 이동하기 시작했다. 이후로는 한 번도 뒤돌아보지 않았다.

토럴드는 무게가 거의 느껴지지 않는 완두 줄기들로 몸을 덮은 채 푹신한 풀밭에 누워 두 팔로 머리를 괴었다. 그는 한꺼번에 덮쳐오는 피로감을 이기지 못해 이내 곯아떨어졌다. 깨어났을 때는 이미 해가 저물어 있었고, 주위는 쥐 죽은 듯 고요했다. 그는 한동안 그대로 누워 주위 동정에 귀를 기울이다가 완두 줄기 더미에서 기어 나왔다. 이윽고 그는 약간 경사진 완두밭을 슬며시 기어올라 캐드펠의 허브밭으로 숨어들었다. 밭에는 낮 동안 햇빛에 달아오른 수많은 허브의 알싸한 향내가 넘치고 있었다. 그곳에 오두막이 있었다. 그를 반기기라도 하듯 오두막 문이 활짝 열려 있었다. 그는 따뜻한 침묵과 어둠이 감도는 실내를 두려움 가득한 눈으로 들여다보았다.

“맙소사!” 캐드펠 수사가 의자에서 벌떡 일어나더니 재빨리 토럴드를 안으로 끌어들였다. “자네가 이리로 올 것 같아 30분마다 여기 들렀는데 드디어 만나게 되었구먼. 여기 앉아서 마음을 좀 가라앉히게. 우린 위기를 무사히 벗어났다네!”

토럴드는 낮으면서도 절박한 목소리로, 지금 그에게 중요한 단 하나의 질문을 던졌다. “고디스 아가씨는 어디 있습니까?”

9

토럴드는 알지 못했지만, 바로 그 순간 고디스는 얼라인의 거울에 비친 자신을 들여다보고 있었다. 콘스턴스는 그녀가 더 편히 볼 수 있게끔 거울을 들고 조금 떨어진 곳에 섰다. 그녀는 말끔히 목욕을 하고, 머리를 빗고, 갈색과 황금색 실로 수놓은 얼라인의 비단 가운을 걸친 채였다. 고수머리에는 얼라인의 가는 금빛 머리띠를 두르고 있었다. 그녀는 다시 여성으로 돌아간 것이 기뻐 자신의 모습을 거울에 이리저리 비춰보았다. 거울 속 얼굴은 이제 선머슴 아이의 얼굴이 아니라 자신의 미모를 자각하고 있는 단아한 숙녀의 그것이었다. 고디스는 거울을 들여다보며 새삼 찬탄했다. 부드러운 촛불 빛이 그 얼굴을 더욱 신비롭고 낯설게 했다.

"그분이 이런 내 모습을 볼 수 있으면 좋으련만." 고디스는 아쉬움에 중얼거렸다. 이제까지 캐드펠 수사를 제외하고는 그 누구에게도 토럴드 이야기를 하지 않았다는 사실을 잠시 잊은 터였다. 지금은 얼라인에게조차 그의 신상이나 그가 맡은 임무에 대해 일절 발설할 수 없는 입장이었다. 빚을 갚는 기분으로 그녀 자신에 관해서만 거의 모든 것을 털어놓았을 뿐이었다.

"그런 분이 있군요?" 얼라인이 관심과 호기심으로 눈을 빛냈다. "당신이 어디로 가든 호위해줄 분인가요? 아니, 이런 걸 묻는 건 온당치 못한 일이겠죠……. 어쨌든 그분을 위해 드레스를 입고 갈 수는 없나요? 일단 이곳을 벗어나면 원래 모습으로 여행할 수 있을 텐데요."

"그건 힘들 거예요." 고디스는 서글프게 말했다. "적어도 우리가 여행을 하는 동안에는요."

"그럼 그 옷을 가져가세요. 큰 짐 속에 넣으면 되잖아요. 난 그것 말고도 옷이 많으니까요. 아무것도 안 가져가면 나중에 안전한 곳에 갔을 때 입을 옷이 없을 거예요."

"아, 정말 유혹적인 제안이네요! 당신은 너무나 친절한 분이에요! 하지만 그럴 순 없어요. 출발해서 처음 얼마 동안은 짐이 아주 많을 테니까요. 어쨌든 정말 고마워요. 결코 잊지 않을 거예요."

고디스는 재미 삼아 얼라인의 드레스를 모두 입어보았고, 콘스턴스는 기꺼이 그녀를 도와주었다. 옷 한 벌 한 벌을 갈아입을 때마다 그녀는 토럴드 앞에 불쑥 나타났을 때 그가 깜짝 놀라는 모습을, 그리고 경탄 어린 눈길로 자신을 훑어보는 모습을 상상해 보았다. 비록 그가 어디에서 무얼 하고 있는지 알지 못했으나 틀림없이 잘 있으리라 생각하며, 그녀는 더없이 행복한 오후를 보냈다. 이 옷이 아닌 다른 근사한 옷을 입고, 보석으로 치장하고, 다시 기른 머리를 땋아 내리거나 아니면 얼라인의 머리띠 같은 금빛 머리띠로 가지런히 빗어 넘긴 화사한 모습을 언젠가는 그도 보게 되리라. 그러다 그와 나란히 앉아 사이좋게 자두를 나눠 먹으며 그 씨들을 물방앗간 마루판자 틈으로 세번 강물에 떨어뜨리던 일이 떠올라 그녀는 웃음을 터뜨렸다. 그 앞에서 한껏 치장해 보았자 무슨 소용이 있을까.

고디스가 머리띠를 풀려는데 갑자기 조심스럽게 문을 두드리는 소리가 들려왔다. 그들은 제자리에 얼어붙어 기겁한 표정으로 서로를 바라보았다.

“병사들이 여기도 수색하려는 걸까요?” 고디스가 겁먹은 얼굴로 속삭였다. “내가 당신들을 위험에 빠뜨린 건 아닐까요?”

“아녜요! 오늘 아침에 애덤이 분명히 얘기했어요. 절대로 날 성가시게 하지 않겠다고요.” 얼라인은 결연히 일어나며 말을 이었다. “당신은 콘스턴스와 함께 여기 있어요. 문은 잠그고요. 내가 나가볼게요. 어쩌면 캐드펠 수사님이 당신을 만나러 왔는지도 몰라요.”

“아뇨, 그건 아니에요. 아직도 병사들이 지키고 있을 거예요.”

더없이 정중한 노크였으나 그럼에도 고디스는 방문을 잠그고 그 뒤에 쪼그려 앉아 숨을 죽인 채 밖에서 들리는 소리에 온 정신을 쏟았다. 얼라인이 방문객을 안으로 맞아들였다. 방문객은 남자였다. 낮은 음성으로 무척이나 예의 바르게 말하는 소리가 들렸다.

"애덤 쿠셀 씨네요!" 콘스턴스가 속삭이더니 속사정을 훤히 꿰고 있는 사람처럼 비죽이 웃었다. "우리 아가씨한테 폭 빠져 기회만 있으면 찾아오는 분이에요!"

"그럼 얼라인은요?" 고디스는 호기심에 속삭여 물었다.

"그거야 모를 일이죠! 아니, 아가씨는 아니에요. 아직은요!"

고디스도 오늘 아침 문지기실에서 그 목소리를 들었다. 그땐 짐꾼과 일꾼들에게 지금과는 전혀 다른 말투로 이야기하고 있었다. 그러나 오늘 그가 맡은 임무는 결코 즐겁지 않은 일, 품위 있는 사람까지도 퉁명스럽고 고압적으로 만들어버릴 수 있는 일이었으리라. 얼라인의 기분에 세심하게 신경을 쓰는 저 헌신적이고 사려 깊은 태도야말로 그의 본모습일 터였다.

"오늘 일어난 소동으로 언짢아하시지나 않을까 염려했습니다." 쿠셀이 말했다. "이제 시끄러운 일도 다 끝났으니 편히 쉬실 수 있을 겁니다."

"전혀 언짢지 않았어요." 얼라인은 담담하게 말했다. "불만도 없고요. 신경 써주셔서 고맙습니다. 하지만 물자를 징발당한 사람들은 좀 안됐네요. 시내에서도 이런 일이 일어나고 있나요?"

"네." 쿠셀은 유감스럽다는 듯 말했다. "내일도 계속될 거고요. 하지만 수도원은 이제 조용할 겁니다. 여기 일은 끝냈으니까요."

"그 아가씨는 찾았나요? 상부의 지시로 찾고 있다던……."

"아뇨, 못 찾았습니다."

"그 말에 제가 기쁘다면 뭐라 하실 건가요?" 얼라인이 짐짓 질문을 던졌다.

"당연히 기쁘시겠죠. 그런 점 때문에 전 아가씨를 존경합니다. 아가씨가 그 누구도 위험한 일이나 고통스러운 일, 생포당하는 일 따위를 겪지 않기를 바라신다는 것을 잘 압니다. 아무 죄 없는 젊은 여자의 경우야 더 말할 것도 없겠지요. 얼라인, 당신에게서 저는 무척 많은 것을 배웠습니다." 두 사람 사이에 잠시 침묵이 흘렀다. 그가 다시 입을 열었다. "얼라인……." 너무 낮은 목소리라 고디스에겐 그의 말이 들리지 않았다. 사실, 그의 어조가 너무도 은근하고 간절했기에 그녀는 애써 들으려 하지도 않았다. 잠시 후 얼라인의 부드러운 목소리가 들려왔다.

"오늘 밤 제가 그 말씀을 받아들이리라 기대하시기는 어려울 거예요. 여러 가지 일들로 마음이 아팠거든요. 저 역시 다른 사람들 못지않게 피곤하고요. 당신도 그러시겠죠! 오늘 밤은 편히 잠들게 해주세요. 이런 문제를 이야기하기에 적당한 때가 곧 오겠죠."

"그 말씀이 옳습니다!" 쿠셀은 다시 근무 중인 군인의 절도 있는 자세로 돌아가 말을 이었다. "용서해주십시오. 지금은 적당한 때가 아니었는데. 이제 제 부하들이 수도원을 빠져나가는 중이고 저 역시 뒤따를 테니 아가씨는 편히 쉬십시오. 병사들의 행군 소리와 마차 소리로 15분쯤 시끄럽겠지만 그 뒤에는 조용해질 겁니다."

말소리가 희미해졌다. 고디스는 현관문이 열리고 잘 알아들을 수 없는 몇 마디 말이 오고간 뒤 문이 다시 닫히는 소리를 들었다. 이어 빗장을 지르는 소리가 나더니 얼라인이 침실 문을 가볍게 두드렸다. "이제 나와도 돼요. 그는 떠났어요."

얼라인은 발갛게 상기되어 인상을 찌푸린 채 문 앞에 서 있었다. 기분이 나빠서가 아니라 말 못 할 당혹감 때문이었다. "당신을 숨겨준 것이 그분한테 해를 끼치지는 않았나 봐요." 얼라인의 얼굴에 미소가 떠올랐다. 애덤 쿠셀이 그 표정을 봤다면 기뻐했으리라. "당신을 찾아내지 못해 오히려 다행이라고 생각하는 것 같더라고요. 병사들은 곧 떠날 거예요. 이제 다 끝났어요. 우리는 날이 완전히 어두워지기만을, 그리고 캐드펠 수사님이 오시기만을 기다리면 돼요."

*

허브밭의 오두막에서 캐드펠 수사는 환자를 안심시킨 뒤에 먹을 것을 주고 다친 곳을 치료했다. 토럴드는 자신이 처음 던진 질문에 만족스러운 대답이 돌아오자 순순히 고디스의 침대에 누워 캐드펠에게 어깨와 허벅지의 상처를 내맡겼다. 허벅지의 상처는 거의 아물었지만 그럼에도 캐드펠은 조심스럽게 붕대를 대고 꼼꼼히 싸맸다. "오늘 밤 말을 타고 웨일스로 떠나게 될지도 모르니 상처가 덧나지 않게 해야 하네." 캐드펠이 말했다. "잘못됐다가는 출발을 다음으로 미뤄야 할 테니까. 조금만 자극을 줘도 상처가 다시 터질 수 있어."

"오늘 밤이라고요?" 토럴드는 기대에 찬 얼굴로 물었다. "오늘 밤에 떠난다고요? 고디스 아가씨와 함께 말입니까?"

"그래야지. 오늘밤이 적당한 때일세. 나도 이런 상황을 오래 견딜 수 있을 것 같지 않고." 캐드펠은 내심 안도감을 느끼면서도 이렇게 말을 이었다. "자네들이 딱히 부담스러운 건 아니지만 아무래도 오아인 귀네드의 나라로 무사히 떠나보내야 내 마음이 편하지. 신표를 줄 테니 그걸 갖고 가다가 가장 먼저 만나는 웨일스인에게 보이도록 하게나. 자네는 이미 오아인 님께 드릴 피챌런 씨의 추천장을 갖고 있고 그분도 물론 약속을 지키시겠지만, 그래도 내 신표를 보이는 편이 더 좋을 게야."

"말을 타고 출발하기만 하면 그 뒤로는 제가 고디스 아가씨를 잘 돌보겠습니다." 토럴드는 진심을 담아 맹세했다.

"고디스도 자네를 잘 돌봐줄 걸세. 이제까지 자네를 치료한 이 약병을 맡길 생각이야. 그 밖에 고디스가 필요로 할 만한 다른 것들도 챙겨주겠네."

"자기 자신은 물론이고 배와 짐까지 감쪽같이 처리하다니!"

토럴드는 자랑스러운 표정으로 말했다. "그런 상황에서 모든 일을 그렇게 침착하게 처리할 수 있는 아가씨가 세상에 몇이나 될까요? 고디스 아가씨를 숨겨준 분도 참 대단하시고요! 수사님께 그 소식을 전해주시기까지 했으니까요! 바로 이곳, 슈롭셔가 그렇게 뛰어난 두 아가씨를 배출해낸 곳이죠." 토럴드는 잠시 아무 말 없이 무언가 골똘히 생각하다가 다시 입을 열었다. "이제 아가씨를 어떻게 빼낼까요? 그자들이 경비병을 남겨두었을 텐데. 저는 문으로는 나갈 수가 없어요. 제가 그리로 들어온 적이 없다는 것을 문지기가 알고 있을 테니까요. 게다가 배는 수도원 밖에 있고요."

"잠깐만." 캐드펠은 붕대 끝을 맵시 있게 여미면서 말했다. "내게 생각할 시간을 좀 주게나. 자네는 오늘 하루 어떻게 했나? 내가 보기에는 제대로 행동한 듯한데. 그곳에서 용케 빠져나왔고, 물방앗간에 대해서 별다른 소문이 없는 걸 보니 그곳에 있었다는 증거도 말끔히 없앤 게지. 병사들이 오는 것을 금방 눈치챘던 모양이지?"

토럴드는 출발했다 멈추고, 달리다 숨고, 한자리에서 한없이 꾸물거리다 허겁지겁 서두르기를 반복한 그 길고 위험하고 형언할 수 없이 지루했던 하루에 대해 이야기했다. "강둑과 물방앗간을 수색하던 병사들을 봤습니다. 말 탄 장교 하나가 무장한 보병 여섯을 지휘하고 있더군요. 하지만 저는 제가 있던 흔적을 말끔히 없앤 뒤였죠. 그 장교가 먼저 물방앗간에 들어갔다 나오더니 부하들을 들여보냈습니다. 아, 그런데 나중에 그 사람을 다시 봤어요." 그는 그 우연한 일을 떠올리고는 자세히 설명하기 시작했다. "저녁에 시냇물을 건너 그 완두 줄기 더미로 뛰어들었을 때였죠. 혼자서 말을 타고 건너편 둑을 오락가락하더군요. 강과 물방아 수로 사이를요. 그 사람이 탄 말과 안장을 보고 같은 사람이라는 걸 알았죠. 저는 그 사람이 뒤돌아선 채 가고 있을 때 시냇물을 건넜는데, 곧 말을 되돌려 와서는 바로 제 맞은편에 서더니 한동안 제가 숨어 있는 곳을 똑바로 바라보더군요. 제가 거기 숨어 있다는 것을 알고 그러나 싶었어요. 마치 저를 바라보는 것 같았거든요. 빙긋이 웃기까지 했고요! 이제 들켰구나 생각했는데 그냥 가버리더군요. 결국은 저를 못 본 겁니다."

캐드펠은 깊은 생각에 잠겨 약들을 한쪽으로 치우고 조용히 물었다. "말을 보고 아침에 본 장교인 줄 알았다고? 그 말의 뭘 보고 알았지?"

"크기와 빛깔로요. 덩치가 무척 크고 깡마른 긴 다리로 성큼성큼 걷는 말이었는데, 잘생기지는 않았지만 튼튼해 보였어요. 배 부분은 크림빛이고 등과 옆구리에 거무스레한 얼룩이 있는 말이었습니다."

캐드펠은 갈색으로 그을린 뭉뚝한 코를 문지르다가 더욱 짙은 갈색을 띤 정수리 부분을 긁적이며 물었다. "말 주인은 어땠던가?"

"저보다 몇 살 더 먹었음직한 젊은 남자였습니다. 거무스름한 피부에 체구는 호리호리하고요. 아침에는 그 사람이 입은 옷과 말을 타는 태도 정도만 눈에 들어왔습니다. 다루기 힘든 사나운 말 같아 보이는데도 아주 느긋하게 몰고 다니더군요. 하지만 저녁에는 얼굴도 똑똑히 봤죠. 살집이 별로 없는 깡마른 얼굴에 눈썹과 눈동자가 시커멨어요. 그리고 휘파람을 불더군요." 토럴드는 갑자기 그 소리가 떠올랐는지 이렇게 덧붙였다. "아주 간드러지게요."

그 친구군! 캐드펠도 그 휘파람을 기억하고 있었다. 말 역시, 두 마리 말을 다른 곳으로 빼돌린 뒤 수도원 마구간에 남겨진 두 마리 말 중 한 마리였다. 말 주인은 두 마리는 바칠 의향이 있으나 네 마리 다는 못 내주겠다고 했다. 그런데 징발이 끝난 뒤에도 그는 여전히 남아 있는 두 마리 말 중 한 마리를 타고 있었고, 아마 다른 한 마리 역시 그의 소유로 남아 있을 것이다. 그는 거짓말을 한 것이다. 그는 이미 왕의 신임을 얻었고, 오늘 기습에도 참모로 참여했다. 특별히 부여된 어떤 임무를 띠고 있던 걸까? 그렇다면 과연 누가 그 임무를 선택했을까?

"자네가 시내를 건너는 걸 그 사람이 본 것 같던가?"

"완두 줄기 더미에 몸을 숨긴 채 살펴보고 있는데 그 사람이 제 쪽으로 돌아섰어요. 그땐 제가 움직이는 걸 곁눈으로 언뜻 봤나 보나 생각했죠."

그 친구는 머리 전체에 눈이 달렸어. 주의할 필요가 없는 것 말고는 어느 것 하나 놓치는 법이 없지. "그 사람이 말을 세우고 자네 쪽을 쳐다보다가 그냥 가버렸다고?" 캐드펠이 질문한 것은 그게 다였다.

"사실 저는 그 사람이 고삐 쥔 손을 살짝 쳐들어 제게 알은척을 했다고까지 생각했습니다." 토럴드는 얼마나 멍청한 생각이냐는 듯이 씁쓸하게 웃었다. "그땐 어떻게 해서든 고디스에게 가야 한다는 생각에 골몰해 제정신이 아니었던 것 같아요. 그래서 엉뚱한 환각을 본 거죠. 어쨌든 그 사람은 곧 고개를 돌리더니 다시 느긋하게 말을 몰고 가더군요. 그러니 절 보지는 못한 셈이죠."

캐드펠은 놀라움과 찬탄을 금치 못하며 이야기가 함축하는 뜻을 헤아려보았다. 어둠이 내려 밤이 오면 머지않아 새벽빛이 밝아오는 법이다. 주위는 아직 완전한 어둠에 잠기지 않았다. 해가 저문 뒤 서쪽 하늘가에 초록색의 잔광이 남은 어스름 녘, 새벽이 오려면 아직 멀었다. 그러나 첫 서광의 조짐은 이미 보이고 있었다.

"그 사람이 절 보지는 못했겠죠?" 토럴드는 자신이 고디스에게 위험을 몰고 온 것은 아닐까 두려워하며 물었다.

"그 점에 대해서는 염려 말게나." 캐드펠은 자신 있게 말했다. "다 잘됐으니 신경 쓰지 말게. 이제 어떻게 해야 할지 잘 알겠군. 자, 난 마지막 기도를 드리러 갈 걸세. 그동안 자넨 문을 꼭 걸어 잠그고 고디스의 침대에 누워 한 시간쯤 눈을 붙이게. 새벽녘에는 정신을 바짝 차려야 할 테니까. 기도가 끝나는 대로 돌아오겠네."

*

그러나 캐드펠은 바로 교회로 가지 않고 마구간 주위를 돌아다니느라 몇 분을 보냈다. 마구간에 얼룩빼기 말과 등이 넓적한 갈색의 코브종 말이 없었지만 그리 놀랄 일은 아니었다. 마지막 기도가 끝난 뒤에는 별 용무도 없이 접객소에 들러보았다. 귀족들이 묵는 구역에 휴 베링어의 모습은 보이지 않았고, 평민들이 묵는 구역에서는 그의 부하 셋이 보이지 않았다. 수도원의 문지기는 저녁기도가 끝날 즈음 베링어가 수색 작업을 마치고 들어왔는데, 곧바로 그의 부하 셋이 밖으로 나갔고 베링어도 한 시간쯤 지난 뒤에 그다지 서두르는 기색 없이 수도원을 나갔다고 했다.

결국 일이 이렇게 흘러가는군. 캐드펠은 생각에 잠겼다. 휴 베링어는 오늘 밤 벌어질 일에 과감히 뛰어들었으며 그 내기에 기꺼이 생사를 걸었다. 그가 그렇게 대담한 데다 내 마음을 빈틈없이 읽어내고 있으니 나 역시 그의 마음을 훤히 들여다보고 있다는 것을 보여줘야겠군. 물론 나도 대담하게 승부를 걸어야겠지.

그는 생각에 잠겼다. 베링어는 왕의 휘하로 들어가겠다는 자신의 제안이 받아들여졌고 따라서 자기 말들이 안전하다는 것을 진작부터 알고 있었다. 결국 그가 말들을 옮기려 한 것은 다른 목적이 있어서였을 것이다. 게다가 그는 캐드펠까지 공모자로 만들었다! 왜일까? 정말로 말을 숨길 곳이 필요했다면 제 힘으로 얼마든지 찾아낼 수 있었을 텐데. 그러니 애초에 그런 곳은 필요치 않았으며, 그가 노린 것은 단지 캐드펠에게 말이 어디 있는지 알리는 것뿐이었다. 쉽게 손 쓸 수 있는, 무척이나 유혹적인 곳에 말이 있다는 것을 알리고 싶었던 것이다. 그는 캐드펠이 두 젊은이를 이곳 슈루즈베리와 왕의 점령지 밖으로 빼돌려야 할 사정에 처해 있다는 걸, 따라서 자기의 제안을 덥석 받아들이리라는 걸 알고 있었다. 그리고 두 마리 말이라는 미끼를 내걸어, 보화도 함께 빼돌리고 싶으면 말이 있는 곳으로 옮기면 되지 않겠느냐고 그를 살살 꾀었다. 결국 그는 두 도망자를 애써 추적할 필요 없이 만반의 준비를 갖추고 그저 느긋하게 앉아 기다리기만 하면 되었다. 캐드펠이 두 사람과 보화를 허둥지둥 목장 오두막집으로 옮길 때까지 가만히 지켜보고 있다가 그곳에서 모조리 수중에 넣어 버리면 그만이었다.

그렇다면 오늘 밤 그는 미리 그곳에 가서 우리를 기다리고 있겠지. 이번에는 배후에 무장한 부하들을 숨기고서 말이야.

그러나 여전히 몇 가지 사소한 점들이 캐드펠의 마음을 어지럽게 하고 있었다. 토럴드가 완두 줄기 더미에 숨어 있다는 것을 알면서도 모른 척했다면, 무슨 목적에서 그랬을까? 지금 고디스가 어디 있는지를 모르니, 그 짝마저 잡아들이려는 의도에서 새를 날려 보내는 편을 선택한 것일까? 예전에 간과하고 넘어갔던 것들을 다시 한번 고려해보자. 남자로 변장한 고디스를 알아보고도 지금처럼 모르는 척 그냥 넘어갔던 거라면? 잃어버린 약혼녀가 어디 있는지 알아만 두고 적절한 때를 기다리기로 마음먹었던 거라면? 하지만 만일 그가 고드릭이 고디스이고 피챌런의 부하 중 한 사람이 물방앗간에 은신해 있다는 것을 알았다면, 보화를 강물에서 건져내는 것을 확인하자마자 곧장 병사들을 끌고 와 그 귀중한 전리품들을 모조리 낚아채 왕에게 넘겨주어 왕을 기쁘게 할 수도 있었을 텐데. 그런데도 구태여 이렇게 수상쩍은 방식을 선택했다면 이야기는 완전히 달라진다. 예컨대 고디스와 토럴드는 붙잡자마자 왕에게 넘겨 그에 상응하는 보상을 얻되, 피챌런의 보화는 슈루즈베리로 가져가는 대신 부하들을 시켜 자기 영지로 살짝 보내버리려는 속셈은 아닐까? 그렇다면 말들을 목장으로 옮겨놓은 까닭은 순진한 늙은 수사를 속이기 위해서만이 아니라 그 보화를 비밀리에 메이즈버리로 빼돌리기 위해서이기도 하겠지.

물론 이 모든 가정은 베링어가 니컬러스 페인트리를 살해한 자가 아닐 경우를 전제로 한다. 만일 그가 살인자라면 상황은 한 가지 중요한 측면에서 달라질 수밖에 없다. 고디스는 그녀의 아버지를 사로잡으려는 미끼로 슈루즈베리로 돌려보내지겠지만, 토럴드 블런드는 생포되는 즉시 죽게 되리라. 죽은 자는 말이 없는 법. 첫 살인을 은폐하기 위해 저질러지는 두 번째 살인인 셈이다.

그렇게 된다면 실로 참혹한 일이겠으나, 정작 캐드펠의 마음은 담담하기 그지없었다. 일이 전혀 딴판으로 돌아갈 수도 있지 않겠는가. 물론 그럴 수 있고, 응당 그렇게 되어야 한다! 그렇게 되지 않는다면 나는 더 이상 캐드펠이 아니지. 영리한 젊은이와 겨루는 짓 따위 절대로 하지 않을 테다!

캐드펠은 또다시 힘겨운 하룻밤을 보낼 마음의 준비를 하고 허브밭으로 돌아갔다. 토럴드는 깨어 있어서 누가 왔는지 확인하자마자 얼른 빗장을 풀었다.

"이제 갈 시간이 됐습니까? 걸어서 그 집까지 갈 수 있는 길이 있나요?" 고디스를 눈으로 직접 보고 만져보기 전까지, 그녀가 아무 해도 입지 않고 안전하고 자유로운 상태에 있는지 확인하기 전까지 그는 도무지 마음을 놓을 수가 없었다.

"길이야 항상 있는 법이지. 하지만 아직 충분히 어두워지지도, 조용해지지도 않았으니 앉아서 좀 쉬게나. 말들이 있는 곳까지는 자네도 얼마간 짐을 져야 할 테니까. 나도 숙사로 가서 좀 쉬겠네. 아, 걱정 말게, 곧 돌아올 테니까. 방에 들어갔다 나오는 건 문제도 아니야. 내 방은 안쪽 계단 바로 곁에 있고 부원장 방은 그 끝에 있는데, 그분은 한번 잠드셨다 하면 누가 업어 가도 모를 정도거든. 수도원 정문 쪽에 교구민 전용 문이 따로 있다는 건 자네도 알고 있겠지? 수도원 담에 나 있지 않은 유일한 문이지. 그 문을 지나면 시워드 아가씨 집까지 오래 걸리지 않네. 주민들이 다소 늦은 시간에 문을 나선다 해도 문지기는 그리 신경 쓰지 않을 게야."

"그렇다면 얼라인이라는 아가씨도 그때 그 문으로 들어와 미사에 참석할 수 있었을 텐데요." 토럴드는 새삼 놀라 말했다.

"그랬다면 나와 이야기할 기회를 얻지 못했겠지. 그리고 그 훌륭한 아가씨는 플라망 용병들에게 일부러 쿠셀과의 관계를 보여주며 자신의 특권을 드러내려 했던 거야. 아, 물론 자네에겐 자네만의 훌륭한 아가씨가 따로 있겠지. 그 아가씨에게 잘 대해주게나. 어쨌든 얼라인은 자기가 얼마만큼 가치 있는 사람인지, 자기가 뭘 할 수 있는지 알아보느라 자신의 영향력을 행사해본 걸세. 내 단언하는데, 얼라인은 장차 고디스 못지않게 큰일을 해낼 거야."

토럴드는 근심 어린 와중에도 고디스만 한 사람은 다시없을 것이라 확신하면서, 오두막의 부드러운 어둠 속에서 싱긋 웃었다. "문지기가 밤늦게 돌아가는 주민들에 대해서는 그리 신경 쓰지 않을 거라고 하셨죠. 그래도 베네딕토회 승복을 입은 사람에게는 꽤나 신경을 쓸 텐데요."

"베네딕토회 승복을 입은 사람이 그렇게 늦은 시간에 경내를 빠져나갈 거라고 누가 그러던가? 그리로 가서 고디스를 데려올 사람은 바로 자네야. 교구민 전용 문은 잠겨 있는 적이 없네. 문지기실이 근처에 있으니 그럴 필요가 없지. 때가 되면 내가 자네를 그리로 내보낼 테니, 자네는 곧장 물방앗간 옆 마지막 집으로 가서 고디스를 데리고 나온 다음 배를 타고 수로로 빠져나오게나. 나는 수로와 메올 시내가 만나는 곳에서 기다리고 있겠네."

"그 세 채 중 우리 쪽에서 세 번째 집 말이죠?" 토럴드의 눈은 어둠 속에서조차도 빛을 발했다. "알겠습니다. 제가 가죠!" 더없는 만족감과 기쁨으로 들뜬 토럴드가 내뿜는 열기에 실내를 감도는 허브 향기마저 한층 진해지는 듯했다. 고디스를 빼내 올 사람, 단순한 사랑의 도피 행각보다 훨씬 자극적이고 경이로운 모험을 감행할 사람은 바로 그였다. "우리가 시냇가에 닿을 때쯤 수사님은 수도원 쪽 둑에서 기다리고 계실 거란 말씀이죠?"

"그러겠네. 나 없이는 어디도 가지 말게! 일단 한 시간이라도 잠을 자두게. 깊이 잠들면 곤란하니 빗장은 지르지 말고. 사방이 조용해지면 자네를 데리러 오겠네."

*

캐드펠 수사의 계획은 순조롭게 진행되었다. 너무도 힘겨운 하루를 보낸 터라 수사들은 모두 기꺼이 덧문을 닫고 불을 끄고 밤의 장막으로 스스로를 차단한 채 잠이 들었다. 토럴드는 캐드펠이 데리러 오기 전부터 이미 깨어나서 그를 기다리고 있었다. 두 사람은 밭을 지나고 접객소와 수도장 숙사 사이의 좁은 뜰을 가로질러 회랑으로 들어선 뒤, 그곳에서 다시 교회의 남쪽 문으로 들어갔다. 이제 그들은 미사가 없을 때면 시간을 초월한 침묵과 고요함이 가득한 은둔의 공간에 서 있었다. 두 사람은 한마디도 하지 않고 높다란 벽을 따라가 서쪽으로 난 문을 밀었다. 그 거대한 문이 빠끔히 열리자 캐드펠은 잠시 귀를 기울였다. 열린 문틈으로 굳게 닫혀 있는 거무스레한 수도원 정문이 보였다. 그러나 교구민 전용 문은 활짝 열린 채, 희미하게 밝혀진 작은 창처럼 밤의 어둠 속에 떠 있었다.

"사방이 고요하군. 지금 나가게! 나는 시냇가에 가 있겠네."

청년이 좁은 문을 살짝 빠져나가 큰길로 들어섰다. 캐드펠은 살그머니 문을 닫고는 온 길을 천천히 되짚어갔다. 별빛에만 의지해 채소밭을 지나고 들판을 가로질러 시냇가 둑에 닿은 그는 둑을 따라 죽 걸어가다가 더 이상 나아갈 수 없는 곳에 이르자 바닥에 주저앉았다. 땅에는 잡초와 살갈퀴[25] 덩굴이 무성했고 나방이 이리저리 날아다니고 있었다. 따뜻하고 고요한 8월 밤이었다. 이따금 부드러운 바람이 불어와 덤불을 살랑이게 하고 숲을 가볍게 한숨짓게 했다. 경험 많고 주의 깊은 사람이라면 그 정도 소리로도 자신의 기척쯤은 얼마든지 가릴 수 있으리라. 하지만 오늘 밤에 그들을 미행할 사람은 아무도 없었다. 그럴 필요가 없었다. 미행할 만한 사람은 이미 그들의 목적지에서 기다리고 있을 테니까.

콘스턴스는 캐드펠 수사가 온 줄 알고 문을 열었다가 젊은 청년이 서 있는 것을 보고 놀라서 입을 꽉 다물었다. 그러나 초조감과 조바심을 이기지 못해 콘스턴스의 어깨 너머로 힐끗 내다본 고디스가 곧 숨죽인 짧은 탄성을 내지르더니 콘스턴스를 밀치고 토럴드의 두 팔 안으로 뛰어들었다. 그녀는 다시 고드릭으로 변장한 채였고 토럴드는 여태껏 여자답게 차려입은 고디스의 모습을 본 적이 없었으나, 이제 그에게 그녀는 어디까지나 고디스 아가씨일 뿐이었다. 그녀는 토럴드에게 안겨 웃기도 하고, 울기도

하고, 꽉 끌어안기도 하고, 돌아다니면 어떡하냐며 야단을 치기도 하고, 붕대를 맨 어깨를 부드럽게 어루만지며 오늘 지낸 얘기 좀 해보라고 했다가 이내 그 말을 취소하느라 정신이 없었다. 고디스는 마침내 입을 다물더니 어느 정도 진정된 고개를 바짝 치켜들어 그가 키스해주기를 기다렸다. 토럴드는 당황했지만 이윽고 그 뜻을 깨닫고 그녀에게 입을 맞추었다.

"당신이 토럴드군요." 뒤에서 지켜보고 있던 얼라인이 차분하게 말을 꺼냈다. 그 담담한 태도로 보아 그녀는 그들의 관계에 대해 토럴드 자신보다도 많은 것을 알고 있는 듯했다. "문 닫아, 콘스턴스. 괜찮으니까." 얼라인은 짧은 사이 토럴드가 써 괜찮은 남사임을 알아보았다. 최근 경험한 일들로 인해 젊은 남자를 보는 안목이 생긴 터였다. "캐드펠 수사님이 보내셨겠죠. 고디스는 오늘 아침 이곳에 오자마자 바로 되돌아가고 싶어했지만 제가 안 된다고 했어요. 수사님께서 직접 오시겠다고 하셔서 당신을 보내시리라고는 예상하지 못했는데, 그래도 수사님이 보내신 분이라면 대환영이에요."

"아가씨에게 제 얘기를 들으셨나 보군요." 토럴드는 그 장면을 상상하며 약간 낯을 붉혔다.

"제가 알 필요가 있는 것만 들었어요. 고디스는 대단히 신중한 사람이에요. 저도 그렇고요." 얼라인은 차분하게 말했다. 하지만 그녀 역시 자신이 이 일에 가담하고 있다는 사실이 흥분되고 신나서 그 화사한 얼굴을 발갛게 붉히고 있었다. 이제 자기 역할이 여기서 끝난다니 일말의 아쉬움도 느껴졌다. "캐드펠 수사님이 기다리고 계신다면 시간을 낭비해서는 안 되겠죠. 날이 밝기 전에 최대한 멀리 가시는 게 좋을 거예요. 고디스가 가져온 짐은 여기 있어요. 안에서 잠시 기다리세요. 저수지 근방이 조용한지 제가 살펴보고 올 테니까요."

얼라인은 어둠 속으로 나가 저수지 가장자리에 서서 주의 깊게 귀를 기울였다. 왕의 군대가 경비병을 남겨놓지는 않았을 터였다. 이미 모든 곳을 샅샅이 수색했고 가져갈 것을 다 가져간 마당에 굳이 그랬겠는가. 저수지 건너편에는 아직 깨어 있는 이가 있을 수도 있겠지만, 일단 집들은 모두 어둠에 잠겨 있었고 따뜻한 밤인데도 하나같이 덧문이 내려져 있었다. 낮 동안에는 약탈을 금지하는 공식 명령 때문에 행동을 조심하던 플라망 용병들이 야심한 시간을 틈타 다시 돌아올지 모른다는 두려움 때문일 것이다. 둑을 따라 무성하게 자란 풀들은 부드러운 바람에 흔들리곤 했지만, 강둑으로 막혀 있는 그곳에서는 버드나무 이파리들도 미동조차 하지 않았다.

"나오세요!" 얼라인이 문을 빠끔히 열고 속삭였다. "사방이 조용해요. 길이 가파르니 제 뒤만 따라오세요."

얼라인은 모든 것에 만전을 기하느라 이날 오후부터는 원래 입었던 흰 가운 대신 짙은 색 겉옷으로 갈아입고 기다리던 터였다. 토럴드는 자루에 담아 줄로 입구를 묶은 피챌런의 보화를 들어 올렸다. 고디스가 거들려고 하자 그는 단호하게 거절했다. 놀랍게도 그녀는 순순히 물러나더니, 조용하고도 재빠른 몸놀림으로 토럴드보다 먼저 배가 묶여 있는 곳으로 내려갔다. 배는 저수지 쪽으로 허리를 숙인 버드나무 가지들에 반쯤 가려져 있었다. 그들이 선 곳과 저수지 사이에는 둑의 밑부분이 무너져 내리며 생긴, 폭이 60센티미터쯤 되는 물구덩이가 있었다. 얼라인이 둑 가장자리에 무릎을 꿇고 앉아 물가로 끌어당긴 배를 단단히 붙잡았다. 이제껏 집 안에만 갇혀 지내온 그 성실한 아가씨는 이제 자기의 능력을 적절히 이용하고 결단력 있는 주인답게 행동하는 법을 아주 빠르게, 그리고 즐거운 마음으로 익혀가는 참이었다.

고디스는 배에 올라탄 뒤 두 팔로 짐을 끌어안아 배에 실었다. 기껏해야 두 사람이 탈 수 있게 만든 배라 토럴드가 올라타는 순간 선체가 물속으로 꽤 깊이 내려앉았으나, 그런대로 두 사람의 무게를 든든하게 받쳐주었다. 예전에 제대로 배 구실을 했을 때 그랬듯 지금도 그들이 원하는 곳이면 어디라도 데려다줄 수 있을 것 같았다.

고디스는 허리를 굽혀 그때까지 풀밭 가장자리에 무릎을 꿇고 앉아 있던 얼라인을 끌어안았다. 고맙다는 말을 할 때를 놓친 토럴드는 얼라인이 내민 작고 보드라운 손에 말없이 입을 맞추었다. 얼라인은 버드나무에 묶인 밧줄을 풀어 뱃전에 던져주었다. 배는 둑에서 살그머니 밀려나, 저수지 바깥쪽에서 조용히 소용돌이치는 수면을 서서히 가로질러 갔다. 잠시 후 배는 물방아 수로에서 쏟아져 내려오는 물살과 만났고, 그 흐름이 배를 부드럽게 떠밀어 속도를 높여주었다. 토럴드는 노를 젓지 않고 잠자코 앉아 고요한 흐름에 배를 내맡겼다. 배는 저 스스로 알아서 수로 쪽으로 접어들었다. 고디스가 뒤돌아보았을 때 그녀의 눈에 들어온 것은 버드나무와 그 너머로 어슴푸레하게 솟아 있는 어두운 집뿐이었다.

토럴드는 이제 노를 저어 배를 수도원 쪽 둑으로 몰고 갔다. 키 큰 풀밭에서 캐드펠 수사가 일어났다. "잘했네!" 캐드펠이 속삭이듯 말했다. "아무 문제 없었겠지? 별다른 인기척도 없었고?"

"전혀요. 이제는 수사님이 안내해주십시오."

캐드펠은 한 손으로 배를 가볍게 흔들어보았다. "우선 고디스와 짐을 건너편에 내려놓고 나를 건네주게. 신발을 적시지 않고 가고 싶으니까." 그들 모두가 안전하게 건너편 기슭에 닿은 뒤에 캐드펠은 배를 풀밭으로 끌어 올렸다. 고디스가 얼른 달려들어 그를 거들었다. 배를 가까이에 있는 잡목림 속에 감춘 뒤 그들은 한숨을 돌리느라 잠시 쉬며 이야기를 나누었다. 주위는 고요했다. 캐드펠 말마따나, 여기서 5분쯤 잘 쉬고 나면 이 뒤에 따를 힘겨운 노동도 그런대로 견뎌낼 수 있으리라.

"말은 해도 좋지만 목소리는 낮추게나. 자네들이 서쪽으로 무사히 빠져나갈 때까지는 지켜보는 눈이 없을 테니 지금 짐을 꺼내서 둘로 나누세. 자루째 들고 가기보다는 안장 주머니를 한 쌍씩 맡아 어깨에 메고 가는 편이 훨씬 수월할 걸세."

"저도 한 쌍은 들고 갈 수 있어요." 고디스는 캐드펠의 팔을 잡았다.

"그래, 짧은 거리라면 가능하겠지." 캐드펠은 너그럽게 말했다. 그는 부지런히 손을 놀려 자루에서 안장 주머니 두 쌍을 꺼냈다. 넓적한 끈으로 서로 연결된 작은 주머니 두 개로 이루어진 안장 주머니들은 애초에 말 등에 걸치기 좋게 그 안에 든 무게를 똑같이 나누어놓았으므로 어깨에 메고 가기 수월했다. "걸어가는 거리를 줄이기 위해 800미터쯤은 배를 타고 강을 따라가는 게 어떨까 싶었네만, 사람이 셋이나 되고 이 짐까지 있으니 배가 버티지 못할 걸세. 그렇지만 거리가 아주 먼 것은 아니야. 5킬로미터 좀 안 되려나."

캐드펠은 안장 주머니 한 쌍을 어깨에 걸치더니 두어 번 흔들어 지고 가기 편한 위치에 놓이게 했다. 토럴드도 다른 한 쌍을 성한 어깨에 걸쳐 멨다. 캐드펠이 걸음을 옮기며 말했다. "내 평생 이렇게 값비싼 물건을 지고 가기는 처음인데 안에 뭐가 들었는지 구경할 수가 없다니."

"제게는 가슴 아픈 물건입니다." 뒤에서 토럴드가 말했다. "이것 때문에 니컬러스가 목숨을 잃었으니까요. 그런데도 친구의 복수를 할 기회를 얻을 수 없게 되지 않았습니까."

"목숨을 보전하고 무사히 이 짐을 들고 갈 궁리나 하게나." 캐드펠이 말했다. "니컬러스는 원한을 풀게 될 거야. 그 친구 일은 내게 맡기고 자네는 장래의 일에나 신경 써."

*

캐드펠은 베링어와 함께 오갔던 길과는 전혀 다른 길로 일행을 인도했다. 시냇물을 건너서 풀리 너머에 있는 목장 오두막으로 곧장 가는 대신 서쪽으로 한참을 돌아서 갔고, 따라서 그들이 오두막과 나란한 지점에 이르렀을 땐 그 집의 서쪽, 그러니까 웨일스 방면으로 1.6킬로미터쯤 떨어진 꽤 울창한 숲에 들어서게 되었다.

"우리를 미행하는 사람이 있으면 어쩌죠?" 고디스가 물었다.

"그런 사람은 없어." 캐드펠의 단호한 어조에 그녀는 마음을 놓고 더 이상 아무것도 묻지 않았다. 캐드펠 수사님이 그렇다고 하면 그런 것이다. 그녀는 자기도 800미터쯤은 짐을 지고 가겠다고 고집을 부려 토럴드에게서 안장 주머니를 넘겨받았지만, 곧 발걸음이 흐트러지고 호흡이 가빠지는 기미가 보이자 토럴드가 얼른 다시 가져갔다.

전방의 나뭇가지들 사이로 레이스처럼 펼쳐진 하늘이 조금 밝아지기 시작했다. 그들은 이제껏 밟고 온 풀길과 예각으로 교차되는 널찍한 길 가장자리로 조심스럽게 들어섰다. 그 길 너머로는 그들이 밟아온 좁은 길이 계속 이어지고 있었는데, 지금까지보다는 폭이 약간 넓어 보였다. 캐드펠은 나뭇가지들로 가려진 자리에 그들을 멈춰 세웠다.

"이제부터는 신경을 쓰면서 가야 하네." 캐드펠이 입을 열었다. "나중에 나 없이 여기까지 돌아와야 할 거야. 우리 앞에 놓인 이 넓고 곧은 도로는 예전에 로마인들이 건설한 길이네. 왼쪽, 그러니까 동쪽으로 계속해서 가다 보면 애첨에서 세번강을 건너는 다리가 나오지. 그리고 오른쪽, 그러니까 서쪽으로 화살처럼 똑바로 가다보면 웨일스와 풀 지방에 이르게 돼. 만일 그리로 가는 도중에 장애물을 만나면 남쪽으로 돌아 몽고메리로 해서 가게나. 중간중간 가파른 고개들이 있긴 하지만 여기부터는 좀 더 빨리 말을 달릴 수 있을 게야. 자, 지금은 일단 이 길 너머 시냇가까지 800미터쯤 더 가야 하네. 여기까지 돌아와야 하니 길을 잘 익혀두도록 하게."

큰길 건너편은 사람들이 많이 다니는 길이라 그런지 더 넓었고 말을 타고 가기에도 별 지장이 없었다. 얼마 후, 그들은 넓고 잔잔한 시냇가에 이르렀다. "여기일세." 캐드펠이 말했다. "짐들은 여기 두고 가도록 하지. 숲속 아무 나무에나 걸어두면 장소를 잃어버릴 염려가 있지만 여기라면 안심이야. 헤엄치지 않고 시내를 건널 수 있는 곳은 이곳뿐이니까."

"짐을 놓고 간다고요?" 토럴드가 놀라 물었다. "왜요? 말들이 있는 곳까지 가져가면 안 될까요? 오늘 밤에는 우리를 미행하는 자들이 없을 거라고 하셨잖습니까?"

"물론 그런 자들은 없네." 사냥감들이 어디로 향하는지 분명히 알고 있다면 미행할 필요가 없지. 미리 가서 대기하고 있으면 될 테니까. "시간 낭비하지 말고, 날 믿고 내 말을 따르게." 캐드펠은 메고 온 안장 주머니를 내리고, 가장 안전하고 적당한 은닉 장소를 찾아 이제 어느 정도 눈에 익은 어둠 속을 두리번거렸다. 그들의 오른쪽 가까이에 있는 덤불 속에, 한쪽 줄기는 이미 죽어버리고 맨 밑가지는 무성한 덤불에 묻힌 뒤틀린 노목 한 그루가 서 있었다. 캐드펠은 그 밑가지에 안장 주머니를 걸었다. 토럴드도 들고 온 주머니를 군말 없이 그 옆에 걸더니, 남의 눈에 띌까 싶어 몇 걸음 뒤로 물러나 바라보았다. 무성한 이파리들이 두 쌍의 안장 주머니를 완벽하게 가려주었다.

"좋아!"캐드펠이 만족스럽게 말했다. "여기서부터 우리는 동쪽으로 향할 걸세. 그렇게 가다 보면 내가 전에 갔던 직선로와 만나게 되지. 우리는 오른쪽에서 목장으로 접근해야 하네. 그러면 제아무리 의심 많은 사람이라도 우리가 웨일스 쪽으로 1.5킬로미터도 넘게 떨어진 곳에서 왔다는 사실을 눈치채지 못하겠지."

짐을 내려놓아 홀가분해진 젊은이들은 단짝 꼬마 친구들처럼 서로 손을 꼭 잡고 캐드펠의 뒤를 따랐다. 탈출의 가능성이 점차 현실화되어가는 지금 더는 아무 말도 할 수 없었고, 그래서 그들은 그저 모든 것이 다 잘되리라 믿으며 다정하게 붙어 걷고 있었다.

직선로에 닿은 지 불과 몇 분 되지 않아 숲은 사라지고 컴컴한 하늘이 드러나면서 목장의 울이 서 있는 조그만 빈터가 나타났다. 촘촘한 울타리 사이사이로 오두막 안 어딘가에서 내비치는 어렴풋한 빛이 언뜻언뜻 보였다. 사위는 고즈넉한 침묵에 감싸여 있었다.

안젤름 수사는 미리부터 대기하고 있었던 양 곧바로 나와 문을 열어주었다. 아마도 슈루즈베리에서 물건을 빼앗긴 어떤 여행자로부터 그날의 격변에 관한 소식을 전해 듣고는 누군가 중한 벌을 피하기 위해 조만간 그리로 오리라 예상하고 있었던 듯했다. 그는 서둘러 그들을 안으로 맞아들이더니 문을 닫으면서 호기심이 가득한 눈빛으로 캐드펠 뒤에 서 있는 두 젊은이를 살펴보았다.

“오늘 밤에 오실 줄 알았습니다! 감이 오더라고요. 여기서 듣자 하니, 일이 아주 고약하게 돌아가는 모양입니다.”

“고약하다마다.” 캐드펠은 한숨을 내쉬며 대답했다. “다들 별일 없어야 할 텐데. 특히 이 두 젊은이에게는 말이오. 이 훌륭한 수사님들이 자네들의 물건을 안전하게 잘 보관해주셨다네. 안젤름 형제, 이 아가씨는 애더니 씨의 따님이라오. 이 친구는 피챌런 씨의 향사고. 그런데 루이 형제는 어디 있소?”

“형제가 오시는 것을 보자마자 안장을 얹으러 나갔습니다.” 안젤름 수사가 말했다. “형제가 급히 움직이셔야 할 거라 짐작하고 온종일 대기하던 중이었거든요. 오실 것에 대비해 음식도 준비해 두었습니다. 여기 음식 보따리가 있습니다. 빈속으로 먼 길을 가는 것은 좋지 않지요. 포도주도 한 병 넣었습니다.”

“잘됐구먼! 나도 몇 가지 가져왔지.” 캐드펠은 작은 주머니 속에 든 물건들을 꺼내 젊은이들에게 건넸다. “약들이네. 고디스가 사용하는 법을 알아."

고디스와 토럴드는 경탄한 기색을 감추지 못한 채 잠자코 듣고만 있었다. 토럴드는 고마운 마음에 어쩔 줄 몰라 하다 더듬더듬 입을 열었다. "전 가서 안장 얹는 것을 거들겠습니다." 그는 고디스의 손을 놓고 잔풀이 무성한 작은 뜰을 가로질러 마구간으로 갔다. 숲속의 빈터는 시절이 워낙 혼란스러워 제대로 손보기 어려우니 만큼 머지않아 다시 숲으로 되돌아갈 것 같았다. 그렇지 않아도 볼품없는 그 목조건물들도 여름철마다 무섭게 번식하는 초록의 파도에 이내 휩쓸릴 터였다. 수년 뒤면 롱 숲의 빈터며 건물들 모두 흔적도 없이 삼켜지리라.

"안젤름 수사님." 고디스는 경탄한 눈길로 그 거인 같은 수사를 올려다보며 말했다. "저희 두 사람을 위해서 여러모로 애써주신 것에 진심으로 감사드려요. 물론 여기 계신 캐드펠 수사님을 생각해서 하신 일이겠지만요. 캐드펠 수사님은 여드레 동안 제 보호자 역할을 훌륭히 해내셨고, 저도 그 점을 잘 알고 있어요. 앞으로 가능하다면 그 이상으로 보답하겠어요. 토럴드와 저는 수사님을 결코 잊지 않을 거예요. 약속드릴게요. 수사님들이 저희를 위해 해주신 일을 결코 욕되게 하지 않겠다는 것도요."

"하느님은 아가씨를 아주 사랑하시겠군." 안젤름 수사는 흐뭇하고 즐거운 표정이 되었다. "꼭 성경에 나오는 것처럼 이야기하니 말이오. 젊은 아가씨가 위험에 처했을 때 선한 사람이 할 일이 뭐겠소? 그 아가씨를 어려움에서 벗어나게 해주는 것 아니겠소?

아가씨와 함께 온 젊은이도 그렇고!"

루이 수사가 이곳에 맡겨진 두 마리 말 중 베링어가 타고 왔던 밤색과 흰색이 섞인 말을 데려왔고, 토럴드는 검은 말을 끌고 그 뒤를 따라왔다. 잘 손질해주고 잘 먹인 데다 충분한 휴식을 취하게 한 덕에 말들은 무척 원기 왕성했고 마구도 제대로 갖춰져 있었다.

"짐도 안전하게 보관하고 있습니다." 안젤름 수사가 의미심장하게 말했다. "마음 같아서는 말에 싣기 좋게 둘로 나눴으면 싶었지만, 열어볼 권리가 없다는 생각에 수사님이 갖고 오신 그대로 놓아두었습니다. 무게가 더 가벼운 사람이 탄 말의 엉치께에 다 실었으면 하는데 어떻게 생각하십니까?" 두 평수사는 며칠 전 밤에 캐드펠이 가져왔던 짐 자루를 가지러 집 안으로 들어갔다. 토럴드와 고디스가 무슨 영문인지도 모르는 채 캐드펠의 지시를 따랐듯이, 그 평수사들도 캐드펠 수사에게 듣지 못한 말들이 있는 것 같았다. 안젤름 수사가 곧 그 넓은 어깨에 짐을 짊어지고 나와 말들 옆에 부려놓았다. "짐을 안장에 고정시킬 가죽끈도 여기 있습니다." 그들은 미리 염두에 두었던 듯 지체 없이 안장에 줄을 걸고 가죽끈으로 짐을 단단히 동여매려 했다. 그 순간, 누군가 그들 뒤에 있는 울타리문의 빗장을 지탱하는 굵은 밧줄을 검으로 베어내며 단호하게 말했다.

"그 자리에 꼼짝 말고 서 있어! 아무도 움직이지 마! 자, 이제 천천히 이쪽으로 돌아서. 두 손은 앞으로 내밀고. 잘못하면 아가씨가 다친다!"

그들은 눈이 휘둥그레져서 시키는 대로 맥없이 돌아섰다. 문은 활짝 열려 있고, 그 자리에 휴 베링어가 버티고 서 있었다. 베링어의 양옆으로는 두 사내가 당장이라도 쏠 것처럼 활시위를 팽팽하게 당긴 채 매서운 눈으로 그들을 쏘아보고 있었다. 그들의 화살은 고디스를 똑바로 겨냥하고 있었다. 활을 다루는 데 능숙한 궁수들이었으므로 언제든지 표적을 정통으로 꿰뚫을 수 있을 터였다.

"정말 놀랍습니다!" 베링어가 인정하듯 말했다. "제 마음을 훤히 들여다보고 계셨으니까요. 자, 이제 그대로 계십시오. 제 부하가 문을 닫을 겁니다."

10

그들은 각자의 성격에 따라 반응했다. 안젤름 수사는 몽둥이를 찾으려고 조심스레 두리번거렸지만 손이 닿지 않는 곳에 있었다. 루이 수사는 명령에 따라 두 손을 앞으로 보이되, 오른손은 단검을 숨겨둔 옷자락 가까이 늘어뜨리고 있었다. 고디스는 처음에는 이 사태를 믿을 수 없어 몹시 당황했으나 이내 격렬한 분노에 휩싸여 얼굴이 하얗게 질려서는 번쩍이는 두 눈으로 사내를 노려보았다. 캐드펠 수사는 이 충격적인 사태에 이내 체념한 표정이 되어, 사내가 짐을 눈여겨보거나 그 중요성을 간파하지 못하게끔 그 위에 걸터앉아 승복 자락으로 슬쩍 덮었다. 토럴드는 허리띠에 찬 캐드펠의 단검을 움켜쥐고자 하는 본능과 싸우며, 고디스와 두 궁수 사이를 가로막으려고 두 걸음 옮겨 디뎠다. 그런 토럴드를 보며 캐드펠은 감탄 어린 마음으로 내심 미소를 지었다. 아가씨에게 온 마음을 빼앗긴 청년은, 제 몸으로 그녀를 가로막기도 전에 두 대의 화살이 표적을 꿰뚫으리라는 생각조차 못 하고 있었다.

"그거 무척이나 감동적인 몸짓이긴 한데 별 소용은 없을 거요." 베링어가 인심 쓰듯 말했다. "화살이 엉뚱한 사람한테 가서 박힌다 해도 저 아가씨가 기뻐할지는 의문이니까. 여기 있는 이들 모두 지각 있는 사람들이니 공연한 영웅 행세는 그만두시오. 여기 매슈는 이 정도 거리에서라면 화살 한 대로 두 사람도 꿰뚫을 수 있소. 물론 그건 나를 포함한 누구에게도 도움이 되지 않겠지. 그러니 지시하는 대로 순순히 따르는 편이 나을 거요."

베링어는 무방비 상태로 가만히 서 있었다. 그러나 그의 부하들은 조금이라도 수상쩍은 움직임이 보이면 그 즉시 활을 쏠 태세였으므로, 그곳에 있는 누군가가 베링어를 공격해 상황을 역전시킬 가능성은 전무해 보였다. 베링어와 그들 사이에는 몇 미터의 거리가 있으니, 토럴드가 단검으로 공격하려는 기미를 보이기 무섭게 화살이 먼저 날아와 박힐 터였다. 토럴드는 뒤로 한 팔을 뻗어 고디스를 끌어당기려 했지만, 고디스는 얼른 그의 손을 피하더니 몇 걸음 앞으로 나아가 휴 베링어와 맞섰다.

"원하는 게 뭐죠?" 고디스가 물었다. "만일 당신이 원하는 게 나라면, 좋아요, 여기 있어요. 이제 어떻게 할 건가요? 내 소유의 땅이 탐나는 건가요? 그걸 얻기 위해 당신의 권리를 내세워 나랑 결혼할 심산인가요? 우리 아버지를 처리하면 왕은 내 땅과 나를 새로 얻은 심복에게 기꺼이 넘겨주겠죠! 내가 당신에게 그 정도의 가치는 있나요? 아니면 나를 훌륭한 분들을 잡아들이기 위한 미끼로 왕에게 넘겨 그의 환심을 사려는 생각인가요?"

"둘 다 아니오." 베링어는 담담하게 말하며 빳빳하게 힘이 들어간 그녀의 어깨를 응시했다. 그의 얼굴에는 상대를 향한 인정과 냉소의 기색이 떠올라 있었다. "솔직히 말해 전에는 당신과 결혼하고 싶은 마음이 추호도 없었소. 그 통통한 꼬마 아가씨가 그사이 장족의 발전을 했군요. 하지만 당신의 얼굴을 보아하니 조만간 저 친구와 결혼하게 될 것 같고, 내게는 다른 계획이 있소. 당신에게도 당신 나름대로의 계획이 있겠지. 여기 있는 모두가 지각 있게 행동한다면 우리는 전혀 싸울 필요가 없을 거요. 당신을 위해서 말하자면, 고디스, 나는 당신의 투사가 가는 길에 사냥개들을 풀어놓을 생각조차 없소. 정직한 반대자에게 악의를 품을 이유가 어디 있겠소? 특히나 당신이 저 친구에게 호의를 품고 있다는 걸 아는 지금에 와서 말이오."

베링어는 그녀를 비웃고 있었고, 그녀도 이를 알고 경계심을 늦추지 않았다. 그녀는 일종의 모욕감을 느꼈으나 사실 그의 웃음에는 악의가 없었다. 그보다는 만족과 가벼운 조롱에서 나온, 심지어는 애정까지 담겨 있는 웃음이었다. 고디스는 한 걸음 뒤로 물러나 캐드펠 수사에게 묻는 듯한 눈길을 던졌다. 그러나 캐드펠은 어깨를 축 늘어뜨린 채 무표정한 얼굴로 땅바닥만 내려다볼 뿐이었다. 그녀는 다시 고개를 들어 휴 베링어를 좀 더 주의깊게 살펴보았다. 베링어는 내심 감탄한 눈빛으로 그녀를 응시하고 있었다.

"당신 말이 진심이리라 믿어요." 그녀는 여전히 의구심 섞인 태도로 느릿느릿 말했다.

"믿어보시오! 당신은 여행에 필요한 말들을 구하러 이리로 왔지. 그리고 여기 말들이 있소. 지금 당장이라도 말을 타고 떠날 수 있어요. 당신과 저 젊은 향사 둘이서 말이오. 아무도 당신들을 뒤쫓지 않을 거요. 나와 내 부하들 말고는 당신들이 여기 있다는 것을 아무도 모르니까. 그렇지만 꼭 필요한 물건들을 제외한 나머지 짐을 줄인다면 훨씬 더 빠르고 안전하게 말을 달릴 수 있겠지." 베링어는 다정하게 말을 이었다. "캐드펠 수사님께서 마치 편히 앉을 만한 돌을 찾아내기라도 하신 양 태연한 얼굴로 점잖게 걸터앉으신 저 짐, 저건 두고 가시오. 당신의 기념품으로 내가 보관하겠소."

고디스는 이 순간 캐드펠 수사의 얼굴을 다시 쳐다보는 우를 범하지 않았다. 또한 그녀는 순식간에 사태의 전말을 깨달은 표정, 내면에서 회오리치는 벅찬 승리감과 환희를 드러내는 표정을 내비치지 않을 만큼 충분한 자제력을 갖추고 있었다. 뒤에 서 있는 토럴드 역시 사태를 깨닫고 아찔해하고 있을 터였다. 캐드펠이 여기서 웨일스 방면으로 1.5킬로미터쯤 떨어진 곳 시냇가 나뭇가지에 안장 주머니들을 걸어놓게 한 까닭은 바로 이 때문이었다. 여기 있는 물건은 기꺼이 내어줄 수 있다. 그러나 조금이라도 기뻐하는 기색을 보여서는 안 되었다. 이제 그 기막힌 작전을 마무리하는 일은 그녀에게 맡겨진 셈이었다. 캐드펠이 그녀에게 그 모든 것을 일임하고 있었다. 이는 그녀가 한 번도 맞닥뜨린 적 없는 최대의 시험이었으니, 향후 그녀의 자존감과 자부심이 바로 이 시험에 달려 있었다. 그녀와 마주 선 이 사내는 그녀가 생각한 것보다 한층 뛰어난 사내였다. 문득 자신이 베링어를 포기한다는 게, 약소한 금붙이를 압류하는 대신 그녀를 풀어주고 다른 남자와 다른 대의를 좇아 행복하게 잘 살게끔 해주겠다는 베링어의 제안 못지않게 너그러운 결단이라는 생각마저 들었다. 물론 그 제안에는 두 마리의 좋은 말을 제공해주고, 그들이 웨일스로 달아나는 것을 눈감아주겠다는 의사까지 포함되어 있었다! 그것은 일종의 축복이었다. 세속적이기는 하나 무척 소중한 축복이었다.

“당신 의향이 정 그렇다면, 떠나주죠!” 고디스는 더 이상 묻지 않고 단정 짓듯 말했다.

“내 감히 충고하건대, 신속히 떠나도록 하시오. 아직 밤이 깊어지지는 않았지만 시간은 빨리 지나갈 거요. 당신들이 갈 길은 멀고.”

“그동안 당신을 오해해왔어요.” 고디스는 관대한 태도로 말을 이었다. “당신을 전혀 몰랐죠. 당신은 이 물건을 차지할 권리가 있어요. 우리 역시 이걸 지키려고 싸울 권리가 있었다는 점을 이해해줘요. 공정한 승리와 공정한 패배는 어느 누구의 마음도 상하게 하지 않는 법이죠. 동의하나요?"

"동의하고말고요!" 베링어는 반색했다. "당신은 내 온 마음을 사로잡는 적수요. 그러니 저 젊은 향사께서는 내 마음이 변하기 전에 빨리 당신을 데리고 떠나는 게 좋을 거요. 물론 그 짐은 남겨두고……."

"할 수 없지. 이건 당신 것이오." 캐드펠 수사는 그때껏 지키고 있던 짐 자루에서 마지못해 몸을 일으켰다. "당신이 공정하게 승리했으니 내가 달리 무슨 말을 할 수 있겠소?"

베링어는 냉정을 잃지 않고 짐 자루를 세심히 살펴보았다. 그는 캐드펠이 세번강에서 이곳까지 날라 온 짐이 어떻게 생겼는지 잘 알고 있었으므로 아무 의심도 하지 않았다.

"그럼 부지런히 가시오! 날이 밝기까지는 몇 시간쯤 여유가 있을 거요." 이어 베링어는 처음으로 토럴드에게 눈을 돌려 주의 깊게 그를 살펴보았다. 토럴드는 시종 태연자약한 태도로 일관하며, 도저히 이해할 수 없는 상황에서도 탄복할 만한 자제심으로 고디스에게 모든 걸 내맡기고 있었다. "실례지만 난 당신의 이름을 모르는데."

"내 이름은 토럴드 블런드라고 하오. 피챌런 어른의 향사요."

"그동안 서로 알고 지내지 못한 게 유감이군. 하지만 우리가 무기를 들고 겨루지 않게 된 건 정말 다행이오. 보나마나 대단한 강적이었을 테니까." 그렇게 말하면서도 베링어는 그 나름의 자신감을 내비치며 환하게 웃어 보였다. 아닌 게 아니라, 그는 토럴드의 큰 키와 긴 팔이 그다지 두렵지 않았다. "당신은 당신의 보물을 잘 돌보도록 하시오, 토럴드. 나는 내 것을 잘 돌보겠소."

여전히 미심쩍어하는 눈길로 조용히 베링어를 주시하던 고디스가 말했다. "내게 입 맞추고 축복을 빌어줘요! 나도 그럴 거니까요!"

"내 온 마음을 다해 그러지!" 베링어는 두 손으로 그녀의 얼굴을 감싸 쥐고 진하게 입을 맞추었다. 입맞춤은 토럴드를 자극할 만큼 오래 지속되었지만, 토럴드는 당황한 기색 없이 조용히 지켜보기만 했다. 아마도 그것은 다정하고 차분하게 작별 인사를 나누는 오누이 간의 입맞춤 같은 것이리라. "이제 말을 타고 어서 가시오!"

고디스는 캐드펠 수사에게 다가가더니, 그에게도 축복의 입맞춤을 부탁했다. 그녀의 표정과 음성에는 캐드펠만이 알아보고 들을 수 있는 동요와 격정이 어려 있었다. 걷잡을 수 없는 눈물이나 웃음, 혹은 그 양자가 결합된 그 복잡한 격정의 소용돌이 때문에, 캐드펠과 평수사들에게 전하는 감사의 인사는 자연 짧아질 수밖에 없었다. 그녀는 속마음을 들키기 전에 황급히 그들 곁을 떠나야 했다. 토럴드가 그녀가 말의 등자를 잡아주려고 다가갔으나, 안젤름 수사가 먼저 두 팔로 그녀를 반짝 안아 들어 안장에 앉혀주었다. 그 등자가 약간 긴 듯해 토럴드는 길이를 조정하느라 허리를 굽혔고, 바로 그 순간 고디스는 토럴드가 살며시 고개를 들어 씩 웃는 모습을 언뜻 보았다. 그 역시 이제까지 진행되어온 상황을 훤히 들여다보며 그녀의 내밀한 웃음에 동참해 왔던 것이다. 만일 두 젊은이가 처음부터 캐드펠의 모든 계획을 알고 있었더라면 그렇게 설득력 있는 연기를 보이지는 못했으리라. 하지만 이제 그들은 그 저변에 깔린 흐름들을 재빨리 포착한 터였다.

토럴드는 베링어의 밤색 말에 올라 목장에 서 있는 사람들을 내려다보았다. 두 궁수는 활을 늘어뜨리고 한쪽에 서서 재미있다는 듯 지켜보고 있었고, 베링어의 세 번째 부하는 두 사람이 지나갈 수 있도록 문을 활짝 열어놓은 채였다.

“캐드펠 수사님, 큰 은혜를 입었습니다. 결코 잊지 않겠습니다.”

“내게 빚진 게 있거든 고디스에게 갚아주게나.” 캐드펠은 느긋하게 말했다. “고디스를 부친께 무사히 데려다줄 때까지 부디 길 조심하고.” 이어 그는 엄숙하게 덧붙였다. “고디스는 자네에게 맡겨진 성스러운 짐이니 사심 없이 잘 돌보도록 하게.”

한순간 토럴드의 얼굴에 환한 미소가 번졌다가 사라졌다. 그는 곧 길을 떠났고, 고디스도 그 뒤를 따랐다. 두 사람은 가볍게 말을 몰아 활짝 열린 문을 지나고 빈터를 가로질러 숲의 어둠 속으로 사라졌다. 이제 얼마 가지 않아 좀 더 넓은 길로 들어설 테고, 시냇가에서는 안장 주머니들이 그들을 기다리고 있으리라. 캐드펠은 말발굽들이 풀밭을 딛는 부드러운 소리와 그들의 몸이 나뭇가지에 닿을 때마다 이파리들이 살랑대는 소리에 가만히 귀를 기울였다. 얼마 후 그 모든 소리가 밤의 침묵 속으로 녹아들었다.

그 자리에 있는 다른 사람들 역시 그 소리에 정신을 온통 빼앗기고 있었는지, 다들 서로의 얼굴만 쳐다볼 뿐 잠시 아무 말이 없었다.

"저 아가씨가 동정의 몸으로 부친께 돌아간다면 다시는 남녀의 일을 두고 내기를 걸지 않겠습니다." 베링어가 입을 열었다.

"내 생각도 그렇소." 캐드펠이 담담하게 말했다. "고디스는 아내 된 몸으로 부친께 돌아갈 거고, 그건 지극히 자연스러운 일이오. 이곳과 노르망디 사이에는 주례를 서줄 사제가 한둘이 아니겠지. 물론 고디스가 토럴드에게 그의 권리를 설득하느라 꽤 애를 먹긴 할 거요. 토럴드가 좀처럼 받아들이려 하지 않을 테니까. 그래도 워낙 수완이 좋은 아가씨니 결국 성공하겠지."

"수사님은 저 아가씨에 대해 저보다도 잘 아십니다그려." 베링어가 말하고는 생각에 잠겨 덧붙였다. "그동안 저 아가씨를 잘 몰랐던 게 저로서는 참으로 안타깝네요!"

"내 생각에 당신은 처음에 나와 고디스가 성당으로 들어갔을 때 곧바로 그녀를 알아보았던 것 같은데."

"아, 네, 얼굴 생김새로요. 하지만 그 당시에는 긴가민가하다 이틀쯤 지난 뒤 확신을 갖게 됐습니다. 얼굴이 그다지 변하지 않았더군요. 생기발랄해졌다는 점만 빼고요." 그는 캐드펠의 눈을 바라보며 빙그레 웃었다. "예, 고디스를 찾으러 수도원에 갔던 건 맞습니다. 하지만 그 아가씨를 다른 사람에게 넘겨 이용당하게 할 생각은 추호도 없었습니다. 제가 차지할 생각도 없었고요.

다만 수사님 말씀처럼 그 아가씨는 제게 맡겨진 성스러운 짐이었죠. 제 부모님과 그 아가씨 부모님이 정해준 인연으로, 제게는 그녀의 안전을 돌볼 책임이 있었습니다."

"당신이 그렇게 해왔다는 것을 믿소." 캐드펠이 말했다.

"저도 수사님의 그 말씀이 진심에서 나왔다는 것을 믿습니다. 그러니 이제 우리 사이에 감정의 앙금 따위는 없는 거죠?"

"그럼. 서로 앙갚음할 일도 없고. 게임은 끝났소." 문득 캐드펠은 온몸에서 맥이 쭉 빠지는 것을 느꼈다. 그러나 이는 안도감에서 나온 유쾌한 피로였다.

"저와 함께 말을 타고 수도원으로 돌아가시지 않겠습니까? 말 두 필을 끌고 왔거든요. 제가 데려온 젊은 친구들은 잠을 자야 하니 이곳에 계신 수사님들이 하룻밤만 재워주고 먹여주신다면 내일 여유 있게 돌아갈 수 있겠는데요. 제 안장 주머니에 포도주 두 병과 고기 파이를 넣어 왔는데, 수사님들께서 흔쾌히 받아주셨으면 좋겠군요. 캐드펠 수사님이 오시리라 확신하긴 했지만 오래 기다려야 할지도 몰라 먹을 것을 미리 준비해 왔죠."

"오늘 밤 갑작스러운 돌풍이 들이닥쳐 좀 놀라긴 했습니다만, 그 바람에 피해를 본 사람은 아무도 없는 것 같군요." 루이 수사는 흡족한 표정으로 두 손을 비비면서 말했다. "포도주 두 병과 고기 파이에 대한 보답으로 기꺼이 저분들을 재워드리죠. 원한다면 함께 카드 게임도 즐기고요. 이곳에는 찾아오는 사람이 거의 없어 꽤 적적하던 참이었어요."

궁수들 중 하나가 베링어의 말 두 마리를 끌고 왔다. 다리가 길고 덩치가 큰 잿빛 얼룩빼기와 튼튼해 보이는 갈색 코브종이었다. 평수사들과 베링어의 부하들은 사이좋게 음식과 포도주가 든 안장 주머니를 내리고 베링어의 지시에 따라 얼룩빼기 말의 엉덩이께에 큼직한 짐 자루를 얹은 뒤 안젤름 수사가 가져왔던 가죽 띠를 이용해 단단히 고정했다. "코브종 말은 수사님과 이 짐의 무게를 감당하지 못할 겁니다." 베링어는 캐드펠에게 말했다. "하지만 저 덩치 큰 녀석은 끄떡없을 거예요. 저 녀석은 성질이 사납고 고집이 세서 아무나 못 다루죠. 저는 익숙하지만요. 솔직히 말씀드려 저는 녀석을 사랑합니다. 더 좋은 말 두 필을 내주긴 했지만 저 망나니야말로 제 호적수고, 저로선 녀석을 그 말들과 바꾸고 싶은 생각이 추호도 없어요."

캐드펠이 베링어에 관해 생각하는 바를 이보다 적절히 표현할 말은 없었다. 이 망나니야말로 내 호적수고, 녀석을 다른 상대와 바꾸고 싶은 마음은 추호도 없다! 그렇게 열심히 정탐하고 다니더니 자신이 조금도 원치 않는 신붓감에 대한 마음의 빚을 갚느라 소중한 말 두 마리를 선뜻 내주었지. 그 신붓감을 안전한 곳으로 치워버리고 보물을 손에 넣기 위해 온갖 음험한 계략을 총동원했고 말이야. 자신의 보물은 그녀가 아니니까. 공정한 게임이었던 셈이야. 그래, 그렇고말고. 우리는 우리와 같은 인간이라는 책을 통해 배우며 살아가기 마련이지!

*

두 사람은 전에 한번 가보았던 길을, 전보다 한층 우호적인 분위기 속에서 느긋하게 함께 갔다. 처음 목장으로 갈 때 밟았던 길이 좀 멀리 돌아가긴 해도 말이 걷기엔 더 나았기에 그들은 망설임 없이 그 길을 택했다. 사납게 동요하는 시대의 거친 흐름과는 달리 더없이 포근하고 고즈넉하고 고요한 밤이었다.

"아침기도에 여러 번 빠지셨죠?" 휴 베링어가 유감스럽다는 듯이 말했다. "모두 제 잘못입니다. 제가 모든 일을 더 빨리 해치웠더라면 자정쯤에는 수도원으로 돌아가셨을 텐데. 그 일로 속죄를 하셔야 한다면 우리 둘이 함께 해야 마땅할 겁니다."

"당신과 나는 이미 속죄의 고행을 함께 나누고 있다오." 캐드펠은 선문답을 하듯 대꾸했다. "당신보다 더 짜릿하고 버거운 상대를 만나기는 어려운 일이지. 우리가 함께 편안히 말을 타는 것으로 내 죄과가 좀 가벼워질 수 있을 거요. 야간에 이렇게 안온하고 평화로운 기분으로 말을 타는 것도 흔치 않은 일이니."

그들은 각자의 생각에 빠져들어 얼마간 침묵을 지켰다. 그러나 어디쯤에서 생각이 엉켜 더 이상 진전이 안 되는지, 베링어가 먼저 입을 열었다. "고디스가 보고 싶으시겠죠." 순수한 연민이 담긴 목소리였다. 그는 며칠 동안 그들의 관계를 면밀히 관찰하면서 많은 깨우침을 얻은 터였다.

"내 심장 한 귀퉁이가 달아난 것 같소." 캐드펠은 솔직하게 인정했다. “하지만 다른 이들이 나타나 그 자리를 메워주겠지. 고디스는 훌륭한 아가씨였소. 아니, 당신이 내 환상을 허용해준다면 훌륭한 소년이라 할 수도 있겠지. 뭐든 빨리 배우는 바지런한 일꾼이었거든. 앞으로 좋은 아내가 되었으면 싶소. 그 청년은 고디스에게 딱 맞는 짝이오. 그의 한쪽 어깨가 마음먹은 대로 움직이지 않는다는 것을 알고 있었소? 왕의 궁수들 중 하나가 그쪽 어깨에 화살을 쏘아 큰 부상을 입혔지. 고디스가 정성스럽게 간호해주고 있으니 곧 좋아질 거요. 둘 다 무사히 프랑스에 갈 테고.” 그는 잠시 생각하다가 궁금했던 것을 솔직하게 물어보았다. “만일 우리 중 누군가 명령에 따르지 않고 덤벼들었다면 어떻게 할 작정이었소?”

휴 베링어는 껄껄 웃었다. “세상에 둘도 없는 바보나 그런 짓을 했겠죠. 물론 제 부하들은 함부로 활을 쏠 정도로 분별없는 이들이 아닙니다. 하지만 활은 아주 강력한 무기이고, 저같이 위험한 인간은 순식간에 마음을 바꿀 수 있지요. 제가 그 아가씨한테 절대로 해를 끼치지 않으리라 생각하셨던 겁니까?”

캐드펠은 솔직하게 말할까 하다 슬쩍 돌려 대답했다. “그렇게 생각하긴 했지만 이내 내 판단이 틀렸다는 것을 깨달았지. 토럴드가 고디스를 가로막으려 들면 그 전에 그 사람들이 활을 쏠 수도 있겠다 싶더군.”

“수사님이 목장으로 뭘 갖고 오셨는지, 그리고 오늘 밤 그걸 가지러 오시리라는 걸 제가 알고 있었다는 것도 그리 놀랍지 않으셨겠죠?"

"당신의 기막힌 술수에 대해서야 이미 잘 알고 있으니 더는 무엇도 놀랍지 않소. 내가 그걸 가져온 날 밤 강에서부터 내 뒤를 밟았던 게지. 그리고 나를 부추겨 강에서 보화를 건져내 이리로 옮기게 했고. 애초부터 보화를 차지하고 젊은이들은 탈출시키려는 이중의 목적을 가지고 당신의 말들을 이리로 옮기는 일에 나를 끌어들였던 거요. 당신에게는 그야말로 꿩 먹고 알 먹고인 셈이었지. 그런데 어째서 오늘이 그날이라고 확신한 거요?"

"믿음이죠. 만일 제가 수사님과 같은 처지에 놓여 있었다면 가급적 빨리 그 젊은이들을 빼돌리려 했을 겁니다. 수색 작전이 실패로 돌아간 오늘 밤 같은 호기는 흔치 않지요. 바보가 아니고서야 이렇게 좋은 기회를 놓칠 수 없어요. 수사님이 바보가 아니시라는 건 진작부터 알고 있었고요."

"우리에게 공통점이 많긴 하지." 캐드펠은 진지하게 대꾸한 뒤 질문을 이어갔다. "그런데 그 짐이 목장 오두막에 안전하게 보관되어 있다는 것을 알았으면서 왜 진작 빼앗아 옮기지 않았소? 그렇게 하더라도 방금 전에 했듯이 그 친구들을 다른 곳으로 보낼 수 있었을 텐데."

"그러고서 그 사람들이 말을 타고 떠나는 동안 저는 편안히 잠이나 자라고요? 고디스와 오해도 풀지 않고 저를 적으로 믿은 채로 프랑스로 떠나게 내버려두라고요? 제가 그런 걸 견딜 수 있으리라 보십니까? 저로서는 도저히 용납할 수 없는 일입니다. 저도 제 나름의 자부심을 가진 사람이에요. 저는 깨끗하게 헤어지기를 원했습니다. 아무 불만도, 원한도 없는 상태로요. 물론 호기심도 좀 작용하긴 했죠. 고디스의 마음을 사로잡은 젊은 친구가 궁금했거든요. 보화야 잘 보관되어 있을 테니 그 일로 불안해할 이유는 전혀 없었고요. 그러니 오늘처럼 하는 편이 훨씬 낫지 않겠습니까?"

"그렇겠군." 캐드펠은 그의 말에 동의했다. 그들은 숲이 끝나가는 곳에서 서턴의 넓은 길로 들어선 뒤 그곳에서 다시 북쪽으로 꺾어져 세인트자일스로 향했다. 그러는 내내 무척이나 화기애애한 분위기였고, 두 사람 모두 그 사실에 놀라워하지는 않았다.

"이번에는 수도원의 정식 입주자들답게 문지기실 앞으로 지나가기로 하죠. 시간이 늦긴 했지만요." 베링어가 말했다. "수사님만 괜찮으시다면 허브밭 오두막으로 곧장 가 거기서 밤을 보냈으면 합니다. 이 짐 자루 안에 뭐가 들었는지 보고 싶거든요. 또 고디스가 수사님 밑에서 어떻게 지냈는지, 어떤 기술을 배웠는지 궁금하기도 하고요. 그 친구들은 이제 어디쯤 갔을까요?"

"풀까지 반은 갔을 게요. 그보다 더 갔을지도 모르고. 길이 잘 닦인 편이거든. 좋소, 내 오두막으로 가서 같이 보도록 합시다. 그런데 전에 시내로 들어가 고디스의 행방을 수소문한 적이 있었지요? 에드릭 플레셔의 가게를 찾아가서 말이오. 페트로닐라는 당신이 아주 불순한 동기로 찾아온 줄 알고 있던데."

"족히 그럴 여자죠." 베링어는 웃으면서 말했다. "자기가 돌보는 병아리의 배필감으로 마음에 꼭 차는 사람은 아마 절대로 못 찾을 겁니다. 그 여자는 처음부터 저를 싫어했어요. 하지만 이제 수사님이 그 여자의 마음을 좀 편하게 해주실 수 있겠군요."

이윽고 그들은 조용한 수도원 앞길에 이르러 어둠에 싸인 건물들 사이를 지나갔다. 밤의 정적 속에서 그들의 말발굽 소리가 유난히 음산하게 울렸다. 몇몇 이들이 불안한 마음에 덧문을 살짝 열고 내다보았으나, 너무도 한가롭고 느긋하게 지나가는 그들을 보고는 해를 끼칠 이들이 아니라 생각하고 다시 잠자리로 돌아갔다. 그들의 왼쪽, 수도원 담 안에 거대한 교회가 높이 솟아 있었고, 그 앞쪽으로 수도원의 정문이 보였다. 그곳 쪽문은 여전히 열려 있었다. 문을 지키는 평수사는 그 야심한 시각에 말을 탄 사람들이 와서 문을 열어달라고 하자 약간 놀랐지만, 이내 그들을 알아보고 아마 위에서 내려온 심부름을 하러 다녀왔나 보다 생각하며 마음을 놓았다. 요즘같이 격변하는 시절에야 이상할 것도 없는 일이니까. 평수사는 원체 호기심이 없는 사람인 데다 마침 잠이 오는 참이라 그들이 마구간으로 가는지 제대로 확인하지도 않았다. 두 사람은 말들을 마구간에 들인 뒤 짐 자루를 메고 허브밭으로 향했다.

베링어가 자루를 들어보더니 놀라서 눈을 둥그렇게 떴다. "이걸 거기까지 둘러메고 가신 겁니까?"

"그랬지." 캐드펠은 진심을 담아 말했다. "당신도 봤잖소."

"정말 숭고한 노역이라 할 만한데요. 이번에도 다시 메고 가실 생각은 없으신가요? 거리도 짧은데."

"별로 안 내키는군. 이제 그 짐은 당신 거니까."

"섭섭하네요!" 베링어는 농담조로 말했다. 제 자부심을 충분히 만족시키고, 고디스 앞에서 자신의 입장을 정당화하고, 원하던 전리품을 손에 넣은 터라, 그의 기분은 날아갈 듯 가벼웠다. 호리호리한 몸집에 비해 힘이 좋은 편이라, 허브밭까지의 짧은 거리 정도는 그 혼자서도 거뜬히 짐을 지고 갈 수 있었다.

"여기 어디 부싯돌과 부싯깃이 있을 텐데." 캐드펠이 오두막 안으로 먼저 들어가며 말했다. "불을 밝힐 때까지 기다려주시오. 사방이 깨질 것투성이라서."부싯돌과 부싯깃을 넣어둔 상자를 찾아낸 그는 탄화 면에 불을 일으켜 조그만 기름접시에 떠 있는 심지에 불을 붙였다. 심지의 불꽃이 제대로 피어오르면서, 기묘하게 생긴 절구와 플라스크, 온갖 병들, 향기를 뿜어내는 마른 허브 다발에 은은한 빛을 흩뿌렸다.

"수사님은 연금술사시군요." 베링어는 감탄하여 말했다. "마법사라 할 수도 있겠는데요." 그는 오두막 한가운데 짐을 내려놓고 흥미로운 눈빛으로 주위를 훑어보았다. "이곳에서 고디스가 밤을 보낸 건가요?" 토럴드가 뒤척이며 불안한 잠을 자느라 담요가 구겨진 채 널려 있는 침대에 그의 시선이 닿았다. "수사님이 만들어주신 잠자리군요. 첫날부터 고디스의 정체를 눈치채셨던 모양이죠?"

"맞소. 오랫동안 세상 경험을 한 나 같은 사람에겐 그렇게 어려운 일이 아니었지. 내가 빚은 과일주를 맛보겠소? 배 수확이 좋았던 해에 만든 건데."

"좋죠! 수사님이 앞으로 모든 적수들과의 싸움에서 내내 승리하시기를 기원하면서 마시도록 하겠습니다. 이 휴 베링어는 제외하고요."

베링어는 무릎을 꿇고 자신의 전리품을 묶은 줄을 풀었다. 자루 속에서 또 자루가 나왔고, 그 자루에서 또다시 자루가 나왔다. 그가 열에 들떠 있다거나 탐욕스러워 보였다고는 할 수 없었다. 그저 호기심에 잔뜩 부풀어 있을 뿐이었다. 세 번째 자루에서 짙은 색깔의 옷 뭉치가 굴러 나왔다. 그동안 눌려 있던 반동으로 옷뭉치가 주르르 펼쳐지면서 바닥 위에 상의 소매 둘이 선명하게 드러났다. 짙은 색 겉옷에 하얀 셔츠 한 벌이 엉겨 있었고, 그 안에서 크고 매끈한 돌 세 개와 둘둘 말린 허리띠 하나, 가죽 칼집에 들어 있는 단검 하나가 나왔다. 이어 마지막으로 노르스름하니 밝은 빛을 내는 단단하고 자그마한 물체가 흐릿한 금빛과 은빛 광채를 발산하며 또르르 굴러 나오더니 베링어의 발치에서 멈추었다.

그것이 전부였다.

*

베링어는 도무지 이해가 가지 않는지 그것들을 들여다보고 또 들여다보았다. 그의 검은 눈썹은 이마 끝까지 치켜 올라갔고, 검은 눈은 놀라움과 경악으로 휘둥그레졌다. 지금껏 위축된 기색이나 놀라움이나 죄책감 따위는 조금도 찾아볼 수 없이 늘 입심 좋게 떠벌리던 그 얼굴에서 그 이상의 다른 표현은 찾을 수 없었다. 그는 상체를 앞으로 숙이고 한 손을 휘저어 옷가지들을 죽 펼쳐놓더니 입을 벌린 채 큼직한 돌들을 한동안 뚫어지게 내려다보았다. 이마에서 소리 없이 춤을 추던 눈썹이 원래의 자리로 돌아오는 순간, 그의 두 눈에는 사태의 전말을 깨달았다는 기색이 어렸다. 그는 번뜩이는 눈으로 캐드펠 수사를 쳐다보더니 온몸을 뒤흔들며 요란하게 웃어대기 시작했다. 그 서슬에 그의 머리 위쪽에 매달려 있던 허브 다발들까지 흔들릴 지경이었다. 호탕하고 기탄없는 웃음에 캐드펠도 따라 웃고 말았다.

“저는 이제까지 줄곧 수사님을 동정했지 뭡니까.” 베링어는 어린아이처럼 손등으로 눈꼬리에 맺힌 눈물을 닦더니 가쁘게 숨을 몰아쉬며 말을 이었다. “이런 대비를 해두신 줄도 모르고요! 수사님의 속셈을 간파했으니 감쪽같이 속일 수 있겠다고 생각한 제가 어리석었죠.”

“죽 들이켜시오.” 캐드펠은 과일주를 가득 채운 잔을 그에게 내밀었다. “앞으로 모든 적수들과의 싸움에서 내내 승리하기를 빌며! 캐드펠을 제외하고!”

베링어는 잔을 받아 들어 과일주를 벌컥 들이켰다. “아, 수사님은 그런 말을 할 자격이 있는 분이시죠. 최후에 웃은 자이니까요. 하지만 적어도 얼마 동안은 제게 승리감에 도취할 기회를 주셨고, 전 앞으로 그보다 더 근사한 기분을 맛보기 어려울 겁니다. 그런데 무슨 수를 쓰셨죠? 어떻게 하신 겁니까? 저는 수사님에게서 내내 시선을 떼지 않았습니다. 수사님은 그 친구가 물속에 집어넣어둔 것을 끌어 올리셨죠. 저는 그것이 올라오는 소리를 들었고, 그러면서 물이 돌난간에 떨어지는 소리까지 들었는데요."

"그랬지. 그런 다음에 다시 집어넣었소. 소리 나지 않게 조심조심 말이오. 이 짐은 내가 미리 배에다 실어두었던 거요. 다른 짐은 당신과 내가 떠나자마자 고디스와 그 친구가 건져 올렸지."

"지금은 그 친구들이 갖고 있나요?" 베링어가 잠시 표정을 굳히며 물었다.

"그렇지. 지금쯤 두 사람은 오아인 귀네드의 영역인 웨일스로 들어갔을 거요."

"그럼 수사님은 제가 뒤따라다니면서 감시하고 있다는 것을 줄곧 알고 계셨습니까?"

"그보다는 당신이 그 보화를 갖고 싶어한다면 의당 그럴 수밖에 없으리라는 걸 알고 있던 거요. 당신을 그 보화가 있는 곳으로 인도해줄 사람은 나 말고 없을 테니까." 캐드펠은 신중하게 말했다. "감시의 눈길을 피할 수 없다면 그것을 이용해야겠지."

"확실히 그걸 해내셨고요. 이게 내 보물이라니!" 베링어는 아래 널린 것들을 내려다보더니 다시 웃어젖혔다. "이제야 고디스의 말뜻을 알겠군요. 공정한 승리와 공정한 패배는 어느 누구의 마음도 상하게 하지 않는 법이라고 했죠."

그는 흙바닥에 펼쳐진 물건들을 차분하게 들여다보았다. 그러곤 이맛살을 찌푸리면서 뭔가를 생각하더니, 번뜩이는 눈으로 캐드펠을 올려다보았다. "여러 자루 속에 이 큰 돌들을 집어넣어 위장한 것은 수긍이 갑니다." 그는 천천히 말을 이었다. "그런데 다른 것들은 왜 넣으셨습니까? 이것들이 저와 무슨 상관이 있나요?"

"당신은 잘 모를 거요. 이것들은 당신과는 무관한 것들이고, 이는 당신과 나 둘 모두에게 다행스러운 일이지." 캐드펠은 셔츠와 바지와 겉옷을 들어 흔들며 말을 이었다. "이것들은 니컬러스 페인트리가 밤중에 프랭크웰 숲속 오두막에서 교살당한 뒤 은폐를 위해 살인자에 의해 성벽 밑에 버려졌을 때 그가 입고 있었던 옷들이오."

"원래 수효보다 하나 많은 시신 말씀이로군요." 베링어가 소리를 낮춰 말했다.

"맞소. 토럴드 블런드가 그 친구와 함께 말을 타고 갔었는데 중간에 서로 헤어졌고, 그때 그런 사건이 벌어졌지. 살인자는 토럴드 역시 기다렸지만 죽이지는 못했소. 토럴드가 상대를 쓰러뜨리고 짐을 갖고 달아났거든."

"그 부분은 저도 압니다." 베링어가 말했다. "그날 저녁 물방앗간에서 토럴드와 수사님이 나누던 얘기의 마지막 대목이었죠. 하지만 그 이상은 몰라요."

베링어는 참혹하게 죽은 젊은 향사의 나들이옷이자 유품인 진갈색 바지와 황갈색 겉옷을 물끄러미 들여다보다가 이윽고 고개를 들어 캐드펠의 눈을 똑바로 응시했다. 이제 그의 얼굴에서 웃음기는 말끔히 사라져 있었다. "이제 알겠습니다. 수사님은 제가 딴 것을 찾느라 마음의 준비가 전혀 안 되어 있을 때 이것들이 불쑥 튀어나오게 하려고 하셨군요. 제가 이걸 보고 죄책감 때문에 기겁해서 펄쩍 뛰는지 확인하려고요. 시가 함락된 날 밤 그 사건이 일어났다고 하셨는데, 지금 기억하기로 저는 그때 말을 타고 혼자 외출했었습니다. 그날 오후에는 시내에 갔었고요. 좋습니다, 죄다 말씀드리죠. 그때 저는 페트로닐라가 무심코 흘린 얘기를 엿들었습니다. 그 덕에 프랭크웰의 두 젊은이가 말을 타고 떠나기 위해 날이 어두워지기를 기다리고 있다는 걸 알았죠. 제가 귀담아들었던 건 고디스의 행방에 관한 단서였고, 그 역시도 얻어내기는 했지만요. 네, 정황상 저를 의심하실 만합니다. 하지만 그래도 그렇지, 제가 살인을 할 사람으로 보이십니까? 그렇게 비열하고 흉악한 방법으로요? 그리고 고작 그런 쓰레기를 얻기 위해 그 친구들을 웨일스로 떠나보냈다고요?"

"쓰레기라고 했나?" 캐드펠은 부드럽게 반문했다.

"아, 물론 있으면 기분 좋고 쓸모 있는 물건이라는 건 저도 압니다. 하지만 자기가 필요로 하는 만큼 돈을 넉넉하게 갖고 있다면 그 이상은 쓰레기에 불과하죠. 생각해보세요. 그걸 먹을 수가 있나요, 입을 수가 있나요, 아니면 읽을 수가 있나요? 그걸로 비와 추위를 가릴 수 있나요, 음악을 연주할 수 있나요, 사랑을 할 수 있나요?"

"왕의 호의를 살 수는 있겠지." 캐드펠은 지극히 차분한 어조로 말했다.

"저는 이미 왕의 눈에 들었습니다. 왕은 자문관들이 떠들어댈 때는 혼란에 빠져 종잡을 수 없는 생각을 하는 경우가 많지만, 혼자 가만 내버려두면 인재를 만났을 때 인재를 알아보는 사람입니다. 분노하거나 복수심에 불타고 있을 땐 온당치 못한 것들을 요구하기도 하지만, 자신의 지나친 지시에 대해 재고해볼 틈도 없이 맹목적으로 그 지시를 따르는 이들은 경멸하는 사람이고요. 저는 그날 서녘 왕의 진영에서 왕과 함께 있었습니다. 제 힘이 미치는 한 물자와 병력을 아낌없이 동원하겠다고 약속하니 그 대가로 제 성들과 영지를 건드리지 않겠다더군요. 저로서는 아주 만족스러운 제안이었죠. 그러니 피챌런 어른의 보화를 얻을 기회가 왔다면 물론 기쁘기야 했겠지만, 그 기회를 잃었다 해도 크게 애석해할 일은 아니잖습니까. 게다가 근사한 싸움이었고요. 그러니 대답해주십시오. 수사님이 보시기엔 제가 돈 때문에 등 뒤에서 사람을 교살할 자 같습니까?"

"아니지! 그렇게 생각할 여러 정황이 있기는 했지만 이미 오래전에 그 가능성은 배제해버렸소. 당신은 그럴 사람이 아니니까. 당신은 자신을 과대평가하는 사람이오. 금 같은 하찮은 것을 자신의 자부심보다 더 위에 둘 리가 없지. 오늘 밤 시험해보기 전에도, 난 당신이 고디스를 위험한 처지에서 구해내고 싶어 하고 고디스를 도망치게 할 방법을 내게 암시해왔다고 이미 굳게 확신하고 있었소. 그러면서 보화를 손에 넣으려고 시도했으니 무척 공정한 거래였지. 당신은 내가 찾는 자가 아니오." 캐드펠은 조심스레 말을 이었다. "내가 보기에 당신이 할 수 없는 일은 그리 많지 않소. 그러나 당신을 잘 알게 된 지금, 비열한 방법으로 누군가를 살해하는 것은 당신에게 전혀 어울리지 않는 일이라는 게 내 판단이오. 바로 그래서 당신은 내게 별 도움이 되지 않는 사람이기도 하오. 이 물건들 중에는 당신의 마음을 뒤흔들 만한 것도, 당신이 알아볼 것도 없으니까."

"알아볼 게 없다……. 아니, 그렇지도 않아요." 베링어는 은 발톱이 움켜쥐고 있는 노란 황옥을 집어 들어 생각에 잠긴 채 이리저리 돌려보다가 몸을 일으켜 등잔불에 대고 찬찬히 뜯어보았다. "본 적 없는 물건이군요. 하지만 어떤 직감이 듭니다. 만들어진 모양새로 보아 제가 알 법한 물건일지도 모르겠어요. 얼라인이 자기 오빠의 시신을 찾고 매장을 준비하는 내내 저는 그 곁에 있었습니다. 그가 남긴 물건들을 한데 모은 것도 저였죠. 제가 알기로, 죽음의 순간 땀으로 얼룩져버린 셔츠를 제외한 모든 옷가지들은 가난한 이들에게 희사해달라고 수사님께 가져왔을 겁니다. 그때 얼라인은 마땅히 있어야 하건만 찾을 수 없었던 어떤 물건에 대해 얘기했죠. 자기 집안에서 대대로 내려온 단검인데, 그 집안의 장남들은 성년이 되면 그걸 물려받았다고 하더군요. 얼라인은 그 모양까지 자세히 설명해주었는데, 이 커다란 보석이 바로 그 단검 자루의 끝을 장식하던 것일 수도 있겠다는 생각이 듭니다." 그는 미간을 찌푸린 채 캐드펠을 바라보았다. "이걸 어디서 찾아내셨죠? 죽은 사람에게서 나온 건 아닐 테고요!"

"그렇지는 않지. 토럴드가 살인자와 뒹굴며 격투를 벌였던 현장의 흙바닥에 박혀 있었소. 토럴드의 단검에서 나온 것은 아니오. 그러니 그 단검을 갖고 있었을 사람은 오직 한 사람뿐이지."

"그럼 페인트리를 교살한 사람이 얼라인의 오빠라는 말씀인가요?" 베링어가 경악해서 물었다. "얼라인이 그걸 감당할 수 있을까요?"

"당신은 시차를 잊고 있소." 캐드펠은 달래듯 말했다. "자일스 시워드는 니컬러스 페인트리가 살해되기 몇 시간 전에 죽었지. 그러니 혹시 얼라인이 죄책감을 가지지 않을까 걱정할 필요는 전혀 없소. 니컬러스 페인트리를 죽인 자는 우선 자일스의 몸을 뒤져 그 단검을 훔쳐 차고서 매복 장소로 갔을 거요."

베링어는 고디스의 침대에 털썩 주저앉더니 두 손으로 머리를 감싸 쥐었다. "맙소사, 머리가 제대로 돌아가질 않네요. 한 잔 더 주십시오." 캐드펠이 잔을 다시 채워주자 베링어는 갈증 난 사람처럼 허겁지겁 들이켜더니, 다시 황옥을 집어 들고 손으로 무게를 가늠해보았다. "그렇다면 우리는 범인을 잡을 단서 하나를 갖고 있는 셈이네요. 성에서 그 끔찍한 일이 벌어질 때 놈도 적어도 얼마간은 분명히 그곳에 있었어요. 우리 판단이 옳다면 이 물건이 박혀 있던 그 아름다운 무기를 거기서 훔쳤을 테니까요. 하지만 처형은 밤까지 계속되었으니, 놈은 중간에 그곳을 떠났을 겁니다. 그러곤 프랭크웰 한구석에 있는 매복 장소로 숨어 들어갔겠죠. 그들의 계획을 어떻게 알았을까요? 처형당한 그 불쌍한 이들 중 하나가 목숨을 구하려고 동료들을 배신했을까요? 수사님이 찾는 그자는 처형이 시작되었을 때 그곳에 있다가 일이 끝나기 전에 떠났습니다. 프레스코트는 틀림없이 성안에 있었고, 텐헤이트와 플라망 용병들도 처형을 하느라 그곳에 머물러 있었죠. 듣자 하니 쿠셀은 기회가 생기자마자 얼른 그곳을 빠져나가 피챌런 어른을 잡으러 시내를 수색하는 보다 깨끗한 일에 매달렸다고 하니, 그에게는 혐의를 두기가 어렵습니다."

"그리고 플라망 용병들 중에는 잉글랜드어를 알아듣지 못하는 이들이 꽤 많지." 캐드펠이 지적했다.

"일부는 할 줄 압니다. 그리고 처형당한 아흔네 명 중 프랑스어를 할 줄 아는 사람이 반 이상이었을 거고요. 그러니 플라망 용병들 중 하나가 그 단검을 탈취했을 수도 있습니다. 아주 가치 있는 물건인 데다 죽은 사람에게는 더 이상 필요 없는 것이니까요. 이 사건과 관련해 저는 수사님과 같은 마음입니다. 억울한 죽음은 반드시 그 진상을 밝혀내야 해요. 우리가 아는 사실이 얼라인에게 더 큰 슬픔이나 수치를 안겨주지는 않을 테니, 이것을 보여주고 그녀가 아는 단검에서 나온 것인지 확인해보면 어떨까요?"

"그것도 좋겠군." 캐드펠이 말했다. "내일 평의회가 끝난 뒤 여기서 다시 만나도록 합시다. 당신에게 그럴 의향이 있고, 내가 평의회에서 속죄의 고행을 부과받아 일주일간 근신하는 일이 없다면 말이지만."

캐드펠 수사가 우려했던 바와 달리 일은 무척 순조롭게 풀려나갔다. 그가 아침기도에 불참했다는 사실을 아는 수사들도 수도회 평의회 전에는 이미 그 일을 깨끗이 잊은 터였고, 심지어 로버트 부수도원장도 그 점을 지적하거나 참회를 요구하지 않았다. 전날의 흥분과 비탄이 가신 뒤 좀 더 희망적인 일이 일어날 조짐이 보이기 시작했기 때문이었다. 병력과 말들을 충원하고 많은 식량과 건초를 징발한 스티븐 왕은 모드 황후의 이복남매이자 황후에게 가장 충성하는 글로스터의 로버트 백작이 버티고 선 서쪽 거점을 공격하기 위해 우스터로 진군하려 하고 있었다. 왕의 선봉대는 이튿날 떠날 예정이었으며, 왕 자신은 슈루즈베리 성의 수비 태세를 점검할 겸 성으로 이동해서 이틀을 묵을 예정이었다. 징발 경과에 만족한 왕은 묵은 감정의 앙금을 말끔히 씻고 싶은 마음으로, 화요일인 오늘 성에서 열리는 만찬에 헤리버트 수도원장과 로버트 부수도원장을 초대했다. 수도원 측에서는 그 준비에 여념이 없어 사소한 죄 따위는 그냥 넘길 수밖에 없었다.

캐드펠은 감사하는 마음으로 작업장으로 돌아와 고디스의 침대에 누워 베링어가 와서 깨울 때까지 곤히 잤다. 베링어는 심각한 표정으로 한 손에 황옥을 들고 있었다. 피곤한 기색이 엿보이기는 했지만 침착함만은 여전했다.

"이건 얼라인 집안 것이었습니다. 얼라인이 이걸 알아보고 반가운지 두 손으로 꼭 쥐어보더군요. 세상에 이렇게 생긴 것이 또 있을 수는 없죠. 이제 저는 성으로 가봐야 합니다. 왕이 베푸는 만찬이 이미 시작되었거든요. 그 자리에는 텐 헤이트와 플라망 용병들도 참석할 겁니다. 죽은 자일스의 단검을 훔친 자를 꼭 찾아내고 말겠습니다. 그렇게만 되면 살인자를 찾기는 그리 어렵지 않겠죠. 헤리버트 수도원장님께 청해서 오늘 저녁 성으로 오실 수 없을까요? 수도원장님께도 수행원이 필요할 테니 얼마든지 가능한 일 아니겠습니까? 수사님이 청하기만 하시면 원장님은 기꺼이 응하실 겁니다. 수사님이 가까이 계시면 뭔가 드릴 말씀이 생길 때 쉽게 얘기할 수 있을 거예요."

캐드펠은 끄응 소리를 내며 쩍 하품을 하더니, 간신히 눈을 떠 자기 쪽으로 허리를 숙인 청년의 영리하고 빈틈없는 얼굴을 올려다보았다. 매섭고 냉정한, 뭔가를 열심히 쫓는 사람의 얼굴이었다. 그는 이제 강력한 원군을 얻은 셈이었다.

"나를 깨운 죄로 당신에게 가벼운 저주가 내렸으면 좋겠구먼." 캐드펠은 웅얼거렸다. "어쨌든 저녁에는 꼭 가겠소."

"이건 원래 수사님의 일이었습니다." 베링어가 빙긋이 웃으면서 말했다.

"여전히 내 일이기도 하지. 부탁이니 이젠 나 좀 자게 내버려두고 어서 가서 만찬을 즐기시오. 오후에도 내 시간을 빼앗을 테니, 당신은 이래저래 내 명을 재촉하는 악마 같은 사람이구먼."

휴 베링어는 다시 웃었다. 앞으로의 일이 부담스러운지 이번에는 소리를 죽인 웃음이었다. 이어 그는 캐드펠의 널찍한 갈색 이마에 가볍게 성호를 긋고 그의 곁을 떠났다.

11

왕의 만찬에 초대받은 사람들은 누구나 시중드는 이를 한 명씩 대동해야 했다. 게다가 캐드펠 수사는 집단 매장 문제를 처리하고 무고하게 살해당한 이에 관해 왕과 이야기까지 나눈 마당이라, 왕이 그 문제에 관해 물어볼 경우를 대비해 자신이 곁에 있어야 한다는 말로 쉽게 원장을 설득할 수 있었다. 로버트 부수도원장은 변함없는 아첨꾼이요 그의 그림자라 할 수 있는 제롬 수사를 데리고 갔다. 제롬 수사는 핑거볼이며 냅킨이며 물주전자 시중에 워낙 탁월했으니, 다른 일에 정신을 팔 가능성이 있는 캐드펠 수사보다는 한층 바지런한 시중꾼이라 할 만했다. 캐드펠 수사의 마음에 적의라는 것이 남아 있다면, 로버트 부수도원장과 제롬 수사야말로 그의 오랜 적수들일 터였다. 그는 병적이리만치 창백하게 삭발한 정수리를 무척이나 혐오했으니까.

시내는 온통 축제 분위기였다. 왕을 존경해서가 아니라 왕이 곧 떠난다는 사실 때문에 조성된 분위기였으나, 어차피 겉으로 보이기에는 다를 것이 없었다. 에드릭 플레셔는 만찬에 초대받은 손님들이 지나가는 광경을 보려고 가게를 나와 하이가街까지 내려왔다. 캐드펠 수사는 에드릭을 보고, 나중에 이야기할 것이 있는데 무척이나 흡족한 내용이라는 암시를 담아 가볍게 눈짓을 보냈다. 에드릭은 그 의미를 제대로 이해한 듯 환하게 웃으며 살집이 두둑한 손을 흔들어 보였다. 페트로닐라는 자신의 어린 양이 떠나 슬퍼할 테지만, 든든한 호위자를 대동하고 무사히 탈출한 것에는 크게 기뻐하리라. 수도원장의 시중을 드는 일이 끝나는 대로 그 가게에 들러야겠다고 그는 마음먹었다.

마을로 들어가는 입구 앞에서 캐드펠은 자일스 시워드의 좋은 바지를 입고 뽐내듯 앉아 점잖게 손을 벌리고 있는 눈먼 노인을 보았다. 하이가 네거리에서는 입술을 헤벌린 정신장애 손자를 한 손으로 부축하고 있는 왜소한 노파도 보았다. 질 좋은 갈색 겉옷은 젊은이에게 잘 맞았고, 젊은이는 그 기분 좋은 감촉 덕분에 황홀한 만족감에 싸여 있는 듯했다. 아, 얼라인, 그대는 음식과 옷가지라는 단순한 의미를 넘어서는, 무척이나 소중한 자비를 베풀었구려! 그것이 어떤 결과를 낳았는지 그대가 직접 보아야 하는데.

성문을 향해 뻗어 올라간 포장로에는 왕의 진영을 따라다니는 거지들이 잔뜩 기대에 부풀어 새 자리들을 차지하고 앉아 있었다. 왕의 대판관인 솔즈베리의 로버트 주교[26]가 주인을 만나기 위해 부유하고 지체 높은 성직자들의 행렬을 이끌고 그곳에 도착했기 때문이었다. 경비 초소 벽의 그늘 속에는 작은 손수레를 탄 앉은뱅이 오스번이 자리 잡고 있었다. 거기에서라면 움직일 필요 없이 편하게 구걸을 할 수 있을 터였다. 그의 검은 망토는 목 부분에 달린 금속 걸쇠, 제 꼬리를 입에 문 용의 형태로 영원을 상징하는 부조가 자랑스레 드러나도록 잘 개켜져 있었고, 그 위에 굳은살 박힌 손을 보호하는 나막신이 얌전히 놓여 있었다.

캐드펠은 다른 이들을 먼저 성문 안으로 들여보낸 뒤 잠시 멈춰 서서 그 장애인에게 말을 걸었다. "지난번에 왕 진영의 경비 초소 곁에서 자네와 만난 적이 있지. 그동안 잘 지냈나? 이번에는 더 좋은 자리를 잡았군그래."

"수사님을 기억합니다요." 오스번은 놀라우리만치 맑고 순수한 눈으로 캐드펠을 올려다보았다. 그 눈이 아니었다면 그의 얼굴 역시 몸만큼이나 흉측하게 보였으리라. "제게 망토를 주신 분이죠."

"그래, 쓸 만하던가?"

"그럼요. 그리고 수사님이 당부하신 대로 그 숙녀분을 위해 기도해왔습죠. 하지만 수사님, 그 때문에 좀 괴롭기도 합니다요. 전에 이 망토를 입었던 분은 돌아가시지 않았나요?"

"그렇다네." 캐드펠이 말했다. "하지만 그렇다고 괴로워하지는 말게나. 그걸 자네에게 보내준 숙녀는 그 사람의 누이동생이고,

그 옷을 축복하면서 내게 맡겼으니까. 그러니 편히 옷을 입게."

그러고서 캐드펠은 그 자리를 떠나려 했지만, 오스번이 그의 옷자락을 붙잡고 늘어지며 사정하듯이 말했다. "하지만 수사님, 제가 괴로운 건 죄책감 때문입니다요. 저는 그 사람을 봤거든요. 이 망토를 입고 저처럼 말짱하게 살아 있는 그 사람을요……."

"그 사람을 봤다고?" 캐드펠은 숨죽인 목소리로 오스번의 말을 반복했지만, 오스번의 근심 가득한 목소리가 그의 말을 가로챘다.

"그날 밤 저는 너무 추워서, 선하신 하느님께서 그런 망토를 보내 저를 따뜻하게 해주시면 얼마나 좋을까 생각했어요. 수사님, 생각하는 건 기도하는 거나 다름없잖습니까! 그러고 나서 사흘도 지나지 않아 하느님께서는 정말로 제게 이 망토를 보내주셨지요. 수사님을 통해서 말입니다! 그러니 제 마음이 어떻게 편할 수 있겠습니까요? 그 청년은 그날 밤 제게 은화를 주며 내일 자기를 위해 기도해달라고 했습니다요. 그래서 저는 그렇게 했습죠. 하지만 제 첫 번째 기도가 두 번째 기도에 아무 영향도 미치지 못했다면 어떻게 하죠? 제가 망토를 얻으려고 한 사람을 무덤으로 들어가게 해달라고 기도한 거나 마찬가지라면요?"

캐드펠은 싸늘한 전율이 척추를 타고 흘러내리는 것을 느끼며 할 말을 잊은 채 멍하니 오스번을 바라보았다. 사내는 마음과 눈이 맑은 온전한 사람이었고, 자기가 무슨 말을 하고 있는지 잘 알고 있었다. 진실로 깊은 근심이 그의 온 마음을 사로잡고 있었다.

"그런 생각은 깡그리 잊게나." 캐드펠은 단호하게 말했다. "악마만이 그런 생각을 불러일으킬 수 있으니까. 하느님께서 자네가 바라던 것을 보내주셨다면, 이는 크나큰 악으로부터 작은 선을 구해내기 위한 뜻이었을 게야. 그러니 죄책감을 가질 이유가 없네. 자네가 그 옷 임자를 위해 올린 기도는 지금까지도 그의 영혼에 많은 도움이 될 걸세. 그 청년은 피챌런 씨의 수비대원 중 하나였는데, 성이 함락된 뒤에 왕의 명령으로 처형당했지. 그러니 자네가 두려워해야 할 까닭이 뭐가 있겠나? 그 청년의 죽음은 자네 탓이 아니야. 그리고 자네가 아무리 속죄를 한다 해도 그 친구를 살려낼 수는 없네."

오스번의 얼굴이 잠시 환해졌다. 그러나 이내 사내는 여전히 당혹스러운 표정으로 고개를 설레설레 흔들었다. "피챌런 어른의 부하라고요? 어떻게 그럴 수 있을까요? 그 청년이 왕의 진영에 들어갔다 나오는 걸 제가 봤는데요."

"자네가 그 청년을 봤다고? 확실한가? 이 망토가 그 청년이 걸쳤던 것과 같은 옷이라는 것을 어떻게 알지?"

"목에 붙어 있는 걸쇠를 봤으니까요. 그 청년이 저한테 은화를 줬을 때 불빛 속에서 이걸 똑똑히 봤습죠."

그렇다면 사내가 착각한 것이 아니었다. 이것과 똑같은 문양을 가진 또 다른 걸쇠가 있을 수는 없었다. 게다가 캐드펠은 자일스 시워드의 검대 버클에서도 이와 똑같은 문양을 보았다.

"그 청년을 본 게 언제였지?" 캐드펠이 부드럽게 물었다. "그 상황에 대해 자세히 이야기해보게."

"공격이 시작되기 전날 밤 자정쯤이었습니다요. 그때 저는 불을 쬐려고 경비 초소 가까운 곳에 자리 잡고 있었습죠. 그 청년은 숲속에서 그림자처럼 나타났습니다. 경비병들이 누구냐고 외치니까, 왕에게 도움이 될 얘기가 있으니 자기를 상관한테 데려다달라고 하더군요. 얼굴을 가리고 있기는 했지만 젊어 보였어요. 몹시 겁먹었고요! 하지만 당시 겁먹지 않은 사람이 어디 있었겠습니까! 경비병들은 청년을 안으로 들여보냈고, 조금 있다가 다시 나올 땐 순순히 그를 내보내주었어요. 청년은 의심을 받아서는 안 되니 다시 돌아가라는 지시를 받았다고 했습니다요. 제가 들은 건 그게 전부입니다. 얼굴이 환한 게 이제 별로 두려워하고 있는 것 같지 않기에, 저는 한 푼만 달라고 했습죠. 그러자 청년이 은화를 주면서 내일 자기를 위해 기도해달라고 했습니다요. 그런데 그다음 날 죽었다뇨! 분명히 말씀드릴 수 있는데, 제 곁을 떠날 때 그 사람은 내일 죽을 거라는 생각은 전혀 하지 않는 얼굴이었습니다요."

"그렇지." 캐드펠은 두려움 많고 상처 받기 쉬운 모든 나약한 인간들에 대한 연민과 슬픔으로 가슴이 저렸다. "자신이 죽으리라는 생각은 하지 않았을 게야. 우리 중 그 누구도 그날이 언제 닥칠지 알지 못하니 말일세. 어쨌든 그 청년을 위해 많이 기도해주게나. 자네 기도가 그의 영혼을 위로해줄 테니까. 자네가 그 청년에게 해를 끼쳤다는 생각은 깨끗이 떨쳐버리고. 사실이 그렇잖

은가. 자네는 그 청년이 잘못되기를 바라지 않았고, 하느님께서는 그 마음을 아실 거네. 잘못되기를 바라지 않았다면 자넨 그에게 어떤 해도 끼치지 않은 게야."

오스번은 그제야 안심하고 마음의 평정을 찾았고, 캐드펠은 그가 떨쳐버린 불안과 우울의 짐을 대신 짊어진 채 성에 들어섰다. 타인을 구원한다는 것은 필연적으로 자신이 그 짐을 대신 짊어지는 일일 수밖에 없다. 그와 똑같은 무게만큼의 짐을! 문득 캐드펠은 한 가지 질문을 더 했어야 하는데 깜박 잊었다는 것을 깨달았다. 무엇보다 시급한 질문이었다. 그는 오던 길을 되짚어갔다.

"그날 밤 경비 책임을 맡은 장교가 누구였는지 아는가?"

오스번은 고개를 가로저었다. "그건 못 봤습니다요. 그 사람은 밖으로 나온 적도 없어요."

"그렇군. 이제 다 끝난 일이네." 캐드펠이 말했다. "자넨 모든 것을 솔직하게 털어놓았어. 그 망토에 죽음이 아니라 축복이 깃들어 있다는 사실을 알았으니, 부디 마음 편히 입도록 하게."

*

"수도원장님." 캐드펠은 성 안뜰에서 헤리버트 수도원장에게 말했다. "만찬장에 들어가시기 전까지 저를 필요로 하지 않으신다면 잠깐 볼일을 보고 왔으면 합니다. 니컬러스 페인트리와 관련된 일이 아직 남아 있어서요."

안채에서는 스티븐 왕이 초대받아 온 인사들을 접견하고 있었다. 그 넓은 뜰이 성직자들이며 주교들이며 주변 소귀족들, 백작들, 그 밖의 일행들로 북적였기에, 그렇지 않아도 연회가 시작될 때까지는 아무 할 일이 없는 하찮은 수행원들은 있을 곳이 마땅치 않았다. 게다가 수도원장은 솔즈베리 주교와 마음 맞는 대화를 나누게 된 참이라 캐드펠의 청을 선선히 받아들였다. 캐드펠은 오스번에게 들은 이야기를 떠올리며 울적한 마음으로 휴 베링어를 찾아 나섰다. 많은 의문이 풀려나가며 서글픔을 안겨주었지만, 한 가지 의문만은 여전히 풀리지 않은 채였다. 피챌런의 보화에 관한 이야기를 누설한 사람은 목에 밧줄이 걸리는 마지막 순간 공포에 질려 비밀을 털어놓은 것이 아니었다. 배신은 성이 함락되기 하루 전, 아직 전투의 결말이 나지 않았을 때 일어났다. 제 목숨을 구하기 위해 치밀한 계획을 세운 끝에 나온 행위였다. 결국은 실패로 돌아가고 말았지만. 그는 남몰래 왕의 진영으로 와서, 왕에게 도움이 될 만한 소식이 있으니 경비 책임을 맡은 장교에게 데려다달라고 했다. 그리고 돌아갈 때는 경비병에게 의심을 사지 않게끔 성으로 되돌아가라는 지시를 받았다고 했다. 그 순간 그는 한시름 놓고 있었으나 이는 오산이었다!

무슨 핑계나 구실을 대고 성을 나왔을까? 아마 적의 위치를 정찰하러 나가겠다는 핑계를 대지 않았을까? 동료들의 의심을 사지 않게끔 성으로 돌아가라는 적군 장교의 지시에 따른 것만은 분명했다. 그러나 기껏 성으로 돌아간 그를 맞이한 것은 그가 애써 피했다고 여긴 죽음이었다.

휴 베링어는 넓은 홀 앞쪽 계단에 나와 이리저리 오가는 인파 속에서 한 사람을 찾느라 목을 늘인 채 주위를 두리번거리고 있었다. 가장 좋은 옷으로 한껏 차려입은 소귀족들의 화려한 의상이 이루는 물결 속에서 베네딕토회의 검은 사제복이 언뜻언뜻 눈에 띄기는 했지만, 키가 작은 편인 캐드펠 수사는 사람들에 가려 좀처럼 보이지 않았다. 캐드펠이 먼저 상대를 찾았다. 그가 인파를 헤집고 베링어에게 다가가자 꿈틀거리는 눈썹 밑에서 안뜰을 훑던 베링어의 날카로운 검은 눈이 그를 발견하고 반짝였다. 베링어는 계단을 내려오더니 좀 더 으슥한 곳으로 가자며 캐드펠의 팔을 잡아끌었다.

"경비병들이 다니는 길목으로 가시죠. 거긴 경비병들 말고 아무도 없을 테니까요. 이런 데서 무슨 얘기를 나눌 수 있겠습니까." 두 사람은 성벽 앞에 이르렀다. 베링어는 자기네 쪽으로 오는 모든 이들을 훤히 볼 수 있는 호젓한 자리로 캐드펠을 이끈 뒤 유심히 그의 얼굴을 살폈다. "수사님 얼굴에 새 소식이 있다고 씌어 있군요. 빨리 말씀해주십시오. 그다음에 제 얘기를 들려드리겠습니다."

캐드펠이 조금 전에 들은 말을 간략하게 전하자 베링어는 그 모든 내용을 금세 파악했다. 그는 등을 방어하기라도 하려는 듯 감시구와 감시구 사이 불룩하게 솟은 흉벽에 기대어 섰다. 그의 얼굴은 당혹감을 이기지 못해 일그러졌다.

"얼라인의 오빠였군요! 다른 사람일 수가 없어요. 그가 밤중에 몰래 성을 빠져나와 얼굴을 가리고 왕의 진영으로 가서 왕의 장교와 이야기를 나눈 뒤 다시 살그머니 돌아간 겁니다. 틀림없어요! 아, 미치겠군!" 베링어는 거친 목소리로 말을 이었다. "그런데 그 모든 것이 허사로 돌아갔죠! 배신이 더 고약한 결과로 이어진 겁니다. 수사님이 아직 모르시는 게 있어요. 그게 사건의 전부는 아닙니다! 어쨌든 그 사람은 얼라인의 오빠가 틀림없어요! 하고많은 사람들 중에서 하필이면 그 사람이라니!"

"달리 생각할 여지가 없지. 얼라인의 오빠가 맞소. 판단을 잘못해서 황후 편에 붙은 것을 후회하고, 목숨을 잃을 거라는 두려움에 쫓긴 나머지 공격군 진영으로 황급히 달려갔소. 자기 목숨을 살려주는 대가로…… 그렇지, 왕에게 도움이 되는 정보를 제공하겠다고 했다지! 바로 그날 저녁 수비군 측에서는 회의를 열어 피챌런 씨의 보화를 옮기기로 결정했소. 그런 경로로 살해자는 아주 적절한 시점에 페인트리와 토럴드가 무엇을 운반하고 어떤 길로 가게 될지 알게 된 거요. 그자는 아마 그 보화를 탈취하러 직접 나섰을 거요. 그렇지 않다면 일이 그런 식으로 끝날 수 없었겠지. 얼라인의 오빠는 그자의 말에 속아 어느 정도 안심하여 지시받은 대로 성으로 돌아갔고."

"목숨을 살려주겠다는 약속을 받았겠죠." 베링어는 씁쓸하게 말했다. "아마 왕의 호의와 관직을 얻게 되리라는 언질도 받았을 겁니다. 그자의 말을 믿었기 때문에 밝은 표정으로 돌아갔죠. 하지만 그자의 진짜 의도는, 얼라인의 오빠가 그 이야기를 발설하지 못하도록 성으로 돌려보내 다른 사람들과 함께 생포되어 처형당하게 만드는 거였죠. 그날 수비군을 처형하는 과정에 처음부터 끝까지 참여했던 어느 플라망 용병한테서 들은 얘기가 있어요. 헤스딘의 아눌프를 처형한 다음, 텐 헤이트가 한 청년을 지목하면서 상부로부터의 명령이니 그 청년을 두 번째로 처형하라고 지시했답니다. 용병들은 시키는 대로 했고요. 처음에 얼라인의 오빠는 자기를 다른 곳으로 빼돌리려는 연극이라 생각하고 순순히 끌려나온 모양이에요. 그러다 그것이 실제 상황이라는 걸 알게 되자 비명을 지르고 악을 쓰면서 저항했고, 용병들은 아주 재미있어했답니다. 그는 이렇게 소리쳤다더군요. 너희가 잘못 알고 있다, 자기는 죽을 사람이 아니다, 목숨을 살려주겠다는 약속을 받았다, 사람을 보내서 물어봐라……."

"사람을 보내서 물어봐라……. 애덤 쿠셀에게 말이지." 캐드펠 수사가 말했다.

"글쎄요. 누구에게 물어보라고 했는지는 모르겠어요. 그 용병도 이름은 듣지 못했다고 하고요. 특별히 애덤 쿠셀을 지목하신 이유가 있습니까? 그 사람은 딱 한 번 들르고 다시는 오지 않았다는데요. 처형이 시작된 지 얼마 되지 않아 죽은 사람이 몇 안 되었을 때 그리로 와서 시신들을 들여다보더니 자기가 맡은 일을 하러 시내로 나갔고, 다시는 그리로 발걸음을 하지 않았답니다. 그래서 용병들은 그가 소심한 사람이라 생각했고요."

"단검은? 용병들이 자일스를 처형할 때 그걸 차고 있었다던가요?"

"그랬답니다. 저와 얘기한 용병도 그 단검에 눈독을 들였다가 임무 교대 시간이 되어 잠시 쉬는 사이에 가지러 가봤더니 이미 없어졌더랍니다."

"엄청난 횡재수가 생겼어도 그 과정에서 눈에 띈 사소한 여분의 이익을 그냥 지나칠 수는 없었던 게로군." 캐드펠은 씁쓸하게 말했다.

그들은 한동안 말없이 서로의 얼굴을 응시했다. "그런데 수사님은 왜 그자가 쿠셀이라고 단정하십니까?"

"얼라인이 성으로 와 오빠의 시신을 발견했을 때 쿠셀의 얼굴에 나타난 공포의 표정이 떠올라서 말이오." 캐드펠이 말했다. "그때 그자는 자기가 무슨 짓을 했는지 깨달았던 거요. 그자는 이렇게 말했소. '아, 내가 알았더라면…… 사전에 알았더라면 구해냈을 텐데…… 무슨 수를 써서라도 이분을 빼냈을 텐데…… 하느님 저를 용서하소서!' 하지만 그 말의 참뜻은 '얼라인 나를 용서해요'였겠지. 그리고 그건 진심이었을 거요. 나로서는 그런 것을 참회라고 부르고 싶지 않지만. 그러고서 그는 죽은 이의 망토를 돌려주었소. 당신도 그건 기억할 거요. 아마 단검도 돌려주고 싶은 마음이었겠지만 그럴 수가 없었지. 그건 이미 자루가 망가져서 온전한 형태가 아니었으니까." 캐드펠은 깊은 생각에 잠긴 표정으로 말을 이었다. "그자가 지금 그 단검을 어떻게 했을

지 궁금하구먼. 애초에 시신의 몸에서 그걸 훔칠 정도의 인간이라면 남에게 내주기 쉽지 않았을 거요. 사랑하는 여자를 위해서라도 말이오. 그렇다고 그냥 갖고 있다가 자칫 얼라인의 눈에 띄기라도 하면 큰일이지. 그자는 요즘 얼라인의 사랑을 얻으려고 안달하는 중이니까. 어떨 것 같소? 그자가 그걸 어딘가에 숨겨두었을까, 아니면 없애버렸을까?"

"수사님 판단이 옳다면 우리에게는 그 단검이 꼭 필요합니다." 베링어는 여전히 유보적인 태도로 말을 이었다. "좋은 증거니까요. 그런데 수사님, 이제 이 문제를 어떻게 처리해야 하죠? 동료들이 사지에서 허덕이는 판국에 그런 식으로 제 한 목숨 건지려 했던 이에 대해서는 어떻게 해도 좋게 봐줄 수가 없는데요. 하지만 그렇다고 이 문제를 만천하에 드러낼 수도 없지요. 그랬다가는 더없이 순수하고 고결한 아가씨에게 치명타를 입히게 될 테니까요. 얼라인은 오빠의 죽음 때문에 슬퍼하는 것만으로도 충분합니다. 앞으로도 그녀는 오빠가 배신을 한 대가로 사면을 약속받았다고 울부짖으면서 비굴하게 죽은 게 아니라, 최후까지 자신의 선택을 충실하게 고수하다가 죽었다고 믿어야 해요. 지금이건 앞으로건 얼라인의 귀에 이 사실이 들어가서는 절대로 안 됩니다."

캐드펠은 그 말에 전적으로 동의했다. "우리가 살인자를 고발한다면 이 사건은 재판에 회부될 테고, 그렇게 되면 모든 사실이 백일하에 드러나게 될 거요. 그게 바로 우리 약점이지."

"우리의 강점이기도 합니다." 베링어는 소리를 높였다. "그자

역시 일이 그런 식으로 돌아가게 둘 수는 없을 테니까요. 놈은 왕 밑에서 출세하기를 원하고, 공직을 원합니다. 그에 못지않게 얼라인도 원하고요. 만일 이런 사실이 털끝만큼이라도 얼라인의 귀에 들어갈 경우 놈의 입장은 어떻게 될까요? 그래요, 놈은 우리 못지않게 이 사실을 영원히 묻어두고 싶어할 겁니다. 만약 즉석에서 이 모든 걸 마무리지을 수 있는 공정한 기회가 주어진다면 좋다고 달려들걸요."

"그렇겠지. 나 역시 충분히 이해하고 공감하오." 캐드펠은 점잖게 말했다. "그러나 내 입장도 이해해줘야 하지 않겠소? 나는 또 다른 책임을 안고 있는 처지요. 우리가 정의를 제대로 세우지 못해 니컬러스 페인트리의 영혼이 편안하게 잠들지 못하면 곤란하지."

"저를 믿어주십시오. 오늘 밤 왕이 베푸는 만찬장에서 제가 어떤 식으로 나서든 간에 저를 도울 마음의 준비를 갖추고 계십시오. 니컬러스는 정의가 실현되는 것을 보게 될 겁니다. 복수도 하게 될 거고요. 하지만 그 일은 제게 맡겨주셔야 합니다."

*

캐드펠은 베링어의 의도를 정확히 알지 못해 의혹과 당혹감에 휩싸인 채로 수도원장의 의자 뒤에 섰다. 망가진 단검도 없는데 과연 쿠셀의 범죄를 입증할 수 있을까? 베링어와 이야기를 나눈 플라망 용병은 쿠셀이 단검을 가져가는 것을 보지 못했으며, 오빠의 몸 위에 엎어진 얼라인에게 고통과 충격이 역력한 표정으로 쿠셀이 소리친 말들은 증거가 될 수 없었다. 그러나 휴 베링어의 얼굴에는, 니컬러스 페인트리뿐 아니라 얼라인 시워드를 위해서라도 목숨을 걸고 복수를 하겠다는 결연한 의지가 서려 있었다. 지금 이 순간 베링어에게 무엇보다 중요한 것은, 무슨 일이 있더라도 자일스 시워드가 가문의 명성과 제 이름을 더럽힌 배신자라는 사실이 얼라인의 귀에 들어가게 해서는 안 된다는 것이었다. 그 목적을 위해서라면 베링어는 애덤 쿠셀뿐 아니라 자기 목숨까지도 기꺼이 버릴 터였다. 캐드펠은 생각에 잠겼다. 어쩌다 나도 모르게 저 젊은 친구에게 깊은 애정을 느끼게 되었군. 저 친구가 아무 해도 입지 않았으면 좋겠는데. 차라리 이 사건을 법정으로 끌고 가면 어떨까? 그렇게 되면 토럴드 블런드와 고디스 애더니에 관한 부분만 슬쩍 빼고서 우리가 확보한 증거들을 조심스럽게 제시해야겠지. 명확한 증거를 확보하지 못하면 애덤 쿠셀이 자일스 시워드의 단검을 훔쳤다는 구체적인 정황증거라도 제시해야 할 텐데. 그 단검과 살인 현장에서 찾아낸 황옥을 맞춰볼 수 있다면 더욱 좋고. 그렇게 하지 못한다면 쿠셀은 모든 것을 부인하면서 자기는 황옥도 단검도 보지 못했으니 답변할 말이 없다고 하겠지. 그러면 왕 밑에서 쌓아 올린 혁혁한 전공과 높은 지위에 힘입어 아무 탈 없이 무사히 빠져나가게 될 테고.

그날 밤 만찬은 순전히 정치적이고 군사적인 목적으로 마련된 행사였기에 여성은 한 사람도 참석하지 않았다. 그러나 그 커다란 홀은 빌려 온 커튼과 휘장들로 화려하게 치장되었고, 수많은 횃불들로 환하게 밝혀져 있었다. 군수품 징발을 담당한 이들이 임무를 훌륭히 소화해내 수비대의 군량과 건초가 충분히 확보되었으므로 왕은 무척 흡족한 상태였다. 헤리버트 수도원장은 왕이 자리한 맨 위쪽 테이블에 앉아 있었다. 캐드펠은 수도원장 뒤에 서서 홀 전체를 굽어보았다. 참석한 손님이 500명은 되는 듯했다. 그는 베링어를 찾으려고 주위를 둘러보다가 한 단 아래 테이블에서, 마음속에 그 어떤 은밀한 계획도 품지 않은 양 명랑하고 활달하게 이야기하고 있는 화려한 정장 차림의 베링어를 보았다. 베링어는 자신의 표정을 적절히 제어할 수 있는 능력을 갖고 있었다. 심지어 쿠셀을 힐끗 쳐다보았을 때도, 그와 맞붙어 해결해야 할 중대한 과제를 갖고 있다는 기미는커녕 상대의 주목을 끌 만한 그 어떤 기색도 내비치지 않았다.

쿠셀은 왕이 앉은 테이블에 앉아 있었다. 초대받은 고관들이 촘촘히 둘러앉은 자리의 말석이었다. 당당한 체구에 활기 넘치고 잘생긴 얼굴, 왕의 휘하에서 많은 전공을 세워 높은 명성을 떨치고 있는 저 사내가 온갖 비열하고 흉측한 수단을 동원해가며 남몰래 그 보화를 차지하려 들었다니! 그러나 이 같은 내전의 소용돌이 속에서 그것이 뭐 그리 이상한 일이겠는가? 왕의 은총이 왕의 운명과 더불어 기울 수 있고, 영주들은 하루가 다르게 편을 바꾸며, 귀족들조차 하루아침에 자신을 파멸시키거나 포로로 만들 수 있는 공허한 대의명분보다는 눈앞의 이익을 쫓기에 급급한 마당에! 쿠셀은 그저 이 시대의 한 상징에 불과했다. 몇 년 안에 이 나라 곳곳에서는 그를 닮은 자들이 횡행하게 되리라.

캐드펠은 걱정스럽고 불안한 미래를 예감했다. 잉글랜드가 이런 식으로 되어가다니 도무지 마음에 들지 않는군. 캐드펠은 생각했다. 그리고 휴 베링어가 제대로 무장도 하지 않고서 수상쩍은 싸움터로 출격하려 하고 있으니, 이제 곧이어 일어날 일은 더욱더 마음에 들지 않았다.

캐드펠은 긴 식사 시간 내내 혼자서 속을 끓였다. 항시 술을 절제하고 소식을 하는 헤리버트 수도원장의 시중을 드는 일은 별로 어렵지 않았다. 캐드펠은 물을 따라주고 냅킨과 작은 사발을 챙겨주면서 일이 흘러가는 대로 맡겨두자는 심경으로 잠자코 기다렸다.

음악이 연주되는 가운데 접시들이 치워지고 테이블에 포도주만 남아, 이제 시종들도 주방으로 가서 남은 음식들을 골라 먹을 수 있게 되었다. 요리사와 심부름꾼들은 이미 자기 몫을 챙겨 들고 조용한 구석으로 가서 먹고 있었다. 캐드펠은 먹다 남은 빵과 고기를 모아 들고 포도주도 챙겨 넓은 안뜰을 가로질러 성문 앞에 있는 오스번에게로 갔다. 그 가난한 사람도 한 번쯤은 왕이 치르는 돈으로 호사를 누려야 하지 않겠는가. 그래봤자 그 비용은 사회의 위계질서를 따라 차례로 내려가 결국은 모조리 가난한 사람들의 어깨에 지워지고 말겠지만. 끊임없이 희생을 치르면서도 그들은 자기들이 마땅히 누려야 할 기쁨의 몫을 단 한 번도 차지하지 못했다.

다시 연회장으로 돌아가던 캐드펠은 경비 초소 횃불 아래 쪼그려 앉은, 열두어 살 먹은 사내아이를 보았다. 아이는 초소 벽에 편안히 기대어 날이 가는 칼로 고기를 잘게 썰고 있었다. 캐드펠은 좀 전에도 주방에서 그 아이가 같은 칼로 생선의 배를 갈라 내장을 빼는 모습을 보았으나 칼자루는 제대로 살피지 않은 터였다. 지금도 아이가 고기를 먹느라 칼을 땅바닥에 내려놓지 않았다면 못 보고 지나쳤을 것이다.

캐드펠은 걸음을 멈추고 그 칼을 유심히 살펴보았다. 평범한 부엌칼이 아니라 잘 만들어진 단검이었다. 쥐기 좋게 둥그스름하면서도 기름한 자루는 은사銀絲로 정교하고 섬세하게 세공되어 있었고, 손을 보호해주는 가로대에는 조그만 보석들이 빛을 발했다. 꿈틀거리는 어떤 형상을 은으로 부조한 자루의 맨 끝은 떨어져나가고 없었다. 믿기 어려운 광경이었지만 그렇다고 믿지 않을 수도 없었다. 실로, 생각이란 곧 기도와 마찬가지인가.

자기도 모르게 정의를 실현하는 수단이 된 그 아이를 놀라게 해서는 안 되겠기에, 캐드펠은 더없이 부드러운 어조로 말을 걸었다. "얘야, 너 그렇게 좋은 칼이 어디서 났니?"

소년은 고개를 들더니 차분한 표정으로 씩 웃었다. 그러곤 볼이 미어지게 입 속에 욱여넣고 씹던 음식을 꿀꺽 삼키더니 활달하게 말했다. "어쩌다가 얻은 거예요. 훔친 건 아네요."

"아무렴, 그럴 리가 있겠니. 그런 생각은 추호도 하지 않았다. 그런데 그걸 어디서 얻었지? 칼집도 있니?"

칼집은 그 옆 어둠 속에 놓여 있었다. 소년은 자랑스레 칼집을 두드리며 말했다. "강에서 건져 올렸어요. 물속으로 잠수해야 했지만 금방 찾아냈죠. 이건 정말로 제 거예요, 수사님. 주인이 버렸거든요. 끝이 부러져서 그랬나 봐요. 하지만 물고기 배를 가르는 데는 최고예요. 이렇게 좋은 칼을 가져보기는 처음이에요."

결국 버렸군! 그러나 자루의 보석이 떨어져 나갔다고 버린 것은 아니지.

"그 주인이 그걸 강물에다 던지는 것을 봤니? 언제, 어디쯤에서?"

"성 밑에서 낚시를 하고 있는데 어떤 남자가 혼자 수문에서 내려와 강둑으로 가더니 강물에다 이걸 던지고 성으로 되돌아갔어요. 그 사람이 가고 난 다음 물속으로 뛰어들어 찾아냈죠. 초저녁이었고, 그날 밤 시체들을 죄다 수도원으로 실어 날랐죠. 내일이면 딱 일주일이 되네요. 그날은 다시 낚시를 하러 가도 되는 첫날이었거든요."

그렇다. 전후사정이 정확히 들어맞고 있었다. 그날 오후 얼라인은 자일스의 시신을 세인트알크문드 교회로 옮겼고, 뒤에 남은 쿠셀은 얼라인이 자신을 영원히 저주하게 만들 수 있는 물건을 들고 후회의 고통으로 괴로워했을 터였다. 그러다 그 끔찍한 사태를 미연에 방지하기 위해 칼을 강물에 던져버린 것이다. 복수의 천사가 낚시하는 소년의 모습으로 나타나 그것을 다시 건져내어, 이제 안심해도 좋다고 믿고 있을 때 느닷없이 눈앞에 들이대리라는 것은 꿈에도 생각지 못한 채 말이다.

"그 사람이 누군지는 모르겠지? 어떻게 생겼던? 나이는 몇 살쯤 되어 보이고?" 여전히 확실한 건 없었다. 그의 생각을 뒷받침해주는 것은 공포에 질린 쿠셀의 표정과 떨리는 목소리, 자일스 시워드의 시신을 망토로 덮어주는 일이라도 하게 해달라고 사정하던 모습뿐이었다.

소년은 자기가 분명히 보았고 아직도 기억하고 있는 이의 모습을 다른 사람에게 설명할 길이 없어 양쪽 어깨를 으쓱이며 이렇게 말할 뿐이었다. "그냥 남자 어른이에요. 누군지는 저도 몰라요. 수사님처럼 늙지는 않았어요. 아주 늙지는 않았다는 뜻이에요." 그러나 소년에게 자기 아버지 연배의 사람들은 죄다 늙은이로 보일 것이다. 설령 아버지가 서른한두 살밖에 되지 않았다 해도 말이다.

"그 사람을 다시 보면 알아볼 수 있겠니? 그 사람이 다른 사람들과 함께 있어도 정확히 집어낼 수 있겠어?"

"그럼요!" 소년은 자기를 뭘로 보느냐는 듯이 대꾸했다. 말주변은 별로 없는 아이지만 영리하고 눈이 예리해 자기가 본 사람을 쉽게 알아볼 것 같았다.

"얘야, 그 칼을 칼집에 넣어라. 그걸 갖고 나하고 같이 좀 가자." 캐드펠은 결심을 굳힌 뒤 말했다. "아, 걱정 말거라. 네 보물을 빼앗을 사람은 아무도 없으니까. 혹시 나중에 그걸 넘겨줘야 할 일이 생기면 후한 값을 치러주겠다. 내가 네게 바라는 건 방금 한 이야기를 다시 한번 들려주는 것뿐이야. 어떠냐, 손해 볼 일은 없겠지?"

*

캐드펠은 염려스러우면서도 한층 흥분한 기분으로 소년과 함께 홀로 들어섰다. 그는 자신이 늦었다는 것을 알았다. 음악은 그쳐 있었고, 휴 베링어가 자리에서 일어나 위쪽 테이블을 향해 성큼성큼 다가가는 중이었다. 이윽고 왕 앞에 선 베링어는 누구의 귀에나 똑똑히 들릴 정도로 또렷하고 우렁찬 목소리로 말했다.

"전하, 우스터로 떠나시기 전 제 말씀을 들어주시고 모쪼록 이 문제를 바로잡아주셨으면 합니다. 이 자리에 있는 어떤 자를 처벌해주십시오. 그자는 전하의 신임과 자신의 지위를 남용했습니다. 그자는 죽은 사람의 물건을 훔침으로써 고귀한 신분에 먹칠을 했고, 살인을 자행함으로써 인성을 더럽혔습니다. 이에 저는 그 죄상을 고발하며 제 육체로써 제 주장의 정당성을 입증하려 합니다. 이것이 제 도전의 표시입니다."

베링어는 쿠셀이 범인이라는 분명한 확신이 없으면서도 캐드펠의 직관에 목숨을 걸려 하고 있었다. 그는 허리를 숙여 밝은 빛을 띤 조그만 물체를 테이블 위로 굴렸다. 그것은 맑은 소리를 내면서 굴러가 왕의 컵에 부딪쳤다. 연회장에 갑자기 침묵이 내려앉았다. 상석에 둘러앉은 사람들은 부러진 부분의 들쭉날쭉한 면 때문에 뒤뚱거리며 구르는 노란 물체 쪽으로 일제히 고개를 돌렸다가 다시 그것을 굴린 젊은이를 바라보았다. 왕은 황옥을 집어 들어 큼직한 손으로 이리저리 돌려보았다. 처음에는 도무지 이해가 가지 않는 듯 멍한 표정이더니, 이윽고 조심스럽게 생각에 잠긴 얼굴이 되었다. 잠시 후 왕은 고개를 들어 한동안 휴 베링어를 뚫어지게 바라보았다. 캐드펠은 아랫단에 있는 테이블을 지나 앞으로 나아갔다. 소년은 영문을 몰라 어리둥절해하며, 그러면서도 말석에 꼿꼿이 앉아 사태를 주시하고 있는 애덤 쿠셀에게서 시선을 떼지 않은 채 캐드펠을 따라갔다. 쿠셀은 표정을 적절히 통제하고 있어서, 주위의 다른 사람들보다 특별히 더 놀라거나 궁금해하는 기색을 보이지는 않았다. 짐승의 뿔로 만든 술잔을 꽉 움켜쥔 손만이 그의 충격을 드러낼 뿐이었고, 어쩌면 그마저도 캐드펠이 머릿속에서 빚어낸 환상에 불과할지 몰랐다. 캐드펠은 이제 자신의 판단에 확신을 가질 수가 없었다. 몹시 흥분하고 긴장한 상태에서는 더욱더.

"충격적인 선언을 하기 좋은 때를 기다려왔군그래." 마침내 왕이 입을 열었다. 그는 이제 보석에서 고개를 들어 못마땅한 표정으로 베링어를 응시하고 있었다.

"전하의 저녁 식사를 망치기는 싫었습니다만 미뤄서는 안 될 문제라고 생각했습니다. 전하의 정의는 정직한 모든 이가 향유할 수 있는 권리니까요."

"좀 더 상세히 설명해보도록 하라. 이게 뭔가?"

"단검 자루의 끝부분입니다. 그것이 박혀 있던 단검은 이제 얼라인 런 시워드라는 아가씨의 것이라 할 수 있습니다. 자기 집안의 모든 재산을 전하를 지원하기 위해 바친 바 있는 충성스러운 숙녀분 말입니다. 그 단검은 원래 그 아가씨의 오라비인 자일스의 것이었습니다. 그는 전하께 맞서 이 성을 수비하던 사람들 속에 있다가 그 대가를 혹독히 치렀지요. 그리고 그의 시신에서 단검이 탈취되었습니다. 병사들에게서야 흔히 있을 수 있는 일입니다만, 기사나 신사가 취할 행동은 아니지요. 그것이 첫 번째 죄입니다. 두 번째는 살인입니다. 살인 건에 대해서는 전하께서도 이 슈루즈베리의 베네딕토 수도원에 있는 캐드펠 수사로부터 들으셨을 겁니다. 죽은 이들의 수효를 세고 난 뒤에 밝혀진 살인, 전하와 전하의 명령을 이행한 이들이 무고한 사람을 등 뒤에서 교살한 자의 방패막이로 이용된 살인 말입니다. 전하께서도 기억하실 겁니다."

"기억하고 있네." 왕은 퉁명스럽게 말했다. 그는 타고난 나태한 성격대로 아무 생각 없이 여유 있게 연회를 즐기고 싶은 이 순간 고발자의 말을 듣고 판단을 내리는 일에 신경 써야 한다는 불유쾌함과, 그 사건의 배후에 무엇이 도사리고 있는지 알고 싶은 강렬한 호기심 사이를 오락가락하고 있었다. "이 보석이 그 죽음과 무슨 관련이 있다는 말인가?"

"전하, 이 자리에는 캐드펠 수사도 와 있습니다. 캐드펠 수사가 살인이 저질러진 현장을 발견했고, 그곳에서 격투 끝에 단검에서 떨어져 나와 흙바닥에 박힌 이 보석을 찾아냈다는 사실을 직접 증언할 겁니다. 그리고 단검을 훔친 자와 니컬러스 페인트리를 살해한 자가 동일 인물이라는 것을, 그자가 죄의 증거인 이 보석이 떨어져 나간 줄도 모른 채 그 자리를 떠났다는 사실 또한 증언할 겁니다."

그즈음 캐드펠은 상석에 좀 더 가까이 다가가 있었지만, 좌중의 관심은 온통 베링어와 왕에게만 집중되어 있어서 아무도 그가 거기 서 있다는 사실을 알지 못했다. 쿠셀은 의자 등받이에 느긋하게 몸을 기낸 채 흥미롭다는 듯이 듣고 있었다. 쿠셀의 저 태도는 무엇을 의미할까? 그는 분명히 베링어의 말에 내재된 약점을 잘 알고 있을 테니, 단검을 훔친 자가 니컬러스를 살해한 자라는 주장을 반박하고 나설 이유가 없을 것이다. 자신이 단검을 갖고 있었다는 사실은 누구도 밝혀낼 수 없을 테니까. 단검은 세번강 밑바닥에 영원히 수장되었다. 설령 자신이 범인으로 지목되더라도 그것을 뒷받침할 증거가 없을 테니, 그는 그저 남들처럼 그 이론이 그럴싸하다고 인정하며 그 범죄를 지탄하고 슬퍼하는 척만 하면 될 것이었다. 아니, 어쩌면 쿠셀의 저 느긋함은 결백한 사람의 초연함에서 나온 것일지도 몰랐다!

"그러므로 저는 전하 앞에서 다시 한번 강력히 말씀드리겠습니다." 휴 베링어는 가차없이 말을 이었다. "저는 이 자리에 우리와 함께 앉아 있는 한 사람을 절도와 살인을 저지른 자로 고발합니다. 그리고 그 주장의 정당성을 제 육체로 직접 입증하겠습니다. 애덤 쿠셀과의 결투를 제안합니다."

베링어는 자기가 고발한 사람을 바라보려고 테이블 끝으로 고개를 돌렸다. 쿠셀은 당연히 경악하며 충격받은 표정으로 벌떡 일어섰다. 그 표정은 이내, 느닷없이 말도 안 되는 비난을 받은 무고한 사람의 그것처럼 상대에 대한 분노와 경멸로 바뀌었다.

"전하, 이것은 어리석은 짓이요, 비열하고 극악한 짓입니다! 그토록 엄청난 비난에 제 이름을 결부시키다니요! 누군가 죽은 사람의 품에서 단검을 훔쳤다는 말은 사실일 수도 있습니다. 그 도둑이 사람을 죽인 뒤 보석을 증거물로 흘리고 갔다는 말도 사실일 수 있지요. 하지만 어떤 근거로 그 일에 제 이름을 결부시키는지에 대해서는 휴 베링어가 직접 해명했으면 합니다. 이 모든 것은 질투심에 사로잡힌 사람이 날조해낸 거짓말입니다. 그 단검을 제가 언제 봤다는 겁니까? 제가 그걸 언제 수중에 넣었다는 겁니까? 지금 그건 어디 있습니까? 제가 그걸 차고 다니는 것을 본 사람이 있습니까? 전하, 사람들을 시켜서 제 소지품과 소유물을 뒤지게 해주십시오. 만약 제 숙소나 그 밖의 어떤 곳에서든 그 단검이 나온다면 제게 꼭 알려주십시오!"

"그만!" 왕은 엄히 소리치더니 찌푸린 얼굴로 두 사람을 번갈아 쳐다보았다. "철저히 조사해야 할 사안이로군. 만일 이 고발이 악의에서 나온 것이라면 응분의 처벌을 받을 것이다. 방금 애덤이 한 이야기가 이 문제의 핵심이겠군. 자, 그 수사가 정말 이곳에 와 있나? 그 수사가 살인이 벌어진 현장에서 이 장식품을 발견했고, 이것이 문제의 단검에서 떨어져 나왔다고 말했다는 게 사실인가?"

"제가 오늘 밤 캐드펠 수사를 대동하고 왔습니다." 수도원장이 말을 마친 뒤 주위를 두리번거렸으나 캐드펠은 보이지 않았다.

"저 여기 있습니다, 수도원장님." 아랫단에서 캐드펠이 말했다. 이곳에서 벌어지는 일에 정신을 빼앗긴 이들이 홀린 듯 지켜보는 가운데, 캐드펠은 한 팔을 소년의 어깨에 두른 채 앞으로 나왔다.

"베링어의 말이 사실이오?" 스티븐 왕은 답변을 요구했다. "그자가 살해된 현장에서 수사가 이 보석을 찾았소?"

"네, 전하. 격투가 벌어져 두 사람이 엉키며 뒹군 흔적이 뚜렷하게 남아 있는 현장의 흙바닥에 박혀 있었습니다."

"그것이 한때 시워드 양 오빠의 소유였던 단검에서 떨어져 나왔다는 것을 증언한 이가 있소? 물론 그 단검에 대해 잘 알고 있는 사람이라면 쉽게 알아볼 수 있으리라는 점은 나 역시 인정하오."

"얼라인 시워드 양이 증언했습니다. 그 보석을 시워드 양에게 보였더니 금방 알아보았습니다."

"그렇다면 이 보석은 단검을 훔친 자가 곧 그 비열한 살인 행위를 저지른 자임을 입증하는 좋은 증거물이 되겠군. 그런데 수사나 베링어는 어떤 근거로 그자가 애덤일 거라고 추정하는 거요? 나로서는 도무지 이해가 안 되는데. 애덤을 단검이나 그 살인 행위와 결부시킬 연결 고리가 없잖소. 애덤을 지목하는 것은 여기 있는 사람들을 대충 둘러보고 솔즈베리의 로버트 주교나 저 아래에 앉아 있는 향사들 중 한 사람을 지목하는 것과 다를 게 없소. 눈을 감고 그 칼끝을 우리 중 아무에게나 들이대는 꼴이란 얘기지. 도대체 무슨 근거로 애덤을 지목하는 거요?"

"전하께서 이 문제의 핵심을 그렇게 명확하게 짚어주시니 기쁘기 그지없습니다." 쿠셀이 시뻘게진 얼굴로 억지웃음을 지으며 말했다. "저는 기꺼이 이 훌륭한 수사님을 도와 그 비열한 절도 행위와 은밀한 살인 행위를 단죄하러 나설 용의가 있습니다. 하지만 베링어, 나나 다른 어떤 정직한 이를 그 두 가지 범죄와 결부시키는 짓은 삼가도록 하시오. 만일 그 보석과 단검을 이어주는 연결 고리가 존재한다면 부디 그걸 찾아내시오. 하지만 그 단검이 내 수중에 있다는 증거를 내놓기 전까지는 목숨을 건 결투를 신청하는 짓 따위는 삼가는 편이 좋을 거요. 내가 정말로 그 도전장을 집어 들면 어쩌려고 그러오?"

"도전장은 이미 테이블 위에 있소." 휴 베링어는 무서우리만치 침착한 태도로 대꾸했다. "당신은 그저 집어 들기만 하면 되오. 나는 도전을 철회하지 않겠소."

"전하." 캐드펠은 말했다. 상석에 앉은 사람들이 두런대고 수군거리는 소리가 바람과 바람이 부딪치는 충격처럼 일시에 솟아올라 그는 목청을 높여야 했다. "그 단검과 용의자를 연결시킬 증거물이 없지는 않습니다. 그리고 그 보석과 단검을 연결하는 구체적인 증거로서 문제의 단검을 제시하겠으니, 전하께서 손수 이 둘을 맞춰보셨으면 합니다."

캐드펠이 단검을 들어 보이자 윗단 끝에 서 있던 베링어가 꿈꾸듯 멍하니 그것을 받아 들어 경외심이 가득한 침묵 속에 왕에게 건넸다. 단검을 주운 소년은 제 보물을 잃지 않을까 걱정스러운 눈빛으로 단검을 따라 시선을 옮겼고, 쿠셀은 마치 물귀신이 불쑥 솟아오르기라도 한 것처럼 공포와 경악이 가득한 눈으로 그것을 뚫어지게 바라보았다. 왕은 그 정교한 세공에 감탄하며 잠시 단검을 들여다보더니, 마침내 호기심을 누르지 못해 칼을 뽑아서 황옥을 움켜쥔 은빛 발톱과 자루의 톱날 같은 끝부분을 맞춰보았다.

"보석이 이 단검에 붙어 있던 것이라는 점에는 의심의 여지가 없군. 모두들 봤겠지?" 왕은 캐드펠을 내려다보았다. "수사는 이것을 어디서 발견했소?"

"전하께 말씀드려라." 캐드펠이 소년에게 격려하듯 말했다. "내게 했던 그대로 말씀드리면 된다."

소년은 두려움을 능가하는 짜릿한 흥분으로 얼굴을 붉혔다. 그의 두 눈이 빛을 발했다. 소년은 의연하게 버티고 서서 새된 목소리로, 캐드펠에게 이야기할 때처럼 천진난만하게 일의 전말을 설명했다. 소년이 진실을 이야기하고 있음을 의심할 사람은 아무도 없었다.

"……그때 저는 물가 덤불 옆에 있었어요. 그 사람은 저를 보지 못했지만 저는 그 사람을 똑똑히 봤죠. 그 사람이 가자마자 저는 단검이 가라앉은 곳으로 뛰어들어 그걸 찾아냈어요. 저는 그 강가에서 태어났고 지금도 그곳에 살고 있어요. 어머니가 그러시는데, 저는 걷기도 전에 헤엄부터 쳤대요. 그 사람이 버린 물건이니 저는 아무 잘못도 없다고 생각했어요. 그렇게 건져낸 게 바로 그 칼입니다. 전하, 전하의 볼일이 끝나면 제가 그걸 다시 가져도 되나요?"

왕은 자신의 판단에 맡겨진 그 심각한 분쟁을 잠시 잊은 채, 낯을 붉히고 자신을 열심히 올려다보는 소년을 향해, 타고난 다정함과 매력에서 우러난 환한 미소를 지어 보였다. 만일 왕권을 얻으려는 치열한 싸움을 벌이지 않았다면, 그 와중에 온갖 거친 방법들을 익히지 않았다면, 그의 부드러운 천성은 좀 더 빛을 발했으리라.

"그러니까 오늘 밤 우리가 먹은 생선을 보석으로 장식된 이 칼로 다듬었다는 말이지? 과연 왕에게 걸맞은 대접이로구나! 맛도 좋았지. 네가 그걸 잡았느냐? 손질도 네가 했고?"

소년은 부끄러워하면서 자기도 거들었다고 대답했다.

"네 역할을 제대로 해냈구나. 자, 이제 말해봐라. 이 칼을 던진 사람이 누구인지 아느냐?"

"아뇨, 전하. 그 사람 이름은 모릅니다. 하지만 얼굴을 보면 금방 알 수 있어요."

"그럼 그 사람이 보이느냐? 지금 여기 이 홀에 앉아 있느냐?"

"네, 전하." 소년은 선선히 대답하고는 손가락을 들어 애덤 쿠셀을 가리켰다. "저 사람이에요."

좌중의 시선이, 특히 침통하고 심각한 왕의 시선이 일제히 쿠셀에게 쏠렸다. 짧은 침묵이 그 뒤를 이었다. 한 번 심호흡을 할 정도밖에 안 되는 짧은 시간이었으나, 홀을 온통 뒤흔들고 그 안에 있는 모든 사람들의 심장을 얼어붙게 하는 섬뜩한 침묵이었다. 침묵은 쿠셀이 분노를 억누르려 안간힘을 쓰며 내뱉은 말로 깨졌다. "전하, 새빨간 거짓말입니다. 저는 그 단검을 가진 적이 없으니 강물에 던지고 싶어도 던질 수 없었습니다. 이제껏 가졌던 적도, 본 적도 없는 단검입니다."

"그럼 이 애가 거짓말을 하고 있다는 건가?" 왕이 퉁명스럽게 물었다. "누군가의 사주를 받고서? 베링어는 아닐세. 베링어 역시 나나 그대 못지않게 이 증거물을 보고 놀란 듯하니까. 그럼 저 베네딕토회 수사가 소년을 부추겨 이야기를 날조하게 만들었다는 건가? 대체 무슨 목적으로?"

"제 말씀은 이 모두가 어리석은 착오라는 뜻입니다. 저 소년은 그 사람을 봤을 것이고, 이미 말한 그대로 단검을 얻었을 것입니다. 하지만 저를 보았다는 건 착오에서 나온 말입니다. 저는 그 사람이 아닙니다. 저는 저를 공격하는 이 모든 이야기를 전적으로 부인합니다."

"저자가 범인이라는 제 주장에는 변함이 없습니다." 휴 베링어가 나섰다. "그리고 그 증거가 여기 있습니다."

왕이 주먹으로 테이블을 내리쳤다. 그 서슬에 테이블이 흔들려 여기저기서 포도주가 넘쳐흘렀다. "이 사건에는 엄밀히 규명해야 할 부분이 있고, 이제 나로서는 그것을 밝히지 않고 그냥 넘어갈 수 없게 되었소." 왕은 다시 소년에게 고개를 돌려, 분노를 억제하고 부드러운 어조로 물었다. "자, 차분히 생각하고 잘 살펴본 다음 다시 말해보아라. 그때 네가 본 사람이 저 사람이라고 확신하느냐? 자신이 없거든 그렇다고 해도 괜찮다. 잘못 본 것은 죄가 아니야. 체구나 머리 색깔이 비슷한 다른 사람을 봤을 수도 있으니까. 그러나 확실하다면 겁내지 말고 그렇다고 하려무나."

"확실합니다." 소년은 벌벌 떨면서도 꿋꿋한 자세를 잃지 않고 대답했다. "제가 분명히 봤습니다."

왕은 커다란 의자 등받이에 몸을 기대고 생각에 잠겨 두 주먹으로 양쪽 팔걸이를 툭툭 두드리다가, 이윽고 내키지 않은 얼굴로 휴 베링어를 쳐다보았다. "홀가분한 기분으로 신속하게 이동하려는 이때에 그대가 내 목에 묵직한 맷돌을 걸어놓았구먼. 이미 이야기된 것들을 흘려버릴 수는 없으니 부득이 좀더 깊이 파고들 수밖에. 이번 사건은 재판이라는 기나긴 과정으로 들어가거나……. 아니, 그대나 그 누구를 위해서도 내 출정을 연기하지는 않겠다. 단 하루라도! 나는 이미 계획을 세웠고 그것을 변경할 수는 없어."

"그러실 필요 없습니다." 베링어가 말했다. "전하께서 결투를 통한 재판을 용인해주신다면 말이지요. 저는 이미 애덤 쿠셀을 살인죄로 고발했고, 지금 다시 한번 고발합니다. 만일 그가 제 도전을 받아들인다면 저는 어떤 의식이나 준비 없이 곧바로 그를 상대할 용의가 있습니다. 전하께서는 내일 그 결과를 보시게 될 것이고, 그 이튿날에는 이 사건의 부담을 홀가분하게 털고 출정할 수 있을 것입니다."

대화가 오가는 동안 줄곧 쿠셀의 얼굴에서 시선을 떼지 않던 캐드펠은 이제 그가 앞일을 전망하며 점차 자신감을 회복해가고 있다는 것을 알아차렸다. 그의 입술과 눈썹께로 흘러내려 맺혔던 약간의 땀은 이미 말라붙었고, 눈에 서려 있던 절망의 빛은 냉성한 계산으로 바뀌어 있었다. 심지어 그는 빙긋 웃기까지 했다. 궁지에 몰린 그에게는 두 가지 탈출구가 있었다. 하나는 기나긴 조사와 심문 과정에 의한 것이고, 다른 하나는 간단한 싸움에 의한 것이었다. 그는 결투라는 대안에서 자신의 구원을 보았다. 눈을 가늘게 뜨고 휴 베링어를 머리끝에서 발끝까지 죽 훑고 있는 쿠셀을 바라보며, 캐드펠은 그의 머릿속에 어떤 생각들이 오가고 있는지 짐작했다. 자기보다 어리고, 키가 한 뼘이나 작고, 몸무게도 더 적게 나가고, 팔 길이도 짧고, 미숙하고, 지나치게 자신만만한 먹잇감이 저기 서 있었다. 일을 하늘의 심판에 맡기면 그 누구도 그에게 손가락질하지 않을 테고, 그가 자신의 오라비에게 무슨 짓을 했는지 전혀 알지 못하는 얼라인은 여전히 그의 곁에 있을 것이며, 말도 안 되는 고발을 당한 그는 아무 비난도 사지 않은 채 얼라인의 마음을 강하게 사로잡고 있는 상대를 효과적으로 제거할 수 있을 터였다. 아, 그리 나쁘지 않은 상황이야. 그렇다면 일을 제대로 해치워야지.

쿠셀은 테이블로 팔을 뻗어 황옥을 집어 들고는 베링어를 향해 내던지듯 굴려 보냈다.

"그렇게 하도록 해주십시오, 전하. 결투를 받아들이겠습니다. 의례 절차나 연습 따위는 생략하고 내일 바로 시행하겠습니다. 그러면 전하는 그 이튿날 출정하실 수 있을 것입니다." 쿠셀의 자신만만한 표정은 자신 역시 왕과 함께 떠날 거라 말하고 있었다.

"그렇게 하라!" 왕은 단호하게 말했다. "그대들이 서로 싸워 훌륭한 신하 한 사람을 내게서 빼앗기로 결심했다니, 나로서는 둘 중 더 나은 하나만을 곁에 둘 수밖에. 시간은 내일 9시, 아침 미사가 끝난 직후다. 장소는 이 성안이 아니라 성문 밖, 도로와 강 사이 풀밭이 좋겠군. 프레스코트와 윌럼은 결투장에 병사들을 정렬시키는 일을 맡는다. 그들이 진행 과정을 지켜볼 것이다! 말에게는 위험을 지우지 않을 것이니 맨몸에 검으로 싸우도록 하라!"

휴 베링어는 허리를 숙여 말없이 복종의 뜻을 표했다. "따르겠습니다!" 쿠셀은 이렇게 대답하며, 검을 다루는 데 더 유리한 자신의 팔과 강인한 팔목을 떠올리고 빙긋 웃었다.

"그러면 결투장에서!" 왕은 뜻밖의 사건으로 엉망이 된 연회를 단호한 한마디로 끝맺으며 자리에서 일어섰다.

12

이미 어둑어둑해진 마을 거리는 마치 쥐들이 빈 집 안을 내달리는 듯 떠들썩했다. 비쩍 마른 잿빛 얼룩빼기 말을 탄 휴 베링어는 캐드펠 수사의 발걸음에 맞춰 천천히 말을 몰았다. 두 사람 모두 그들이 무슨 말을 하는지 엿들으려고 귀를 쫑긋 세운 채 가까이에서 걷고 있는 제롬 수사는 안중에도 없었다. 그들 앞에는 헤리버트 수도원장과 로버트 부수도원장이, 한 사람의 목숨이 경각에 달려 있음에도 자신들이 개입할 수 없다는 사실을 안타까워하면서 걱정스러운 어조로 이야기를 주고받고 있었다. 두 젊은이가 심한 적개심을 보이며 결투도 불사하겠다고 선언한 터였다. 두 사람 모두 그 싸움을 받아들였으니 이제 물러설 길은 없었다. 싸움에서 진 사람은 하늘의 심판을 받을 것이었다. 만일

진 사람이 죽지 않고 살아남을 경우에는 교수대가 그를 기다리고 있었다.

"저를 어떻게 부르셔도 좋습니다. 바보라 해도, 천치라 해도, 멍청이라 해도 좋아요." 베링어는 사근사근 말했다. "그렇게 해서 수사님 마음이 조금이라도 편해지신다면요." 장난을 치듯 가벼운 말투였지만 캐드펠은 속지 않았다.

"당신을 비난하거나 동정할 마음은 없소. 심지어 당신이 저지른 짓을 안타까워하는 마음조차도 나지 않는군." 캐드펠이 말했다.

"수사의 입장에서 말씀이죠?" 말투는 온건했으나 주의 깊은 사람이라면 그 안에 담긴 빈정거림을 알아챘을 터였다.

"인간으로서 말하는 거요, 이 못된 인간 같으니!"

"캐드펠 수사님." 베링어는 진심을 담아 말을 이었다. "저는 수사님을 사랑합니다. 수사님이 저와 같은 입장에 처했다면 수사님 역시 저처럼 행동하셨을 겁니다. 잘 아시면서 그러세요."

"난 그러지 않았을 거요! 나조차도 제대로 알지 못하는 늙은 얼간이에 대해 섣부른 추측은 삼가시오! 내가 실수한 거라면 어쩔 뻔했소?"

"실수하지 않으셨잖아요! 그자는 이중으로 살인을 한 자입니다. 얼라인의 불쌍한 겁쟁이 오빠를 사지로 몰아넣었고, 페인트리를 비열하게 교살했으니까요. 모든 일이 끝날 때까지 얼라인에게는 아무 말씀도 하지 말아주십시오. 어떤 식으로든지요."

"그 아가씨가 먼저 묻지 않는 한 그럴 일은 없을 거요. 하지만 지금쯤 그 소식이 온 마을에 퍼져나갔을 테지."

"그렇겠죠. 저로서는 그저 얼라인이 일찍 잠들어 내일 아침 10시에 열리는 대미사 때까지 어떤 말도 듣지 못하게 되기만을 기도할 뿐입니다. 그때쯤이면 어떤 식으로든 결판이 나 있겠죠."

"그럼 무릎을 꿇고 기도하면서 온밤을 지새우느라 내일 아침에는 기진맥진한 채로 결투장에 나가게 되겠군그래." 캐드펠은 마음의 고통을 조금이라도 덜기 위해 짐짓 비꼬듯 말했다.

"그 정도로 얼간이는 아닙니다." 베링어는 반박하듯 응수하더니 캐드펠에게 대뜸 삿대질을 했다. "부끄럽지 않으세요? 수사의 신분으로 하느님께서 정의로운 처분을 내리시리라는 것을 믿지 못하시다뇨! 저는 침대로 가서 숙면을 취할 겁니다. 그리고 개운한 기분으로 일어나 심판장으로 갈 거고요. 수사님은 하늘에 대해 제 대리인이자 변론인 역할을 해주실 거죠?"

"아니." 캐드펠은 퉁명스럽게 말했다. "나는 종이 울릴 때까지 푹 잘 거요. 설마 내가 당신 같은 건방진 이교도보다도 못한 믿음을 갖고 있을 성싶소?"

"그래야 우리 수사님이시죠!" 베링어가 말을 이었다. "하지만 수사님이 정말 친절한 분이시라면 내일 아침기도 땐 저를 대신해서 하느님께 한두 마디 속삭여주실 수도 있지 않겠습니까? 만일 하느님께서 수사님의 말을 들은 척도 않으신다면 제가 틈을 내서 직접 기도를 올리죠, 뭐." 이어 그는 말에 앉은 채 한 손을 뻗어 축수라도 하듯 캐드펠의 널찍한 정수리에 손바닥을 가볍게 얹었다 떼고는, 말에 박차를 가해 앞서 달려갔다. 베링어는 원장의 곁을 지나면서 정중하게 고개를 숙인 뒤 이내 와일가의 구불구불한 비탈길로 사라졌다.

*

캐드펠 수사는 아침기도가 끝나자마자 수도원장에게 갔다. 헤리버트 수도원장은 그를 보고도, 그의 요청을 듣고도 그다지 놀라지 않았다.

"수도원장님, 저는 이번 사건에서 휴 베링어라는 젊은이와 같은 입장에 서 있습니다. 그 청년의 고발은 원래 제가 조사하던 과정에서 드러난 증거를 토대로 한 것입니다. 그가 제게는 위험한 역할을 일절 넘기지 않은 채 자진해서 고발의 책임을 떠안았지만, 그렇다고 그 일에 연루된 제 책임이 면제되는 것은 아닙니다. 그러니 부디 저도 결투장에 나가 그의 곁에 있도록 허락해주십시오. 제가 할 수 있는 것은 그것이 전부입니다. 도움이 되든 되지 않든 간에, 저는 거기에 가야 합니다. 저를 대변해준 친구가 위험에 처한 상황에서 등을 돌릴 수 없습니다."

"내 마음도 무척이나 괴롭소." 원장은 한숨을 쉬며 인정했다. "왕이 어떻게 말했든 간에 나로서는 그저 이번 결투가 한 사람을 죽음의 자리로 몰아넣는 일로 끝나지 않기만을 기도할 뿐이오."

이 결투의 목적은 오로지 한 사람의 입을 영원히 틀어막기 위한 것이므로 저로서는 그런 기도조차 할 수 없다고 캐드펠은 생각했다. “말해보시오.” 수도원장이 말을 이었다. “쿠셀이라는 사람이 우리 교회에 매장된 그 불쌍한 청년을 죽인 게 확실하오?”

“확실합니다. 그 사람만이 그 단검을 갖고 있었으니, 단검에서 떨어져 나간 보석을 흘릴 수 있는 사람도 오직 그 사람뿐입니다. 선악을 분명히 가르는 논리의 핵심이 바로 여기에 있지요.”

“그렇다면 가도록 하시오.” 수도원장이 말했다. “이 문제가 끝날 때까지 그대가 지고 있는 모든 의무는 면제해주겠소.” 그러한 결투는 으레 하루 종일 이어지기 마련이었다. 어느 한쪽이 앞을 제대로 볼 수도 없고 서 있을 수도 없고 상대를 공격할 수도 없어서 결국 땅바닥에 쓰러져 일어서지 못하게 되어서야, 쓰러진 자리에서 피를 흘리며 숨을 거두게 되어서야 결투는 비로소 끝난다. 무기가 부러져 못 쓰게 될 경우에도, 결투자들은 상대가 싸울 기력을 잃어 살려달라고 애걸할 때까지는 손이나 이빨이나 두 발로 계속해서 싸워야 한다. 그러나 살려달라고 애걸하는 이는 거의 없었으니, 이는 패배했으니 하늘의 심판을 받아야 한다는 뜻이었고, 그 뒤에는 교수형이라는 더욱 치욕스러운 죽음이 기다리고 있기 때문이었다. 캐드펠은 승복 자락을 걷어 올리고 무거운 마음으로 수도원을 빠져나갔다. 이런 결투는 신의 심판으로 존중할 가치가 전혀 없는, 끔찍하고 잔혹한 짓이야. 그러나 이번 경우만큼은 그 나름의 정당성이 있으니, 어쩌면 신의 섭리가 개입할지도 모르지. 내가 과연 베링어만큼의 확신을 갖고 있나? 베링어는 정말로 잠을 잘 잤을까? 묘하게도 캐드펠은 그랬으리라 믿었다. 정작 자신은 자다 깨다를 반복하며 괴로운 밤을 보냈지만 말이다.

캐드펠은 떨어져 나간 황옥을 되찾아 원래의 모습을 회복한 자일스 시워드의 단검을 갖고 와 자신의 방에 두었다. 그것을 잃을까 봐 걱정하는 고기잡이 소년은 곧 되돌려주거나 아니면 후한 대가를 치러주겠다는 말로 달래서 돌려보냈다. 그렇지만 아직 얼라인에게는 이야기할 계제가 못 되었다. 결투가 끝날 때까지 기다려야 했다. 일이 순조롭게 진행되면 휴 베링어가 직접 얼라인에게 전하게끔 해야 한다. 그렇지 않을 경우에는…… 아니, 그런 가능성은 생각하고 싶지도 않았다.

캐드펠은 암담한 기분으로 생각에 잠겼다. 내가 안고 있는 문제는, 신이 우리를 위해 세운 계획이 아무리 훌륭한 것일지라도 그것이 반드시 우리가 기대하고 요구하는 형태로 나타나지는 않는다는 것을 알 만큼 세상을 겪었다는 점이야. 더하여, 신이 그 어떤 완전한 목적을 위해 휴 베링어를 저승으로 보내고 애덤 쿠셀을 이승에 남겨두는 편을 선택할 경우, 그 부당한 처사에 반기를 들고 일어설 가능성이 이 늙은 가슴에 잠재해 있다는 것 역시 나는 너무도 잘 알고 있지.

*

슈루즈베리 북문에 해당하는 성의 정문 밖에는 가옥과 상점이 빽빽하게 밀집해 있지만 조금만 더 가면 길 양쪽으로 넓은 풀밭이 펼쳐지고, 잔풀이 우거진 양쪽 들판 너머로는 세번강의 들목과 날목이 자리 잡고 있었다. 그 왼쪽 풀밭에, 왕으로부터 결투의 진행을 명받은 이들이 평평한 자리를 골라 플라망 용병들을 둘러 세워두었다. 각자 창을 엇갈리게 쥐고 선 이 병사들의 역할은 참견하기 좋아하는 구경꾼이 흥분을 이기지 못해 결투장 안으로 뛰어 들어오거나 결투 당사자 중 어느 하나가 달아나지 못하도록 하는 것이었다. 결투장 밖으로 지대가 약간 높은 곳에는 왕이 앉을 커다란 의자가 놓이고, 그 주변에는 귀족들이 앉을 자리도 마련되어 있었다. 그곳을 제외한 다른 세 면에는 이미 구경꾼들이 잔뜩 몰려 있었다. 소문이 이미 낙엽을 쓸고 지나가는 바람처럼 슈루즈베리 전역에 퍼져나간 터였다. 그러나 기묘하게도 그곳은 지나치게 고요했다. 창을 든 병사들 뒤로 몰려선 구경꾼들은 분명 자기네들끼리 수군대고 있었으나, 그 목소리들이 어찌나 낮은지 모든 소리를 다 합쳐도 햇빛 속을 분주히 날아다니는 벌떼의 날갯짓 소리보다 작을 지경이었다.

아침나절의 비스듬한 햇살이 풀밭 위로 긴 그림자를 부드럽게 늘어뜨리고, 하늘에는 엷은 안개가 베일처럼 드리웠다. 캐드펠은 성문의 침침한 아치 통로 근처에서 서성거리고 있었다. 갑자기 통로 저편에 번쩍이는 강철과 화려한 빛깔의 의상들로 수놓아진 행렬이 나타나자 경비병들은 일제히 길을 틔웠다. 연한 황갈색 머리에 당당한 체구, 훤하게 잘생긴 스티븐 왕은 이제 자신의 가신들 중 한 사람을 잃을 수밖에 없는 상황을 묵묵히 받아들이고 있는 듯했다. 아닌 게 아니라, 그는 사건이 이런 식으로 결말이 나게 된 것을 누구보다도 다행스럽게 여겼으며, 결투의 시간이 미루어지는 것을 절대로 허용하지 않을 생각이었다. 표정으로 미루어보건대, 그는 결투자들에게 휴식 시간을 주지 않을 듯했고, 그들이 그 어떤 잔인한 행위를 하더라도 일절 저지하지 않을 성싶었다. 왕은 그저 이 모든 일이 신속히 끝나기만을 바라고 있었다. 왕 뒤에 열을 지어 선 기사들과 영주들이며 성직자들은 언제라도 왕의 지시를 따를 태세로 더없이 신중하게 움직이고 있었다.

왕의 행렬이 결투장에 도착하자 두 명의 결투자도 모습을 드러냈다. 그들은 방패도, 사슬 갑옷도 없이 간단한 가죽옷으로만 무장한 채였다. 왕은 하루 종일 그곳에 앉아 지루한 시간을 보내는 것도, 둘 다 손을 들 수 없을 만큼 지쳐 그날의 결투가 무효가 되는 것도 원치 않았으니 그저 어느 쪽이든 속히 쓰러져주기만을 바랐다. 두 사람 중 누가 죽든 상관없이 내일이면 선봉을 따라 본진이 출발해야 할 텐데, 본진과 함께 출정하기 전에 처리해야 할 잡무가 한두 가지가 아니었다. 고발자인 베링어가 먼저 왕 앞으로 나아가 한쪽 무릎을 꿇고 경의를 표했다. 그가 통기듯이 일어나 활기 넘치는 자세로 몸을 돌리자 창을 든 병사들이 결투장 양편으로 움직여 길을 터주었다. 이 순간 베링어와 병사들에게서 조금 떨어진 곳에 서 있던 캐드펠 수사와 눈이 마주쳤다. 진지하고 신중한 베링어의 얼굴에는 긴장한 빛이 어려 있었으나, 그럼에도 검은 두 눈은 싱글싱글 웃고 있었다.

"저를 실망시키지 않으실 줄 알고 있었습니다." 베링어가 말했다.

"당신이나 날 실망시키지 않도록 조심하시오." 캐드펠은 침울하게 대꾸했다.

"걱정하지 마십시오." 베링어는 묵상하는 사람처럼 가라앉은 목소리로 말했다. "저는 갓 태어난 새끼 양처럼 깨끗하게 참회한 상태니까요. 준비는 완벽하게 되어 있습니다. 게다가 수사님의 팔이 저를 받쳐줄 테니까요."

모쪼록 그래야지. 당신이 팔을 한 번씩 휘두를 때마다 말이오. 이렇게 생각하며 캐드펠은 일종의 회의를 느꼈다. 승복을 걸친 이래 오랫동안 평온한 생활을 지속해왔건만, 한때 누구에게도 굽히지 않고 험난한 세월을 보냈던 자신의 영혼에 과연 참다운 변화가 있기나 했던 걸까? 이 순간 그는 마치 자신이 결투장으로 들어서기라도 한 듯 온몸의 피가 치솟는 것만 같았다.

쿠셀 역시 왕에게 예를 갖춘 뒤 결투장으로 들어섰다. 그들은 각자 결투장 구석에 자리 잡고서 서로를 대각선으로 마주 보았다. 프레스코트가 결투의 주관자임을 알리는 직장職杖을 든 채 두 사람 사이에 서서 왕의 신호를 기다렸다. 전령이 먼저 고발자의 이름과 고발 내용을, 뒤이어 피고발자가 반박한 내용을 큰 소리로 읊었다. 군중의 입에서 일제히 터져 나온 긴 한숨과도 같은 탄성이 들판 전체에 울려 퍼졌다. 캐드펠 수사는 휴 베링어의 얼굴을 똑똑히 볼 수 있었다. 이제 그의 얼굴에서 미소는 찾아볼 수 없었고, 고요하고 냉정하면서도 강렬한 빛을 뿜는 검은 두 눈은 상대의 두 눈에 고정되어 있었다.

왕은 결투장을 한 차례 둘러보더니 한 손을 쳐들었다. 직장이 떨어져 땅바닥을 울리고, 프레스코트는 결투장 구석으로 물러났다. 두 결투자는 서서히 상대에게 다가갔다.

그들의 모습은 한눈에 보기에도 엄청난 대조를 이루고 있었다. 쿠셀의 체구는 베링어를 단연 압도했고, 나이도 그가 더 들어 보였으며, 키며 팔길이며 몸무게에서도 월등했다. 게다가 쿠셀이 뛰어난 기술과 많은 경험을 가졌으리라는 점에는 의심의 여지가 없었다. 쿠셀의 불타는 듯한 머리와 장대한 체구에 견주어, 베링어는 호리호리한 소년처럼 보였다. 저 가벼운 몸으로 재빠르고 민활하게 움직일 수 있다는 경탄도 잠시뿐, 몇 초도 지나지 않아 쿠셀 역시 상대에 못지않게 빠르고 기민하게 움직일 수 있다는 것이 드러났다. 검과 검이 처음으로 부딪친 순간, 캐드펠은 위험을 피하기 위해 몸을 살짝 움직이며 상대의 타격을 받아 넘기는 베링어와 마찬가지로 자신 또한 무의식중에 팔과 손목에 힘을 주면서 몸을 가볍게 돌리고 있다는 것을 의식했다. 이제 캐드펠의 눈앞에는 성문의 아치형 통로가 훤히 바라다보였다.

그 컴컴한 통로로, 검은 옷과 새하얀 피부가 선연한 대조를 이루는 한 아가씨가 구름 같은 금발을 뒤로 날리며 제비처럼 날렵하게 뛰어나왔다. 두 손으로 치맛자락을 거의 무릎까지 올린 채 번개같이 내달려 오는 그녀의 한참 뒤에서 다른 젊은 여자도 숨을 헐떡이며 허겁지겁 뒤쫓아왔다. 콘스턴스는 숨이 턱까지 차서는 얼라인에게 제발 서라고, 그리로 가지 말라고 외치느라 얼마 남지 않은 기운을 죄다 쏟고 있었다. 그러나 얼라인은 아무 대꾸도 없이, 두 연적이 상대방을 없애려고 또다시 치명적인 일격을 가하는 현장을 향해 내달렸다. 이윽고 현장에 다다른 그녀는 좌우 어느 쪽도 살피지 않고 고개를 길게 뺀 채 구경꾼들 너머만 기웃거렸다. 캐드펠이 황급히 그녀 곁으로 다가갔다. 그녀는 그를 알아보고 입을 벌리더니 이내 그의 가슴으로 뛰어들었다.

"캐드펠 수사님, 이게 어찌 된 일이에요? 그 사람이 무슨 짓을 한 거죠? 수사님은 아셨으면서, 다 아셨으면서, 어쩜 저한테 아무 말도 안 해주셨어요! 콘스턴스가 밀가루를 사러 시내로 가지 않았다면 저는 아무것도 몰랐을 거예요……."

"당신은 여기 오면 안 되오." 캐드펠은 온몸을 바들바들 떨며 숨을 할딱이는 얼라인을 붙들고 말을 이었다. "아가씨가 뭘 할 수 있겠소? 난 아가씨에게 절대 말하지 않겠다고 저 친구와 약속했소. 저 친구는 아가씨가 아는 것을 원치 않았어요. 아가씨는 절대 이걸 봐서는 안 되오."

"볼 거예요!" 얼라인은 화를 내며 소리쳤다. "제가 저이를 남겨두고 순순히 갈 줄 아세요? 솔직히 말씀해주세요." 그녀는 캐드펠에게 사정하기 시작했다. "사람들 말이 사실인가요? 저이가 그 청년을 살해한 죄로 애덤을 고발했다면서요? 제 오라버니의 단검이 그 증거라면서요?"

"사실이오." 캐드펠이 말했다. 얼라인은 놀란 얼굴로 캐드펠의 어깨 너머 결투장을 멍하니 바라보았다. 검들이 부딪쳤다가 떨어지고, 칼날이 휘익 허공을 가르며 또다시 맞부딪쳤다. 그녀의 휘둥그렇게 뜬 자수정빛 눈에는 도무지 믿기지 않는다는 기색이 역력했다.

"그 고발 내용 역시 사실이고요?"

"그렇소."

"아, 세상에!" 얼라인은 두려워하면서도 홀린 듯이 결투장을 바라보았다. "저이의 몸은 너무 가냘프군요……. 저이가 감당해낼 수 있을까요? 상대편 몸의 반밖에 안 되는데……. 어떻게 이런 방법으로 문제를 해결하려 들 수가 있죠! 캐드펠 수사님, 왜 저이가 이런 무모한 짓을 하게 그냥 놔두셨어요?"

묘하게도 그 말이 캐드펠의 마음에 안도감을 가져다주었다. 굳이 이름을 대지 않아도 '저이'가 둘 중 누구를 가리키는지는 알 수 있었다. 이제까지는 도무지 확신할 수가 없었단 말이지. 아마 얼라인 자신 역시 그랬겠지만. "만약 앞으로 휴 베링어가 하려고 마음먹은 것을 못 하게 하는 데 성공하거든 내게도 그 방법을 꼭 알려주시오. 내가 똑같이 한다 해도 효과가 있을지는 의문이지만! 저 친구는 이 방법을 선택했고, 그럴 만한 이유가 있소. 타당한 이유들이지. 저 친구가 이렇게 할 수밖에 없었듯, 아가씨와 나는 그저 이 상황을 감수해야 할 뿐이오."

"하지만 우리는 셋이에요." 얼라인은 열에 들뜬 목소리로 말했다. "우리가 저이를 응원하면 큰 힘이 될 거예요. 저는 지켜볼 수 있고 기도할 수 있으니 그렇게 하겠어요. 좀 더 가까이 가게 해주세요. 저랑 같이 가세요! 전 봐야겠어요!"

얼라인은 인파를 마구 헤집고 창을 든 병사들 쪽으로 가려 했다. 캐드펠은 그녀의 팔을 끌어당겼다. "저 친구가 아가씨를 보지 않는 편이 낫소. 지금은 안 돼요!"

얼라인은 언뜻 짧고 날카로운 웃음처럼 들리는 묘한 소리를 내뱉었다. "제가 검들 사이로 뛰어들지 않는 한 저이는 저를 보지 못할 거예요. 병사들이 안으로 들여보내준다면야 전 당장 그렇게 하겠지만…… 아, 아니지!" 그녀는 눈물도 흘리지 못하고 그저 흐느끼면서 즉각 자기가 한 말을 거두었다. "아니에요. 제가 그렇게 하면 안 되죠. 저도 그 정도의 분별은 있어요. 제가 할 수 있는 건 그저 조용히 지켜보는 것뿐이에요."

투쟁으로 점철된 남자들의 세계에서 여자들이 겪어야 할 운명이 바로 그런 것이라니. 캐드펠은 씁쓸한 마음으로 생각했다. 아니, 생각만큼 그렇게 수동적인 역할은 아니야. 그는 지대가 약간 높은 곳으로 그녀를 데려갔다. 햇살 속에서 찬연하게 빛나는 금발을 어깨에 늘어뜨린 채 휴 베링어에게 온 정신을 집중하며 결투를 지켜볼 수 있는 곳이었다. 그즈음 휴 베링어의 칼끝에는 피가 묻어 있었다. 쿠셀의 뺨을 살짝 스치고 지나가면서 묻은 것이었다. 베링어의 가슴을 보호하는 가죽옷 밖으로 드러난 왼쪽 소매 역시 피에 젖어 있었다.

"저이가 다쳤어요." 얼라인이 울상이 되어 말했다. 그녀는 터져 나오려는 울음을 막으려고 자그마한 주먹을 입속에 반쯤 틀어넣고서 손가락 관절들을 잘근잘근 깨물었다. 캐드펠에게 조용히 지켜보겠다고 약속했으니 그 약속을 지켜야 하리라.

"저 정도는 아무것도 아니오." 캐드펠은 믿음직하게 말했다. "저 친구가 더 빨라요. 저것 좀 보시오. 저렇게 날쌔게 피하고 있잖소! 좀 말라 보이기는 해도 손목은 강철같이 탄탄하다오. 저 친구는 하려고만 들면 뭐든지 다 할 사람이오. 게다가 자신의 손에 힘을 더해주는 진실의 편에 서 있지."

"저이를 사랑해요." 얼라인은 잠시 주먹을 빼고 나직하게 젖어 든 목소리로 속삭였다. "지금까지는 몰랐었죠. 하지만 전 저이를 사랑해요!"

"나도 그렇소." 캐드펠이 말했다. "나도 그래요!"

*

그들은 한시도 숨 돌릴 겨를 없이 꼬박 두 시간을 싸웠다. 어느 듯 높이 솟아오른 태양은 사정없이 열기를 뿜어내어 결투자들의 진을 빼놓았다. 그러나 두 사람은 힘을 아껴가면서 한시도 긴장을 늦추지 않고 싸움을 이어갔다. 가까이에서 서로 검을 겨눈 채 상대의 눈을 응시하고 있는 지금, 그들 사이에는 개인적인 원한 따위 없이 오직 확고한 목적만이 존재하고 있었다. 한쪽은 진실을 입증하려는, 다른 한쪽은 그것을 짓뭉개려는 목적이었다. 두 사람 모두 자신들에게 남은 유일한 수단, 곧 상대를 죽임으로써 그 목적을 이루려는 참이었다. 그 전까지는 다들 한쪽으로 기운 전투일 것으로 예상했을지 모르지만, 적어도 지금 두 사람은 서로가 우열을 가리기 힘든 호적수임을 깨닫고 있었다. 기술은 동등했고 빠르기도 엇비슷했다. 그들 사이의 균형은 진실의 무게가 좌우하고 있었다. 둘 모두 여기저기 작은 부상을 입어 피를 흘렸으며, 풀밭에도 군데군데 핏자국이 어려 있었다.

정오가 되어갈 무렵, 베링어가 갑작스럽게 상대를 찌르고 들어갔다. 쿠셀은 뒤로 밀리다가 피로 물든 풀밭에서 발이 미끄러지고 말았다. 뜨겁고 건조한 여름 날씨에 풀이 바싹 말라 바닥은 그렇지 않아도 미끄럽기 짝이 없었다. 자신의 몸이 쓰러지는 것을 느끼자 쿠셀은 검이 들린 팔을 허공으로 치켜올려 베링어의 칼을 받아 넘기려 했으나, 내리치는 힘에 그만 검의 날이 떨어져 나가고 말았다. 그는 하마터면 놓칠 뻔한 칼자루만을 움켜쥔 채로 바닥에 주저앉았다. 날이 멀찍이 날아가버렸으니 그 검은 더 이상 쓸모가 없었다.

베링어는 적에게 일어설 기회를 주려고 뒤로 물러나 검 끝을 땅바닥으로 향한 채 프레스코트를 쳐다보았다. 프레스코트 또한 지침을 받기 위해 왕을 올려다보았다.

"계속 싸우라!" 왕은 단호하게 말했다. 불쾌감이 조금도 가시지 않은 목소리였다.

베링어는 한 손으로 눈썹과 입술 위에 맺힌 땀을 닦으며 상대를 응시했다. 쿠셀은 느릿느릿 일어나 무용지물이 된 칼자루를 내려다보더니 절망적인 한숨을 토하며 내던져버렸다. 베링어는 이맛살을 찌푸리고 왕을 한 번 쳐다본 뒤, 생각할 여유를 가지려는 듯 두세 걸음 뒤로 물러섰다. 왕은 싸움을 계속하라는 손짓만 할 뿐이었다. 베링어는 결투장 가장자리로 재빨리 걸어가 용병들이 들고 선 창들로 이루어진 울타리 아래 검을 내던졌다. 그러곤 허리께로 손을 가져가 천천히 단검을 뽑아들었다.

쿠셀은 영문을 몰라 멍하니 서 있다가, 이윽고 생각도 못 한 선물이 주어졌다는 사실을 깨닫고 새로운 자신감으로 불타올랐다.

"저런, 저런!" 스티븐 왕은 숨을 죽이며 말했다. "저 친구가 가장 뛰어난 용사인 줄 알았더니 그게 아니었구먼."

이제 그들은 단검으로 싸워야 했다. 단검의 경우에도 팔이 긴 쪽이 유리했으며, 더욱이 쿠셀이 허리춤의 칼집에서 뽑아 든 단검의 길이는 휴 베링어가 들고 있는, 무기라기보다는 장식품에 가까운 단검보다 훨씬 길었다. 스티븐 왕은 다시 그 싸움에 흥미를 느끼며, 억지로 이런 일에 말려들었다는 짜증스러운 기분을 떨쳐냈다.

"저이는 제정신이 아니에요!" 얼라인은 캐드펠의 어깨에 머리를 기댄 채 자신의 호전적인 조상들이 싸움터에서 그랬을 것처럼 입술을 말아 올리고 콧날을 발름거리며 신음하듯 말했다. "여유있게 상대를 죽일 수 있었는데. 아, 저이는 완전히 미쳤어요. 하지만 전 저이를 사랑해요!"

그 무서운 춤은 끊이지 않고 계속되었다. 정점에 오른 태양은 그림자 길이를 줄여나갔고, 두 사람은 자신들의 몸이 그려낸 검은 원반 위에서 전진하고, 후퇴하고, 옆걸음질 쳤다. 한낮의 이글거리는 햇살이 사정없이 내리덮쳐 가죽옷으로 감싸인 그들의 몸은 땀으로 흥건했다. 길이도 짧고 무게도 가벼운 단검을 든 베링어는 수세에 몰렸고, 쿠셀은 자신이 유리한 입장에 섰음을 의식하고 상대를 거칠게 밀어붙였다. 베링어는 재빠른 손과 날카로운 눈, 그리고 기민한 몸놀림 덕분에 거듭되는 필살의 공격을 번번이 피하고 있었다. 그러나 그도 마침내 지치기 시작했다. 판단력이 흐려지고 정확성도 떨어졌으며, 몸놀림 역시 둔해지고 불안정해졌다. 쿠셀은 기운을 회복한 덕인지, 아니면 그 싸움을 끝내고자 필사적으로 모든 힘을 끌어모은 덕인지, 처음의 기세와 열기를 되찾은 듯했다. 베링어의 오른손으로 흘러내린 피가 단검 자루를 적셔, 검이 손바닥에서 계속 미끄러졌다. 쿠셀이 입은 옷 왼쪽 소매의 찢어진 천이 시야 한귀퉁이에서 쉴 새 없이 너풀거리는 통에 그의 집중력은 계속해서 흐트러졌다. 단검을 몇 차례 휘두르며 공격해 들어가 상대의 몸에 상처를 입히기는 했지만, 짧은 단검과 팔 길이가 결정적으로 불리하게 작용하고 있었다. 베링어는 필요한 경우에는 뒤로 후퇴해서라도 어떻게든 힘을 아끼려 애쓰며 쿠셀의 광포한 공격이 힘을 잃을 때를 기다렸다. 조만간 그럴 때가 오리라.

"아, 하느님!" 얼라인은 거의 들리지 않게 신음했다. "저이는 지나치게 너그러운 탓에 목숨을 잃게 됐어요……. 저 사람은 저이를 희롱하고 있고요!"

"휴 베링어를 희롱하는 사람은 그 누구도 무사하지 못할 거요." 캐드펠은 단호하게 말했다. "아직은 휴 쪽이 더 활기 있소. 쿠셀이 조속히 이 싸움을 끝내려고 거칠게 몰아붙이기는 하지만 줄곧 저렇게 나갈 수는 없을 거요."

베링어는 쿠셀이 공격할 때마다 단검을 피할 수 있을 정도의 거리만큼 물러서면서 자꾸 후퇴하고 있었다. 쿠셀은 거칠게 단검을 휘두르며 상대를 계속해서 뒤로 밀어붙였다. 상대를 더 이상 후퇴할 수 없는 결투장 한구석에 가둘 심산인 듯했다. 그러나 마지막 순간 그의 판단력이 흐려졌는지, 아니면 베링어가 기민하게 덫에서 빠져나온 덕인지, 쫓고 쫓기는 과정이 창들의 열을 따라 다시 이어지게 되었다. 베링어는 쿠셀의 공세 탓에 결투장 중앙으로 탈출할 수 없었고 쿠셀은 베링어의 완강한 방어를 뚫을 수 없었기에 그 꼴사나운 행진은 계속되었지만, 그것도 또 다른 구석에 몰리면 끝나게 될 터였다.

플라망 용병들은 바위처럼 떡 버티고 서서, 느린 파도처럼 자기들의 대열을 따라 힘겹게 흘러가는 싸움의 양상을 가만히 지켜보았다. 그렇게 대열의 중간쯤에 이르렀을 때, 돌연 쿠셀이 상대를 밀어붙이는 대신 잽싸게 한 걸음 물러나더니 단검을 풀밭에 내던지고 의기양양한 외침을 내뱉으며 허리를 숙여 늘어선 창 밑으로 손을 뻗었다. 애덤 쿠셀의 손에는 한 시간쯤 전에 휴 베링어가 그에 대한 자비로 내던진 검이 들려 있었다.

휴 베링어는 자신들이 그곳까지 온 줄 미처 깨닫지 못하고 있었다. 쿠셀이 그런 목적으로 일부러 자신을 그곳까지 밀어붙였음을 눈치채지 못한 것은 말할 나위도 없었다. 군중들이 몰려선 결투장 밖 어딘가에서 한 여자의 날카로운 비명이 울렸다. 쿠셀이 막 검을 들고 일어서려는 참이었다. 굵은 눈썹 아래 보이는 두 눈은 미칠 듯한 환희로 이글거렸다. 그러나 그가 미처 몸의 균형을 제대로 잡기 전에, 호랑이가 달려들듯 휴 베링어가 그에게 몸을 날렸다. 1초만 지체했어도 늦었으리라. 검이 허공으로 치솟는 찰나, 베링어는 오른팔에 힘을 주어 단검을 단단히 움켜쥐고, 왼손으로는 검을 쥔 적의 손목을 낚아채면서, 온몸의 무게를 실어 쿠셀의 가슴에 부딪쳤다. 그들은 잠시 함께 뒤엉켜 잔디밭에 쓰러진 채 무심한 용병들의 발치께에서 버둥거리며 뒹굴었다.

얼라인은 또다시 터져 나오려는 비명을 막기 위해 이를 악물고 눈을 감았다가 이내 온 힘을 다해 다시 눈을 떴다. "아니, 모조리 볼 거야, 난 봐야 해…… 견뎌내야 해! 저이가 날 부끄러워하지 않게! 아, 수사님…… 수사님…… 어떻게 되고 있죠? 볼 수가 없어요…….”

“쿠셀이 검을 낚아챘지만 휘두를 시간이 없었소. 잠깐, 한 사람이 일어나는데…….”

함께 쓰러진 둘 중 한 사람만 일어섰다. 그는 멍하고 어리둥절한 표정이었고, 그의 적은 발밑에서 두 팔을 풀밭 위로 맥없이 늘어뜨린 채 축 늘어져 있었다. 이글거리는 태양을 향해 두 눈을 부릅뜨고 누워 있는 그 사람은 쿠셀이었다. 그의 몸 아래에서 시뻘건 액체가 꾸물꾸물 흘러나와 주위의 짓밟힌 땅에 거무죽죽한 웅덩이를 만들었다.

휴 베링어는 피 웅덩이를 내려다보고 오른손에 쥔 단검 쪽으로 시선을 옮기더니 당혹스러운 표정으로 고개를 가로저었다. 싸움이 갑작스럽게, 도저히 이해할 수 없는 방식으로 결말이 나버린 것이다. 베링어의 단검에 새로 묻은 핏자국은 없었다. 쿠셀의 오른손에는 그의 죽음과는 무관한 검이 아직도 느슨하게 쥐인 채였다. 그러나 어쨌든 쿠셀은 쓰러졌고, 그의 생명은 무성한 풀밭으로 신속히 빠져나가고 있었다. 두 자루의 무기에 피도 묻지 않았는데 사람이 죽어 넘어졌으니, 기적치고는 참으로 괴이한 기적이었다.

베링어는 쿠셀의 왼쪽 어깨를 잡고 축 늘어진 몸을 돌려 피가 어디서 흘러나오는지 살펴보았다. 쿠셀의 가죽 조끼에는 검을 집으려고 그 자신이 내던진 단검이 깊숙이 박혀 있었다. 단검이 굳건히 버티고 선 플라망 용병의 부츠에 부딪쳐 무성한 풀밭 위에 거꾸로 서 있었던 것이다. 베링어가 몸을 날려 달려들었을 때 쿠셀은 단검의 날 위로 쓰러지고 말았고, 그들이 서로 붙잡고 뒹굴면서 그 날이 그의 몸 깊이 박혀 들어가버린 것이었다.

결국 이자를 죽인 건 내가 아니야. 베링어는 생각했다. 자신의 교활한 책략이 스스로를 죽인 것이지. 그는 완전히 기진맥진해 기쁜지 어떤지도 알 수 없었다. 적어도 캐드펠 수사는 만족해할 것 같았다. 니컬러스 페인트리를 살해한 자를 철저히 응징해 그의 원한을 풀어주었으니까. 니컬러스의 살인자는 공개적으로 고발당했고, 하늘이 그 고발을 심판해주어 이미 숨이 끊겨버렸다

휴 베링어는 유죄 선고를 받은 자의 손에서 자신의 검을 수월하게 빼냈다. 그러곤 천천히 돌아서서 검을 쳐들어 왕에게 예를 표한 뒤, 다리를 절룩이며 창을 들고 선 용병들을 향해 다가갔다. 그의 손과 팔의 상처에서는 피가 뚝뚝 흐르고 있었다. 용병들은 잠자코 물러나 순순히 길을 터주었다.

베링어가 왕이 앉은 의자 앞으로 가려고 풀밭 위로 두세 발짝 내디뎠을 때 얼라인이 뛰어들어 격정적으로 그를 끌어안았다. 베링어는 갑자기 기운을 되찾았다. 자신의 금발로 그의 어깨와 가슴을 온통 뒤덮은 채, 그녀는 힘이 쭉 빠진 듯하면서도 황홀한 기쁨에 넋이 나간 얼굴로 그를 올려다보았다. 그녀의 모습은 바로 휴 자신의 모습이기도 했다. "휴…… 휴……." 그녀는 이름을 부르며 뺨과 손과 손목에 난 피 묻은 상처들을 어루만지기 시

작했다. "왜 제게 말해주지 않았어요? 왜? 왜? 아, 당신 때문에 나는 몇 번이나 죽는 줄 알았다고요! 이제 우리 둘 다 살아났군요……. 키스해줘요!"

베링어는 얼라인에게 키스했다. 이제 그녀가 그의 것이라는 사실을 의심할 사람은 아무도 없었다. 그녀는 여전히 그의 몸을 어루만지고 안달하며 어린아이처럼 칭얼거렸다.

"쉿, 그만해요." 마음이 놓인 베링어는 곧 제정신을 차리고 말했다. "차라리 나를 꾸짖어줘요. 당신이 이렇게 다정하게 나오면 난 정신을 잃고 말 겁니다. 전하께서 기다리고 계시니 아직은 쓰러질 수 없어요. 자, 당신이 정말로 내 연인이라면 당신의 팔에 기대게 해줘요. 이리 와서 내 곁에 서요. 좋은 아내처럼 나를 부축해줘요. 안 그러면 나는 전하의 발아래 쓰러질지도 몰라요."

"내가 당신의 연인이라고요?" 얼라인은 증인들 앞에서 확실하게 보장받기를 원하는 듯 그렇게 물었다. "그렇고말고! 이제 다시 생각하기에는 너무 늦어버렸어요!"

얼라인은 베링어의 팔을 꼭 붙든 채 그와 나란히 왕의 앞으로 나아갔다. 베링어는 지치고 여기저기 부상을 입은 몸으로, 얼라인과의 황홀한 순간을 잠시 잊은 채 정중하게 입을 열었다. "전하, 제가 살인자에 대해 했던 진술이 입증되었으며 전하의 지지와 인정을 받았음을 믿습니다."

"그대의 적이 스스로 확연하게 입증해주었네." 스티븐 왕이 말했다. 왕은 두 연인이 나란히 등장한 예기치 못한 광경에 마음이 누그러지고 기분이 유쾌해져서 사려 깊게 두 사람을 바라보았다.
"이 일이 그대에게도 이익이 될 수 있겠구먼. 그대는 내게서 이 지역의 유능한 부행정 장관을, 또 그가 맡았던 여러 자리를 빼앗아 갔네. 결투에서는 비열하게 굴었지만 어쨌든 유능한 친구였는데 말이지. 그러니 나로서는 그대가 만들어낸 빈자리를 그대로 채워 앙갚음할 수밖에 없네. 그대가 갖고 있는 성들에 대한 권리와, 우리를 대신해 이 성의 수비를 맡을 책임을 그대로 유지하게 한 채 말일세. 어떤가?"

"전하께서 허락해주신다면 우선 제 신부와 의논하고 싶습니다." 베링어는 진지하게 대답했다.

"신아께 기쁨이 되는 일이라면 제게도 기쁨이지요." 얼라인 역시 베링어에 못지않게 진지한 태도로 말했다.

저런 저런, 일찍이 남녀의 혼인 약속이 이렇게 공개적으로 이루어진 경우가 또 있을까. 캐드펠 수사는 그 광경을 흥미롭게 지켜보면서 생각했다. 이 친구들은 자기들 결혼식에 슈루즈베리 시민들 전부를 초대해야겠군.

*

마지막 기도 시간이 되기 전, 캐드펠은 휴 베링어가 입은 수많은 작은 상처들을 치료할 거위풀 약과 황옥을 조심스럽게 붙여 복원한 자일스 시워드의 단검을 가지고 접객소를 찾아갔다.

"오즈월드 수사는 숙련된 은세공사요. 이것은 그 사람과 내가 당신의 연인에게 주는 선물이오. 당신이 직접 얼라인에게 건네주시오. 하지만 강에서 이걸 건져낸 소년에게 후한 보상을 해주어야 하오. 물론 얼라인은 기꺼이 그렇게 할 거요. 얼라인에게 들려줄 말이 무척 많겠지만, 그 아가씨의 오빠와 관련된 부분만큼은 일체 비밀로 합시다. 지금은 물론이고 앞으로도 말이오. 얼라인에게 자일스는 불운을 선택해서 죽어간 많은 이들 중 한 사람이니까."

베링어는 복원된 단검을 받아 들고 우울한 얼굴로 한동안 들여다보더니 말했다. "하지만 이건 정의가 아닙니다." 그는 느리게 말을 이었다. "수사님과 저는 한 사람이 저지른 죄의 진실을 만천하에 드러내야 했고, 또 다른 사람의 진실은 은폐하지 않을 수 없었죠." 오늘 밤 그는 모든 것을 얻었음에도 어둡고 서글픈 표정이었다. 전신에 상처가 욱신거리고, 몸을 움직일 때마다 혹사당한 근육들이 비명을 내지르는 탓만은 아니었다. 그는 승리했으나 그 승리의 이면, 곧 자신이 간신히 피한 실패의 운명을 정직하게 응시하고 있었다. "결백한 사람만이 정의의 시혜를 받는 걸까요? 만일 그 사람이 쿠셀을 찾아가 유혹하지 않았더라면 쿠셀 또한 그런 비열한 범죄에 빠져들지 않았을 겁니다."

"우리는 언제나 현상만을 논하지." 캐드펠이 말했다. "진실을 명확히 꿰뚫어볼 수 있는 이의 관점에서는 어떨까 하는 생각은 치워버리시오. 당신은 정당하고 명예롭게 얻은 것들을 손에 쥐고 있소. 그것들을 소중히 여기고 즐기시오. 그럴 권리가 있으니까. 당신은 슈롭셔주의 부행정 장관이요, 왕의 총애를 받는 신하이며, 남자가 바랄 수 있는 최상의 여자와 약혼을 했소. 그 아가씨는 처음 본 순간부터 당신의 마음을 사로잡았지. 내 안목을 믿어요! 그리고 내일 온몸의 뼈가 쑤시거든, 틀림없이 그렇게 될 텐데, 그저 기분 좋게 견디시오. 건강한 청년에게 그까짓 사소한 통증쯤 무슨 문제가 되겠소?"

"지금쯤 그 두 사람은 어디 있을까요?" 베링어가 밝아진 얼굴로 물었다.

"웨일스 해안에 도착해 프랑스로 실어다줄 배를 기다리고 있겠지. 별일 없이 잘 있을 거요."

캐드펠은 스티븐 왕 편도 모드 황후 편도 아니었다. 그 네 젊은이 가운데 둘은 모드 황후 편이었고 다른 둘은 스티븐 왕 편이었지만, 그들 모두 현재의 무정부 상태와 내전의 상처를 벗은 미래의 잉글랜드에 속한 사람들이기도 했다.

"정의에 대해 하는 말인데, 정의는 전체 이야기의 절반도 채 안 되기 마련이오." 캐드펠은 생각에 잠겨 말했다. 그는 마지막 기도 시간에 마음과 삶이 깨끗했던 젊은이 니컬러스 페인트리가 고이 잠들기를 기원할 생각이었다. 이제는 틀림없이 만족스러워하며 편안히 잠들겠지. 또한 그는 죄의 구렁텅이에서 죽은 애덤 쿠셀의 영혼을 위해서도 기도할 생각이었다. 때 이르게 죽은 사람, 회개할 여유도 없이 제 혈기와 힘을 못 이겨 죽은 사람, 모두가 원래 수효보다 하나 많은 시신이었다. "자꾸 어깨 너머를 돌아보거나 후회할 필요는 없소." 그가 말을 이었다. "당신은 당신에게 닥친 일을 한 거요. 그것도 무척이나 훌륭하게. 하느님께서 그 모든 것을 주재하신다오. 인간의 영역 가장 높은 곳에서부터 가장 낮은 곳에 이르기까지. 정의와 응보가 미칠 수 있는 그 어디에나 은총의 빛 역시 깃들 수 있는 법이오."

주

1 스티븐 왕 King Stephen(1092 또는 1096~1154)

정복왕 윌리엄 1세의 외손자이며 잉글랜드 노르만 왕조의 네 번째 국왕. 외숙부이자 잉글랜드 왕인 헨리 1세가 살아 있을 때 헨리 1세의 딸인 모드 황후의 왕위 계승을 돕겠다고 서약했으나 1135년에 헨리 1세가 죽자 약속을 깨고 잉글랜드 군주의 자리를 차지했다.

2 모드 황후 Empress Maud(1102~1167)

마틸다(Matilda of England)라고도 불린다. 정복왕 윌리엄의 아들인 헨리 1세의 딸로, 신성로마제국 황제 하인리히 5세와 결혼했다가 그가 죽은 뒤 앙주 백작 조프루아 5세와 재혼해 헨리 2세를 낳았다.

3 허브 herb

본래는 초본이라는 뜻이나 특히 예로부터 쓰여온 약용, 향료 식물들을 가리킨다.

4 윌리엄 피챌런 William FitzAlan(1105~1160)

글로스터 백작 로버트의 조카 콘스탄셔와 결혼한 후로 스티븐 왕에게 충성하기로 한 서약을 번복하며 모드 황후 편에 섰다.

5 헤스딘의 아눌프 Arnulf of Hesdin(?~1138)

버크셔 영주의 아들로 1138년 스티븐의 슈루즈베리 침공 때 효수당했다.

6 로버트 페넌트 부수도원장 Prior Robert Pennant(?~1168)

12세기 전반에 슈루즈베리 수도원의 부수도원장을 지냈고, 1148년부터 1168년까지 슈루즈베리 수도원장을 지냈다. 귀더린으로의 순례를 담은 『성 위니프리드의 생애』를 남겼다.

7 헨리 왕 King Henry(1068~1135)

정복왕 윌리엄의 아들로, 1100년부터 1135년까지 잉글랜드를 다스린 헨리 1세를 가리킨다.

8 앙주 백작 Angevin(1113~1151)

조프루아 5세. 1128년, 15세의 나이에 잉글랜드 헨리 1세의 딸이자 신성로마제국 하인리히 5세의 미망인인 모드 황후와 결혼했다.

9 로즈메리 rosemary

꿀풀과에 속하는 상록소형관목. 높이 1~2미터로, 2~3센티미터 정도의 길쭉한 잎이 띠 모양으로 난다. 봄부터 여름에 걸쳐 가지 끝에 담자색 꽃이 핀다. 지중해 연안과 남유럽 원산으로, 가지나 잎은 주로 향수나 약품의 재료로 널리 알려져 있다. 상큼한 향은 신통력이 있어 중세 유럽에서는 악귀를 물리친다고 믿기도 했다.

10 타임 thyme

여러해살이풀이나 줄기가 목질화되는 경향이 있어 소관목으로 보기 쉽다. 줄기는 덩굴지고, 잎은 달걀꼴의 타원형 또는 피침형이며 향기가 있다. 8~10월에 분홍색 꽃이 꼭대기에 바퀴 모양으로 돌려 핀다. 지중해 연안과 유럽이 원산지로, 일명 사향초라고도 한다. 서양요리에서 흔히 쓰이는 향료로, 고대 그리스에서는 목욕재로도 널리 사용되었다. 강장 효과가 뛰어나 신경성 질환이나 빈혈, 피로, 소화불량 등에 좋다.

11 회향 fennel

여러해살이풀로 줄기는 곧고 가지가 많이 갈라졌으며 높이 1.5미터 내외이다. 넓고 큰 잎자루가 줄기를 싼다. 7월에 황색 꽃이 피고, 가을에 달콤하면서도 상큼한 맛을 가진 황갈색의 열매를 맺는다. 지중해 연안 원산으로 온대 각지에 널리 재배된다. 위통, 복통 등의 치료제로도 쓰인다.

12 딜 dill

지중해 연안, 인도, 아프리카 북부 원산. 중국명으로는 시라라고 하는 약초로, 그 열매를 시라실이라 하여 방향성 구풍제, 거담제, 건위제로 쓴다. 예로부터 중요한 약초와 향신료로 쓰였다. 씨에 함유된 정제유는 진정, 최면 효과가 뛰어나다. 한해살이풀로, 키는 0.5~1미터이고 5~6월경에 노란 잔꽃이 핀다. 동글납작한 열매는 황갈색이다. 포기 전체에 독특한 향기가 있다.

13 세이지 sage

차조기과에 속하는 여러해살이풀. 높이 50~80센티미터로, 윗면에 잔주름이 있는 녹백색 타원형의 두꺼운 잎이 띠 모양으로 난다. 여름에 자색 꽃이 바퀴처럼 달린다. 지중해 연안과 남유럽 원산으로, 그 잎은 예로부터 만병통치약으로 쓰였다.

14 라벤더 lavender

꿀풀과에 속하는 여러해살이풀. 지중해 연안, 인도, 카나리섬 원산이다. 높이 40~70센티미터가량이고, 4센티미터쯤 되는 잎은 띠 모양 타원형으로, 거죽에 흰 솜털이 덮여 있다. 꽃을 증유하여 채취한 오일은 화장품, 비누 등에 많이 쓴다. 향기는 청결과 순수함의 상징으로, 진정 효과가 강하다.

15 슈루즈베리 성 베드로 성 바오로 수도원 the Shrewsbury abbey of Saint Peter and Saint Paul
잉글랜드 슈롭셔주에 위치한 수도원으로, 원래 성 베드로에게 헌정된 작은 목조 교회였으나 11세기 후반 성 베드로와 성 바오로 두 사도에게 헌정한 석조 건물로 개축되었다.

16 헤리버트 수도원장 Abbot Heribert(?~1140)
1127년 고드프리드 수도원장의 갑작스러운 사망 이후 1138년까지 슈루즈베리 수도원장을 지냈다.

17 베네딕토회 Benedictine
베네딕토 규칙을 바탕으로 공동생활을 하는 가톨릭 공동체. 6세기 '누르시아의 베네딕토(성 베네딕토)'가 몬테 카시노에 창설하여 전 유럽에 퍼진 수도회의 일파다. 청빈, 순결, 복종을 맹세하고 규율이 매우 엄격한 삶을 강조했다. 집단적인 예배도 중요시하여, 수사들은 하루에 일곱 번씩 모여 찬송하고 기도하는 성무일도를 수행했다.

18 고드프루아 드 부용 Godfrey de Bouillon(1060~1100)
블론느 백작 유스타스 2세의 차남으로 태어나 1082년 공작 칭호를 수여받았으며, 1096년 제1차 십자군전쟁에 형제들과 더불어 참전하여 성지를 점령하였다. 예루살렘의 첫 번째 통치자가 되었으나 스스로를 왕이라 칭하지 않고 성묘의 수호자로 자처했다. 그가 사망한 뒤에는 동생인 볼드윈 1세가 예루살렘의 왕이 되었다.

19 박하 mint

꿀풀과에 속하는 여러해살이풀. 땅속줄기로 번식하고 땅 위로 나온 줄기는 직립하며, 길이는 60~90센티미터가량이다. 띠 모양으로 달리는 잎은 긴 타원형이고 기름선이 많다. 7~9월에 담자색 또는 백색 꽃이 줄기 위쪽에 모여 핀다. 유럽에서 박하 소스는 고기 요리에 필수적인 향신료로, 고대 이집트나 로마에서도 사용되었다.

20 마조람 marjoram

지중해 연안, 인도, 아라비아 원산. 이집트에서 미라를 만들 때 쓰인 최초의 향초 가운데 하나이다. 요리용, 약용, 목욕재로 다양하게 쓰인다. 최면 효과가 뛰어난 차조기과의 여러해살이풀로, 높이는 30~40센티미터 정도이고 6~8월에 하얀 꽃이 핀다.

21 갈퀴덩굴 cleavers

꼭두서니과에 속하는 두해살이풀로 길이는 1미터가량이며, 가늘고 긴 잎이 6~8개씩 같이 난다. 5~6월에 담황록색의 잔꽃이 핀다. 들에 나고, 다른 물건에 잘 엉겨 붙는 성질이 있다.

22 분홍바늘꽃 fireweed

바늘꽃과에 속하는 여러해살이풀. 줄기는 곧고 높이 1.7미터 내외이다. 잎에는 잔털이 나고, 6~8월에 홍자색 꽃이 줄기나 가지 끝에 핀다.

23 오아인 귀네드 Owain Gwynedd(1100~1170)

아버지 그루퍼드 압 시난의 뒤를 이어 1137년부터 귀네드를 통치했다.

24 글로스터의 로버트 백작 Earl Robert of Gloucester(1090~1147)

헨리 1세의 서자이자 모드 황후의 이복형제로, 1135년 스티븐 왕이 왕위를 찬탈한 이후 모드 황후의 편에서 싸웠다.

25 살갈퀴 vetch

콩과에 속하는 풀로, 줄기는 네모지고 다소 비스듬히 뻗으며 길이는 90센티미터쯤 된다. 4~5월에 자색 꽃이 핀다. 줄기와 잎은 사료로 쓰고 종자는 식용한다.

26 로버트 주교 Prior Robert(?~1139)

12세기 전반에 솔즈베리의 주교를 지낸 로저를 일컫는다. 평범한 사제였으나 우연히 헨리 1세의 눈에 들어 주교의 자리까지 올랐다. 원래는 모드 황후에게 충성을 서약했으나 스티븐이 왕위를 차지한 뒤에 서약을 번복했다.

캐드펠 수사 시리즈 02
시체 한 구가 더 있다

초판 발행. 2024년 8월 5일
지은이. 엘리스 피터스
옮긴이. 김훈
펴낸이. 김정순
편집. 배주영 박진희 홍상희 허영수
마케팅. 이보민 양혜림 손아영

펴낸곳. (주)북하우스 퍼블리셔스
출판등록. 1997년 9월 23일 제406-2003-055호
주소. 04043 서울시 마포구 양화로 12길 16-9(서교동 북앤빌딩)
전자우편. editor@bookhouse.co.kr
홈페이지. www.bookhouse.co.kr
전화번호. 02-3144-3123
팩스. 02-3144-3121

ISBN 979-11-6405-256-1 04840

옮긴이 김훈
전문 번역가. 고려대학교 사학과를 졸업하고 1981년 동아일보 신춘문예 희곡 부문 「빈방」으로 당선된 뒤 극작 활동과 번역 작업을 병행했다. 현재 부여에서 번역 작업을 하면서 지속 가능한 자연생태 농업에 관심을 갖고 파트타임 농부로 일하고 있다. 옮긴 책으로 『아메리카 인디언의 가르침』 『패디 클라크 하하하』 『희박한 공기 속으로』 『매디슨 카운티의 추억』 『피아니스트』 『바람이 너를 지나가게 하라』 『세상 끝 천 개의 얼굴』 『성난 물소 놓아주기』 『그런 깨달음은 없다』 『모든 것의 목격자』 『켄 윌버, 진실 없는 진실의 시대』 『늘 깨어나는 지금』 외 100여 권이 있다.